JN185266

夏目漱石「われ」の行方

柴田勝二
Shoji Shibata

世界思想社

夏目漱石　「われ」の行方

序

夏目漱石はイギリス留学に向かう船中にあった明治三十三年（一九〇〇）十月頃の英文による手記に、キリスト教をはじめとして仏教、回教といった諸々の宗教が、人間が空理空論に耽った結果生み出された「発明物」にすぎないと断定し、「人びとをしてその知的発展段階に応じて、その眼に善であり真であると映るものすべてを信ぜしめよ。そうすれば彼らはそこに満足と幸福を見出すであろう」（拙訳）と記している。この時点では漱石は一人の英文学の徒であり、俳句作者としての実績はあったものの未だ本格的な表現の世界には入り込んでいなかったが、帰国後作家としての道を歩み始めてから取ることになる姿勢が、この言葉から汲み取られる。ここに現れているのは、キリスト教や仏教といった既存の宗教ではなく、自身の「眼に善であり真であると映るものすべて」を信じ、それによって自己を定立しようとする意欲である。

それは漱石が信じようとしていたものが何よりも外部世界に現に存在する事物や現象であり、それらに対する適切な判断力を働かせる主体としての自我であるということにほかならない。この姿勢は一見「神の死」を宣言したニーチェの思想を想起させ、またしばしば指摘されるように漱石はニーチェに強い関心を寄せていたが、漱石の立ち位置は、キリスト教をニヒリズムと断じ、「わたしが生あるものを見いだしたところ、そこにわたしは権力への意志を見いだした」(『ツァラトゥストラ』吉沢伝三郎訳)[1]と語られるような、現実世界を生き抜く〈力〉への信奉を打ち出したニーチェとは異質である。すなわち善や真といった価値判断の基点として自身の「眼」が想定されるように、漱石の姿勢はより感性的であり、そこに彼が哲学者ではなく表現者としてその個性を発揮することになる下地を見ることができる。

けれども逆にいえば、外部世界の無限の現象から悪や偽を斥けて善や真を見出し、それを自己の拠り所としようとするほど強い自我への信奉が漱石の内にあったということでもある。その熾烈さは漱石の表現者としての自覚を下支えするものとなるが、『吾輩は猫である』(一九〇五〜〇六)によって作家活動を開始した頃の「断片」には次のような書き付けが見られる。

×何が故に神を信ぜざる。
×己を信ずるが故に神を信ぜず
×尽大千世界のうち自己より尊きものなし
×自を尊しと思はぬものは奴隷なり

多分にニーチェの言説を意識しつつ書き付けられたと思われるこれらの文も、創作の主体としての自己を明確化する意味をもっていただろう。同時期の「断片」に「われはわれなり、朋友にもあらず、妻子にもあらず、父母兄弟にもあらず。われはわれなる外何者たるを得んや」といった記述も見られるが、自己の個性と力量しか信じることのできない創作の世界に入りつつあった漱石は、そうした孤絶の位置で生きていく覚悟をあえて自身に与えようとしていたように見える。

ここからうかがわれるのは、漱石の「自己」や「われ」が基本的に創作、表現の主体として強化されていったものであるということだ。一般に鷗外、漱石をはじめとする明治時代の文学者は西洋の思想、文学との出会いによって「近代的自我」を知り、それまで生きてきた儒教的な風土との齟齬のなかに置かれることになったという見方がされがちだが、人間の自我が自己を自己として明確に意識する主体であるとすれば、それがもたらされる契機はどのような時代・状況であってもありうる。『源氏物語』の主人公光源氏は、帝の子として生まれながら、母桐壺更衣の身分の低さや出生時の相人の予言といった事情によって東宮に立つことを許されず、帝となりえない。あたかもその空隙を埋めるかのように彼の女性遍歴が始まっていくが、そこには自己を満たされないものとして意識する彼の自我が発動しており、それが見て取れることがこの物語を現在でも読むに堪えるものにしている一因となっている。

『平家物語』の武士たちは自己を〈個人〉として意識することは少ないものの、戦場で勲功を立て、雄々しく死んでいくことへの執着は彼らの自我を形成しているといっても過言ではない。そうしたいわば成就としての死が叶わなかった時に、『頼政』や『実盛』といった修羅物の夢幻能のシテとして、彼らの〈個人〉としての執着が現れるのだといえるだろう。世阿弥の夢幻能のシテは多くの場合現世に悔恨を残して死んだ人びとであり、その欠如感が彼らを〈自己〉に振り向かせ、それをワキに向けた語りと舞による表現によって代替的に満たそうとする。そうした自己意識は近松門左衛門の人情物の浄瑠璃でも明瞭で、主人公の男たちが馴染みの遊女と心中しようとするのは、それが町人社会における人間関係のしがらみのなかで自己を〈生かす〉行為でもあるからであった。彼らはしばしば金銭のからむ事態のなかで追いつめられ、それが心中の前提となるが、『心中天網島』の主人公治兵衛などは、逆に周囲が彼を遊女小春と心中させまいと気遣っているにもかかわらず、むしろそうした気遣いを断ち切って個的な〈自己〉になるためにあえて心中を選ぼうとするかのようなのである。

こうした前近代の人物たちにおいても、それぞれの生の文脈のなかでその自我は明確に息づいており、その意味では個人の自我に前近代も近代も、あるいは西洋も日本もないと極言することもできる。チャールズ・テイラーは『自我の源泉』で自我の主たる要素として「内面性」を挙げ、アウグスティヌスに典型的に見られる、自己に立ち帰ろうとする再帰性がそれを強めるという見方を示しているが[2]、その再帰性がもたらされる要因として「経験」が挙げられているように、それは有形無形の他者を鏡としてもたらされるものである。他者から差別化される自己への意識が存在する限り、そこには再帰的な内面性が発生し、それを契機として個的な自我が成立しうる。その構造には時代や社会を超える普遍性が見出されるといえるだろう。

漱石においては、周辺の人物による挿話や自身の随想『硝子戸の中』（一九一五）を見ても、幼少期から反骨心の強い自我の持ち主であったことが知られるが、それが創作家となってからも表現の起点として作動しつづけ、創作の営為を持続させていくなかでさらに明確化されることになった。そして第一部Ⅰ章で眺めるように、その形成を後押しする力となったのは少年期から親しんだ漢文学の世界であり、冒頭に触れたようにキリスト教をはじめとする西洋思想ではない。むしろ漱石が積極的に学んだ経験主義系の哲学や心理学は、人間の自我を社会的な文脈のなかに解消する意味をもっていたのである。漱石における「近代的自我」と儒教的な風土との齟齬を指摘した代表的な論者である江藤淳は、漱石が近代における後者の崩壊のなかで自我を「悪」として意識せざるをえなかったと述べた（「明治の知識人」『決定版　夏目漱石』新潮社、一九七四、所収）が、少なくとも漱石自身の言説においては個人が自我を持ち、それに従って生きること自体は「悪」として断罪されていない。一方作品の主人公は確かにしばしばエゴイスティックな行動に走るが、それは人間が本来的に抱えた悪の露出というよりも、漱石が生きる時代社会への批判的な眼差しが託された結果としての面の方が強いのである。

第二部Ⅲ章で詳しく眺めるように、漱石は明治四十一年（一九〇八）の講演「創作家の態度」で、「創作家」の仕事が自身の「我」を通して「非我」である外部世界を捉え、表現することであると語っている。漱石の諸作品は事実その言葉通りの理念によってもたらされている。そしてその生の軌跡は、強い自我への信奉に支えられた眼差しによって「非我」としての外部世界を捉えようとする熱情に貫かれながら、その外部世界がはらむ問題点を創作行為によって自身が引き受けてしまうことで、自己の身体を侵食させていかざるをえなかった表現者のそれであった。その五十年に満たない生涯の短さは、近代日本が抱えた問題の多さ、重さを暗示してもいるのである。

こうした姿勢によって作品を生み出していった表現者が行き着いた地点が「則天去私」という境地であったことは興味深い。戦後の漱石研究では次第にその重きを低減させていったこの主題は、しかし現在でも看過しえない意味をもっていると思われる。それは作中には姿を現さないものの、晩年の漱石が語っていた言葉であり、それを標榜しつつ絶筆となった長篇『明暗』（一九一六）が書き進められていたことは事実である。最終章で論じているように、一見仏教的な悟達の境地のように響くこの言葉は、それだけにとどまらず漱石の表現者としての哲学をも示唆しており、「非我」の表出を基軸として展開していった漱石の営為の到達点がそこに含意されている。自我への信奉と外界への眼差しが反転し合う漱石の世界がこの言葉に凝縮されているとも見られるのである。その精神の営為のなかで「我」と「非我」のせめぎ合う様相を、漱石の歩みと作品の変遷とともに眺めていきたい。

目次

第三部　時代とアジアへの姿勢

第一部　表現者への足取り

Ⅰ　不在の〈父〉

――自己形成の歩み

1　漢文学から英文学への転換

夏目漱石が後に自身の職業的な領域となる英文学を専攻に選んだのは、明治二十一年（一八八八）七月に第一高等中学校予科を卒業し、九月に同校の本科英文科に進学した際である。入学二年後の明治十九年（一八八六）四月にそれまでの「大学予備門」から改称されたこの学校で、漱石は近代俳句に革新を起こした正岡子規と知り合い、それ以降の親交を結ぶことにもなる。二人の交遊が始まったのは明治二十二年（一八八九）一月頃で、ともに寄席に足を運んだことがきっかけで知り合った。前年にすでに子規は、後に彼の命を奪うこととなる結核の罹患による喀血を経験していたが、この年の夏には漢詩、漢文、和歌、俳句、謡曲風の語りなど様々な形式の文体を用いて編まれた文集『七草集』（一八八八）をつくり、漱石に刺激を与えていた。それに対して漱石は「清秀超脱、以神韻勝」（清秀超脱、神韻を以て勝る）という讃辞を与え、その際の署名に用いたのが「漱石」の号の初発であった。他の同級生には後に小説家となり、言文一致運動の担い手ともなった山田美妙がおり、美妙とともに文学結社の硯友社を率い、『多情多恨』（一八九六）、『金色夜叉』（一八九七～一九〇二）などによって時代を代表する人気作家となった尾崎紅葉も一年上級に在籍していた。

漱石は明治二十三年（一八九〇）七月に第一高等中学校を卒業して九月に帝国大学文科大学英文科に入学し、直ちに文部省貸費生となって年額八十五円を支給されている。その翌年には英文科の特待生となり、教授であったJ・M・ディクソンの依頼によって『方丈記』を英訳している。このように眺めると漱石が英文学の徒となって以降の歩みは順調であったように見えるが、そこに至るまでの紆余曲折は少なくなかった。漱石が少年期に漢文学を好んだ一方、談話の「落第」（一九〇六）に「今は英文学などをやつて居るが、其頃は英語と来たら大嫌ひで手に取るのも厭な様な気がした」と語られているように、十代の前半においては英語は苦手な教科であった。

帝国大学文科大学在学中の漱石
（提供：日本近代文学館）

漱石は明治十一年（一八七八）十月、神田猿楽町の錦華小学校・小学尋常科を卒業して東京府立第一中学校に入学するものの、属したのが英語教育を重んじる「変則」科ではなく、英語教育をおこなわない「正則」科であったために、上級学校である大学予備門の試験に応じることができなかった。そのため漱石はこの科での勉強をつづけることに意義が見出せなくなり、明治十四年（一八八一）春頃に第一中学校を中退して私立二松学舎に入学し、漢学を学んでいる。二松学舎は漢学者の三島中州《ちゅうしゅう》が明治十年（一八七七）に設立した漢学専門の私塾で、約三百人の在校生を擁したが、「学舎の如きは実に不完全なもので、講堂などの汚なさと来たら今の人には迚《とて》も想像出来ない程」で、「往昔《むかし》の寺子屋を其儘《そのまま》、学校らしい処などはちつともなかつた」（傍点原文、ともに「落第」）と語られるような施設であり、輪講の順番を決めるために引く札にも、番号だけでなく「一東、二冬、三江、四支、五微」といった、中国の詩韻の呼称が記されていたりするのだった。この学校の授業では『唐詩選』『孟子』『史記』『論語』といった代表的な中国古典に加えて、南宋の模範文例集である『文章軌範』や、江戸後期の水戸で成った歴史書である『皇朝史略』のような日本漢文なども含むテクストが用いられており、漱石は約一年の在籍の間に広範囲の漢文の世界を吸収している。

　漱石の漢文好きは英文学に専攻を転じてからも持続していき、第一高等中学校の本科英文科に進学した後の明治二十二年（一八八九）にも、八月に房総地方を旅行した紀行を漢文の『木屑《ぼくせつ》録』にまとめ、子規の評を乞うている。『木屑録』はもともと『七草集』に対抗して子規に読まれることを目的として書かれた、戯文的な趣きが強い私信的な文章だが、二十日間を超える旅の内容とともに漱石が漢文に親しむに至った経緯を知ることができる作品である。引用を読み下し文によって示せば「余、児たりし時、唐宋の数千言を誦し、喜《この》んで文章を作為《つく》る」という一文に始まり、時には「意を極めて雕琢《ちょうたく》」し、時には「咄嗟に口を衝いて発し」という変幻自在ぶりで文章を少年時代からものすることができたために、「遂に文を以て身を立つるに意有り」という心境に至った。しかしその後二、三年を経てその頃に書いたものを見ると、その様は寝起きの遊女が力無くしているようであったり、聞き分けのない子供が年長者に楯突くようであったりして、「皆観るに堪えず」という水準であることが分かってがっかりすることになった。

　この記述からも漱石のなかに文筆家として立つことへの希求が早い段階からあったことがうかがわれる

が、この場合の「文章」はもちろん「唐宋」の名文に倣った漢文を指しており、和文での小説創作を試みたわけではない。これにつづくくだりで漱石は、自分の文章の貧弱さが結局狭い世界でしか生きてこなかったことの反映であると考えて、遠く旅することを目論むようになったと述べているが、そのうち「時勢一変す」という状況が世間に出来して、「余、蟹行《かいこう》の書を挟《さしはさ》んで、郷校に上《のぼ》る」成り行きとなったのだった。「蟹行」とは蟹の横歩きになぞらえて横文字の文章を示す語で、「郷校」つまり近隣にある第一高等中学校で英語を学び始めたことを指している。その後英語の授業や課業をこなすのに汲々として漢文どころではなくなり、ましてやいにしえの作家たちの塁を摩そうなどという意欲も吹き飛んでしまったということが述べられている(1)。

以上が『木屑録』の冒頭部分の内容だが、漱石の経歴に当てはめれば二松学舎で漢文を学んでいた十四、五歳（満年齢、以下同じ）から第一高等中学校に在籍する執筆時点での二十二歳頃までの文章に関する経験が語られている。この間に生じた「時勢一変す」という状況とは、漱石の方向転換が示すように英語学習熱の勃興であり、その趨勢に呑まれる形で漱石も好きな漢文を見切って英語を習得する道を選ぶことになった。この英語学習熱の背後にあるものが、明治十年代後半に頂点に達する日本政府の欧化政策で、その象徴となったのが明治十六年（一八八三）に竣工成った鹿鳴館であったことはいうまでもない。明治十八年（一八八五）には外山《とやま》正一や矢田部良吉らによる「羅馬《ローマ》字会」が、明治十九年（一八八六）には渋沢栄一、森有礼《ありのり》らによる「演劇改良会」が結成され、日本人の言語表記や伝統文化を西洋風に「改良」しようとする試みが開始されている。山田美妙や尾崎紅葉らによる言文一致運動もこうした一連の「改良」運動の一環として始められたものであった(2)。

こうした潮流が英語学習熱にもつながっていった。作家の内田魯庵は回想「三十年前」（一九一五）で、鹿鳴館を焦点とする明治十八年（一八八五）頃の「猿芝居的欧化熱」に浮かされる世相を語っているが、そこでは「お爨《さん》どんまでが夜業の雑巾刺を止《や》めにしてお嬢さんを先生に『イット、イズ、エ、ドッグ』を初めた」りするのだった。[3] もっともこうした英語熱はこの時代に初めて起こったものではなく、明治初年代にすでに日本の知識人、青年たちを席巻していた。明治維新後の文明開化の流れのなかで、自国の文化・文明をおろそかにしても西洋の文物を摂取、吸収しようとする風潮が強まっていたが、英語の修得はこうした西洋の知識・技術を吸収するために必須の条件と見なされた。またその手立てとして多数のいわゆるお雇い外国人が招かれ、高等教育のほとんどが彼らの手に委ねられていたために、その教授を通して西洋の知識を得るためにも英語の能力がどうしても必要であった。山路愛山が『現代日本教会史論』（一九〇五）で「洋学の流行、恰《あたか》も火の原を燎《や》くが如く、酒楼の少女が客と語るときも猶《なお》洋語を挟まざることなかりしは此時期なり」[4] と述べているのは、こうした英語熱が高潮していた明治五、六年（一八七二、三）頃を指している。この一節にもあるように芸者が三味線を奏でつつ英語混じりの都々逸を歌うことも珍しい光景ではなかった。

その後東京大学や大学予備門において高給の外国人教師を減らして日本人教師に置き換える動きが出てきたこともあって、明治初年代の英語熱は明治十年代に入ると沈静化していく。『東京大学百年史』（通史1、東京大学出版会、一九八四）によれば、大学予備門の前身である東京英語学校においては、全科目の授業が外国人教師によって英語でおこなわれていたのが、明治十五年（一八八二）にはわずか二名にまで外国人教師の数は減少している。これは明治政府がこの時期に取ることになった、これまでの過剰な欧化主義を見直し、古来の儒仏思想を見直そうとする動きの反映であった。大学予備門では明治十四年（一八八一）に職制改革が実施され、知育に加えて徳育を重視しようとする姿勢から各学年で「修身学」の時間が配置され、また「体操」の授業が時間外に随時おこなわれることになった。

愛山の『現代日本教会史論』ではこの明治十年代半ばの「保守的反動」の流れについても触れられている。それによればこの頃、「儒仏の両教は、その中に猶《な》ほ日本人民の脊髄となるべき原理を蔵するは固《もと》よりにして、時としてはかくの如き古典の教育を以て余りに物質的・模倣的に流れんとする人心を警戒するは、亦是応時の良策なり」とする潮流があらためて頭をもたげてきた。それによって「多くの青年は、従来読みかけたりし英書を抛《なげう》ちて、再び漢籍を手にするに至れり」という反動的な傾向が見られるようになった。漱石が第一中学校をやめて二松学舎に入り、漢文を学んでいたのは、まさにこうした時期だったのであり、生来の漢文好きに加えて彼を漢文の世界に向かわせる外的な契機が働いていたことも無視しえないのである。

2　「外発的」な選択

こうした「保守的反動」の時期から、幕末に結ばれた不平等条約の改正に向かう気運が昂揚することによって、それを実現するための方策としての欧化政策が再び推し進められる「時勢一変」の状況となり、英語学習熱も再燃することになった。漱石もその流れに押されるようにして漢文から英語に勉学の軸を移すことになるが、現に漱石は「落第」のなかで「漢籍許《ばか》り読んで此の文明開化の世の中に漢学者になつた処が仕方なし」と考えるに至ったと語っている。そうした志向の変化もあって漱石は二松学舎も明治十五年（一八八二）の春に退学している。

しかしその後第一高等中学校本科で英文学を専攻するに至るまでの経緯は決して直線的ではない。明治十六年（一八八三）九月に漱石は大学予備門受験のために私塾の成立学舎に入るが、その間の一年半の間に漱石は、『木屑録』に「遂に文を以て身を立つるに意有り」と記されるような文学志望を芽生えさせるものの、長兄の大助から「文学は職業にやならない、アッコンプリッシメントに過ぎないものだ」(5)（「時機が来てゐたんだ――処女作追懐談」一九〇八）という忠言を受けて文学者として身を立てることを思いとどまっている。成立学舎では漱石は「好な漢籍さへ一冊残らず売つて了《しま》ひ夢中になつて勉強した」（「落第」）と語られるような集中ぶりで英語に取り組み、その甲斐あって翌明治十七年（一八八四）九月大学予備門予科に入学し、後に南満州鉄道（満鉄）総裁となる中村是公《よしこと》や、国文学者となる芳賀矢一らとともに学生生活を始めている。しかし明治十九年（一八八六）七月には腹膜炎を患ったために進級試験を受けることができず、追試験を願い出るものの教務係の人間が取り合ってくれなかったこともあって、それ以上の嘆願を控えてみずから原級に留まることを選んだ。

この留年後は心機一転して勉学に打ち込み、首席を通しているが、第一高等中学校予科の最終年次（一級）に漱石は建築科を選び、一時建築家を志している。「落第」によればその理由は、自分は「変人」であるために世間には受け容れられがたいであろうから、建築という「日常欠く可からざる必要な仕事」に携われば、世間の方から頭を下げて自分のところにやって来るに違いない。そうすれば日々のたずきには困らないであろうし、また元来「美術的なことが好」な自身の好尚にも叶っているということであった。しかし『吾輩は猫である』（一九〇五～〇六）の「天然居士」のモデルとされる友人の米山保三郎に、日本で建築家になったところで、西洋の大寺院を建造するような仕事ができるわけでなく、むしろ文学の世界の方が個性を発揮する可能性があるという弁舌を振るわれ、「即席に自説を撤回して、又文学者になる事に一決した」（「時機が来てゐたんだ」）ことで、本科では英文科に進学することになったのだった。

こうした十代から二十代にかけての漱石の歩みからうかがわれるのは、彼が多分に周囲の状況や人間の働きかけによってその志向を変化させているということである。もともと漱石は漢文の世界に生きたいという思いがあったものの、それが明治という新しい時代にふさわしいものであるとは見なしがたいために、英語、建築といった必ずしも自分の興味に合致するわけではない領域に眼を向け、最終的に「洋学」の流れに沿う形で英文科の学生となっている。「変人」を自称するものの、世俗をまったく気にかけない文字通りの変人であった米山保三郎などと比べれば、漱石の興味や関心のあり方はむしろ常識的であり、その上で米山を含む近しい人間の忠告や助言に当初の志向を動かされる形で、この時期の軌跡が形成されていっているのである。

こうしたあり方は、皮肉なことに漱石が後に日本の開化の様相を批判的に表現するために用いた「外発的」という言葉を想起させる。知られるように漱石は講演「現代日本の開化」（一九一一）で、西洋の文化・文明を摂取しつつ推し進められてきた日本の維新以降の近代化を「外発的」な開化と称し、それが「皮相上滑り」でしかないと批判した。維新以降の西洋に倣った開化があまりに性急であり、摂取したものを十分に内在化させることなく外形を西洋に近づけることをもっぱらとしてきたが、そこでは「己」がないがしろにされており、その他者本位的、自己喪失的な開化のあり方を漱石は「外発的」と称している。

けれども漱石自身が少青年期に辿った道筋は決して「己」の内的な志向を優先させたものではなく、外界からの働きかけに「外発的」に応じる形で形成されていった面をもっている。あるいは自分が若年の頃に「外発的」な修学の履歴を重ねていったために、その自己認識が投影される形で日本の開化を一層「外発的」に眺めさせているともいえるだろう。

「現代日本の開化」の講演がおこなわれるのは明治も終わりに近づいた後年になってからのことだが、ここで否定的に焦点化されている日本の開化の「外発」性は、人間の存在や行動の問題としては早くから漱石の視野に捉えられていた。すなわち人間はつねに外界からの影響を蒙りつつ生きるしかない存在であり、しばしば自己が意識しない形で、周囲の人間や出来事、状況に左右されつつ行動しているという問題を、漱石は心理学や社会学の知見を援用しつつ三十代の考察で追究している。

それがおこなわれているのが、『文学論ノート』としてまとめられている、イギリス留学時における文化・文明に関わる思索を集積した膨大な量のノートと、それを帰国後の勤務先となった東京帝大文科大学の英文学講義のために書き直した『文学論』（一九〇七）においてである。次章であらためて眺めるように、とくに前者の考察において漱石が重点を置いて考えている問題のひとつが「Suggestion（暗示）」であり、個人や国民が周囲や外界の潮流に感化、影響を蒙りつつその行動や感情に変化を生じさせていく機構が追究されている。この主題は『文学論』にも受け継がれ、英文学の作品を対象として文学表現の原理を追究する議論のなかに、外界の関心と個人の関心がせめぎ合う問題が織り交ぜられている。『ノート』と比べると『文学論』では人間が外界との交わりによって関心あるいは意識的対象を変じていくということが自明の前提とされた上で、それが人間の内面で進行していく機構に比重が置かれている。人間の個人的ないし集合的関心を示す「F」の推移の機構が考察された第五編第二章の「意識推移の原則」では、FからF′への推移のなかに、意識の表面に浮上してこなかった「識末もしくは識域下にあるもの」であるⒻ間の争闘が繰り広げられているとされる。この機構を漱石の修学の変遷に当てはめれば、漢文学というFから英文学というF′への推移の間に、建築への興味というⒻに近いFが存在したということにもなるだろう。

『文学論』で基本的に文学表現の観念的焦点と感情的要素にそれぞれ照応する要素として挙げられている「F」と「f」という記号は、『文学論ノート』では集合的関心と個人的関心として用いられることが多く、むしろそれが次第に美学的な意味合いをはらむようになっていった面が強い。『文学論』でも〈関心〉の意味で使われている箇所が少なくなく、「恋愛」や「金銭」など明らかに個人的関心に属する対象にもFが充てられるなど、Fがfを兼ねて用いられている場合も見られる。Fの推移を促す契機は外界からの「S」（刺激）であり、それが「暗示」として作用することで新しいFの胎動がもたらされるとされるが、それはすなわち人間の関心の変容が本来「外発的」な形でなされるということにほかならない。

こうした認識が自国に振り向けられることで、西洋文明のSに晒されつづけた維新以降の日本の近代化を、漱石に一層「外発的」なものに見えさせていたともいえるだろう。それを反映するように、漱石の主人公たちはしばしば「外発的」な行動の姿を示している。たとえば『坊っちゃん』（一九〇六）の「おれ」は冒頭で語られるように、学校の二階に上がって外を眺めている時に、そこから降りられまいと級友が囃すのに応じて飛び下りて「腰を抜かし」てしまい、ナイフを陽にかざしている際にそれは切れまいと言われると、自分の親指の付け根に切り込んで大怪我をしたりする。数学教師として赴任した松山に重ねられる四国の小都市でも彼の行動は多分に周囲のそそのかしに乗ってしまう「外発的」な形でおこなわれるのである。『こゝろ』（一九一四）の「先生」にしても、「下」の遺書で語られる「御嬢さん」をめぐる友人の「K」との顚末では、明らかに「内発的」な愛情というよりも、Kと「御嬢さん」が親しさを深めていくように見える状況に指嗾されることで、焦慮とともに彼女を手に入れる行動に出ている点で「外発的」な様相を帯びているのである。

明治が始まる前年に生まれた漱石にとっては明治の年数とその満年齢が同じであり、「維新の革命と同時に生れた余から見ると、明治の歴史は即ち余の歴史である」（「マードック先生の日本歴史」一九一一）とみずからも語るように、その重なりを意識していた。その意識が作品群の基底をもなし、処女作の『吾輩は猫である』（一九〇五〜〇六）から晩年の『明暗』（一九一六）に至るほとんどの作品の主人公、語り手が多少とも同時代の日本の似姿としての像を帯びている。今挙げた『坊っちゃん』や『こゝろ』にしても、その中心人物の行動がはらむ「外発的」な性格はその一例をなしているのである。

3　曖昧な生の起点

その点で人間が個人と社会の両方の次元ではらむ「外発的」な性格は、漱石の人生と文学を媒介する重要な意味をもっている。けれども漱石自身の歩みの「外発」性は決して少青年期の修学過程において初めて生まれたものではなかった。さらに幼年の時代から、自身の主体性の在り処を摑みがたい境遇のなかで漱石の生は営まれてきたのである。『木屑録』と同じ明治二十二年（一八八九）に第一高等中学校に提出された漢文の文章「居移気説」では、幼少期に住み処を転々とし、その境遇の変遷とともに生じた自身の気質にも変化が生じた経緯について回想されている。そこには「外物、吾が心を乱し、俗累、吾が身を役し」（読み下し文）(6)、すなわち外界の事物に心を乱し、俗事との関わりに疲弊したという一文が見られるが、それは漱石の環境が幼少期から安定したものではなく、それに左右されつづけた結果、周囲の影響を蒙りやすい人間となったことをみずから認識していたことをうかがわせる。

ここで漱石こと夏目金之助の出生以降の身上を簡略に振り返ってみたい。金之助は慶応三年（一八六七）一月五日（旧暦）に江戸牛込馬場下横町に、名主として当地を取り仕切っていた夏目小兵衛直克《なおかつ》の五男、八人兄弟の末っ子として生まれたものの、母千枝が四十歳を過ぎてからの子供であったこともあって両親に疎まれ、生後間もなく四谷に里子に出されている。『硝子戸の中』（一九一五）によれば、相手は「古道具の売買を渡世にしてゐた貧しい夫婦もの」であり、金之助は「其道具屋の我楽多と一所に、小さい笊《ざる》の中に入れられて、毎晩四谷の大通りの夜店に曝《さら》されてゐた」のだった。その金之助を見出して「可哀想とでも思ったのだろう。懐に入れて宅へ連れて来た」のが腹違いの姉のふさであったが、金之助は結局実家には歓迎されざる子であったようで、翌年の明治元年（一八六八）に、以前夏目家の書生をしていた塩原昌之助の養子となって九歳までこの家で過ごすことになった。この間の事情について、『硝子戸の中』では次のように記されている。

私は何時頃其里から取り戻されたか知らない。然《しか》しぢき又ある家へ養子に遣られた。それは慥《たしか》私の四つの歳であつたやうに思ふ。私は物心のつく八九歳迄其所で成長したが、やがて養家に妙なごた〳〵が起つたため、再び実家へ戻る様な仕儀となつた。

浅草から牛込へ遷《うつ》された私は、生れた家へ帰つたとは気が付かずに、自分の両親をもと通り祖父母とのみ思つてゐた。さうして相変らず彼等を御爺さん、御婆さんと呼んで毫《ごう》も怪しまなかった。向でも急に今迄の習慣を改めるのが変だと考へたものか、私にさう呼ばれながら澄ました顔をしてゐた。

養家の塩原家にあった「妙なごた〳〵」とは、明治七年（一八七四）以降に継起した、養父の昌之助が町内に住む寡婦であった日根野かつという女性と通じたことによる、夫婦の不和に始まる一連の人間関係の紛糾を指している。金之助は一時養母やすと暮らした後今度は昌之助の元に引き取られ、かつとその娘れんと浅草の家で暮らすことになった。金之助はこの奇妙な構成の家庭から公立戸田学校下等小学に通い、明治九年（一八七六）四月に昌之助とやすとの間に離婚が成立したことを機に、塩原家に在籍したまま牛込の夏目の家に戻っている。

しかし実家の夏目家に戻ってからも、今の引用に見られるように自分の父母を祖父母と思い込んで暮らすような状態で、これにつづく箇所が「私は普通の末ツ子のやうに決して両親から可愛がられなかつた」という一文で始まっているように、金之助と父母との関係は親密なものではなかった。その距離は『坊っちゃん』（一九〇六）の「一」章に示される、「おやじは些《ちつ》ともおれを可愛がつて呉れなかつた。母は兄ばかり贔屓《ひいき》にしてゐた。（中略）おれを見る度にこいつはどうせ碌《ろく》なものにはならないと、おやじが云つた。乱暴で乱暴で行く先が案じられると母が云つた」という、「おれ」すなわち坊っちゃんの来歴にも示唆されている。この一節における父母の発言をそのまま金之助に当てはめることはできないものの、『吾輩は猫である』（一九〇五～〇六）の冒頭に語られる、にゃーにゃー泣いていたところを書生に拾われたという「吾輩」の〈捨て子〉的な記憶とも相まって、彼が両親の愛情に恵まれない子供であったことを物語る挿話としては受け取られる。『硝子戸の中』の記述によれば、金之助は下女にこっそり教えられることによって、ようやく家にいる「祖父母」が実の両親であることを知るに至ったのだった。

逆にいえば塩原の養父母が金之助に対してあたかも実の父母であるかのように振舞い、実の子供に対する以上の配慮を彼に与えていたということでもある。その様子については晩年の自伝的作品である『道草』（一九一五）に詳細に語られているが、なかでも多く引用されてきたように、養父母の島田夫妻が健三に対してその父母が誰であるかを答えさせる場面は、金之助にとっての両親の存在の虚構性を強く浮上させている。

彼等が長火鉢の前で差向ひに坐り合ふ夜寒の宵などには、健三によく斯《こ》んな質問を掛けた。
「御前の御父ッさんは誰だい」
健三は島田の方を向いて彼を指《ゆびさ》した。

「ぢや御前の御母さんは」

健三はまた御常の顔を見て彼女を指さした。

是で自分達の要求を一応満足させると、今度は同じやうな事を外《ほか》の形で訊《き》いた。

「ぢや御前の本当の御父ッさんと御母さんは」

健三は厭々《いやいや》ながら同じ答へを繰り返すより外に仕方がなかつた。然しそれが何故《なぜ》だか彼等を喜こばした。彼等は顔を見合せて笑つた。（四十一）

この場面はそのやり取りの生々しさから、それに相当する現実の場面があったことを忖度させるリアリティーを帯びている。おそらく金之助はここに描かれるような問いかけを執拗に繰り返されながら、次第にそれに慣れていくことで養父母をとりあえず自分の〈父母〉として受け取ることに違和感を覚えなくなっていったのであろう。こうした、養子である金之助に自分たちを実の親と思わせるような養育を塩原夫妻がおこなったのは、『道草』の内容にも示唆されているように、後年の自分たちへの世話を金之助に期待したためと推察される。年金制度もなかった当時の日本社会における子供の養育は現在よりも功利的な面があり、日露戦争が始まっていた明治三十七年（一九〇四）の雑誌に掲載されたエッセイに、「親の意見に依ると、子供をかうやつて育てゝ置くからには後で恩返しに養つて貰ふのは普通の事である。と、万事かう云ふ風に解釈して、恰《あたか》も子供を養育し且つ教育する事は、商売上に資本を卸すのと同様で、それから利子でも取るやうな心持で居る」（堺枯川「親子の関係」『家庭雑誌』一九〇四・四）(7)といった記述が見られるように、後年の世話を見返りとしておこなわれる消費行為としての性格があった。

夏目の実父直克にしても、『硝子戸の中』によれば、かつては名主として「青山に田地があつて、其所から上つて来る米丈《だけ》でも、家のものが食ふには不足がなかつた」という生活をしていながら、維新以降は会社設立の話に騙されたりして資産を次々と失っていき、金之助が生まれる頃にはすでに経済的な余裕はなかった。そこに生まれた八番目の子供である金之助は単に邪魔な存在でしかなかった。「子供を沢山有《も》つてゐた彼の父は、毫《ごう》も健三に依估《かか》る気がなかつた。今に世話にならうといふ下心のないのに、金を掛けるのは一銭でも惜しかつた」（九十一）という『道草』の記述はおそらくその通りであり、実子だからという理由で金銭的、心理的な顧慮を払うという着想は実父にはなかった。逆に見れば塩原の親には明らかに「今に世話にならうといふ下心」があり、だからこそ明治二十一年（一八八八）に金之助が夏目家に復籍する際に、塩原は幼少期の養育の対価として二百四十円という金を要求し、さらにその時に交わした証文にあった「就《つい》ては互に不実不人情に相成らざる様致《いたしたく》度存候」という一文を盾にとって、その二十年近く後になって作家として名を上げ始めた漱石のもとに接近して昵懇を迫ったりしたのである。

4　どこにもいない〈父〉

こうした金之助の幼少年期のあり方は、彼が人生を歩んでいく上での指針となる存在としての〈父〉を持たずに育っていったことを物語っている。なかでも塩原夫妻による、自分たちを本当の親と思わせるための可愛がり方は、金之助の物質的な欲求をすべからく満たそうとするものであったために、彼はいたってわがままな子供に育ってしまったのである。その経緯は『道草』で、養父母が「健三の歓心を得るために親切を見せなければならなかつた」事情がもたらした、次のような結果として語られている。

同時に健三の気質も損《そこな》はれた。順良な彼の天性は次第に表面から落ち込んで行つた。さうして其陥欠を補ふものは強情の二字に外ならなかつた。
彼の我儘《わがまま》は日増に募つた。自分の好きなものが手に入らないと、往来でも道端でも構はずに、すぐ其所《そこ》へ坐り込んで動かなかつた。ある時は小僧の脊中から彼の髪の毛を力に任せて挘《むし》り取つた。ある時は神社に放し飼の鳩を何うしても宅《うち》へ持つて帰るのだと主張して已《や》まなかつた。養父母の寵を欲しいまゝに専有し得る狭い世界の中に起きたり寐たりする事より外に何にも知らない彼には、凡ての他人が、たゞ自分の命令を聞くために生きてゐるやうに見へた。彼は云へば通るとばかり考へるやうになつた。（四十二）

夏目鏡子の『漱石の思ひ出』（改造社、一九二八）には、実家に戻った金之助が父に「あばれん坊」として映り、「おとなしい」子供である三男の和三郎直矩《なおただ》を可愛がったという記述があるが、この「あばれん坊」の輪郭は、塩原夫妻のもとでわがまま放題に暮らした産物にほかならなかった。

このわがままな子供としての金之助は、自身の欲求だけに導かれて生きていた点で、ある意味では「内発的」な自我を養っていたと見ることができるかもしれない。しかしもちろんこれは社会的な自我以前の段階にすぎず、こうした生理的な欲求が現実化されない事態に繰り返し突き当たることによって、子供は外界や他者の存在を認識し、それとの相互交渉のなかで自我を形成していくことになる。フロイトがこの欲求が抑圧される機構を重視し、その抑圧する力が「超自我」として内在化されていくことで、人間が「良心」のような倫理意識を獲得するという理論を展開したことは周知のとおりである。

注目すべきなのは、幼い金之助にとって欲求を制限し、抑圧する〈父〉が実家にも養家にも不在であったために、彼が超自我に相当する内的な機制を形成する機縁に恵まれなかったということであろう。金之助がこうした幼児期を送りながらも、わがままで利己的な青年に成長しなかったのは、その後の修学と生来の気質によるところが大きかったといわざるをえない。養子時代の挿話としても『道草』には、養母が退出した女客の悪口を言っていたところ、その客が戻ってくるや否や打って変わった美辞麗句を口にし始めるのを見て、健三が「あんな嘘を吐いてらあ」と「一徹な小供の正直」(四十二)を発揮するという一節が見られる。また『硝子戸の中』には、小学校時代に金之助が太田南畝の漢文の本を友人から二十五銭で買い受けたところ、翌日その値が安すぎると父親に叱られたので本を戻してほしいと彼に言われ、金之助は本を返すとともに、二十五銭の金を決して受け取らなかったという挿話が語られている。おそらく一旦他人に渡した些少な金に執着したくない潔癖さが作動したのであろうが、後年文学博士号の授与を頑なに拒んだりするような「強情」さが、少年期の言動からもすでに垣間見られるのである。

こうした挿話からうかがわれるように、少年期の漱石は「強情」ではあっても強欲な子供ではなく、筋を通すことへのこだわりを早くから持っていたことが分かる。その点で漱石の幼少期から青年期に至る振舞いは、周囲の状況や人間によって動かされる「外発的」な他動性と、自発的といってよい倫理的な潔癖さを共在させていた。この時期における漱石の軌跡が「外発的」に映るのは、端的には自己を導いていくべき〈父〉が不在だったために、その示唆を外界の状況や人物に仰がざるをえなかったからだが、こうした姿勢が漱石の眼をつねに外界に向けさせ、その作家的な資質の一端をなすことにもなる。幸いであったのは、超自我的な規範となる〈父〉の代替となったものが漱石にあったことで、いいかえればそれに相当する存在を身辺に見出す能力を若年の漱石は備えていた。

それはひとつには、漱石の文人志望を諌める長兄の大助や、建築への憧れを批判する米山保三郎のような周囲の人びとであり、押しの強い彼らの言葉を受け容れることが漱石にとっては導き手としての〈父〉

の不在を補う意味をもっていた。彼らの忠言に従って人生の行路を変えていく漱石のあり方を「外発的」とも見なしえたわけだが、もともと甘やかすだけの養父と疎遠な距離の向こうにいつづける実父との間で、抑圧を与えつつ同時に規範を示す〈父〉の存在を知らなかった漱石には、人生の方向性を示してくれる長兄や友人は〈父〉の代替である点で、耳を傾けるべき相手であった。またそれは明治時代の日本が江戸時代という〈父〉に相当する先行者に倣わず、西洋諸国という新しい導き手に従いつつ近代化を遂げていった経緯とも通底するのであり、そこにも漱石が自己の分身である主人公たちを近代日本のあり方と重ねがちな前提的な条件を見ることができる。

こうした成長の条件は、漱石と比較されることの多い森鷗外においては大きく異なっている。津和野藩主の典医の長男として生まれた鷗外にとっては、家業である医者の道を選ぶことは幼時から自明の方向であり、医者である父は第一に自分が倣うべき先達であった。もちろん鷗外がはじめ学んだ医学はオランダ医学であり、やはり〈西洋〉に倣っているとはいえるが、オランダ医学はむしろ江戸時代に受容され、発達した学問であり、明治以降は規範はドイツ医学に変わっていった。鷗外自身の修学もその展開に合わせるようにオランダ医学からドイツ医学へと対象を変えていくが、重要なのは鷗外には〈父〉と〈江戸〉がともに学ぶべき規範として肯定的に捉えられているということである。『妄想』（一九一一）で「小さい時二親が、侍の家に生れたのだから、切腹といふことが出来なくてはならないと度々《たびたび》諭《さと》し(8)」、その覚悟のもとに育ったと記されるように、鷗外の気質は武士のそれに近く、それを反映するようにとくに大正期に入ってからは江戸時代の侍の姿を描く作品が少なからず生み出されている。

それに対して漱石には江戸時代を舞台とする作品は皆無で、ほとんどの作品が同時代の日本を背景として展開していく。それは漱石の関心が第一に日本の近代化の様相にあったからだが、一面は鷗外に見られるような〈江戸〉に対する親しみや愛着が漱石には希薄だからでもある。俳句や落語といった江戸時代の文化を好んだところから、漱石はしばしば江戸趣味の人間と見なされるが、必ずしもそうではない。同じ江戸時代の文化でも、歌舞伎に対しては冷淡であり、また歌舞伎を生んだ江戸時代についても批判的な言辞を残している。たとえば明治四十二年（一九〇九）のエッセイ「明治座の所感を虚子君に問れて」では、漱石が明治座で見た「慶安太平記」他の歌舞伎狂言に対して、「極めて低級に属する頭脳を有《も》つた人類で、比較的芸術心に富んだ人類が、同程度の人類の要求に応ずるために作つたもの」という揶揄的な評価を与えている。また同じ出し物を見た感想を記した明治四十二年五月十二日の日記では、漱石はこうした文化を生み出した江戸時代について、「徳川の天下はあれだから泰平に、幼稚に、馬鹿に、いたづらに、なぐさみ半分に、御一新迄つゞいたのである」と罵倒しているのである。(9)

こうした〈江戸〉への否定的な眼差しの背景には、おそらくこの時代の色合いを漂わせた近親者たちに対する軽侮が流れている。漱石の父は江戸時代には名主としての威勢を誇っていたものの、維新以降は次第に零落の道を辿り、歳の離れた兄弟たちのうち、長兄の大助は知性に恵まれ、英語を修めて警視庁の翻訳係を務めていたが、結核のため三十一歳で亡くなっている。その下の二人の兄たちはいずれも道楽者で、とくに次男の栄之助直則《なおのり》は、腹違いの姉のふさが嫁いだ、高田庄吉の家やその向かいにある芸者屋に入り浸っていた。『硝子戸の中』によれば、直則は「大の放蕩もので、よく宅《うち》の懸物や刀剣類を盗み出しては、それを二足三文に売り飛ばすといふ悪い癖」の持ち主で、そのため実家にいられなくなって高田の家で「ごろ〳〵してゐた」ようである。そこには別の母方の従兄もやはり「ぶら〳〵して」おり、漱石自身も場違いを感じながらもこの家に足を運び、トランプをして遊んだこともあった。

三男の和三郎直矩にしても、電信技手としての勤めを持ちながらもやはり生来の道楽者であり、『道草』

（一九一五）では「三味線を弾いたり、一絃琴を習つたり、白玉を丸めて鍋の中へ放り込んだり、寒天を煮て切溜《きりだめ》で冷したり」といった「食ふ事と遊ぶ事」（三十四）に時間を費やすだけの人物として語られている。彼は江藤淳が漱石の初恋の相手として想定する二番目の妻登世が病死した後に、相談もなく三番目の妻を迎えようとして、漱石の嫌悪を買うことになった。腹違いの姉のふさもやはり、如才ない人柄である一方、家事に関しては縫い物さえ満足にできず、『道草』や『漱石の思ひ出』では、もっぱら無神経でおしゃべりな女性として描かれている。

漱石のきょうだいたちは、長兄を除けばこうした江戸時代の延長のような遊蕩の世界に浸りつつ零落していく人びとであった。そのなかで漱石一人が学者、文人として頭角を現し、兄弟たちとの間に落差を生じさせていく様相は、『道草』に「今の彼は切り詰めた余裕のない生活をしてゐる上に、周囲のものからは、活力の心棒のやうに思はれてゐた。それが彼には辛かつた。自分のやうなものが親類中で一番好《よ》くなつてゐると考へられるのは猶更情なかつた」（三十三）と語られるとおりである。日記に「徳川の天下」が「泰平に、幼稚に、馬鹿に、いたづらに、なぐさみ半分に、御一新迄つゞいたのである」と記す漱石の脳裏には、まさにそのように過ごしていた、次兄をはじめとする人びとの姿が浮かんでいたのかもしれない。

漱石のなかに強くある〈江戸〉への軽侮は、それが西洋との隔絶をもたらした前近代の時代だからであるとともに、おそらくこうした近親者たちの生き方への嫌悪感が写し絵となって喚起されたものである。その点で小宮豊隆が『夏目漱石』（岩波書店、一九三八）で、「徳川末期の江戸の町人のトラディションが、濃厚に漱石を取り巻い」ており、「漱石の周囲は道楽者の塊りであった。漱石がこういう周囲と一緒になつて、芸者とトランプばかりしてゐたら、さうしてうちの書画骨董を盗み出すやうな事をしてゐたら、夏目漱石は綺麗に日本の歴史から、その姿を消してゐたに違ひないのである」と述べているのは正鵠を射ているだろう。

漱石が塩原の養家から戻ってきたのは、このような人びとが生活する家であり、父の冷淡な扱いによって彼を安らがせないばかりか、夏目鏡子が「一体夏目は生家のものに対しては、まづ情愛がないと申してもよ」く、「有るものは軽蔑と反感位のもので」あったと語るような（『漱石の思ひ出』）、漱石自身も同一化を拒む環境であった。とくに漱石に人生の指針を示すべき〈父〉が養家にも実家にもいなかったことは、先にも触れたように漱石に生の方向性となるものを、友人を中心とする周囲の人間に求めさせたが、それとともに〈父〉のイメージを強くはらんだ世界に彼を赴かせることにもなった。それが少年期から漱石が親しんだ漢文学、つまり中国古典の世界だったのである。

5　〈父〉としての漢文学

漱石は文章に対する好みを述べたエッセイ「余が文章に裨益《ひえき》せし書籍」（一九〇六）で、「一体に自分は和文のやうな、柔らかいだら〳〵したものは嫌ひで、漢文のやうな強い力のある、即ち雄勁なものが好きだ」と記している。『文学論』（一九〇七）「序」で「文学は斯くの如き者なりとの定義を漠然と冥々裏《めいめいり》に左国史漢より得たり」と語られるように、漱石の文学の概念は中国古典によって形成されたものであったが、文章についても日本人のものにおいても太宰春台のような「徂徠一派の文章が好き」であると述べられており、江戸時代の儒学者による漢文が漱石の趣味にかなっているのである。反面『源氏物語』の文章は「徒《いたず》らにだら〳〵」しており、同じ江戸時代でも馬琴や近松の文章は「みだりに調子のある」ものとして嗜好の外に置かれている。

漱石自身が、前に言及した『木屑録』や「居移気説」のような漢文の文章を第一高等中学校在学中に残しており、また帝国大学文科大学在学時には老子を論じた論考『老子の哲学』（一八九二）を執筆するなど、英文学を専攻するようになってからも中国古典の世界との関わりはつづいていた。漱石が日本人によるものを含めて漢文の世界に惹かれた理由は、その「強い力のある、即ち雄勁な」文章を好んだからだとみずから語っているが、それがあるべき〈父〉的なイメージをはらみ、一方「和文」の特徴として漱石が挙げる「柔らかいだら〳〵したもの」が、自身が現実に接した夏目家の周辺の人びとを想起させるといってさしつかえないだろう。おそらく漱石は半ば意識しないうちに、生家の雰囲気に対置される世界として漢文学に傾斜していったのであり、また文体だけでなくその主題・内容にも影響を蒙ることになったのである。

漱石が文学の規範として捉えた「左国史漢」、つまり『春秋左氏伝』『国語』『史記』『漢書』に共通するのは、それらがいずれも史書であり、対象となる時代や叙述のスタイルを異にしつつも、いずれも帝とその治世の消長を描いているということである。このうち扱う時代は『春秋左氏伝』と『国語』、『史記』と『漢書』の間で共通性があり、そのためそれぞれ両者の間で叙述の内容やスタイルが比較されやすい。前二者は紀元前八世紀から前五世紀にかけての春秋時代が共通した叙述の対象となっており、後二者では紀元前一、二世紀の前漢の時代がやはり共通して扱われている。二つずつを組にした史書は、ともに客観的な事実性を特色とするものと、物語的、挿話的な生彩によって特徴づけられるものとに区分され、なかでも『史記』は作者司馬遷の筆力によって、史書でありながら描かれる帝たちの個別性を鮮明に浮き彫りにし、また刺客や遊侠者といった支配層ではない民間人の姿をも巧みに描き出している。

こうした特質を論じた武田泰淳の『司馬遷——史記の世界』（文芸春秋新社、一九五九）においては、『史記』が描いたものが、世界を動かす存在としての「政治的人間」たちの像であり、「政治的人間としてとりあつかわれた人間だけが、歴史の舞台に於て、一つの役目をもつことができる。そして役目をもたされた人間として、歴史劇に登場することを許される」という論理によって、彼らが繰り広げる葛藤と国同士のせめぎ合いが照らし合う関係で展開されていく物語としてこの史書が成り立っているとされる。それは他の史書についても多少ともいえる性格だが、武田は司馬遷の筆がその「政治的人間」の「人間」としての輪郭を浮き彫りにすることに長けていたことを強調し、たとえば「項羽本紀」での項羽が頻りに「怒る」描写が織り交ぜられることによって、「政治的人間」があくまでも生々しい感情のなかに生きていたことが伝わってくる。武田はここでは比較していないが、『漢書』ではこうした人物の感情的な彩りが希薄であり、同一の内容を扱った箇所でも、文末の修辞などが簡略化され、その分淡泊な記述になっている。

『春秋左氏伝』と『国語』では表現の差違はさらにはっきりとしている。どちらも春秋時代の王位の継承、変遷を描きながら、前者が儒教的な秩序を重んじて帝の正統性を肯定する地点から、極力出来事に粉飾を加えない書き方になっているのに対して、後者では帝の振舞いにはつねに大臣のような側近の智者の言葉が伴い、それが予言的な働きをしつつ帝の選択と行動への因果づけがおこなわれる。また叙述そのものも、同じ出来事を描いても『国語』の方が物語的な具体性と対話の生彩に富み、『左伝』の客観的な事実提示とは趣きを異にしている。たとえば日本語訳によって一例を示せば、『左伝』「荘公」にある、魯が冬の飢饉に襲われ、家臣の進言によって斉に穀物の移出を求めた記述が「冬に魯は凶作のために飢饉となった。そこで大夫の臧孫辰が斉に対して穀物の買い入れを申し入れたのは、礼にかなったことである」（鎌田正訳[10]）とだけ記されているのに対して、『国語』「魯語」では「魯に飢饉があり、藏文仲が荘公に言った」に始まり、文仲の「四方の隣国の援助を得て、諸侯と信義を結びあい、その上に縁組みをして、さらに盟誓をかさねるのは、もとより国家の危急のためです。（中略）今や国家の災害による非常時です。君にはなぜ宝器を贈って斉に穀物の輸入を請わないのですか」（大野峻訳、以下同じ[11]）という進言に対して荘公が「だれを使節にしたものか」と尋ねるといったやり取りがつづき、結局文仲自身が使節として斉に赴くことになるといった展開が述べられている。

『国語』は予言のようなシャーマニズム的な要素や、儒教的な君臣の秩序を逸脱する面があるために、柳宗元の『非国語』が書かれるといった後世の批判も招いたが、それだけに王権の消長をより鮮明に見せているともいえる。重要なのは武田泰淳が『史記』について述べたように、こうした史書に登場するのが基本的に国を担って生きる「政治的人間」たちであり、彼らの行動、振舞いがそのまま一国の帰趨として表現されるということである。こうした世界に漱石が惹かれ、文学の概念をそこから得たということは、すなわち漱石にとって文学とは個人の姿と国の姿が重ね合わされる世界にほかならなかったということである。そこでそれらが消長を繰り広げる有様こそが文学に描かれるべき現実世界の姿であった。

一国の〈父〉的存在である帝たちの姿を描きつつ現実世界の様相を浮かび上がらせる「左国史漢」の世界は、その文体と内容の両面において、人生の規範としての〈父〉を持たない漱石にとってその代替となる意味をもっていただろう。こうした中国古典の世界に親しみながら、帝国大学で英文学を専攻に選ぶことによって、漱石は「文学」の概念への再考を迫られることになる。その過程は次章で詳しく見るが、見逃せないのは漱石が英文学の徒となってからも、嗜好を向けた対象がそれまで親しんだ世界と通底する要素をもっていることである。漱石が愛好した作家としては、「予の愛読書」（一九〇六）や「余が文章に裨益せし書籍」で言及されている作家たちが挙げられているが、スティーヴンソンの名前が両者に共通して見出され、また後者ではスウィフトの『ガリヴァー旅行記』が「一番好き」な作品として記されている。これは内容よりも文章面での嗜好として挙げられた名前だが、『ガリヴァー旅行記』は十八世紀の英文学を論じた『文学評論』でも多くの頁が割かれているように、内容的にも愛着を覚えた作品であったと考えられる。またこれらのエッセイでは取り上げられていないものの、帝国大学での自在な講義によって教室を満杯にし、評論でも繰り返し引用、言及がおこなわれるシェイクスピアも、英文学の精華として尊重されていたことは疑いない。

　興味深いのは、漱石が好んだと見なされるこうした作家たちが、いずれも市民の日常生活を細密に描き出すのとは違う世界を構築していることである。スティーヴンソンは『宝島』によっては冒険小説の作者として知られ、また『ジキル博士とハイド氏』では人間のはらむ内面の多重性を二重人格という設定で寓意的に描き出した作家であった。スウィフトの『ガリヴァー旅行記』が、主人公が巨人国、小人国、馬（ヤフー）の国などを経巡りつつ人間の文明世界を相対化する寓意小説であり、漱石の『吾輩は猫である』の下敷きにされていることはいうまでもない。また漱石が「予の愛読書」で挙げているスティーヴンソンの『*Master of Ballantrae*（バラントレーの若殿）』は、架空の貴族の兄弟が、それぞれ反乱軍と政府の側について葛藤する物語で、多く王や王子たちの劇として展開するシェイクスピアの悲劇と同じく、支配層の人間が家や国の命運を担いつつ行動する世界である点では、漱石が少年期に親しんだ「左国史漢」とも連携する性格を帯びているといえるだろう。『ガリヴァー旅行記』にしても主人公が経巡るのは様々な〈国〉であった。

　その一方で漱石は市民の日常生活を淡々と描き出した作家としてジェーン・オースティンを評価しており、とくに筋立てが起伏に富んでいるわけでもない彼女の作品が「非常に面白く読まれるのは、外国人の我々が読んで見てさへ、其個人の人格其作の上に活動して人物の風丰《ふうぼう》人格が髣髴《ほうふつ》として表はれるのである」（「女子と文学者」一九〇六）と賞賛している。またオースティンは、正岡子規の感化でみずからも実践することになる「写生文」の実例とも見なされ、漱石の小説創作におけるひとつの規範的存在であった。

こうした漱石の二様の嗜好が、小説家となって以降の漱石自身の世界の二面性として現れていることは興味深い。すなわち後続の章で眺めていくように、『吾輩は猫である』以降の作品においては、国や社会のあり方を登場人物の姿や行動に託す寓意性と、彼らが身を置いている近代日本の現実の様相がつねに折り重なり、その二面が融合される比重によって、個々の作品の色合いが決まっていくからである。学者時代の漱石と作家となって以後の漱石は、別個の知的営為の主体として眺められがちだが、両者の間には明確な連続性があり、それがこうした読み手としての選択にも現れているのである。

6　徴兵を忌避する心理

もっともオースティンへの評価は、その言及がほとんど作家活動開始後になされているように、多分に自身が小説の書き手となって以後の指針として与えられている面がある。少青年期の漱石にとってはやはり、第一の嗜好は国と命運を共にする人びとを描く「左国史漢」をはじめとする漢文学にあった。皮肉なのはそうした嗜好においても、近代国家の建設を第一義に考えがちな明治人の一人としても、漱石が〈国〉への強い意識を持ちながら、自身ではそれに背を向けるように映る形跡を残していることだ。すなわち周知のように漱石は帝国大学文科大学に在学中の明治二十五年（一八九二）四月に分家し、徴兵を避けるために北海道後志《しりべし》国岩内郡に籍を移し、北海道平民となっている。この行為を漱石が意識しつづけたことは、しばしば引用されるように『吾輩は猫である』のなかに自身の筆名をもじった「送籍と云ふ男」という表現が出てくることからも推察される。この送籍の理由は明確ではないが、江藤淳は漱石の初恋の相手として想定される、兄和三郎直矩の妻登世の死後、彼が三番目の妻みよを娶ろうとしたことに対する嫌悪感から、分家しようとしたことに重点を置き、徴兵忌避は付随的な出来事であったとしている（『漱石とその時代』第一部、新潮社、一九七〇）。一方、丸谷才一はこれをはっきりと徴兵忌避のための行為と見なし、それ以降漱石はその重荷を背負いつづけたという見方を示している（「徴兵忌避者としての漱石」『展望』一九六九・六）。

　このうち江藤の論は分家の説明としては的確でありながら、なぜそのために北海道に送籍しなくてはならなかったのかを述べていない以上、漱石における徴兵忌避の理由づけにはなっていない。妻の夏目鏡子も『漱石の思ひ出』で「一時北海道平民といふことになつて居た」ことについて、「これは徴兵免除の為《た》めだつたのだといふことです」と語っているが、徴兵忌避と送籍の関係については漱石自身が言及しており、そこでもそれが否定されているわけではない。「夏目博士座談　徴兵忌避問答」（一九一一）によれば、「小学校へ行つてる長男」（長男純一は当時四歳にすぎず、長女筆子と勘違いしたものと思われる）が教師から「徴兵忌避は国民の恥辱である、此国民たる義務を遂行しなくては忠良の日本国民ではないと云ふ様な意味の話を聞かされた」際に、「「ダツテ先生、私のお父さんは北海道へ行つて徴兵をのがれたのですがお父さんは日本国民ではないのでしやう《（ママ）》か」と先生に質問を浴せ」たことがあったようで、それにつづいて次のように語られている。

先生グツと行詰まって暫く黙つて居たが漸《ようや》く思付いて「イヤ、あなたのお父さんは外の方で国家のお為になりなさる方だからそれでい丶のです、だが他の方がソンナことをなさる様であつたら必ず諫めて上げなさい」と教へたそう《（ママ）》だ。これは後に他の人から聞いたのだが父が北海道に転籍して徴兵忌避をしたなぞ誰が教へたものだか実際驚か［さ］れる。

ここに見られるように、漱石は自分が「北海道に転籍して徴兵忌避をした」ことを否定してはおらず、むしろそれをいつの間にか子供が知っていたことに驚きを覚えているのである。丸谷才一が引用するように、『吾輩は猫である』には「先達ても私の友人で送籍と云ふ男が一夜といふ短篇を書きましたが」（傍点原文、六）という一文があり、自身の筆名が「送籍」と重ねられるものであることを漱石が意識していたことは疑いない。丸谷によれば、この意識は漱石に「自分はじつにあやふやな根拠で行動する、軽薄な人間なのだ」という「反省」を与え、「自分の徴兵忌避の現場（それは犯行現場として意識されてゐたかもしれない）である東京と北海道を逃れて、その反対の方角」へと彼を去らせることになった。そして漱石のよく知られる「探偵ぎらひ」も「明らかに、自分の徴兵忌避があばかれることを恐れてゐた」からであるという。

しかし漱石が自身の徴兵忌避を知られることを怖れていたとしたら、大衆の眼にさらされる雑誌に載った作品に、わざわざそれを示唆するような表現をおこなうということは考えがたい。「送籍と云ふ男が一夜といふ短篇を書きましたが」という書き方は明らかに諧謔としてなされており、むしろ自身の素性をほのめかしてさえいるといえる。それは『猫』が「送籍」から十年以上を経た時点で書かれ、この時点では兵役に就く可能性がなくなっていたという事情があったにしても、漱石のなかにこの行為に対するさほど強い道義的な屈折がなかったことを物語る表現としても受け取られるのである。

そもそも当時においては、徴兵制の対象となっていなかった北海道に籍を移すのは、兵役を免れるための一般的な手段のひとつにすぎなかった。日本で徴兵制度が導入されたのは、廃藩置県が断行された明治四年（一八七一）の翌々年に当たる明治六年（一八七三）一月であり、中央集権による国民国家を確立する条件としての国民軍を創出するための手立てであった。徴兵令は満二十歳の男子から抽選で選ばれた者に常備軍として三年の兵役を課し、その満了後は二年間の第一後備軍と、さらにその後勤務義務のない第二後備軍に服役させるという内容であった。国民皆兵が理念とされたものの、体格不良のような肉体的条件を欠く者、一家の主人、家督継承者、官吏や官立専門学校以上の生徒、あるいは二百七十円の代人料を払った者などは兵役を免除されたために、実際に兵役に就くのは当該年齢の男子の五パーセント以下にすぎなかった。また国民国家が成立したとはいえ明治初期の民衆にとって生活の枠組みはあくまでもムラのような地域共同体であったために、国家のために軍隊に組み込まれるのは迷惑以外の事態ではなかった。また家にとっても、壮健な働き手を三年間奪い去られるのは死活に関わる問題であった。徴兵制度は第一に家と地域共同体の生活の営為を著しく阻害する国家からの暴力にほかならなかったのである。[12]

そのため徴兵令が施行されるとすぐに各地で、当選を回避するための神仏への祈願、自傷行為、戸籍の改竄、養子縁組などによる様々な徴兵忌避の手立てが取られ、戸籍の移動についてはそれを斡旋する業者が繁盛したりするほど広範囲に見られた。こうした情勢から政府は明治十六年（一八八三）に徴兵令を改正して「全国男子年齢満十七歳ヨリ満四十歳迄ノ者ハ総テ兵役ニ服ス可《べ》キモノトス」（第一条）と規定し、代人料の納入による免役が削除され、富裕層の子弟にも兵役が義務づけられた。明治二十二年（一八八九）にはさらに改正が加えられ、前回の改正では残された戸主あるいは六十歳以上の戸主の嗣子などへの猶予もなくなり、国民皆兵に向かっての体制が一層強化されることになった。

この流れのなかで、徴兵を忌避しようとする民衆の心性は変わらず、また徴兵令の文言自体が正確に理解しづらかったために、おびただしい解説書や案内書が世に出された。とくに徴兵令の最初の改正がなされた翌年の明治十七年（一八八四）には、兵役の免否の基準を明確にするための類書が六十点以上も出版されている。[13]その大半が「改正徴兵令」「改正徴兵令解釈」「改正徴兵令俗解」といった書名で、改正後の内容を解説したものだが、なかには近藤通治『改正徴兵令註解　一名徴兵のがれ早わかり』（錦松堂）のような、徴兵忌避の指南書のように見える表題の案内書も見られる。もっともこの書も法の裏をかく方法を伝授するものではなく、一読して文意の取りづらい条項の意味を平易な言い回しに置き換えて説明するものであった。

いずれにしても民衆の間で、いかにして兵役を免れるかが重大な関心事になっていたことは疑いなく、それに対して福澤諭吉は明治十七年の『全国徴兵論』（一八八四）で、兵役が「賤役視」されている状況を嘆かねばならなかった。それは当初の徴兵令の体制下では「社会上流の人は大抵皆これを免れて現役に服する者は多く下流の貧賤なるが故に賤者の位する地は其地も亦自ら賤しきが如くに見え」るからであった(14)。つまり徴兵を嫌う風潮が蔓延すると同時に、それを免れえない層が貧困層に偏りがちであるために、一層兵役が「賤役」と見なされて嫌忌されるという悪循環が明治十年代半ばには成立していたのである。

夏目漱石が明治二十五年（一八九二）に徴兵を忌避しようとした時点で相手としなくてはならなかったのは、こうした悪循環を断ち切るべく明治二十二年（一八八九）に再度の改正が施された徴兵令だが、ここで残された数少ない免役の手立てが、北海道ないし沖縄の住民となることであった。改正徴兵令の第三十三条には「本令ハ北海道ニ於テハ函館江差福山ヲ除クノ外及ビ沖縄県並ニ東京府管下小笠原島ニハ当分之ヲ施行セズ」と規定されている。北海道・沖縄の住民であること以外では、旧改正徴兵令第十八条における「官立大学校及ビ之ニ準ズル官立学校本科生徒」に対する免役が暫定的に持続し、「満二十七歳迄ハ徴集ヲ猶予ス」という規定が付されていた。漱石は当時満二十五歳であったために猶予期間がなくなりつつあり、徴兵忌避を企図するならばその対策を立てるべき時期に来ていた。

もちろん漱石が徴兵を忌避しようとする動機は、家や共同体の生活が立ちゆかなくなることを恐れてのものではない。これらはやはり地方のムラ社会に強く該当する事情であり、都市生活者はより個人的な動機によって徴兵を嫌忌しがちであったようである。やはり明治二十二年に出た桜井吉松編『改正徴兵令心得全』（精華堂）の「緒言」に置かれた、編者とその若い知人との問答はそれを示唆している。ここで編者を訪れた知人は「十九世紀の今日平穏無事の時に当り何んぞ兵備の必要あらん況《いわん》や兵は凶器なるに於てをや寧《むし》ろ文事こそ急務なれ君乞ふ其理由を教示せよ」という疑問を投げかけ、それに対して編者は「足下《そっか》が陳《の》ぶる如く兵は凶器にして吾人の尤も忌むべく嫌ふべきものなり」と認めながらも、兵の備えがなければ外国の侵攻に怯えながら暮らさねばならないという論理によって徴兵を正当化しようとしている。漱石が徴兵を忌避しようとした動機は、この本の冒頭に置かれた編者の訪問者の疑問と重なるものであろう。「平穏無事」である現在の日本において、貴重な人材が兵役に駆り出されて「凶器」とされなければならない理由はなく、「寧ろ文事こそ急務」ではないかという心性が漱石の内で作動していたことが考えられるのである。

7　「世の中」への憤り

そのため送籍をおこなったのが直接的には実父直克であったとしても、漱石はその選択を受容することにやぶさかではなかったはずである。しかも江藤淳が推察するように、末兄和三郎直矩への嫌悪感がそこに折り重なっていたとすれば、北海道への分家は望むところでもあったかもしれない。あるいはこの近親者への否定的な心性を盾に取ることで、徴兵忌避の重荷をみずから隠蔽した可能性も考えられる。社会状況的にも福澤諭吉が憂慮する、兵役を「賤役視」する感覚はまだ持続しており、兵士として三年間を消費することは漱石自身にも肯んじえない事態であっただろう。それは自身の能力を蓄え、発揮する機会をその間封印することになる損失であるとともに、それによってむしろ国に役立ちえないという逆説的な事態を招くことにもなるからだ。

その点で徴兵忌避の選択をしたことは、漱石を「文事」という独自の持ち場で国家に貢献するように強いる契機となったといえる。実際それを傍証するように、漱石は明治二十五年（一八九二）四月に北海道へ送籍した直後から翌二十六年（一八九三）にかけて、『老子の哲学』『文壇に於ける平等主義の代表者「ウォルト、ホイットマン」Walt Whitman の詩について』『英国詩人の天地山川に対する観念』『中学改良策』といった、第一高等中学校に提出されたレポートを含めて意欲的な論考を次々と執筆している。それは直接的には第一高等中学校の『哲学雑誌』の編集委員となったことによる結果であったにしても、前年の明治二十四年（一八九一）の文業が、帝国大学文科大学の教授ディクソンの依頼でおこなった『方丈記』の英訳程度であることと比較すると、明らかに送籍を機として漱石の表現欲は高まっている。それはやはり徴兵忌避によって国家に借りをつくった漱石が、それを解消するためにおこなった尽力でもあったに違いないのである。

なかでもそれを強く示唆しているのは、中等学校の教育制度に対する提言を述べた『中学改良策』である。ここで漱石は西洋列強とのせめぎ合いのなかを生き抜くにはそれだけの準備が必要であり、「世界の有様が今のまゝで続かん限りは国家主義の教育は断然廃すべからず」という前提から、外国語や体育の授業を重視するとともに、倫理の講演を積極的におこない、そこでは講師は「愛国主義を説き次に吾邦の他邦と異なる国体を審《つまびらか》になし次に師弟長幼朋友等各人相互の関係に及ぶべし」とされている。徴兵忌避が単純に国家に背反する行為であると捉えられていたら、同じ年にこうした「愛国主義」の教育を訴える文章を草したりするのは奇妙にも見える。けれども漱石にとっての徴兵忌避が、文化や思想といった自分の資質を生かす場での国家への貢献を図るための行為であったために、こうした文章を内的な矛盾なく書くことができたのである。

するとその三年後の明治二十八年（一八九五）四月に、漱石がそれまで就いていた高等師範学校の英語教師の勤めを棄てて松山の尋常中学校（松山中学）に赴任するという選択をおこなったのは不思議にも映るが、そこには漱石が目覚めさせていた国家、社会に向かう意識が取らせた判断が働いていたと考えられる。丸谷才一が指摘するように、この逃避的とも見える選択の背後には、日本が近代においておこなった最初の対外的な戦争である日清戦争がある。朝鮮の独立をめぐる清との対立から明治二十七年（一八九四）七月に勃発したこの戦争は、老朽化していた清の軍備や士気を欠いた兵士を相手として日本がすぐに優位に立ち、比較的容易に勝利を収めることになった。丸谷は日清戦争の開始とともに、漱石が「自分の身代わりのやうに死んでゆく兵士たち」の身の上を慮り、一方「自分はじつにあやふやな根拠で行動する、軽薄な人間なのだと反省して、知識人として恥じ」ることになり、さらに同じ年の早春に『ジャパン・メイル』の記者になろうとして提出した、禅を英語で論じた論文が突き返されたりする経験も加わって自信を喪失し、それが松山行きの決心へと彼を導いたという見方を提示している。また小宮豊隆はこの失敗の経験も含みながら、当時勤めていた高等師範学校の教師という職が、漱石に窮屈さを覚えさせ、さらには「自分自身の理想の高さに比べて、自分の現実が少しもこれに伴はない」という自己への総体的なもどかしさが、松山行きの前提をなしていると推察していた（『夏目漱石』）(15)。

こうした推論はおおむね的確だが、このうち日清戦争との関係について丸谷の挙げる、「自分の身代わりのやうに死んでゆく兵士たち」が漱石を恥じ入らせていたという忖度は的を射ていないと思われる。もともと漱石は戦場で命を捧げる代わりに文業によって国家に貢献することを選んだのであり、開戦となれば日本の兵士が戦死することは当然蓋然性として視野に入れられていたはずである。戦死者の報に接して衝撃を受け、自身を恥じて四国の地へ逃避したというのは漱石の上にもっとも生じがたい経緯であろう。
この問題については、漱石自身がある程度語っており、それに則って考えるのが妥当である。狩野亨吉《こうきち》に宛てた明治三十九年（一九〇六）十月二十三日付の書簡で漱石は「僕をして東京を去らしめたる理由のうちに下の事がある」として次のように述べている。

世の中は下等である。人を馬鹿にしてゐる。汚ない奴が他と云ふ事を顧慮せずして衆を恃《たの》み勢に乗じて失礼千万な事をしてゐる。こんな所には居りたくない。だから田舎へ行つてもつと美しく生活しやう――是が大なる目的であつた。

こうした感慨を漱石が明治二十七年（一八九四）から二十八年（一八九五）にかけて抱いたとすれば、その源にあるのはとりもなおさず日清戦争時における「世の中」の動きであった。そして事実日清戦争の開始とともに、日本人の清あるいは中国人に対する態度は漱石の記すような傾斜を示すことになったのである。戦争前は日本人の中国に対する眼差しは、基本的に文化の先進国に対するそれであったが、開戦して日本が各戦場で勝利を収めるにつれて、清に対する評価は下落し、生方敏郎の『明治大正見聞史』（春秋社、一九二六）に記されるように「俗謡も絵も新聞雑誌も芝居も、支那人愚弄嘲笑の趣向で、人々を笑はせる」風俗ばかりとなり、中国人の呼び方も「チャンコロ」や「チャンチャン坊主」という蔑称へと変わっていった。中国やその民族に対する敬意は失われ、侮蔑と嘲笑の対象にしかならなくなっていくのである。

漱石が「人を馬鹿にしてゐる。汚ない奴が他と云ふ事を顧慮せずして衆を恃み勢に乗じて失礼千万な事をしてゐる」と書簡に記すのは、他者を意味する「他」という語が用いられていることにも示唆されるようにこうした状況を指しており、それが彼に嫌気を起こさせ、東京を去ろうという決意へと導いていったと考えられる。漱石にとって中国は漢文学という形で文学の魅力を教えられた国であり、敬意を払うべき対象であっただけに、こうした「世の中」の「下等」さには憤懣を覚えざるをえなかったのであろう。東京を去ろうとする漱石の憤りは、松山への着任後子規に宛てられた書簡（一八九五・五・二六付）に含まれる漢詩に「漠々たる痴心世情に負《そむ》く」や「青天独り詩人の憤りを解す」（読み下し文）といった句が含まれていることからもうかがわれる。

　もっともこうした風潮は地方においてもさほど変わりがなく、たとえば経済学者・思想家の山川均の自伝によれば、生まれ育った倉敷でも日清戦争時にこうした中国への蔑視が高まり、お祭り騒ぎの戦勝祝賀がおこなわれていた[16]。松山においても同様の事情だったに違いなく、そのため漱石は「田舎へ行つて見れば東京同様の不愉快な事を同程度に於て受ける」（圏点原文、狩野宛同書簡）だけであった。結果的に漱石は松山に赴任したことを後悔することになるが、この時の反省から熊本の五高への転任とロンドン留学を経て東京に戻ってからは、「余の東京を去るは此打ち斃《たお》さんとするものを増長せしむるの嫌《きらい》あるを以て、余は道義上現在の状態が持続する限りは東京を去る能はざるものである」（狩野宛同書簡）という決意を固めている。こうした文言からもうかがわれるように、漱石が憤っているのは決して自身に向けられた周囲の処遇についてではなく、あくまでも「世の中」一般の道義的な風潮に対してであり、それと対決する姿勢を保持するべく、「世の中」の代表としての「東京」に居つづけようとしているのである。

　こうした対社会的な意識が、松山行きの少なくとも中心的な動機のひとつをなしていたはずであり、その点でも徴兵忌避によって明確化された、国家・社会に向き合おうとする意識との連続性が見て取られる。狩野亨吉宛の書簡が書かれた時に漱石はすでに作家活動を始めていたが、こうした批判意識が『吾輩は猫である』をはじめとするその後の創作に盛り込まれつづけることになるのである。

Ⅱ　見出される「東洋」
――ロンドンでの苦闘と『文学論ノート』

1　ロンドンでの生活の開始

夏目漱石が文部省の給費留学生としてドイツ文学の藤代禎輔、国文学の芳賀矢一とともにドイツ船のプロイセン号で横浜港を発ったのは十九世紀の最後の年に当たる明治三十三年（一九〇〇）の九月八日であった。漱石は十月十七日にナポリ、十九日にジェノヴァに着いてから、万国博覧会を見物するために汽車で赴いたパリに一週間滞在した後に、十月二十八日にドーヴァー海峡を渡ってロンドンに到着している。ここから明治三十五年（一九〇二）十二月に至るまでの、漱石の愉快とはいえないもののその表現者としての自己形成に重要な意味をもつことになる留学生活が始まっている。漱石が最初に入居したのはロンドン大学や大英博物館に近いガワー街の旅宿で、地理的には利便性に富んでいたが、「一日に部屋食料等にて六円許《ばかり》を要し」（夏目鏡子宛書簡、一九〇〇・一〇・三〇付）という宿泊費がかかり、留学費として年千八百円、つまり月百五十円を支給されていた漱石には高額すぎる住まいであった。そのため漱石はこの旅宿に身を置いたものの、わずか二週間ほど滞在しただけで翌十一月十二日には、ここから四キロほど北西に離れたプライオリー街のミルデ家に移っている。

ガワー街の旅宿は早晩出ていくべき仮住まいであったために、漱石の意識ではこの閑静な中流の住宅街に位置するミルデ家が最初の下宿として捉えられている。『永日小品』（一九〇九）の「下宿」の章では、ここについて「始めて下宿をしたのは北の高台である。赤煉瓦の小じんまりした二階建が気に入つたので、割合に高い一週二磅《ポンド》の宿料を払つて、裏の部屋を一間借り受けた」と述べられている。当時の円・ポンドのレートは一ポンド約十円であり、二ポンドは約二十円に当たる。一日六円で週四十円以上かかるダワー街の旅宿と比べれば半額以下であり、留学費の半分強で住居費がすませられるのは漱石には好都合であった。

もっとも明治三十年頃の一円は大まかには現在の一万円程度の値打ちがあったことを考えると、下宿代に月八十万円以上を要したことになり、当時の円の価値の低さがうかがわれる。実際漱石は妻の鏡子に宛てた書簡（一九〇〇・一二・二六付）で「日本の五十銭は当地にて殆《ほと》んど十銭か二十銭位の資格に候」と記し、あるいはその約一ヶ月後の鏡子宛の書簡（一九〇一・一・二三付）でも「日本の一円と当地の十円位な相場かと存候」と記している。十分の一の貨幣価値はやや強調されすぎであるにしても、東京での生活になぞらえれば、月三十円ほどで暮らす感覚であっただろう。この貨幣価値の相違が留学中の漱石を悩ませつづけることになる。

とはいえ下宿代には朝夕の食事代も含まれており、独り身で暮らす人間にとって、月百五十円という金額は決して生活に困窮するほどの額ではない。またイギリス人の生活水準と照らしても、月十五ポンドという〈月収〉は相対的には恵まれた部類に属する。階級社会であるイギリスにおいて、当時「上流」に分類されるのは千ポンド以上の年収と広大な地所を所有する貴族や高級官吏、銀行家などのジェントリ階層であり、中級官吏や商店主、親方職人層などから成る「中流」上層階級として見なされるためにも三百ポンド以上の年収が必要であった。日本では高等学校の教授としてまぎれもなく中流上層階級の一人であった漱石も、年百八十ポンドの〈年収〉では、イギリスでは「中流」中層以下に属することになる。しかし十九世紀の後半において、イギリスの「上流」及び「中流」上層の二つの階層を占める家族数は合わせても二パーセント程度にすぎず、九十パーセントの人びとは年百ポンド以下の収入で暮らしていた。(1) したがって漱石の経済状況は、数的な比率においては〈中の上〉程度には位置づけられる水準であった。

しかし留学生である漱石は当然勉学のための学費が必要であり、また高価な書物を大量に購入し、さらにしばしば芝居見物にも通う生活を満たすには十分ではなかった。そのため同時期にドイツに留学した藤代禎輔に宛てた書簡に「今日ビスケットヲカジッテ昼食ノ代リニシタ」（一九〇〇・一二・二〇付）という文が見られるように、食費の節約を心がけるしかなかった。それは逆にいえば、とくに美食家というわけではない漱石が、食費を削ってその分を本来の興味、関心を満たすことに充てたということでもあるだろう。購入すべき書物にしても、「一寸目ぼしいのは三四十円以上」（藤代禎輔宛書簡、一九〇〇・一二・二六付）と記されるような水準で、たとえば明治三十四年（一九〇一）三月五日には『沙翁〔シェイクスピア〕集』など「50円許《ばかり》ノ書籍」（同日「日記」）を購入し、一ヵ月分の留学費の三分の一を一日で費やしている。下宿に立て籠もって鬱々と愉しまない二年余としてのイメージをもつ漱石の留学生活だが、当初は外出も頻繁で、芝居見物にも意欲を示している。日記に記された限りでも、漱石は明治三十四年の一月から三月までに五回劇場に足を運び、シェイクスピアの『十二夜』やペローの『眠れる美女』のパントマイム劇などを鑑賞し、装置や衣裳の美麗さへの感嘆を綴っている。

勉学については、ロンドンに到着した漱石は明治三十三年十一月二日にケンブリッジ大学のペンブローク・カレッジを訪れたものの、案内役を務めた、当時ケンブリッジ大学に留学していた旧友の田島錦治に、ここの学生たちが「四百磅《ポンド》乃至五百磅を費やす有様」であり「此位使はないと交際抔《など》は出来ない」と聞き、「留学生の費用では少々無理である」と判断せざるをえなかった。その後漱石はロンドン大学のユニヴァーシティ・カレッジでケア教授の英文学講義を傍聴している。明治三十三年十一月二十一日の日記に「Ker の講義ヲ聞ク面白カリシ」と記しているように、ケアの講義への出席は有意義であったようだが、大学の学生として受講しつづけることは結局回避している。

その理由について漱石は書簡で「講義其物は多少面白い節もあるが日本の講義とさして変つた事もない汽車に乗つて時間を損して聴に行くよりも其費用で本を買つて読む方が早道だといふ気になる」（狩野亨《こう》吉《きち》・大塚保治・菅《すが》虎雄・山川信次郎宛、一九〇一・二・九付）と記している。もともと文部省が国費留学生としての漱石に与えた課題は文学研究ではなく「英語研究」であり、五高教授に在職中の明治三十三年（一九〇〇）六月に、漱石は「英語研究ノ為満二年間英国へ留学ヲ命ズ」という辞令を校長の桜井房記から受け取っている。しかし五高で英語教師を務めるものの帝国大学文科大学在学中から英文学研究の論考を発表していた漱石は、すでに文学研究者としての自己認識を持っていた。「英語研究」という課題はその方向性と明らかにすれ違っていたために、『文学論』「序」（一九〇七）で述べられるように、その点について漱石は国語学者で当時文部省の専門学務事務局長であった上田万年《かずとし》を訪れて「委細を質し」た。それに対して上田は「別段窮屈なる束縛を置く」わけではなく、「帰朝後高等学校もしくは大学にて教授すべき課目を専修せられたき希望なり」という返答を与えている。送り出す文部省の側にも「英語研究」と「英文学研究」の区別が明瞭についていなかったのであり、漱石もそれを曖昧に受け取ったままイギリス留学の命を拝受することになった。

漱石が熊本の五高に着任したのは明治二十九年（一八九六）四月で、六月には愛媛県尋常中学校（松山中学）に在職中であった前年十二月に、上京して見合いをした相手である中根鏡子と結婚して新生活に入っている。その後鏡子が強度のヒステリー症状に陥り、近所の川で入水未遂事件を起こすといった危機的な状況を経ながらも、三年後の明治三十二年（一八九九）五月には長女の筆子も生まれ、その翌年に留学の辞令を受け取る前の四月には教頭心得に任ぜられていた。熊本在住の四年間にこうした人生の節目を形成する出来事が起こっていたが、次女の恒子を妊娠していた鏡子と筆子を日本に置き、留学の目的に不安を抱えたまま、漱石はイギリスへ発ったのだった。

ロンドン大学ユニヴァーシティ・カレッジでのケアの講義の傍聴をやめた後、漱石はシェイクスピア学者のウィリアム・クレイグの個人教授を受けるようになる。漱石がクレイグのもとに最初に赴いたのは、二番目の下宿であるミルデ家に滞在中の明治三十三年（一九〇〇）十一月二十二日であり、「一時間5shilling」（日記、一九〇〇・一一・二二）という代価であった。一ポンドは二十シリングなので、五シリングは〇・二五ポンド、つまり約二・五円に相当する。イギリスの物価の高さに悩まされていた漱石にとっては、この授業料の安さは有難かったに違いない。

藤代禎輔宛の書簡（一九〇〇・一二・二六付）では「「シエクスピア」学者で頗《すこぶ》る妙な男だ四十五歳位で独身もので天井裏に住んで書物ばかり読んで居る」と紹介されているが、実際にはこの時クレイグは五十七歳であり、書簡につづけて記されているように、新しいシェイクスピア辞典を編纂中であった。『永日小品』（一九〇九）の「クレイグ先生」の章では、クレイグがアイルランド人で、その出自のために「言葉が頗《すこぶ》る分らない」学者として語られている。とくにせき込んで話すような際には、まったく発言を解することができず、「運を天に任せて先生の顔丈《だけ》を見てゐた」という状況に陥ってしまうのだった。しかしこうした叙述のなかにも、「何となく野趣がある」風貌や「白襯衣《シャツ》や白襟を着けたのは未だ曾《かつ》て見た事がない」という庶民的な風采と相まって、クレイグの愛すべき人物としての輪郭が浮かび上がっていて、少なくとも漱石がイギリス人一般から受け取りがちであった冷淡なよそよそしさを感じ取らせない人物として印象づけられたことが分かる。漱石が周囲のイギリス人に対して距離を感じていたように、クレイグもアイルランド人として自己をイギリス人から差別化しており、『永日小品』では彼は「一体英吉利《イギリス》人は詩を解することの出来ない国民でね。其処へ行くと愛蘭土《アイルランド》人はえらいものだ。はるかに高尚だ。――実際詩を味ふ事の出来る君だの僕だのは幸福と云はなければならない」と漱石に断定的に語るのだった。(2)

2　公的な研究と私的な研究

クレイグの個人教授を受け始めた時点で明確になったのは、漱石が英語自体の研究やその運用能力の向上を目指すことに完全に背を向けたということである。とくに後者については「二年間居つたつて到底話す事抔《など》は満足には出来ないよ第一先方の言ふ事が確と分らないからな情ない有様さ」（狩野亨吉・大塚保治・菅虎雄・山川信次郎宛書簡、一九〇一・二・九付）という状況で、早々に断念するほかなかった。そこから漱石は否応なく、上田万年の示唆した「窮屈なる束縛」を置くわけではないという言葉を盾に取る形で、これまでどおりの英文学の批評的研究をとりあえず続行することになる。それでは英文学関係の書籍・資料の収集が容易になるだけで、研究自体は日本にいる頃と大差ないことになるが、藤代禎輔宛書簡に「僕はね留学生になつて何にも所得はない」（一九〇一・六・一九付）と記すようにそれが漱石に与えられた現実であった。

しかしこうした形でも英文学研究が可能であると漱石が判断したのは、〈本場〉の大学においても文学研究がさほど学問的に確立されていないからでもあった。富山太佳夫によれば、十九世紀のイギリスにおいて進展したのは歴史研究であり、文学については神学・哲学・自然科学との区別も明瞭ではなく、大学に英文学の講座が開設され始めたものの、その性格づけは流動的で、教授の個人性に左右される度合いが高かったようである（『ポパイの影に——漱石／フォークナー／文化史』みすず書房、一九九六）。漱石がユニヴァーシティ・カレッジでのケアの講義からクレイグの個人教授に切り換えたのも、結局制度としての大学が英文学研究に必須の条件ではないことを数ヵ月で見抜いた結果でもあっただろう。

もっともクレイグの個人教授が後の漱石の研究に方法的な示唆を与えたとは思われない。『永日小品』でも詩を読み始めると「顔から肩の辺が陽炎《かげろう》の様に振動する」姿が印象的に記される一方で、文学の話題が気ままに飛んでいって「時によると昨日と今日で両極へ引越しをする事さへある。わるく云へば、まあ出鱈目《でたらめ》で、よく評すると文学上の座談をして呉《く》れる」という性質の教授法であったようである。おそらく漱石にとって、クレイグの個人教授は〈留学生〉としての自己を繋ぎとめるための手立てであり、彼と交わる時間を持つことによって、イギリスで英文学を学んでいるという自己の立場を保全する感覚を持つことができたのであろう。クレイグの教え方が「出鱈目」であっても、それ自体は漱石を失望させることではなかったに違いない。

クレイグにも見られるこの文学研究の私的ないし感性的な性格は、もともと漱石が文学に対して抱いていたものでもある。漱石にとって文学が第一に個人の感受性によって〈味わう〉対象であるということは、よく知られた『文学論』「序」にも明記されている。ここで漱石は少年期に親しんだ漢文学と青年期に出会った英文学があまりにも違う世界として受け取られる違和感を語っていた。

翻つて思ふに余は漢籍に於て左程根底ある学力あるにあらず、然も余は充分之《これ》を味ひ得るものと自信す。余が英語に於ける知識は無論深しと云ふ可からざるも、漢籍に於けるそれに劣れりとは思はず。学力は同程度として好悪のかく迄に岐《わ》かるゝは両者の性質のそれ程に異なる為めならずんばあらず、換言すれば漢学に所謂《いわゆる》文学と英語に所謂文学とは到底同定義の下に一括し得べからざる異種類のものたらざる可からず。

ここから漱石は「異種類」のものといわざるをえない漢文学と英文学がなおどちらも「文学」でありうる共通の地平を求めて、心理学や社会学を援用する研究を思い立ったというのも周知の経緯だが、その転機が訪れるのはまだ先のことであった。クレイグのもとに通いながら、おそらく漱石は詩の世界に没入するこの風変わりな老学者が、アイルランド人でありながらイギリス人による文学作品を十分に「味ひ得る」様相を目の当たりにしていた。漱石も少年期から親しんだ漢文学であれば、その〈味わい〉を感得することが容易であったが、今自分が研究の対象としている英文学がそうした位相に置かれえないことにあらためて焦慮を覚えざるをえなかったのであろう。

漱石の留学生活が苦渋に満ちたものになった起点にあるのは、漱石が選んだ〈文学〉という対象がもつ、国や民族の歴史性のなかにはらまれながらも、直接的には個人の営為によってもたらされ、個人の意識に働きかける私的な性格にほかならない。それはたとえば森鷗外のドイツ留学における修学のあり方と比べると明瞭である。

鷗外が陸軍省の命によって衛生学研究のためにドイツ留学に発ったのは、満二十二歳であった明治十七年（一八八四）八月であり、ライプツィヒ、ミュンヘン、ベルリンなどで延べ四年間を過ごし、明治二十一年（一八八八）九月に帰国の途についている。鷗外は留学時に陸軍軍医本部課僚であり、前年の明治十六年（一八八三）にはプロシア陸軍の衛生制度の調査に従事している。その点で鷗外がドイツで衛生学を学ぶのは、日本での公務と完全に連続した研究であり、漱石のように「英語研究」と「英文学研究」の間でたゆたうような余地はなかった。「富国強兵」の流れのなかで欧米諸国と拮抗しうる軍事力を備えることが自明の要請であった時代にあって、兵士の栄養、衛生管理の向上は喫緊の課題であり、ドイツでの学問的な水準を吸収し、それを日本の風土・自然に合わせつつ還元することは、鷗外個人の内面と関係ない次元で遂行せねばならない責務であった。

十月二十二日には鷗外はライプツィヒに赴き、ライプツィヒ大学のホフマン教授に面会した後、直ちに「寡婦の家の一房」に下宿を決めている。同日の日記では「我房には机あり、食卓あり。臥床をば壁に傍ひたる処に据ゑたり。被衾は羽毛を装満したるものにて、軟にして煖なり」（『独逸日記』[3]）と、必要な家具が備わっていることが確認されている一方、住まいの環境に対する好みなどは表明されていない。漱石が二番目のミルデ家の下宿について「東京の小石川といふ様な処へ落付たすると此家がいやな家でね」（狩野亨吉他三名宛書簡、一九〇一・二・九付）という感想を書簡に記し、三番目のブレット家については「ウチノ下宿ノ飯ハ頗ルマヅイ此間迄ハ日本人ガ沢山居ツタノデ少シハウマカツタガ近頃ハ段々下等ニナツテ来タ」（「日記」一九〇一・二・一五）といった不満をもらしているのに比べれば、鷗外が衣食住の細部への気分的な評価を表すことはほとんどない。

それは両者の性格の差違によるものであると同時に、到着以降研究、交際、学会への出席などの公務が押し寄せていた鷗外には、自身の生活環境に対する好尚にこだわっている暇がなかったというべきであろう。しかもそれらをこなすことに鷗外が重圧や煩わしさを感じている気配はまったくなく、陸軍省の一員としての仕事、責務を着実に果たしつつ、一方では秀でた語学力を駆使して現地の知己と活発に交わり、宴会や晩餐会にも進んで参加している。

その一方で、鷗外が文学や演劇を盛んに嗜んでいたことはいうまでもない。交際を兼ねた観劇にたびたび赴き、読書についても、下宿の日本人の隣人が去った後にその部屋に移り、そこに蓄えていった「百七十余巻」の洋書を鷗外は繙いて、「ダンテ Dante の神曲 Comedia は幽味にして恍惚、ギョオテ Goethe の全集は宏壮にして偉大なり。誰か来りて余が楽を分つ者ぞ」(『独逸日記』一八八五・八・一三)といった耽溺を示している。鷗外にとっては文学はこの時点においては完全に私的な享楽であり、漱石のようにそれをどのように〈学問的〉に研究するかといったことに苦悩する対象ではなかった。

漱石にとっての困難は、この文学という本来私的な享楽に属する対象を自身の〈学問〉領域としてしまったことにあった。しかも漱石はもともと文学を〈味わい〉という感性的活動の対象として捉えていたのであり、それが一層研究の私的な性格を強めることになる。一方で漱石は文部省に派遣された国費留学生として、国家の予算を使ってその研究を遂行し、何らかの成果を上げることを要請されていた。その点では漱石においても留学の目的は〈公的〉な次元に置かれるものであり、任務の公的な性格と研究の私的な性格のズレのなかで漱石は苦しまねばならなかった。

もともと漱石は明治人の一人として国家への強い意識を持つ人間であり、留学前の明治三十年(一八九七)十月におこなわれた五高の創立記念日での「祝辞」でも「今日は国家岌々《きゅうきゅう》の時なり。濫費の日に多きは内憂なり。強国の隙を窺ふは外患なり。(中略)諸子今学生たりと雖《いえ》ども、其一言一動は則ち国家の全局に影響するなり」と語り、逼迫の度を高める国内財政への憂慮や、アジア諸国への侵攻の度合いを強める西洋列強への危惧を表明し、そうした局面の自覚を学生に促している。また『文学論』「序」でも、

「不愉快の二年」を過ごすことになったロンドンに導かれたのが「個人の意志よりも大なる意志に支配せられ」た結果であったという記述が見られるが、ここでも国家の意向を示唆する「大なる意志」を尊重する姿勢が滲出している。こうした意識が基底にあることが、漱石のロンドンでの英文学研究を困難なものにせざるをえなかったのである。

けれども皮肉なことに国費留学生という立場によって強められていた国家意識は、かえって漱石の〈日本人〉としての同一性を危うくさせていた。つまりイギリスという異国にあることで漱石の内にあらためて浮上していたその同一性は、対西洋という図式のなかで肯定的な形で浮上してこないからである。それは当然ながら、第一に漱石が周囲のイギリス人と異質な存在であることが身体的な次元で明白だからである。多く引用されるように、『倫敦消息』（『ホトトギス』版、一九〇一）には次のような一節がある。(4)

向ふから人間並外れた低い奴が来た。占《しめ》たと思つてすれ違つて見ると自分より二寸許《ばか》り高い。此度《こんど》は向ふから妙な顔色をした一寸法師が来たなと思ふと是即ち乃公《だいこう》自身の影が姿見に写つたのである。不得已《やむをえず》苦笑ひをすると向ふでも苦笑ひをする是は理の当然だ。

ここでは文字通り「鏡」に映った像によって、身体的な異質性ないし劣位性という形で自己の民族的同一性に顔を突き合わさせられている。漱石の身長は百六十センチ弱であり、当時の日本人としても小柄であった。同時代のイギリス人も現在ほど長身ではなかったが、十九世紀後半の男性の平均身長は百七十三センチ程度であり、漱石とは十センチ以上の差があった。(5)また夏目鏡子に宛てた明治三十三年十月二十三日付の書簡では「当地ニ来テ観レバ男女共色白ク服装モ立派ニテ日本人ハ成程黄色ニ観エ候女抔《など》ハクダラヌ下女ノ如キ者デモ中々別嬪之有《これあり》候小生如キアバタ面ハ一人モ無之《これなく》候」と記され、自身の「アバタ面」がイギリスでは珍しい存在であることに言及されている。漱石は三歳頃の種痘の失敗が原因で顔のとくに左側に痘痕が残ったことは、よく知られている。処女作の『吾輩は猫である』（一九〇五〜〇六）にも、猫の「吾輩」の飼い主である苦沙弥が、鏡をにらみながら、顔の痘痕がめだたない角度を研究したりする場面が出てくるように、漱石自身この特徴を気にしていたようで、写真を撮る際も痕跡が写らないような工夫をしていたといわれる。

天然痘は江戸時代から明治時代にかけては罹患が一般的な病気であり、明治天皇も幼時期に患っているが、明治十八年（一八八五）に種痘規則が制定され、種痘が義務付けられることになった。イギリスにおいては十八世紀後半にジェンナーが開発した天然痘ワクチンの普及によって、十九世紀前半には急速に罹患者が減少していった。二十世紀が始まろうとする時代に天然痘の痕跡を顔に残している漱石は、いわば先進国にあって文明的な後進性を晒しているようなものであり、進化論的な人間観が支配的になっていた西洋世界に身を置く上では喜ばしくない条件であった(6)。

3　〈日本人〉としての空白

漱石がこのように身体的な同一性にこだわり、それが肯定的な形を取りえないことに焦慮しなくてはならなかったのは、自身を文学作品の批評的研究の主体として想定したことによる因果的な結果でもあった。漱石がその思想をよく認識していたヒュームは、人間の操作する観念が外界から受けた印象を内在化することによって成立し、それらを連合させることで人間の意識的営為がもたらされる機構を『人性論』で詳述しているが、観念の起点となる印象が、身体を媒介とする外界との交わりによって生まれるのである以上、観念の成立と連合は外界への身体的知覚を不可欠の条件としていることになる。漱石の文学作品への向かい方がその〈味わい〉を捉えるという、印象を観念化する方向を取る限り、そこに内実を与える意識活動はその起点的主体としての個人の身体を無化しえないのである。漱石が文学研究に精を出す一方で、自己の身体に審美的な眼差しを注がざるをえなかったのは、そうした彼の姿勢の反映であった。そしてそこに浮かび上がってくる自身の〈日本人〉としての否定的な同一性が漱石を苛立たせていたのである。

さらに自身の〈日本人〉としての同一性を漱石が肯定的に捉えることができなかったのは、端的に彼の文学者としての同一性がもともと〈日本〉になかったからでもある。前章で眺めたように、漱石の文学的な素養は主として漢文学を吸収することによって培われている。しかしその世界への親炙によって培われた文学的感性を英文学に援用することが叶わなかったために、大学卒業時に「何となく英文学に欺かれたるが如き不安の念」を抱かされることになったのである。そして国費留学生として赴いたロンドンで否応なく日本人としての同一性に振り返らされることで、漱石はあらためて自身が内在させた〈日本〉に眼を向けざるをえなくなるが、そこで直面することになったのはその不在ないし空白にほかならなかった。

もっとも学生時代に『源氏物語』を巧みに取り込んだ文章や俳句をつくっているように、漱石に日本古典の素養が欠けていたわけではない。(7) しかし前章で言及した「余が文章に裨益せし書籍」(一九〇六)で、「徒らにだら〳〵した『源氏物語』、みだりに調子のある「馬琴もの」、「近松もの」、さては『雨月物語』なども好まない」と述べているように、文体の次元での好尚であるとはいえ、日本の古典文学に対する愛着はさほど認められない。現に明治四十二年(一九〇九)に編纂された『東洋美術図譜』(村山旬吾編、国華社)を『東京朝日新聞』紙上で紹介した同名の文章(一九一〇)では、自分が背負っている文化的背景に思いを及ぼすと「少し心細い様な所がある」と記した上で、次のように述べられている。

一国の歴史は人間の歴史で、人間の歴史はあらゆる能力の活動を含んでゐるのだから政治に軍事に宗教に経済に各方面にわたつて一望したら何《ど》う云ふ頼母《たのも》しい回顧が出来ないとも限るまいが、とくに余の密接の関係ある部門、即ち文学丈《だけ》で云ふと、殆んど過去から得るインスピレーションの乏しきに苦しむと云ふ有様である。人は源氏物語や近松や西鶴を挙げて吾等の過去を飾るに足る天才の発揮と見《み》認《と》めるかも知れないが、余には到底そんな己惚《うぬぼれ》は起せない。（「東洋美術図譜」）

そしてそれにつづけて、自分に創作の活力をもたらしてくれるものが、「わが祖先のもたらした過去でなくつて、却《かえつ》て異人種の海の向ふから持つて来てくれた思想である」と記されている。すでに英文学の研究から離れ、職業作家として活動していたこの時期においても、自国の古典文学に興味がないと明言されているのであり、であれば英文学者としての道を歩んでいたイギリス留学時代の漱石のなかに、自国の古典文学への関心が作動していたとは一層考えがたい。いいかえれば、ロンドンで漱石は自分が一個の〈日本人〉であることに覚醒させられながら、その内実を空白の形で受け取らざるをえなかった。それが彼の立ち位置を曖昧にし、内面の危うさをもたらすことになったのである。

この文学作品を〈味わう〉ための基底となるべき〈日本人〉としての同一性の希薄さは、おのずと作品を位置づけるための普遍的な地平に漱石を向かわせることになる。『文学論』「序」にも記されるように、留学生活の後半において漱石は心理学、社会学といった人文科学の知見を援用することで、学問的研究としての枠組みをつくり、そのなかに文学を位置づけるという方法を採ることになる。同時にそれは国家の命を受けた学問研究の対象として文学に関わるための方途でもあったが、そこに至る契機となったのが、化学者の池田菊苗《きくなえ》との出会いと交わりであった。

池田菊苗（1864〜1936）
（提供：倫敦漱石記念館）

「味の素」の発明者として知られる池田は元治元年（一八六四）に薩摩藩士の次男として京都に生まれ、大学予備門を経て帝国大学理科大学で化学を専攻した、漱石の三歳年長に当たる、帝国大学の先輩であった。ロンドンで出会うまで漱石の知己ではなかったが、五高の同僚であった大幸《おおさか》勇吉と推定される知人を介して、池田のロンドンでの宿を漱石が探すことになり、四番目の住まいに当たるステラ街にあるトゥーティングの下宿に招き入れたのだった。(8) 当時ライプツィヒに留学中であった池田がロンドンを訪れたのは、自身の課題である熱化学に関わる研究をおこなうために英国王立研究所（Royal Institution of Great Britain）に一時滞在するためであり、ロンドンに着いた明治三十四年（一九〇一）五月五日の翌日の漱石の日記には「池田菊苗氏ト Royal Institute〔Institution の誤り、引用者注〕ニ至ル」という記載が見られる。おそらく着いたばかりの池田を漱石が案内する形で、ロンドン中心部のアルブマール街にある王立研究所に赴いたのであろう。

五月四日の日記にも「池田氏ヲ待ツ来ラズ」という一文があり、それを皮切りとして、漱石の日記には「池田氏と世界観ノ話、禅学ノ話抔《など》ス氏ヨリ哲学上ノ話ヲ聞ク」（五・一五）、「夜池田氏ト教育上ノ談話ヲナス　又支那文学ニ就テ話ス」（五・一六）、「夜池田氏ト話ス理想美人ノ description アリ両人共頗ル精《くわ》シキ説明ヲナシテ両人現在ノ妻ト此理想美人ヲ比較スルニ殆ンド比較スベカラザル程遠カレリ大笑ナリ」

（五・二〇）など、池田に関する記述が頻出するようになる。こうした記述には、知識がさほどないにもかかわらず〈ネイティブ〉としてのプライドから決して漱石の英文学の知見を認めようとせず、あげくは「ストロー」や「トンネル」の綴りを知っているかと訊ねたりする、周囲のイギリス人たちとのやりとりにうんざりさせられていた漱石が、自身の知的水準に釣り合う話し相手をようやく持った喜びが滲み出ている。

青年期における正岡子規との切磋琢磨にもうかがえるように、漱石は知的水準の高い相手を友人として求め、その交遊によって自分を高めようとする傾向が強い人間である。また漱石自身建築家を目指していた時期もあり、後に物理学者の寺田寅彦を弟子として可愛がっているように、科学的、合理的な思考や着想への愛着を持っている。その点で池田菊苗は、彼がロンドンで出会った唯一ともいえる自己啓発をもたらす相手であり、その交わりがその後の研究に対する方向づけを与えることにもなった。引用した日記に記載されているように、二人の対話の主題は「世界観」「禅学」「哲学」「教育」「理想美人」など多岐にわたっている。また池田は化学が専門であるにもかかわらず、大学卒業後には一時期英語の教師を勤め、シェイクスピアを講じたこともあるなど、きわめて広い知的領域に通じた人物であった。

しかし漱石を惹きつけたのはそうした博学ぶりだけでなく、池田の学問や研究に対する考え方に、漱石のそれと共鳴する部分があったからであろう。「「味の素」発明の動機」（亀高徳平『人生化学』一九三三、丁未出版社、所収）という随想によれば、池田が当初から目指したのは「純正化学」と「応用化学」の融合であり、化学を研究室のなかの学問に閉じ込めておくのではなく、それを実生活に「応用」して日本人の生活の向上に役立たせることであった。漱石がロンドンで日本と日本人の行く末を憂慮していたように、池田は「元来我国民の栄養不良なるを憂慮せる一人にして如何にして之を矯救すべきかに就て思を致したること久しかりし」という問題意識の持ち主であり、その探究の結果が昆布のエキスから抽出された、グルタミン酸塩を主成分とする「味の素」であった。「味の素」の「佳味」を加えることによって「滋養に富める粗食を美味ならしむること」を可能とし、それが日本人の栄養摂取の向上につながると考えたのである。

　こうした実生活と学問、あるいは科学の異種の領域の結合によって豊かな結果をもたらそうとする池田の姿勢は、漱石の発想とも連携する性格を持っている。漱石も科学的な思考への愛着を持ち、池田がトゥーティングの下宿を去った後に本格的に取り組み始める、帰国後『文学論』（一九〇七）としてまとめられることになる研究では、心理学、社会学といった、文学の外側の学問領域を援用しつつ、文学の本質を探究しようとしている。その起点に池田との対話による触発、啓発があったことは否定できないだろう。

　興味深いのは、池田がグルタミン酸塩という形で発見することになる「佳味」が、漱石が文学の領域でおこなおうとした探究と重ね合わされる意味をもつことである。すなわち池田は客観性のみが尊ばれる厳密な科学の領域において、食べ物の〈おいしさ〉という感覚的な価値を具体化しようとし、その結果グルタミン酸塩という物質を見出すに至った。ここには客観的な科学と主観的な感覚の統合が見られるが、一方漱石は前章で見たように文学というもっぱら主観的、感覚的に扱われがちな領域において、その〈味わい〉という価値を、隣接的な学問領域を援用することで極力客観化することに力を注ぐことになった。『文学論』の冒頭で漱石は「F＋f」という図式で文学の本質を表現しているが、「F」が観念的焦点、「f」が感情的要素である点で、この図式はまさに主観と客観の統合を意味している。とくにfは具体的には文章の修辞によって読み手に喚起される感覚的効果として現れるものであり、まさに作品の〈おいしさ〉というべき要素であった。

池田が昆布のエキスからグルタミン酸塩の抽出に成功するのは明治四十一年（一九〇八）のことであり、漱石と生活を共にしていた頃に取り組んでいたのは、溶液の比熱の精密測定という主題であった。しかし思想や文学にも及ぶ広範囲の知的関心を持ち、化学と実生活を結合させることを志向していた池田は、食べ物の〈おいしさ〉に代表されるような感覚的価値にもともと敏感であっただろう。だからこそ漱石と話が合ったはずであり、理論と感覚を結合させる池田の着想を漱石も日々の対話から汲み取ることが少なくなかったに違いない。池田が「味の素」の開発に踏み出した明治四十一年（一九〇八）に書かれた随想でも、漱石は以下のような記述で、留学生活における重要な転機として池田との出会いと彼との短い共生を尊ぶ思いを表明している。

所へ池田菊苗君が独乙から来て、自分の下宿へ留つた。池田君は理学者だけれども話して見ると偉い哲学者であつたには驚ろいた。大分議論をやつて大分やられた事を今に記憶してゐる。倫敦で池田君に逢つたのは自分には大変な利益であつた。御蔭で幽霊の様な文学をやめて、もつと組織だつたどつしりした研究をやらうと思ひ始めた。（「時機が来てゐたんだ——処女作追懐談」）

この記述からも、池田との議論や対話に導かれることで、個人教授を受けていたクレイグの詩の鑑賞法に見られるような、個人の曖昧な感覚にのみ則ろうとする「幽霊の様な文学」から脱却するきっかけを摑むことができたと漱石が感じていることが分かる。「もつと組織だつたどつしりした研究」が、客観性をもった人文科学の理論的な枠組みのなかに文学研究を位置づけることであることはいうまでもない。

4　『文学論ノート』への着手

このロンドンで漱石が得た文学研究の方向性の具体化として、この年から翌明治三十五年（一九〇二）にかけて膨大な量に及ぶノートが積み上げられることになる。この研究の起点的な動機にあるものは、これまでも眺めてきた英文学に対して抱くに至った根本的な疑念であり、『文学論ノート』としてまとめられることになるロンドンでの研究は、「漢学に所謂文学と英語に所謂文学とは到底同定義の下に一括し得べからざる異種類のものたらざる可からず」（『文学論』「序」）という認識を起点として、東西の文化の隔たりを確認しつつそれらを通底する文学の本質を、心理学、社会学といった様々な人文科学を援用しつつ把握することを目指しておこなわれることになる。

余は下宿に立て籠《こも》りたり。一切の文学書を行李の底に収めたり。文学書を読んで文学の如何なるものなるかを知らんとするは血を以て血を洗ふが如き手段たるを信じたればなり。余は心理的に文学は如何なる必要あつて、此世に生れ、発達し、頽廃するかを極めんと誓へり。余は社会的に文学は如何なる必要あつて、存在し、隆興し、衰滅するかを究めんと誓へり。

（『文学論』「序」）

多く引用されるこの「序」の一節の記述は『文学論』の内容には明らかに符合しない。『文学論』は『ノート』でなされた文学の本質に関する考察を英文学に適用する形でなされた、帰国後の勤め先となった文科大学での講義をまとめたものであり、おびただしい英文学の作品からの引用が盛り込まれている。それらを漱石が〈記憶〉に頼っておこなっているとは考えられず、当然正確を期すためにも各作品のテクストを傍らに置きつつ原稿が書かれているはずである。一方『文学論ノート』においてはウィリアム・ジエームズ、モーガン、ギュイヨー、リボー、ロンブローゾ、ノルダウらの心理学・社会学の言説を下敷きとした考察がおこなわれる反面、文学作品の引用は僅少にとどまっている。「一切の文学書を行李の底に収めたり」という表現は、多少誇張を含むにしても『文学論ノート』の内容とは合致する妥当性をもっているのである。

こうした考察に漱石が取り組み始めたのは、池田菊苗がトゥーティングの下宿を去ってから二ヶ月ほど経った、明治三十四年（一九〇一）の八月ないし九月頃であった。それは明治三十五年（一九〇二）三月に岳父の中根重一に宛てた書簡に「私も当地着後（去年八九月）より一著述を思ひ立ち目下日夜読書とノートをとると自己の考を少し宛かくのとを商売に致候」（一九〇二・三・一五付）と記していることからうかがわれる。同時にこの時期は漱石が精神状態を悪化させ、翌年には発狂の噂さえ流れることになる一連の状態の初期段階に相当している。池田が漱石との共同生活を切り上げてケンジントンに移ったのは六月二十六日のことであり、それから一週間も経たない七月一日の日記には「近頃非常ニ不愉快ナリクダラヌ事ガ気ニカヽル　神経病カト怪マル、然一方デハ非常ニヅーヅー敷《しい》処ガアル、妙ダ」と記され、精神の不安定さをみずから意識していることが分かる。

漱石がロンドンで陥った神経症的な症状に対しては、夏目鏡子のような近親者の証言を含めて、これまで様々な論及が与えられてきている。その場合、専門の精神医学者による研究では生来の資質・体質に由来する「鬱病」の症例として扱われがちで、たとえば千谷《ちたに》七郎『漱石の病跡――病気と作品から』（勁草書房、一九六三）では漱石の症状は「内因性鬱病」が「病気と性情のからみあい」によって進行していったものであるとされている。一方文学研究者、評論家による論考では、経済的不如意、孤独感、研究への焦燥感といった、ロンドンで漱石が陥っていた生活の条件を要因として挙げることが多い。小宮豊隆の『夏目漱石』（前出）では研究に打ち込む一方、「勉強に疲れた頭を揉みほぐしてくれる友達もなく、妻子もな」いという孤独感が漱石を追いつめたという見方が示され、出口保夫の『ロンドンの夏目漱石』（河出書房新社、一九八二）では「一向に形をなさないイギリス文学研究、ないしはイギリス文化の理解と認識に対する焦燥」が重視されている。また妻の鏡子は『漱石の思ひ出』（前出）のなかで、漱石のロンドンでの神経症の原因について簡潔に「切りつめ過ぎた生活の上にあまり勉強が過ぎたのでせう」と語っている。

こうした論評で指摘される生来の体質的な要因、及びロンドンでの生活に由来する要因はいずれも否定されるべきものではないが、それらに加えてロンドンで強まっていった漱石の鬱屈の原因として看過しえない重みをもつものが、その内側で渦巻いていた国家への意識である。これまでも江藤淳は日記に記された「不愉快」の内容を、漱石の「内部に喰い入って来る名状しがたい挫折感と脱力感」であるとし、虚無的な感情を漱石にもたらした背景として、漱石がロンドンにおいて、ロシアとの緊張関係が高まってくる状況にありながら「この難局に、官命によって留学した彼は国家の要請をはたすこともできず」に、いたずらに読書に日々を費やしていることへの罪悪感があるという把握を示している（『漱石とその時代』第二部、新潮社、一九七〇）。「国費留学生」としての立場は末延芳晴の『夏目金之助ロンドンに狂せり』（青土社、二〇〇四）でも問題化されている。ここでは漱石が国費留学生としての「己れの威厳と自負の源泉としての社会記号的優越性を過酷なロンドンの現実によって完璧に打ち壊され」たことが、その自我の危うさをもたらし、その均衡をかろうじて取るために、イギリス人をはじめとする外部世界の一切を嫌悪し、憎悪したのだとされる。

ともにロンドンにおける漱石の内面への切り口として興味深い論考だが、国事の緊張が高まっている状況で文学に携わっていることに漱石が罪悪感を覚えたという江藤の解釈は、日露外交の担い手になることへの執着を断ち切りがたかった二葉亭四迷にはあてはまっても、漱石に該当するとはいいがたい。西洋列強の威圧的な接近によって開国して以来、そうした危機と緊張に日本は晒されつづけたのであり、その時代にあえて漱石は当初の建築家志望から英文学研究に転じているからである。また末延が重んじる国費留学生としての「社会記号的優越性」を、漱石が「己れの威厳と自負の源泉」として受け取るほどの拠り所としていたということにも疑念を抱かされる。もともと漱石は『文学論』「序」で「当時余は特に洋行の希望を抱かず」と記しているように、イギリスへの留学にさほど積極的ではなかった。それを受け容れたのは結局留学を固辞する理由がとりたてなかったからにすぎず、そうした事情で選び取られた国費留学生という身分に「己れの威厳と自負」を漱石が覚えていたかどうかは疑わしい。消極的な動機による留学が自身に違和と不愉快をもたらす場となるであろうことは、あらかじめある程度予想されたことだったはずなのである。

しかしながら江藤淳や末延芳晴が提起した、内側でうごめいている国家に対する意識が漱石を圧迫し、神経症的な症状に彼を導いたという想定自体は看過しえない重要性をもっているだろう。もともと明治人として強い国家意識を持つ漱石は、明治三十四年（一九〇一）の秋頃から取り組み始めた研究において、国家やその社会、文明の問題に積極的に取り組み、それらを文学と関係づけようとしている。池田菊苗と同居中に書かれた書簡に「近頃は英学者なんてものになるのは馬鹿らしい様な感じがする何か人の為や国の為に出来そうなものだとボンヤリ考へテ居る」（藤代禎輔宛、一九〇一・六・一九付）と記されているのはその傍証となるが、文学の本質を探究するという動機と並行して、この「何か人の為や国の為に出来そうなもの」の具体化として『文学論ノート』の考察が積み重ねられていくことになった。

それを反映するように『ノート』の「大要」は「世界ヲ如何ニ観ルベキ」(1)、「人生ト世界トノ関係如何。人生ハ世界ト関係ナキカ．関係アルカ．関係アラバ其関係如何」（2）、「世界ト人世トノ見解ヨリ人生ノ目的ヲ論ズ」（3）といった項目の列挙で始まっており、広く文明論的な視野から文学を捉えようとする方向性が打ち出されている。また中根重一に宛てた書簡でも「世界を如何に観るべきやと云ふ論より始め夫《それ》より人生を如何に解釈すべきやの問題に移り夫より人生の意義目的及び其活力の変化を論じ次に開化の如何なる者なるやを論じ開化を構造する諸元素を解剖し其聯合して発展する方向よりして文芸の開化に及す影響及其何物なるかを論ず」（一九〇二・三・一五付）という文言で自身の研究が紹介され、文学の本質の探究と並行して、その文学の営為を包摂する社会のあり方を把握しようという意欲が示されている。

「大要」には「日本人民ハ人類ノ一国代表者トシテ此調和〔＝国家間の調和〕ニ近ヅク為ニ其方向ニ進歩セザル可《べか》ラズ」（8）、「日本目下ノ状況ニ於テ日本ノ進路ヲ助クベキ文芸ハ如何ナル者ナラザル可《べか》ラザルカ」（15）といった日本と世界の関わりを主題化する項目も立てられ、事実「開化・文明」の節では維新以降の日本の歴史的な展開に対する批判的な考察がおこなわれている。しかし漱石がこの時期から取りかかった研究は、次第に言語や文学の枠組み自体から逸脱する性格を帯びていき、それを追究することが国費留学生として自身に与えられた課題から一層乖離することになる感覚を漱石にもたらしたに違いない。明治三十五年（一九〇二）の九月頃に、文部省に白紙の報告書を送り返したのはその現れにほかならない。

したがって江藤淳が想定するような、漱石が国費留学生であるにもかかわらず、国家に背を向けて読書に耽っているという自覚が鬱屈をもたらしたのではなく、むしろ国家について考えようとすることが、国家によって与えられた責務に背いてしまうという逆説のなかで漱石は神経を病んでいったのである。『文学論』「序」に「此一念を起してより六七ヶ月の間は余が生涯のうちに於て尤も鋭意に尤も誠実に研究を持続せる時期なり。而《しか》も報告書の不充分なる為め文部省より譴責を受けたるの時期なり」と述べられているのは、この背反的な関係をみずから語った箇所としても受け取られる。

5　研究への没頭と神経症

こうしたなかで漱石がロンドンで深めていった神経症にはいくつかの段階が想定されるが、感情の不安定さが顕著であったのは、日記に「近頃非常ニ不愉快ナリクダラヌ事ガ気ニカヽル　神経病カト怪マル、然一方デハ非常ニヅーヅー敷処《しい》ガアル」と記した、明治三十四年（一九〇一）七月頃であっただろう。この頃漱石はおそらく、池田菊苗との交わりによって示唆された、多角的な学問の布置のなかに文学を位置づけるという着想と、クレイグが教示する、言葉の味わいに浸る趣味的な文学鑑賞の方法との間で揺れ動いていた。漱石は池田と親しく交わっていた当時もクレイグの個人教授を受けつづけており、日記には火曜日ごとに「Craig 氏ニ至ル」という定期的な訪問の記載が見られる。この個人教授は池田が去った後も持続されるが、明治三十四年八月二十七日の同文の記載を最後に、訪問の記録は日記に現れなくなる。十月七日の日記にある「Craig 氏ニ手紙ヲ出ス」という記載は、個人教授を打ち切ることとの連絡であったと見られ、この頃に漱石はクレイグと縁を切って、独自の方法で文学研究、あるいはその基底をなすと考えられる思想・文化の研究に没入し始めたのである。それは中根重一宛の書簡にある「私も当地着後（去年八九月）より一著述を思ひ立ち」という文言とも合致している。

先に引用した随想に記される「倫敦で池田君に逢つたのは自分には大変な利益であつた。御蔭で幽霊の様な文学をやめて、もつと組織だつたどつしりした研究をやらうと思ひ始めた」という回顧は多分に事後的に明確化されたものであり、池田と同居している間、あるいは池田が去ってからしばらくの間は、文学研究の方法論を自分のなかで打ち立てるための模索が漱石のなかでつづいていたはずである。その模索と迷いの期間に漱石の精神状態は不安定の度を強めていったのであり、その決着点が『文学論』「序」に記される、「余は心理的に文学は如何なる必要あつて、此世に生れ、発達し、頽廃するかを極めんと誓へり。余は社会的に文学は如何なる必要あつて、存在し、隆興し、衰滅するかを究めんと誓へり」という覚悟であった。

一般的には漱石が神経症の症状を強め、発狂の噂さえも流れることになったのは、この研究に着手した翌年の明治三十五年（一九〇二）のことであるとされる。夏目鏡子の『漱石の思ひ出』には「夏目がロンドンの気候の悪いせいか、何だか妙にあたまが悪くて、此の分だと一生このあたまは使へないやうになるのぢやないかなど、大変悲観したことをいつて来たのは、たしか帰る年の春ではなかつたかと思つて居ります」と記され、「帰る年」すなわち明治三十五年の春以降漱石の精神状態は悪化していったと見られている。『漱石の思ひ出』には、明治三十五年九月頃の様子として「宿の主婦にきけば毎日毎日幾日でも部屋に閉じこもつたなりで、まつ暗の中で、悲観して泣いてゐるといふ始末」と記されている。もっともこれはその頃トゥーティングからロンドン南西部のザ・チェイスに移った漱石の下宿を訪れた土井晩翠《ばんすい》が、女主人のミス・リールに聞いた話[9]を鏡子が伝え聞いた、かなり間接的な情報であり、必ずしも額面通りには受け取られない。漱石の神経症が悪化していたのは事実だが、『文学論ノート』の膨大な量自体が示しているように、少なくとも明治三十四年から翌年にかけての漱石が精力的に研究に打ち込んでいたことは否定しえない。

講演の「私の個人主義」（一九一四）では、自身の「個人主義」の機軸としてロンドンで見出した「自己本位」について「私は此自己本位といふ言葉を自分の手に握つてから大変強くなりました。彼等何者ぞやと気概が出ました」と語り、「其時私の不安は全く消えました。私は軽快な心をもつて陰鬱な倫敦を眺めたのです。比喩で申すと、私は多年の間懊悩した結果漸く自分の鶴嘴《つるはし》をがちりと鉱脈に掘り当てたやうな気がしたのです」とつづけて回想している。この「自己本位」の内実については後の節であらためて眺めることにするが、「懊悩」の末に「がちりと鉱脈に掘り当てた」という実感を得るのが「留学してから、一年以上経過してゐたのです」と語られることから、漱石がロンドンに到着した明治三十三年（一九〇〇）十月末から起算すれば、それが研究に没頭し始めた明治三十五年の初め頃であることが推定される。現にそれに近い明治三十五年の春頃に書かれた鏡子宛の書簡に綴られた次のような文章は、自分が探し当てた道を積極的に肯定しようとする漱石の強い信念を浮かび上がらせている。

　おれの事を世間で色々に言ふつてどんな事を言つて居るのか、おれも御前の信用してくれる程の君子でもないから何をして居るか実は分らんのさ世間の奴が何かいふなら言はせて置くがよろしい（中略）近頃は著述を仕様と思つて大に奮発して居る

（一九〇二・三・一八付）

　こうした「奮発」による努力に没入するべく、周囲との交際も絶った状態が持続していた。しかし先に述べたように、この努力が国費留学生としての本来の責務から離反する性格を帯びているために、漱石は研究に没頭すればするほど自分を追い込む悪循環に陥り、当初の晴れやかな気分も霧消することになった。しかし自分が取り組んでいる研究が精神状態の悪化を招くことになることを了解しながらも、漱石はこのみずから決意して選び取った道を自壊的に進んでいくほかはなかったのである。

　こうした犠牲を払って積み重ねられた『文学論ノート』の考察は、体系的とはいえないながらも、それ

だけの苦心を感じさせる重みのある内容を備えている。文学の問題を思想・文化の地平から探究するという企図を反映して考察の主題は多岐にわたっているが、大きく見れば西洋との比較における日本の歴史・社会・文明の特質、外部からの「Suggestion（暗示）」を契機とする人間の心理・関心の変容、及び趣味・道徳・宗教などとの関わりにおける文学のあり方の三種類程度に分類される。それらが先に挙げた心理学・社会学の言説を援用しつつ考察されている。このうちとくに『文学論』に中心的に引き継がれるのは中心をなす二つ目の主題だが、「何か人の為や国の為に出来そうなもの」（藤代禎輔宛書簡）をしたいという研究の動機を強く滲ませているのは、一つ目の比較文明論的な考察である。ここでは後の講演「現代日本の開化」（一九一一）にも受け継がれる、江戸時代から現代に至る日本の近代化の問題が西洋の文化的基盤との対比のなかで論じられている。またこうした世界のなかの日本の位置づけといった問題が考察に入ってくるのは、現実に日本が西洋の先進諸国との交わりを深めていく時期にあったからでもあった。

なかでも日英同盟は『ノート』の考察が積み重ねられている時期に結ばれ、「大英帝国」との対等の連携に日本人が欣喜した出来事であった。明治三十五年（一九〇二）一月末に成ったこの同盟関係について、漱石は中根重一に宛てた書簡（一九〇二・三・一五付）で「斯《かく》の如き事に騒ぎ候は恰《あたか》も貧人が富家と縁組みを結びたる喜しさの余り鐘太鼓を叩きて村中かけ廻る様なものにも候はん」という皮肉なコメントをしている。しかし日英同盟を「貧人」と「富家」の「縁組み」になぞらえる表現は決して、日本をイギリスという「富家」と対等の同盟関係を結ぶに価しない「貧人」として突き放すものではない。その後の文に「此位の事に満足致し候様にては甚だ心元なく被存候《ぞんじられ》が如何の覚召《おぼしめし》にや」という問いかけがつづいているように、単に同盟を結んだくらいで満足するのではなく、イギリスをはじめとする西洋の強国と実質的な対等関係を持つくらいにならなくてはいけないという思いが底流しているのである。

実際この時点におけるイギリスと日本は、その領土の大きさには隔絶があっても、国の勢いとしては「富家」と「貧人」のような上下の両極に位置づけられる関係にあるわけではなかった。イギリスは毎年一億ポンドを超える欧米諸国との間の膨大な貿易赤字を、植民地経営による黒字によって補填することでかろうじて財政を維持しており、また一九〇〇年の義和団事変の際には、南アフリカの植民地を確保するためのボーア戦争に力を注いでいるために中国に兵を送る余裕がなく、日本に派兵を依頼せざるをえなかった。

日英同盟の表向きの主眼は、両国が連携して中国と朝鮮の独立と領土保全を図るということであったが、『タイムズ』紙一九〇二年二月十二日に「現時点では世界中で中国以上に、我々の偉大な商工業帝国を維持するために不可欠な、あらゆる形態の平和的活動への無尽蔵の場となる国は見出しえない」と記されているように、現実には中国での権益をロシアに奪われないための方策であった。一方日本にとっては、日清戦争後の下関条約によって領有することになった遼東半島を、ロシア・ドイツ・フランスの三国干渉によって返還させられた経験を繰り返さないためにも、西洋の強国との関係を強化しておく必要があった。またイギリスにしても、三国干渉以来アジアで勢力を増しているロシアやドイツと比べて「英国はます〳〵孤立なり、またいよ〳〵勢威を減ぜり。されば英国は露、独の跋扈《ばっこ》、清、韓の陲沈《すいちん》を見て、これを等閑に附し去るべきにあらず」（『国民新聞』一八九八・一・二六）という情勢が進行していったなかで、日本との連携は悪い選択ではなかった。しかしその関係の締結自体が、イギリスが従来の「栄光ある孤立」をもはや保ちえなくなっていることの証左にほかならなかったのである。

漱石自身、日本が国際社会での地位を高めていくことに批判的であったのではもちろんなく、中根重一宛の書簡の文言に見られるように、むしろその達成が未だ不充分であり、西洋諸国に十全に認知されていないことにもどかしさを抱いていた。こうした感慨は漱石が明治三十年代後半に残した文章の多くにちりばめられている。二十世紀という新しい世紀の到来のなかで西洋文明の水準との落差を実感していた頃のロンドン滞在中の日記には、「真ニ西洋人ヲシテ敬服セシムルニハ何年後ノコトヤラ分ラヌナリ」（一九〇一・一・二五）、「日本ハ真面目ナラザルベカラズ日本人ノ眼ハヨリ大ナラザルベカラズ」（一九〇一・一・二七）、「只西洋カラ吸収スルニ急ニシテ消化スルニ暇ナキナリ、文学モ政治モ商業モ然ラン日本ハ真ニ目ガ醒メネバダメダ」（一九〇一・三・一六）といった、未来に向けた日本の成熟を求める記述が繰り返し見られるが、こうした眼差しは帰国後も維持されつつ、後年に至るまで創作のモチーフに織り込まれていくことになるのである。

6　「東洋」という地平

『文学論ノート』における〈日本〉に対する考察がこうした政治的色合いを帯びがちであるのに対して、文化論的な考察はむしろ自国に限定されない地平でおこなわれている。「東西ノ開化」としてまとめられた節では、西洋の文化に対比されるものとして置かれているのは日本の文化ではなく、「東洋」ないし「日本支那」の文化である。たとえば「東西ノ開化」の節は次のような対比から始まっている。

日本支那ハ（1）顧後。（2）黄金時代ヲ過去ニ置ク。（3）人ノ perfectibility ヲ信ズ。（4）尊心錦 satisfaction

西洋ハ（1）望前。（2）黄金時代ヲ未来ニ置ク。（3）original sin ヲ信ズ。（4）尊心身両方 material dissatisfaction

またこれにつづく項はそれぞれ「東洋ノ教ハ儒仏ナリ」「西洋ノ教ハ耶蘇ナリ」という対比で始まり、前者が「scientific analysis ヲナサズ」であるのに対して後者が「analysis ヲ尊ブ」という差違があり、その性格によって後者は科学の発達を促したという比較がされている。「東洋」ないし「日本支那」においては、価値の基準を過去に求めがちであり、非物質的な次元における満足が追求されるのに対して、「原罪」が想定される「西洋」においては理想的な境地は未来に仮構され、そこに至る物質的な条件が重視されるという対比の観点自体はとくに画期的なものとは思われないが、重要なのは漱石の着想において西洋に対比される対象が「日本」から「東洋」という枠組みに移っていることである。ここには漱石がロンドンでの思索によって辿り着いた思想的な足場の特質が現れている。

すなわち「漢学に所謂文学と英語に所謂文学とは到底同定義の下に一括し得べからざる異種類のものたらざる可からず」（『文学論』「序」）という認識から、文学に対する統一的な観点を見失い、「嚢《ふくろ》の中に詰められて出る事の出来ない人のやうな気持」（「私の個人主義」）に閉じ込められている状況からの脱出口として見出されたのが、自身の個的な感受性への信奉であった。『文学論ノート』の「Taste, Custom etc」と題された節は、その思考の過程を示唆している。ここで主に探究されているのは、文学作品に対する「Taste（趣味）」ないしはそれに基づく作品解釈が、普遍的であるのかそれとも個別的であるのかという問題である。その場合東洋と西洋の間にある趣味の差違は大きいものの、作品評価においては鑑賞者の個別的な差違の方がより本質的であり、「taste ノ individual ナルコトハ religion ノ区々タルガ如シ」という比喩で、宗教が多様であってさしつかえないように、文学作品の趣味も個別的であってよいとされる。また西洋の読み手であっても、アディソンがチョーサーは論評しえてもシェイクスピアへのコメントを控えているといった濃淡があり、あるいは作品に底流する国民性が見えやすいといった外国人読者の利点を指摘する論者も見られ、そうした点から漱石は「余云フ universal ナル者ナシ」と断定し、「taste ノ differentiation ハ idea ノ differentiation ニ帰」し、その差違は「individual freedom ニ帰着ス」という結論に達している。(10)

この節は考察の内容から『ノート』の考察の初期段階で着手されたものと推定されるが、おそらくこうした考察を経て「其時私の不安は全く消えました。私は軽快な心をもつて陰鬱な倫敦を眺めたのです」（「私の個人主義」）という「自己本位」の心境に漱石は達したのだった。「universal」な個人など存在せず、それぞれが個別性を帯びた文化的文脈のなかで生きる相対的な主体にすぎないのであれば、イギリス人の読み手が日本人の読み手に優越するという根拠は無化されることになる。そしてその前提のなかで文学作品の解釈の多様性が結局「individual freedom ニ帰着ス」るのであれば、イギリス人の書いた作品であろうと、その価値や内容を日本人である自分の内的な基準に照らして判断してもよいことになるからである。

たとへば西洋人が是は立派な詩だとか、口調が大変好いとか云つても、それは其西洋人の見る所で、私の参考にならん事はないにしても、私にさう思へなければ、到底受売をすべき筈のものではないのです。私が独立した一個の日本人であつて、決して英国人の奴婢でない以上はこれ位の見識は国民の一員として具へてゐなければならない上に、世界に共通な正直といふ徳義を重んずる点から見ても、私は私の意見を曲げてはならないのです。

（「私の個人主義」）

こうした自身の意識的営為としての美的判断に則ろうとする姿勢が想起させるものは、フッサールの「現象学的還元」であろう。フッサールが主張する現象学的還元は「実在として否認される超越者一般の排除を意味するのであり、真の意味での明証的所与性、純粋直感の絶対的所与性でないものをすべて排除する」（立松弘孝訳、以下同じ）のであり、その内実として自己の意識が関わる対象を「比較し、区別し、関係づけ、部分にわかち、あるいはまた諸要素を分離する」行為が「すべて純粋直感によって行なわれる」とされる(11)。漱石が苦闘の末に辿り着いた地点も、作者と同じイギリス人の読み手がどのように判断するかといったことを顧慮しないという「超越者一般の排除」を前提として、作品に対する自身の「純粋直感」に則ろうとしている点で、基本的に現象学的還元と重ねられる方法である。

一方で見逃せないのは、『文学論ノート』で考察が重ねられるように、漱石が自身の感性的判断の基底をなす「趣味」という価値を重視していることである。『文学論』の理念を援用する形で十八世紀英文学を論じた『文学評論』（一九〇九）においても、漱石は文学作品に対して「趣味を以て判断すべき以上は、自己の趣味の標準を捨てゝ人の説に服従すると云ふ法はない。服従と同時に自己の趣味はなくなるのである」ところから、自己の批評行為の基底としての趣味を持たない人間は自国の作品さえも批評しえないと断じている。それは幼少期から一体化してきた自国の文化が、個人の趣味の母胎をなすからであり、今の引用につづけて漱石は「趣味と云ふ者は一部分は普遍的であるにもせよ、全体から云ふと、地方的《ローカル》なものである」と述べている。

作品への判断の基底として「趣味」を挙げるのは、当然カントの『判断力批判』の議論を想起させる。カントも美に対する判断が、何らの概念も介さずになされる個人の「趣味判断」であることを主張しているが、にもかかわらず個人の趣味判断が第三者に対する説得力をもちうるのは、この趣味判断が人びとが分有しうる「共通感」を前提としてなされ、「趣味判断における表象の仕方には、主観的な意味において、すべての人が普遍的に関与し得る」（篠田英雄訳）からであった(12)。

いいかえれば、それは美的表象に対する趣味判断が、完全に孤立した個人の主観として表出されるのではなく、民族的、文化的な地平を共有する主体同士の連携のなかでおこなわれるということにほかならない。こうした考え方はフッサールが現象学的還元の前提として強調する、個人の「純粋直感」が果たして純粋に個人の意識作用に帰着するのかということに疑念を抱かせる。すなわち、個人の意識作用には民族の文化的記憶がすでに浸透しており、主体はそれを無意識のうちに文脈として援用しつつ、対象を趣味の地平に位置づけると考えられるからである。漱石が影響を受けたベルクソンの言説においても、現在時の意識は過去の営為の堆積上に生まれるものであり、「その人の現在のうちに含まれている過去の部分が大きければ大きいほど、生起しかけている偶発的なできごとに対処するために、その人が未来へと押し進める一群もまたどっしりとしたものとなります」（『意識と生命』池辺義教訳）とされるが[13]、人間の過去の経験が社会、共同体における他者との交わりによって培われたものである以上、個人の意識作用のなかに集合的な他者の存在が入り込んでいるということは否定しえない前提であるだろう。

7　主観と外部世界

このように考えると、『文学論ノート』における漱石の考察が二面的な性格を帯びている事情を理解することができる。つまり論理的に考えれば、漱石が自身の感性的判断を是認する「自己本位」という立場の妥当性を確信したのであれば、その時点から具体的な英文学作品の批評に取りかかってもよかったはずである。しかし漱石はその道を採らず、池田菊苗との交わりによって触発された「科学的な研究やら哲学的の思索」に没入し始め、人文科学の体系のなかに文学を位置づけるという、「自己本位」に逆行するともいえる作業を一年余り持続させることになる。現実に『文学論ノート』に記された考察に、漱石の「自己本位」を発揮させた奔放な作品解釈などまったく見当たらないのである。おそらくこの性格に「人生ト世界トノ関係」（「大要」）を考えるという一方の動機が現れているとともに、漱石が人間の自我に対しておこなっていた洞察の深さと、漱石自身の自我の構造の特質が垣間見られる。すなわち漱石の「自己本位」はフッサール的な個人の直感性に則る立場に見えて、そこにはカント的な共同性とベルクソン的な歴史性が共在していたが、それは人間の自我が本来〈自己―他者〉の相互浸透のなかに成り立つものであることを漱石が認識していたことを物語っている。だからこそ「趣味」という価値が重視されたのだったが、同時にそれは漱石自身の「趣味」の在り処を示唆してもいる。すなわち漱石の文学的な「趣味」の基底にあるものは、明らかに日本文学ではなく漢文学だったからだ。

それは『文学論』「序」において「英文学」と「漢文学」が対比されていることにも明瞭だが、漱石をロンドンで憂鬱に陥らせたひとつの要因は、イギリスの文化と拮抗すべき自国文化の内的な堆積が自身に欠如していることを実感したことであった。同時に漱石がそこで摑み取ったものが、自身の趣味判断に則る「自己本位」の立場であり、そこから前節での引用にも見られたように、おのずと漱石は自身の「趣味」の基底としての「東洋」ないし「日本支那」を「西洋」に対抗させる文化的地平として意識することになった。漱石にとって日本文化とはあくまでも東洋文化の一角をなす領域にすぎず、それゆえ〈日本〉を特化して捉えようとすると、ここで眺めたような歴史・政治的な文脈の方が浮上してくることになるのである。

こうした〈西洋―東洋〉の対比による文化的考察と日本を対象とする歴史・政治的考察は、『文学論ノート』においてとくに分裂した形で現れてはいない。全般にわたって両者を介在する共通項目があり、それが『文学論』における基本的図式として機能することになる「F＋f」の観念であった。『文学論』の冒頭の議論においてはFは観念的焦点、fは情緒的要素として規定され、両者の融合によって文学表現が成立するとされる。しかしこの二つの記号の含意は一律ではなく、文学表現の本質としての「F＋f」の図式は、ロンドンでの考察がかなり進んだ時点で浮上してきたものであることが推察される。前章でも触れたように『文学論ノート』におけるこれらの記号はむしろ〈関心〉を意味し、Fとfはそれぞれ集合的関心と個人的関心の含意で使われることが多いのである。また『文学論』にもその用法がかなり流入している。『文学論ノート』の「開化・文明」の節では次のような記述が見られる。

此 focal idea ヲFニテ示セバ F＝n・fナリ　fハ一己《〔個〕》人ノ focal idea ヲ云フ．仮令《たと》ヘバ日清戦争ノトキノ日本人全体ノ意識ノ focus ハ此戦争ニアリ故ニ当時尤モ日本人ニ appeal セル者ハ此戦争ニ関スル出版物ナリ（以下略）　（「開化・文明」）

ここでははっきりとfが国家的関心としてのFの一要素をなす個人的関心として位置づけられている。例に挙げられている日清戦争時にはこの国家的なFが日本人それぞれにfとして分有されるとともに、そのFがもたらす潮流に浸透され、漱石を憤らせたであろう中国と中国人への蔑視という傾向が顕著に起こってきたのだった。こうしたFとfの、いいかえれば外界と個人の相互干渉において作動する力学が前章でも言及した「暗示」であり、これを漱石は『文学論ノート』『文学論』の両方において重視している。とくにこの観念が主題化された『ノート』「Suggestion」の節では、個人や社会によって担われる関心としてのFが、相互の影響関係のなかで変容を来す様相に対する考察が、ギュイヨーの『教育と遺伝』やモーガンの『比較心理学入門』などに拠りつつ重ねられている。『文学論』では究極的な暗示の例として催眠術にかかった人間が挙げられているが、これはギュイヨーの『教育と遺伝』で教育による人間の精的刷新の比喩として用いられるイメージでもあり、それが援用されていると見られる。しかし漱石の暗示に対する思考は全般的にはモーガンの理論に拠るところの方が大きく、『文学論ノート』ではモーガンの『比較心理学入門』に多く言及され、暗示の機構が探究されている。モーガンは暗示を外界の刺激、情報を受容することによる一次的暗示と、それらを脳内で連関させることによる二次的暗示の二種類に分け、とくに外界から受け取ったものが脳内に蓄えられた情報と瞬時に連結されることによってなされる二次的暗示に、主体の関心のあり方が浮上してくるとされる。これは暗示が記憶によって方向付けられるということでもあり、『文学論ノート』でも「Suggestion」と「Memory」の関係に長い考察が与えられている。

漱石が暗示と関心を連携させる着想を採りがちなのも、「心的な波の進み行きは概して関心(interest)のあり方によって決定される[14]」と述べるモーガンと重ねられるが、『文学論』では暗示の一次性、二次性については論及されておらず、外界からの刺激、情報を受け取りつつ個人や社会の関心のあり方が変容していく機構に力点が置かれている。これはモーガン的な暗示の二次性が内実としては想像力によるイメージの展開とほとんど同一になるために、外界と個人との意識内での交渉を主題化しようとする漱石としてはむしろ一次的な暗示に議論を収斂させたいからであろう。そこに漱石が心理学者ではなく、人間と外界の関わりを探究する〈文学者〉である所以を見ることもできる。

反面『文学論』の中心を占める文学表現の基本的構造の議論においては、問題の性質上暗示の力学は強く前景化されていない。『文学論』の主眼は「F＋f」の式によって表される、対象の観念的な焦点を押さえつつそれを言語イメージによって情感的に色づけていく、文学的表現の機構である。したがって基本的には修辞論としての性格を強く備えており、「調和法」「対置法」「写実法」といった様々な修辞の技法が、作品からの引用とともに詳述されている。それらによって観念的内容すなわちFの次元では不快な対象が、言語イメージすなわちfの次元では美しさや快さに転じられるということが生じる。たとえば「調和法」の節の例では、シェイクスピアの『リチャード二世』の第二幕で告げられる王の死が「月桂樹がこの国ではみな枯れてしまい、天空では流星が恒星をおびやかして青白い月も地上からは血の色に見え」（木下順二訳）[15]と語られることによって美的なイメージに転化されるのである。

しかし『文学論ノート』における文化・文明論的考察と『文学論』における美学・文芸学的考察は、決して乖離するものではなく、両者を繋ぐ着想が存在している。それは個人の主観によって外部世界が把握されるという考え方である。『文学論』の「F＋f」は一般的な事物が作者の感覚的表象によって表現される機構であり、『文学論ノート』のfは個人によって分け持たれた社会的関心としてのFにほかならなかった。いずれも外部世界に向けられた個人の意識が、その枠内で対象を自分流に摑み取るという共通性が見出されるのであり、その個人性の基底を肯定しようとする姿勢こそが「自己本位」の立場であった。

そしてその基底を支えるものが、漱石にとっては「東洋」の価値観にほかならなかった。事実漱石の文学者としての基本的な立場である物質的な功利主義を嫌悪する心性は、東洋文化とりわけ漢詩的世界への傾斜によって明確化されている。『文学論ノート』の「東西文学ノ違」の節では「西洋人」が「アク迄モ出〔世〕間的」であり「極言スレバ浮世トカ俗社界ヲ超脱スルコト能ハザルナリ」という世界を生きているのに対して、「日本支那」の人間は次のような詩境に憧れるとされる。

吾人ノ詩ハ悠然見南山デ尽キテ居ル．出世間的デアル．道徳モ面倒ナコトモ何モナイ．（中略）喧擾ヤ争奪ヲ暫時デモ離レテユツタリト精神ニ休養ヲ与ヘル為メノ道具デアル．（傍線原文〔原文では下線〕）

これとほぼ同じ境地への憧憬が語られる『草枕』（一九〇六）でも、西洋志向で進んでいった現代日本の文明社会を相対化する姿勢として陶淵明の「悠然見南山《ゆうぜんとしてなんざんをみる》」の句が挙げられている。『吾輩は猫である』（一九〇五〜〇六）に現れる資産家の金田一党への揶揄にも見られるように、漱石の功利主義というFに対する批判はとくに出発時の作品に顕著だが、それ以降の作品にも底流していく。その点でロンドンで漱石が見出した「自己本位」という境地とそれを包摂する「東洋」という地平は、一方で作動していた日本という自国への批判的意識とも連携し、作家漱石の自我の内実に備給する源泉となるのである。

Ⅲ 「猫」からの脱出
――日露戦争と作家としての出発

1　子規の死とスコットランドへの旅行

ロンドンでの最後の年となった明治三十五年（一九〇二）は、後に『文学論』（一九〇七）としてまとめられることになる研究に没頭し、膨大なノートが積み重ねられる一方、その研究の内容が当初文部省から命じられたものから乖離したものとなってしまうことによって、自身を追い詰めていかざるをえない一年となった。その間に日本では漱石にとって貴重な人物がその短い命を閉じていた。すなわち大学予備門時代からの旧友であり、俳句の世界に漱石を導いた正岡子規が、肺結核に起因する脊椎カリエスを悪化させ、激痛のなかで同年九月十九日に絶命していた。

子規が結核による最初の喀血を見たのは明治二十一年（一八八八）八月の鎌倉旅行の際で、それ以降徐々に病状を悪化させていった。明治二十八年（一八九五）五月に、日清戦争の従軍に赴いた清からの帰途の船中では大量の喀血をし、帰国後神戸の病院で二ヵ月間の静養をした後、当時松山で教鞭を執っていた漱石の下宿に身を寄せ、八月下旬から十月半ばまで二ヵ月弱の共同生活をしていることはよく知られている。子規はその後上京し、病に身体を蝕まれながら「病床六尺」の空間を自身の世界として、俳句の革新に力を注いでいった。漱石はイギリスに留学する前に根岸の子規庵を訪れ、旧交を温めている(1)。最後の訪問は明治三十三年（一九〇〇）八月二十六日に、寺田寅彦を伴ってのものであったが、『ホトトギス』の同年九月三十日号の「消息」欄に「大患に逢ひし後は、洋行の人を送る毎に、最早再会は出来まじくといつも心細く思ひ候ひしに、（中略）漱石氏洋行と聞くや否や、迚《とて》も今度はと独り悲しく相成申候」と記しているように、漱石との別れが永遠のものとなる予感をすでに抱いていた。その後子規の病状は悪化の一途を辿り、激痛から免れるための自殺の誘惑に駆られるようにもなる。亡くなる約半年程前の明治三十五年の春には漱石夫人の鏡子が子規を見舞っているが、その際に鏡子は「お顔や唇はまるで半紙のやうに白く、息遣ひが荒くて、見て居ても苦しさうでした」という様子で、鏡子は「あれでよくまあ生きて居られるものだと思ひました」という感想を覚えている（『漱石の思ひ出』前出）。

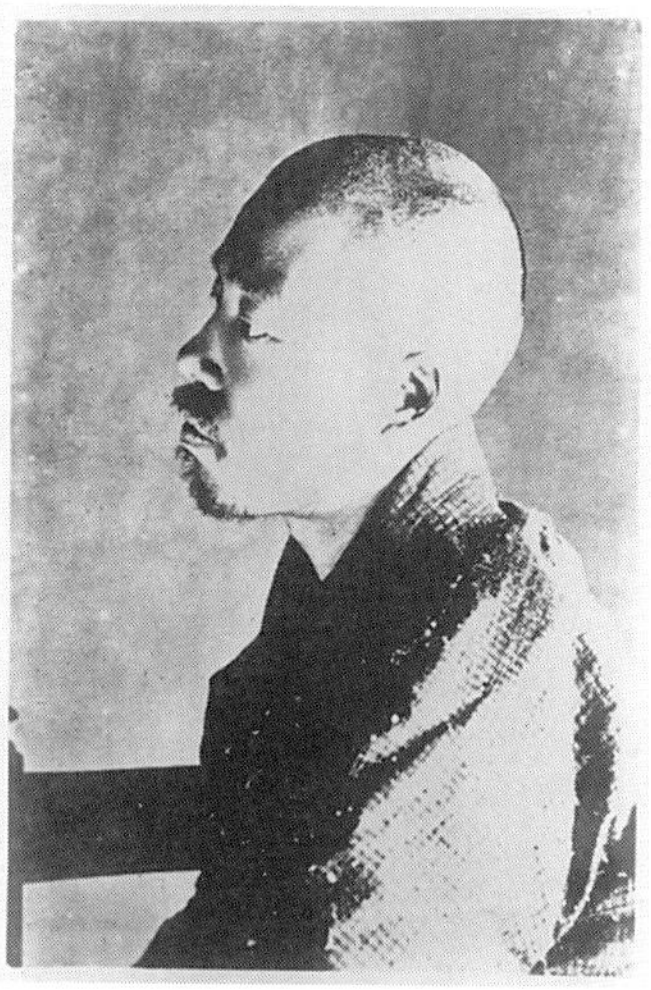

正岡子規（1867～1902）
（提供：日本近代文学館）

漱石が子規の死を知ったのは、高浜虚子から十一月下旬に受け取った書簡によってであった。その返信に漱石は「小生出発の当時より生きて面会致す事は到底叶ひ申間敷《まじく》と存候。是は双方とも同じ様な心持にて別れ候事故今更驚きは不致《いたさず》、只々気の毒と申より外なく候。但しか丶る病苦になやみ候よりも早く往生致す方或は本人の幸福かと存候」（一九〇二・一二・一付）と、間断ない苦しみから解放された子規の魂を慮る言葉を綴っている。帰国後明治三十六年（一九〇三）二月に漱石は田端の子規の墓に詣で、追悼の文章も起草していたが、未完に終わっている。そこでは人間の生が「泡」というはかないものに譬えられ、「愛ある泡なりき信ある泡なりき憎悪多き泡なりき」という比喩で、多彩で烈しい感情とともに短い生を終えた子規への思いが表現されていた。

子規がその死へと歩みを進めていった時期は、漱石がロンドンで神経症的な症状を悪化させていった時期でもあり、東京とロンドンで二人はともに苦闘をつづけていた。両者の違いは、子規の肉体の病が不治であり、死をいつ、どのように迎え入れるかが問題であったのに対して、漱石の精神の病は治癒に向かいうるもので、漱石自身もそのための努力をしていたということである。子規がすでに幽冥界の人となっていた明治三十五年十月初旬には、漱石は気分転換を兼ねてスコットランドへの旅行を試み、その美しい自然に癒されている。この旅行について漱石はロンドン在住の知人の英語学者である岡倉由三郎に宛てた書簡に「目下病気をかこつけに致し過去の事抔《など》一切忘れ、気楽にのんきに致居候小生は十一月七日の船にて帰国の筈故、宿の主人は二三週間とまれと親切に申し呉候へども、左様にも参ら《（り）》兼《かね》候」（一九〇二・一〇頃付）と記している。

漱石をスコットランド高地のピトロクリに迎えたジョン・ヘンリー・ディクソン[2]は岡倉由三郎の兄である岡倉天心とも親しい知日家の実業家であったが、漱石がこの旅行とピトロクリの宏壮なディクソン邸での滞在を居心地良く思ったことは、帰国の途に就いたのが書簡に記された「十一月七日」を一ヵ月近く過ぎる時期にまで遅延されていることからもうかがわれる。当初数日の滞在でロンドンに戻るはずだったのが、書簡にある「二三週間とまれ」という「宿の主人」すなわちディクソンの勧めどおりの滞在となった。日本の文化、とくに日本美術に詳しいディクソンとの交わりは、前年の化学者池田菊苗との対話を想起させるような、知的な刺激に満ちたものとなったに違いない。それは東西文化の差違とそれを乗り越えた文化享受の普遍性という、池田との親交がきっかけともなって自身が取り組んできた研究の主題ともつながる内容をはらんでいたはずである。孤独と苦渋に満ちた漱石のイギリス留学であったが、精力を注いだ研究の起点と終点に、知的な昂揚感を与えてくれる相手との共生があったことは貴重な僥倖であった。

一方ロンドンでの最後の挿話を提供することになったのが、五番目の下宿先の主婦であるミス・リールの姉妹である。池田菊苗と交わりを持ったトゥーティングの下宿から明治三十四年（一九〇一）七月下旬に移ったのが、ロンドン南西部の緑地クラッパム・コモンに接した住宅街であるザ・チェイスにあるリール家であった。現在漱石記念館となっているほぼ同型の住宅の向かい側に当たるこの下宿は、交通の便が良く、近くに広い公園もあり、比較的良好な環境にある。この五番目の下宿が漱石にとってロンドンでの最後の落ち着き先となり、帰国まで一年四ヵ月余りというもっとも長い期間を過ごすことになった。下宿には女主人である老嬢のミス・リールとその妹がいたが、正岡子規に宛てた書簡（一九〇一・一二・一八付）では、ミス・リールが相当の教養人で「「ミルトン」や「シエクスピヤー」を読んで居ておまけに仏蘭西語をペラ〳〵弁ずるのだから一寸恐縮する」と紹介されており、また彼女に「あなたは大変英語が御上手ですが余程おちいさい

ロンドンでの五番目の下宿のあったフラット（クラッパム・コモン）。漱石が居住していたことを記したプレートが張ってある。この前のフラットの二階が漱石記念館になっている。（著者撮影）

時分から御習ひなすつたんでせう」と褒められたことが記されている。漱石の「下宿籠城主義」（狩野亨吉・大塚保治・菅虎雄・山川信次郎宛書簡、一九〇一・二・九付）が本格化するのはこの住居においてで、その進行の過程で研究の深化と神経症の悪化が同時に進行していくことになったのだった。ミス・リールは漱石の教養、学識に一目《いちもく》置き、また下宿人としてその精神状態にも気を遣っていた。漱石がスコットランドへの旅行に赴く前に、気分転換のために自転車に乗ることを勧めたのも彼女であった。

漱石は明治三十五年（一九〇二）の九月から十月にかけて、当時ロンドンで流行していたサイクリングに取り組み、その顚末が帰国後の明治三十六年（一九〇三）六月に『ホトトギス』に発表された『自転車日記』に綴られている。ドイツで生まれた自転車がイギリスで人気化するようになったのは一八八〇年代であり、とくに一八八八年にジョン・ボイド・ダンロップがそれまでの硬いゴムタイヤに代わって乗り心地のよい空気タイヤを開発したことで、一八九〇年代には男女を問わない流行が起こった。自転車の人気はイギリスにとどまらずヨーロッパ各地に及び、王室の人びとや政治家など、知名人もその流行に加わっていた(3)。漱石もその社会現象的なサイクリング人気の末端を担うことになったわけだが、それは決してみずから選んだ嗜好ではなく、ミス・リールの「自転車に御乗んなさい」というあらがいがたい命によって、「自転車に乗るべく否自転車より落るべく」サドルにまたがることになったのだった。

漱石は学生時代に弓やボートを好み、また器械体操に巧みであったという証言もあるように、必ずしも運動神経が鈍かったわけではないが、この未知の二輪の乗り物には難渋を強いられた。当時同宿していた、小宮豊隆の叔父にあたる犬塚武夫の指導を受けて練習に取りかかったものの(4)、「吁吾事休矣《ああわがこときゅうす》いくらしがみ付ても車は半回転もしない吁吾事休矣と頻りに感投詞を繰り返して暗に助勢を嘆願する」という有様であった。何とか車を前に進めることができるようになっても、速度や方向をうまく調節することができないために、人や物に繰り返し衝突して落下し、立木にぶつかって生爪を剝がすこともあったようで、「其苦戦云ふ許《ばか》りなし、而して遂に物にならざりき」という結末に終わった。身体を動かすことは下宿に「籠城」しがちであった漱石には悪いことではなかったが、サイクリングを楽しんで神経症から解放されるということにはならず、逆にこの難行を課せられることによってミス・リールへの「猜疑心」が強まり、「余が継子《ままこ》根性は日に〳〵増長」するだけという「無残」な結果を得ただけであった。

2 起点としての『自転車日記』

見逃せないのは、小宮豊隆が指摘するようにこの『自転車日記』が、処女作の『吾輩は猫である』（一九〇五〜〇六）の出現の前段階をなしていることである。小宮はこの作品の「自分自身を諧謔化するとともに世界を諧謔化する態度」と、同時期の随想『倫敦消息』の自在な文体が合わさるところに『猫』の叙述がもたらされているという視点を示している（『漱石の芸術』岩波書店、一九四二）。これはきわめて妥当な把握であり、とくに『自転車日記』を書いた時点で漱石を〈作家〉たらしめる意識と方法はその分水嶺に達していたといえるだろう。たとえば鉄道馬車と荷車の間をすり抜けようとした際に別の自転車に割り込まれた場面は、次のように綴られている。

余が車の前輪が馬車馬の前足と並んだ時、即ち余の身体が鉄道馬車と荷車との間に這入りかけた時に、一台の自転車が疾風の如く向から割り込んで来た、斯様《かよう》な咄嗟《とっさ》の際には命が大事だから退却に仕様か落車に仕様か抔《など》の分別は、さすがの吾輩にも出なかつたと見えて、おやと思つたら身体はもう落ちて居つた、落方が少々まづかつたので、落る時左の手でした、か馬の太腹を叩いて、からくも四這《よつんばい》の不

> 体裁を免がれた、やれうれしやと思ふ間もなく鉄道馬車は前進し始める、馬は驚ろいて吾輩の自転車を蹴飛す、相手の自転車は何喰はぬ顔ですうと抜けて行く、間の抜さ加減は尋常一様にあらず、此時派出やかなるギグに乗つて後ろから馳け来りたる一個の紳士、策《むち》を揚げ様《ざま》に余が方を顧みて曰く大丈夫だ安心し給へ、殺しやしないのだからと、余心中ひそかに驚いて云ふ、して見ると時には自転車に乗せて殺して仕舞のがあるのかしらん英国は剣呑《けんのん》な所だと
>
> （傍点引用者）

この作品での叙述の一人称の基調が「余」であるにもかかわらず、ここでは「吾輩」という一人称が二度顔を見せ、しかもこのもったいぶった響きをもつ代名詞が用いられるのは、自分が「落車」したり、自転車を馬に蹴飛ばされたりするという、晴れがましくない場面においてなのである。これはまさに「猫」という卑小な存在が「吾輩」という尊大な一人称を用いるちぐはぐさが、そのユーモアや諧謔の起点をなしている『吾輩は猫である』と同じ着想であり、処女作につながる語りの方法を漱石がこの時点でほぼ身につけていることが分かる。

叙述の内容においても、このくだりは、たとえば『猫』の「五」章で「吾輩」が鼠を捕ろうとして台所で奮戦する場面を想起させる。日露戦争の日本海海戦での勝利を知った「吾輩」は、自分もそれに負けまいと鼠を捕ろうとするものの、相手は思うように獲物となってくれず、簡単にあしらわれてしまう。棚の上の相手を目がけて飛びかかった際も、尻尾に別の鼠が取りついているためにかろうじて棚に爪がかかっただけで、「吾輩は愈《いよいよ》危うい。棚板を爪で掻きむしる音ががり〳〵と聞える。是ではならぬと左の前足を抜き易《か》へる拍子に、爪を見事に懸け損じたので吾輩の右の爪一本で棚からぶら下つた。自分の尻尾に喰ひつくもの丶重みで吾輩のからだがぎり〳〵と廻はる。此時迄身動きもせずに覘《ねらい》をつけて居た棚の上の怪物

は、こゝぞと吾輩の額を目懸けて棚の上から石を投ぐるが如く飛び下りる。吾輩の爪は一縷《いちる》のかゝりを失ふ。三つの塊まりが一つとなつて月の光を竪《たて》に切つて下へ落ちる」という結果に終わってしまう。

どちらの叙述においても、身体を用いた行動が落下を伴う形で不如意に陥ることで、初めの企図とはかけ離れた結果に終わるとともに、「吾輩」という一人称の大仰さがその不体裁を糊塗しつつ際立たせるという共通性が見られる。カントは『判断力批判』で笑いの生成を〈期待の無化〉に求めているが、[5] ここでは「吾輩」という一人称代名詞がはらむもったいぶった尊大さが「期待」の地平として作用することで、主体の現実行動の貧相さが過剰に無化されるゆえの滑稽さがもたらされているといえよう。そして小宮豊隆が指摘するように、この滑稽さをかもす「諧謔化」ないし相対化の対象は、自己と同時に相手にも向けられていて、そこに漱石のとくに初期作品における表現の戦略が見られる。すなわち『自転車日記』では自転車を乗りこなせない自身の不体裁をみずから笑うとともに、こうした行動を自分に強いてくるイギリス人が、『吾輩は猫である』では鼠に見立てられたロシア兵が相対化されて現れることになるのである。

そこに作動しているのはいうまでもなく寓意（アレゴリー）の戦略にほかならない。漱石文学を貫流する特質はリアリズムと寓意の融合にあるといってよく、その比重によって作品の質が決定されることになる。総じて初期作品は寓意の側面が強く、中期以降の作品はリアリズムの比重が高まるといえるが、二つの側面はつねに共在しつつ漱石の作品世界を形成しつづけている。引用した『自転車日記』と『吾輩は猫である』の場面に共通するのは、ともに主人公ないし語り手と彼らが関わる相手との関わりが、日本と西洋の関係性の寓意をなしていることで、それは『猫』においてより明瞭である。ここではっきりと日本海海戦の戯画として「吾輩」と鼠の〈闘い〉が位置づけられており、そこにこの作品における日露戦争への取り込みと相対化という、漱石の両義的な姿勢が現れていた。

そこから遡及すれば、『猫』のわずか一年半前に発表された『自転車日記』が同様の着想をはらんでいても不思議ではない。この素材を漱石が選んだのは、それが同時代の日本とイギリスの関係性の寓意ないし比喩となりうるからであっただろう。この出来事を漱石が経験した明治三十五年（一九〇二）が、日英同盟が結ばれた年であったことを看過することはできない。前章で眺めたように日英同盟は中国と朝鮮の独立の保全を表向きの主眼としつつ、現実にはイギリスにとっては中国での権益をロシアに奪われないために、日本にとっては日清戦争後の三国干渉のような西洋の強国による侵害を蒙らないために結ばれたものであり、日露戦争時にはイギリスは情報活動面などでの協力をおこない、日本の勝利に寄与している。反面この同盟のきっかけとなった明治三十三年（一九〇〇）の義和団事変では、ボーア戦争に兵力を取られていたイギリスに代わって日本が北京に出兵して、中国でのロシアの勢力拡張に歯止めをかける役目を果たしていた。イギリスにしてみれば、日本は義和団事変以降、アジアでの〈憲兵〉的な存在として機能してくれる国となり、日英同盟はそれを明確化する契機であった。

こうした文脈を念頭に置けば、イギリス人の老婦人に自転車と苦闘させられる『自転車日記』の「余」は、同盟国としてアジアでロシアと戦わせられる〈日本〉に重ねられることになる。これまでも小森陽一は『世紀末の予言者・夏目漱石』（講談社、一九九九）で、当時の日本とイギリスとの関係がこの作品に込められているという見方を示している。小森は「「下宿の婆さん」が言う「自転車に御乗んなさい」という言葉を日本人留学生が受け入れることが、国家の戦争における敗北と等価なものとしてとらえられている」と見なし、彼女が英国同盟下において「同盟国の一員である「余」を、パートナーにふさわしく、進化させようとしたのである」と述べている。けれども日本はこの時点でイギリスとの「戦争」で「敗北」したわけではなく、自転車への取り組みが「余」を「進化」させるための目論見であったとも思いがたい。

ここで小森はもっぱら白人のアジア人に対する優位性の表象を見ているが、むしろ日本とイギリスとの政治的な関係の寓意が、自転車との悪戦苦闘に映されていると受け取る方が自然であろう。

作品の冒頭でミス・リールは「偉大なる婆さん」と表現され、彼女との「会見の栄を肩身狭くも双肩に担へる余に向つて婆さんは媾和条約の第一款として命令的に左の如く申し渡した。／自転車に御乗んなさい」（／は行換え）というやり取りで、「余」が否応なくこの難行に駆り出されることになった事情が語られている。「偉大なる婆さん」という表現が、前年の一月に八十一歳で逝去したヴィクトリア女王という「偉大なる婆さん」を想起させるだけでなく、彼女とのやり取りにも「会見」「媾和条約」といった国同士の交渉に用いられる用語が充てられている。それを踏まえれば、この「婆さん」にそそのかされて「余」が取り組むことになる「自転車」という統御の利きにくい乗り物は、〈帝国主義〉ないし〈軍国主義〉に相当し、それが傷や痛みを伴う苦闘をもたらすのは、太平洋戦争の敗戦に至る日本の帰趨を予言しているとも受け取られるのである。

『吾輩は猫である』の鼠に対する「吾輩」の奮闘が日本海海戦の戯画であったように、漱石の作品における寓意は多くの場合、戦いや侵略をはらむ国同士の関係を下敷きにしている。後半の章で眺めるように、明治四十年代に書かれる『それから』（一九〇九）や『門』（一九一〇）は、同時期に進行していった日韓併合に至る流れを映し取っており、晩年の『明暗』（一九一六）には直近の戦争である第一次世界大戦が人物同士の関係に投げかけられている。こうした手法は次第にリアリズムのなかに溶かし込まれて目立たなくなるものの、ほとんどの主要作品に見出される。小説の処女作である『吾輩は猫である』はその最初の例であったが、ここで見たように『自転車日記』にはすでにその先蹤というべき表現が刻印されているのである。

このように眺めると、明治三十六年（一九〇三）一月にイギリスから帰国した時点で、漱石は小説を書くための技法をほぼ身につけており、それを生かす形で『吾輩は猫である』が生まれることになったということができる。その前提として想定されるものが、違和や孤立の感覚とともにロンドンで日々を送りながら、周囲をあたかも「猫」のように観察していた眼差しであろう。

西洋ハ万事大袈裟ダ、水マキ、引越車、家、ローラー

西洋人ハ往来で kiss シタリ男女妙な真似をする其代り衣服や言語動作のある点や食卓抔《など》ではいやに六づかしい日本人は之に反す

西洋でハ人をそらさぬ様人の機嫌を損ぜぬ様にするのが交際の主眼である夫故《それゆえ》に己れの不愉快な感じに不愉快に見える顔色抔《など》は仕そうもなき筈なり即ち感情をかくす事も余程発達せねばならぬ訳ながら日本人の様に発達して居らん

（「断片」）

いずれも明治三十四年（一九〇一）の「断片」に記された観察だが、揶揄や批評を交えつつ、総じて他者に向けた表現を抑制しがちな日本人と対照的に、感情を相手に「大袈裟」に表現する「西洋人」の振舞いの様相が捉えられている。その一方で、「断片」の別の箇所では日本人である自分について「我々はポットデの田舎者のアンポンタンの山家猿のチンチクリンの土気色の不可思議ナ人間デアルカラ西洋人から馬鹿にされるは尤だ」と突き放したような評価がされている。この自己と他者をともども相対化しつつ客

観視する眼差しが『自転車日記』や『吾輩は猫である』に受け継がれている。その点で、漱石を〈小説家〉にした契機はやはりイギリス留学の体験であり、それが「尤も不愉快の二年」（『文学論』「序」）であったとしても、漱石に自己と外界の、あるいは日本と世界の関わりを再考させる場となり、そこで得たものを動機としつつ漱石の文学世界はもたらされることになったのである。

3　日本での生活の再開

漱石がその精神状態をなかばはみずから悪化させつつ二年余を過ごしたロンドンでの研究生活を切り上げ、日本に向かう船中の人となったのは、明治三十五年（一九〇二）十二月五日であった。漱石を乗せてアルバート埠頭から出航した日本郵船の博多丸は、香港を経て翌三十六年（一九〇三）一月二十日に長崎に至り、さらに二十二日に最終目的地の神戸に入港し、翌二十三日に漱石は故国に上陸している。

漱石は帰国後延べ七年間在職した五高から一高へ転じ、念願の東京で教鞭を執ることになる。熊本から東京へ戻りたいというのは、ロンドン滞在中の早い時期からの希望であり、明治三十四年（一九〇一）二月に狩野亨吉・大塚保治・菅虎雄・山川信次郎の四名に宛ててロンドンでの生活と勉学の状況を伝えた書簡（一九〇一・二・九付）の末尾に、「僕はもう熊本へ帰るのは御免蒙りたい帰つたら第一で使つてくれないかね」という希望を添えている。六月に藤代禎輔に宛てた書簡（一九〇一・六・一九付）でもそれを受けて「第一高等学校で僕を使つてくれないかと狩野へ手紙を出したが返事が来ない熊本はもう御免蒙りたい」と帰京の願望が洩らされている。

漱石が熊本から東京に戻りたいという欲求を強めていったのは、熊本での在職期間が転任の条件として時間的に十分であると思われたであろうことに加えて、ロンドンという〈世界の中心〉にやって来て生活し、研究をおこなうという意識が、熊本を一層辺境の地として見えさせることになったからであろう。藤代に宛てた手紙の末尾に「近頃は英学者なんてものになるのは馬鹿らしい様な感じがする何か人の為国の為に出来そうなものだとボンヤリ考ヘテ居る」と記しているように、国費留学生として国の信を担いつつ異国での日々を送ることで、漱石のなかで国家への意識があらためて喚起されていた。したがって一高への転任の希望は、「英学者」としてより本格的なキャリアを積みたいというよりも、国の趨勢をより身近に感じられる位置にいて、そこに何らかの形で参与したいという願望のいい換えにほかならないといえるだろう。

東京に戻った漱石は、一時妻子が留守宅として居住していた、岳父の中根重一邸の離れに身を寄せた後、本郷駒込千駄木町に借家を見つけ、『吾輩は猫である』の苦沙弥先生宅のモデルとなったこの家に三月に転居している。漱石の滞英中、妻の鏡子と二人の子供は、漱石の休職給与の二十五円のみでやりくりしていたが、そこからさらに「戦艦費」という名目で一割の二円五十銭を差し引かれるため、実際には二十円余りの生活費にすぎず、ロンドンでの漱石に劣らぬ逼迫した暮らしをつづけてきていた。父の屋敷内で暮らしているにもかかわらず、重一は貴族院書記官長を辞職した後相場に手を出して失敗するなどして経済的な困窮のなかにあったために、実家からの援助も得られなかった。漱石自身も生活費のほかは書籍の購入に月百五十円の留学費を費やしていたために一切蓄えはなく、「無一文でかへつて来た」（夏目鏡子『漱石の思ひ出』）状態であった。そのため新居での世帯道具を調達することもできず、友人の東京帝大教授大塚保治に百円ほどの借金をしてようやく生活を開始することができたのだった。

漱石は念願の一高に移ったものの、五高を辞職して借金を返済するための退職金三百円を得ていたために、新規での採用という形になり、それまでの教授から講師への降格人事となった。給与も年額七百円と、五高での千二百円から減収となったが、大塚保治や狩野亨吉の配慮により、同じく新任のアーサー・ロイド、上田敏とともに東京帝大文科大学にも講師として就任し、八百円の年俸を得ることになった。都合千五百円の年収となり、五高での水準を上回ったが、戦艦費の供出や次々と生まれる子供の養育を考慮すれば、決して余裕のある生活が許される収入ではなかった。

漱石にとって、講師への降格はともかく一高への転任自体は希望にかなう人事であったが、文科大学への同時の奉職は必ずしもその意に添うものではなかっただろう。ロンドンの下宿であえて「一切の文学書を行李の底に収めたり」(『文学論』「序」)という状態で積み重ねられたノートは、文学論というよりも思想論ないし文明論としての性格の方が強く、それを活用して文科大学英文科の授業に充てることは困難に感じられたはずである。それ以前にこの神経症に陥るほど精力を注いだ研究は、国費留学生として国の要請に応じた内容ではなかったのであり、そうした来歴を持つ漱石が〈帝国大学〉の教壇に立つこと自体が重荷として受け取られたに違いない。加えて漱石の前任者は小泉八雲すなわちラフカディオ・ハーンであり、すでに文学者としての高名を得ていたハーンの後任を務めることが、二重の意味で漱石に重圧を与えることになった。

すでに日本に帰化していたハーンは、にもかかわらず日本人教師の二倍にもなる外国人教師としての給与を要求し、さらに外国人教師に与えられるべき一年間の研究休暇(サバティカル)を申請して、当時の文科大学長井上哲次郎に拒否されるなど、待遇面で文科大学との間で摩擦が生じ、明治三十六年(一九〇三)三月に辞職するに至っていた。ハーンはこの時点で『知られざる日本の面影』(一八九四)、『東の国より』、(一八九五)、『心』(一八九六)、『霊の日本にて』(一八九九)、『日本雑録』(一九〇一)、『骨董』(一九〇二)などの著作を英語で世に送っており、日清戦争後の日本に対する国際的な関心の高まりとともに、欧米でも知られる存在となっていた。そのためハーンの辞職の際には外国からも文科大学の処遇を難じる声が寄せられ、「国家的忘恩」という非難を与えるフランスの新聞もあった。学生の間でも文学者としての名声と学生への親密な態度によってハーンの人気は高く、彼を留任させようとする運動が起こされた。

ハーンは学者としての正規の経歴を持たず、来日前はもっぱらアメリカで新聞記者として健筆を振るうと同時に著述活動をおこなっていたが、文科大学の教室ではつねに教壇の椅子に座らずに立ったまま話し、歌うような澄んだ声で名調子の講義をおこなう教師であり、学生のなかには多くの信奉者がいた。また同僚とはほとんどつき合わないにもかかわらず学生との面会は厭わず、課題のエッセイの優秀者にはシェイクスピアやポーの全集を〈賞品〉として与えるといった工夫によって、学生の心を巧みに摑んでいた(6)。

漱石は第一にこうした前任者の文学者としての名声と教師としての評判と闘わねばならなかった。漱石の学者としてのプライドはハーンのそれにいささかも劣らず、またそれに見合う経歴と実力の持ち主であったために、学生には「接し難いやうな畏《おそ》ろしいやうな印象」（金子健二『人間漱石』いちろ社、一九四八）を与えがちであった。また着任時には俳人でもあることは知られていたものの、ハーンほどの文学者としての名声を持たなかったために、必ずしも着任の当初から敬愛を集めたわけではなかった。

それに加えて漱石を圧迫していたのは、ロンドンで自分が苦闘の末に見出した研究者としての立場が、学生に訴えかけなかったことである。漱石が当時の学制の三学期に当たる四月から始めた講義は「英文学概説」（「形式論」篇）であったが、その目的は「吾々日本人が西洋文学を解釈するに当り、如何なる経路《プロセス》に拠り、如何なる根拠《グラウンド》より進むが宜《よろ》しいか、かくして吾々日本人は如何なる程度まで西洋文学を理解することが出来、如何なる程度がその理解の範囲外であるかを、一個の夏目とか云ふ者を西洋文学に付いて普通の習得ある日本人の代表者と決めて、例を英国の文学中に取り、吟味して見たい」（『英文学形式論』一九二四）[7]ということであり、まさに漱石がロンドンで取り組んだ、日本人としての感受性の基底に立つ個人として、西洋の文学をいかに評価しうるかという問題を打ち出していた。しかし英文学の作品を素材としながらも、文学の一般概念の定義から始まり、様々な文体の形式を分析的に論じていく講義は、テニソンやロセッティの詩の美しさを趣味的、情感的に歌い上げるように語るハーンの魔力的な講義とは対照的であり、拒否反応を示す学生も珍しくなかった。後に劇作家となる小山内《おさない》薫は授業から遠ざかり、歌人として活躍することになる川田順は、ハーンのいない文科大学に愛想をつかして法科に転じていった。

こうした学生の反応が漱石を憂鬱にしたことは十分察せられるが、苦い皮肉であったのは、東京に帰ってきた漱石が、ロンドンで縁を切ったものの幻影に出会ってしまったことであろう。化学者池田菊苗との交わりを契機として、明治三十四年（一九〇一）の秋に「幽霊の様な文学をやめて、もつと組織だつたどつしりした研究をやらう」（「時機が来てゐたんだ――処女作追懐談」一九〇八）という決意のもとに、それまで個人教授を受けていたクレイグから離れて、心理学や社会学の理論を取り入れた文学の基底的研究に独力で取り組んだ結果として、「英文学概説」の講義もおこなわれていた。しかしクレイグと同じく詩の美しさを愛し、それを情感的に表現することをもっぱらとする前任者の影に漱石は圧迫されねばならなかったのである。

幸いなことにハーンは漱石の前任者であり、同僚として角をつき合わせる必要はなかったが、自分が帝国大学文科大学の教師として学生に受け容れられがたいという見通しは漱石に容易につけられた。鏡子の回想でも世界的な名声を持つ「小泉先生」と比べて「到底立派な講義が出来るわけのものでもない。又学生が満足してくれる道理もない。尤《もっと》も大学の講師になつて、英文学を講ずるといふことが前からわかつてゐたのなら、その積りで英国で勉強もし準備もして来るであらうのに、自分が研究して来たのはまるで違つたことだなどとぐずついてゐたやう」(『漱石の思ひ出』)だが、狩野亨吉らの慫慂によって教壇に立つことを了解するに至った。こうした漱石の懸念は、ロンドンでの研究が「英文学研究」から乖離したものであることを自覚していたことをはっきり物語っているが、おそらく漱石のなかでは、東京に転任することになったとしても、高等学校の語学教師をつづけることになるであろうから、英文学に特化した研究は当面必要ないという見込みがあったのであろう。

しかし天才気取りの文学青年も少なくない文科大学の教師として、学生に受容されないままで過ごすことは当然漱石の自尊心が許さなかった。六月の学年末試験でも学生の学力不足に失望させられた漱石は、文科大学講師を辞任する旨を大学側に申し出たが、当時大学長を務めていた坪井九馬三《くめぞう》に慰留された。その結果九月からの新学期には、ロンドンで積み重ねた理論的研究を英文学に援用した、『文学論』としてまとめられることになる講義に着手するとともに、シェイクスピア『マクベス』を対象とした作品評釈の講義を開くことになり、後者の教室は満員の聴講生で埋め尽くされた(8)。

漱石の『マクベス』の講義は作品の構築や人物造形から、『文学論』にも多くの頁が割かれている比喩表現への評価など、多角的に作品を捉えるもので、とりわけ作品の修辞については「この metaphor は巧いとか拙いとか、この書き方はいゝとか悪いとか、聴いて居ると実に歯切れがよくて面白い」(布施知足「漱石先生の沙翁講義振り」『英語青年』一九一六・六(9))という、まさに漱石の「自己本位」を発揮したものであった。ロンドンで見出したとされるこの境地は、現地で積み重ねられた『文学論ノート』のなかには直接姿を現さず、むしろ帰国後の『マクベス』評釈の講義がその場になったともいえるだろう。やはり聴講生であった弟子の森田草平も漱石の講義に対して「如何にも作家らしい、真の鑑賞的批評を下してゐられる」という感銘を覚え(『漱石先生と私』上、東西出版社、一九四七)、金子健二はシェイクスピアを「この狸ちぢいが」と近親者のように呼ばわる漱石の口調に驚いている（『人間漱石』）。そこにはそれまで禁欲的であった漱石の英文学に対する「自己本位」が躍動していたが、その評釈のあまりの闊達さから、そのスタイルを揶揄する「六道の辻にて――シェイクスピアーより」と題された匿名の葉書を受け取ることもあった。いずれにしても、漱石の「自己本位」の発露の場として自他ともに受け取られた『マクベス』評釈の講義によって、帰国時からつづいていた漱石の神経症的な鬱屈はある程度晴らされたはずであった。ところが漱石の精神状態は決してそのような好転を示すことはなかったのである。

4　感情の「地」と「図」

ロンドンでの最後の年である明治三十五年（一九〇二）に深刻化した漱石の神経症は、帰国後も収まることはなく、東京に戻って間もない頃には、長女の筆子が火鉢の縁に五厘銭の硬貨を置いたのを見て、「いやな真似をする」（『漱石の思ひ出』）と言って彼女を打擲するという振舞いに及んだりした。それはロンドンで乞食に銅貨を恵んだところ、下宿の便所の窓に同じ物が置いてあり、それを自分を探偵している下宿の女主人の仕業だと思い込んだという記憶が喚起されたからであったが、こうした症状が大学での当初の不評判と相まって持続していった。何者かに追跡されているという感覚のなかには、自分が国費留学生としての責務を全うしておらず、帰国後も〈帝国大学〉の教員にふさわしい仕事を十全に果たしていないという思いが強迫的に作動していたかもしれない。夏目鏡子によれば、「六月の梅雨期頃からぐん〳〵頭が悪くなつて、七月に入つては益〻《ますます》悪くなる一方です。夜中に何が癪に障るのか、無暗《むやみ》と癇癪をおこして、枕と言はず何といはず、手当たり次第のものを放り出します。子供が泣いたといつては怒り出しますし、時には何が何やらさつぱりわけがわからないのに、自分一人怒り出しては当たり散らしております」

（『漱石の思ひ出』）という状態に陥っていった。

鏡子は当時妊娠しており、つわりが激しかったこともあって、漱石の癇癪から退避しつつ、またそれをこれ以上起こさせないために、七月には一時実家に帰っている。その後このまま離縁になることを心配した兄の和三郎直矩《なおただ》が、漱石に妻との仲の回復を進言し、さらに鏡子の母が漱石に詫びを入れる形で漱石を納得させ、九月に鏡子は千駄木の家に戻った。十月には三女の栄子が生まれ、新しい学期での講義が学生の間で好評を得ていたにもかかわらず、翌月から漱石の精神状態は再度悪化し、家族への振舞いが過酷になっていった。そのため中根家との間に離縁話が持ち上がるに至ったが、中根家の側が離縁を拒絶する姿勢を示したために、鏡子は漱石のもとにとどまることになった。

こうした漱石の精神状態の根底にあるものとして、小宮豊隆は「鏡子の無理解と無反省と無神経」を挙げている。これは晩年の自伝的作品『道草』（一九一五）に描かれる、妻のヒステリーに苦しめられる主人公健三の苦悩から遡及的に導き出された面があるが、小宮によれば「想像力を持たず、神経も遅鈍で、反省することを知らない人間」が傍らにいることが、漱石には耐えがたかったのだという（『夏目漱石』）。もっともこれは鏡子個人の人間性に帰せられているのではなく、誰が妻であったとしても、漱石の繊細な神経と過剰な想像力を否定的に刺激せざるをえなかったという見方を小宮は示している。しかしもしそうであれば、漱石と鏡子との間にもっと直接的な衝突があったとも考えられる。妻への憤りから、子供や周囲の物に「当たり散ら」すという『道草』には描かれていない振舞いは、それが鏡子へのあてつけであったとしたらいささか稚拙に映らざるをえない。

また江藤淳はやはり鏡子との関係の悪化を重視しつつ、その原因が当時つわりと軽度の肋膜炎に悩まされていた鏡子が「単に家事ができないだけではなく、妊娠ということを別にしても夫の性的欲求に応じられぬ状態にあった」ことが、漱石から家庭の慰安を奪い、悲惨な状況に追いやっていたという解釈を提示している（『漱石とその時代』第二部、前出）。この把握においてはむしろ小宮よりも強く、漱石の癇癪の所以が鏡子の個人的な事情に帰せられているが、その一方で江藤は「彼が報復しようとしていたのは彼を圧迫する世界の悪意に対してであり、彼自身の生と苦痛の無意味さに対してであった。彼を叫ばせていたのが、その心底にひそむ「異様の熱塊」であったことは疑えない。彼は曠野にひとり立って、突風に吹きさらされ、暗黒の宇宙に向かって怒号していた」という抽象的な表現で漱石のやり場のない憤りを捉えようとしている。

鏡子との関係は軽視できないものの、漱石の抑圧と鬱屈の原因をそこに収斂させることは、その精神を矮小化することにもなるだろう。漱石の癇癪の暴発は、明らかに鏡子を目途としたものではなく、むしろその具体的な対象がそこにないからこそ起こった騒擾の有様であったと見なされる。その点で江藤淳が「彼が報復しようとしていたのは彼を圧迫する世界の悪意に対してであり」、また「異様の熱塊」を抱えて「暗黒の宇宙に向かって怒号していた」と語っているのは、抽象的な言葉遣いながら、むしろ漱石のなかに渦巻き、彼を抑圧していた行き場のない情念を適切に表現しているだろう。漱石に創作や表現の契機を与えるものは、出発時から晩年に至るまで一貫して外部世界との関わりであったが、未だ作家という表現者となっていなかった二十代から三十代にかけて神経を病むことが多かったのは、そこで与えられる不透明な感情がはけ口を与えられずに内部でわだかまってしまいがちだったからである。作家となって以降の漱石は、心身を削ってなされる創作が強いる胃潰瘍という肉体的な病に苦しめられることが多くなり、神経衰弱の症状はそれまでより相対的には軽減している。

帰国後の漱石を神経症に追いやっていた原因は一義化しえないものの、大学での当初の不評判や鏡子の家庭での振舞いに加えて、念頭に置くべきなのは日露戦争へと傾斜していく日本の状況である。そこにはいわゆる感情の「地」と「図」の関係が成り立っていることが推察される。すなわち帰国した明治三十六年（一九〇三）初頭から翌明治三十七年（一九〇四）にかけては、日本とロシアが緊張関係を強め、戦争が避けがたい事態へと突き進んでいった時期に相当している。漱石の内面にこの状況が入り込まないはずはなく、その不安定な危うさが漱石の感情や気分の「地」を形作り、そこに折り重なるように妻や大学の問題が「図」的な濃淡を与えていたと考えられる。この構図は誰においても存在するが、強い国家意識を持つ漱石においてはこの「地」が強い濃度をもって、その感情的な基底を形成している。

それは「図」としての神経症的な症状が、その折々に漱石が置かれていた境遇と必ずしも合致しないことからも察せられる。明治三十六年前半の症状が、帰国後の環境の激変と文科大学での当初の不評判によっているとすれば、それが改善される九月以降に症状も快方に向かっても良かったはずだが、現実にはそうなっておらず、逆に鏡子との関係自体は彼女が三女の栄子を出産して以降好転したわけではないにもかかわらず、鏡子の表現によれば「いい按排に翌《あく》る三十七年の四五月頃から大分よくなつて参りまして、段々こんな無茶なことをしないやうになりました」（『漱石の思ひ出』）という変化を示している。こうした照応を見ると、折々の境遇が漱石の気分を左右している以上に、彼の内面を貫流している「地」的な気分がその態度や振舞いに影響していることがうかがわれる。そしてそれを形成している動因は、やはり主体を取り囲む、日露戦争への傾斜を核とする日本社会の動向と、それがもたらしている時代の空気であったと考えられるのである。

漱石の神経症が好転した「三十七年の四五月頃」と、それ以前の間に起こったものとは、とりもなおさず日露戦争の開戦にほかならない。日露戦争は明治三十七年（一九〇四）二月八日におこなわれた、旅順港に停泊していたロシア海軍の旅順艦隊に対する日本海軍の駆逐艦による奇襲攻撃によって口火を切っている。同日に日本陸軍の木越旅団が朝鮮の仁川に上陸し、翌日には木越師団を護衛した海軍の瓜生戦隊が仁川港外でロシアの巡洋艦と砲艦を攻撃して自沈に至らせ、翌十日に日本政府による正式の宣戦布告がなされている。その後海軍が二、三、五月の三次にわたる旅順口閉塞作戦を敢行する一方で、四月末には陸軍の第一軍が朝鮮半島に上陸し、四月三十日から五月一日にかけての鴨緑江岸での戦いでロシア軍を破り、つづいて第二軍が五月二十六日に遼東半島の隘路にある南山のロシア軍陣地を攻略した。第二軍も四千人の死傷者を出したが一応の勝利を収め、さらに大連を占領した後北上して、遼東半島先端に位置する要所である旅順を援護するべく南下してきたロシア軍を、六月十四日に得利寺の戦いで破っている。

日露戦争の開戦は漱石に強い刺激を与え、新体詩の「従軍行」を作らせている。『帝国文学』明治三十七年五月号に掲載されたこの詩は、当時多く作られた日露開戦をモチーフとする新体詩の一角をなすもので、ロシアの敵兵をどこまでも追跡し、殲滅するまで戦うという内容が歌われている。「天子の命ぞ、吾讐《あだ》撃つは、臣子の分ぞ、遠く赴く。／百里を行けど、敢て帰らず、千里二千里、勝つことを期す。／粲《さん》たる七斗は、御空のあなた、傲る吾讐《あだ》、北方にあり。」（二）、あるいは「見よ兵等《つわもの》、われの心は、猛き心ぞ、蹄を薙《な》ぎて。／聞けや殿原、これの命は、棄てぬ命ぞ、弾丸《たま》を潜りて。／天上天下、敵あらばあれ、敵ある方に、向ふ武士《もののふ》。」（六）といった決まり文句を連ねた表現は凡庸といわざるをえないが、書簡で『太陽』明治三十七年六月号に載った大塚楠緒子の「進撃の歌」と比較して「女のくせによせばいゝのに、それを思ふと僕の従軍行などはうまいものだ」（野村伝四宛、一九〇四・六・三付）と述べるように、漱石自身はこの詩を自賛している。

漱石の審美的な判断力に照らせば到底肯定されないと思われるこの詩を気に入っているということは、

この作品が彼の〈表現者〉としての意識からではなく、〈生活者〉としての感情から生み出されていることを物語っている。いいかえればそれは漱石の〈日本人〉としての気分の異様な昂揚の現れであり、それが日露戦争への突入によってもたらされているのである。漱石を間近で見ていた小宮豊隆は、三国干渉以来「十年の無理非道に耐えて来た日本が、決然としてロシヤに対して起つた時、その勇気と情熱を、自分自身の上に深切に感じて、共に起つほどの興奮を覚えたに違ひない」（『夏目漱石』）と述べている。事実翌年の談話「批評家の立場」（一九〇五）では漱石は「僕は軍人がえらいと思ふ。目的は露国と喧嘩でもしやうといふのだ、日本の特色を拡張する為め、日本の特色を発揮する為めにこの利器を買つたのだ」と語り、同じ年の談話「戦後文界の趨勢」（一九〇五）でも「こゝに於てか啻《ただ》に力の上の戦争に勝つたばかりでなく、日本国民の精神上にも大なる影響が生じ得るであらう」と冒頭で語り、この戦争をきっかけとして、日本人がこれまでの盲目的な西洋追従の軛《くびき》から解き放たれてその独自性を発揮する方向に歩み出すであろうという観測を示している。こうした日露戦争への漱石の評価はそれ以降も保たれ、大正二年（一九一三）の講演「模倣と独立」でも「日露戦争はオリヂナルである、軍人はあれでインデペンデントなることを証拠立てた」とした上で、日本の文学者もそれに倣うべきことが主張されている。

5　開戦による気分の変容

もちろん漱石は決して戦争讃美者であるわけではなく、一方では戦争の残酷さをモチーフとし、語り手が旅順で戦死した知人の恋人を追跡する内容をもつ『趣味の遺伝』（一九〇六）なども同時期に書かれている。おそらく漱石の対外的な戦争に対する感情は完全にアンビヴァレント（両価的）であり、日本人としての矜持を満たしうる機会として肯定されると同時に、国家のために個人の尊厳がないがしろにされる場として呪詛される対象にほかならなかった。しかし日露戦争の開戦時には、その相手が「欧州第一流の頑固で強いといふ露西亜である」（「戦後文界の趨勢」）こともあって、それと互角以上の戦いを展開していっている状況は、漱石の気分を昂揚させずにおかなかった。

逆にいえば、それまでの時代の空気が漱石を鬱屈させ、癇癪の爆発に導くような抑圧的な要素をはらんでいたということでもある。そして現実に日露戦争前夜に当たる明治三十六年（一九〇三）は、そうした焦燥感を国民に抱かせる状況として進んでいった。とくに日本人を苛立たせていたのは、義和団事変（北清事変）の際にロシアが満州に送り込んだ軍隊を、事変の収束以降も撤兵させなかったことである。義和団事変が導きとなって明治三十五年（一九〇二）一月末に締結された日英同盟にともなう「満洲還附協約」によって、ロシアは満州から三期に分けて撤兵をおこない、満州を清に返還することになっていたが、ロシアは第一次撤兵を実行した以降は満州に事実上居座ってしまい、完成されたシベリア鉄道によってかえって増兵を図る姿勢を示した。漱石よりも一層国士的な気質を持つ二葉亭四迷は、東京外国語学校教授の職を辞して赴いていた北京から坪内逍遙に宛てた書簡（一九〇三・六・一三付）で、次のような文面で憤懣を露わにしていた。

近着の新聞でみると議会は相変らす《ママ》妥協騒きで撤兵問題なとは《ママ》ねツから気乗の様子見えす《ママ》何の為の妥協沙汰と呆れもすれは《ママ》憤慨もされ申候　こんな事では到底駄目ニ候　もう位取りて露国に数歩を譲りゐるものといふものニ候　政府も駄目なら国民も駄目、支那に続いて亡《ママ》びるものは必す《ママ》日本なりと、情の激する時にはタイ《ママ》ナマイトでもぶツけてやりたいやうに成り候へ（以下略）

こうした感情を次第に国民の多くが共有するようになる。明治三十六年（一九〇三）には日露戦争への推進者となった東京帝大の戸水寛人《とみずひろんど》、寺尾亨《とおる》らいわゆる「七博士」が対ロシアの強硬論を唱え始め、国民のなかでもロシアの撤兵を強く求め、さもなくば開戦を辞さないという空気が高まることになった。第二次撤兵の期限は明治三十六年四月であったが、これを過ぎてもロシアが撤兵の気配を見せないことは国民の憤懣を高め、『東京朝日新聞』明治三十六年八月十日の記事によれば、東京で開かれた「対外硬同志大会」の会場には五百人を超える聴衆がつめかけてロシアの振舞いを糾弾する声を上げた。当日不参加であった大隈重信は書面で「国民の決心は恰《あたか》も将に破裂せんとする火山の如し、政府はかゝる後援を有しながら、何ぞ躊躇するの甚だしきや」という、「意気極めて激越」な意見を寄せていた。こうした、協約を守らないロシアの態度に業を煮やして「破裂せんとする火山」のような状態に置かれた国民が、ロシアに対してだけでなく開戦と非戦の間で「躊躇」や「優柔不断」をつづけている日本政府に焦燥を募らせていくという構図が、明治三十六年の夏頃に強まっていった。そして漱石自身がまさにその空気を体現していたのであり、その時期に「火山」のような憤激を家族に撒き散らしていたのである。

一方同じ時期に内村鑑三や幸徳秋水らによる非戦論が主張されていたが、明治三十六年の秋から彼らが拠っていた新聞である『万朝報』が開戦論に方向転換することで彼らは同紙を去り、世論はほとんど開戦論一色に染められるに至る。そして翌年二月の奇襲を皮切りとする開戦に突入することになるが、児島襄の『日露戦争』（第一巻、文藝春秋、一九九〇）で「国民の大部にとって、開戦は、いうなれば「待ちかねた」心境でむかえられた」と述べられるように、勝敗以前にそれはこれまで長引かされた国民の焦燥や苛立ちを沈静させる出来事であった。さらに仁川沖や旅順口沖における海戦の勝報が祝賀の空気をもたらし、各地で提灯行列がおこなわれたりした。そうした昂揚感のなかで漱石の気分も次第に好転していき、「従軍行」がつくられたりもしている。『吾輩は猫である』が書かれたのはその連続線上においてであった。

周知のように、この作品ははじめ子規を継いで『ホトトギス』を営んでいた高浜虚子の勧めによって書かれ、彼や河東碧梧桐《かわひがしへきごとう》、阪本四方太《しほうだ》らが催す「山会」で朗読され好評を博したものである。明治三十七年（一九〇四）の夏頃に虚子は「連句」や「俳体詩」の創作に漱石を誘い、漱石は進んでそれに参加している。虚子の仲間の間で盛んにおこなわれた文章会が、文章に「山」すなわち焦点がなくてはならないという子規の主張を実践しようとする「山会」で、十二月の会に何か書いてみないかと虚子が誘ったところ、当日漱石は「愉快さうな顔をして私を迎へて、一つ出来たからすぐここで読んで見てくれ」（高浜虚子『漱石氏と私』アルス、一九一八）とかなり分量のある原稿を虚子に差し出したのだった。(10)

漱石が添削を求めたために、虚子はところどころに見られた冗漫な箇所を削り、その上で山会で朗読したところ、「兎に角変つてゐる」（『漱石氏と私』）という評判を得、『ホトトギス』の翌年一月発刊の号に『吾輩は猫である』として掲載された。好評は山会同人の間にとどまらず一般読者にも広がり、この号の『ホトトギス』は大きく売り上げを伸ばした。『新潮』明治三十八年（一九〇五）二月号にはすでに、同時に『帝国文学』に発表された『倫敦塔』（一九〇五）と併せて「夏目漱石の文、平俗の裡、無量の趣味を蔵せり。赤門派の文の厚化粧して、いやな目遣ひする醜女のそれに比して、此は瀟洒、たゞ天真」と、美文調をもっぱらとする大町桂月、高山樗牛《ちょぎゅう》らの「赤門派」と対比しつつ漱石の表現を肯定する評が出されている。(11)こうした好評にうながされて、一回限りの予定であった『吾輩は猫である』は翌明治三十九年（一九〇六）八月の号まで『ホトトギス』で連載が重ねられ、一高と帝国大学の講師を務める俳人は、またたく間に人気作家に転じていった。

「吾輩は猫である。名前はまだ無い」という一行から書き始められる『吾輩は猫である』の語り手である「吾輩」には、未だ〈無名〉の小説作者である表現者としての自己と、国際的に未だ十分認知されていない〈無名〉の近代国家である日本が巧みに折り重ねられている。福澤諭吉の「一身独立して一国独立す」（『学問のすゝめ』一八七二〜七六）というスローガンに象徴されるように、個人と国家を連続させて捉えるのは明治人に共通する着想であったが、漱石はそれを創作の着想としつづけた作家で、ほとんどの作品にその連続性が見られる。その嚆矢となったのが、第一節で取り上げた『自転車日記』であり、ここでは下宿の「偉大なる婆さん」に自転車と苦闘させられることになった自分と、日英同盟によってアジアの憲兵的存在としてロシアと戦わせられることになった日本が巧みに重ね合わされていた。『猫』はその寓意がより明瞭な形で打ち出されており、進化論的な価値観から西洋人を進化の頂点として見る当時の眼差しを下敷きにしつつ、西洋人が「驚キモセネバ知リモセヌナリ」（「日記」一九〇一・一・二五）という対象でしかない日本と、一高と帝大の教壇に立つものの、書き手としては無名に近かった自分が、「人間」以下の存在としての名もない「猫」に込められていた。

興味深いのは作品の連載中にこの〈無名性〉が自身と日本の両方の次元において解消されていくことである。すなわち漱石は『猫』と『倫敦塔』『幻影の盾』『琴のそら音』『薤露行《かいろ》』（いずれも一九〇五）といった同時期に並行して書かれた浪漫的な短編小説群を発表することで一躍作家としての名声を得、また日本は戦前は圧倒的不利が予想されたロシアとの戦争で、犠牲を払いながらも互角以上の戦いを進めていったことで、世界は日本への評価を改めていった。開戦後三ヵ月目の一九〇四年五月一日の『タイムズ』紙には早くも、西洋諸国が「驕慢な「黄色い小人」がロシアの巨人の無敵の力の前にあえて挑むわけがないと声高に一笑に付していた事実自体が、その政治的判断の浅はかさ、ないし厚顔無恥の証明と見てさしつかえない」と評価する記事が掲載されている。

『吾輩は猫である』の好評は山会の朗読会以降次々と漱石の耳に入り、その創作家としての自信を強めていった。書簡でも寺田寅彦に宛てて「然し僕の猫伝もうまいなあ。天下の一品だ」（一九〇五・二・一三付）と自賛し、同じく漱石門下でドイツ文学者となる皆川正禧《せいき》には「君が大々的賛辞を得て猫も急に鼻息が荒くなつた様に見受候。続篇もかき度《たしなど》抔と申居候」（一九〇五・二・一三付）と意欲を示している。この記述は「続篇」として書かれた「二」章冒頭の「吾輩は新年来多少有名になつたので、猫ながら一寸鼻が高く感ぜられるゝのは難有《ありがた》い」という一文と照応し、「猫」が表現者としての漱石の自己の寓意であったことが確認される。

しかし世評の高まりとともに漱石自身が〈無名〉から〈有名〉な存在に転じていくことで、作中の語り手としての「吾輩」の立場や眼差しも変化せざるをえない。すなわち「一」章で「人間」に対比される卑小さによって提示されていた「吾輩」の名もない「猫」としての輪郭は、日露戦争の戦局が優位になるとともに、漱石自身もその〈無名性〉を脱することによって変容し、両面から「人間」の域に近づいていくことになる。明治三十八年（一九〇五）三月の『ホトトギス』に掲載された『猫』「三」章の冒頭部分は、その事情をよく物語っている。

三毛子は死ぬ、黒は相手にならず、聊《いささ》か寂寞《せきばく》の感はあるが、幸ひ人間に知己が出来たので左程退屈とも思はぬ。先達ては主人の許へ吾輩の写真を送つて呉《く》れと手紙で依頼した男がある。此間は岡山の名産吉備団子を態々《わざわざ》吾輩の名宛で届けて呉《く》れた人がある。段々人間から同情を寄せらるゝに従つて、己が猫である事は漸《よう》く忘却してくる。猫よりはいつの間にか人間の方へ接近して来た様な心持になつて、同族を糾合して二本足の先生と雌雄を決しよう抔《など》と云ふ量見は昨今の所毛頭ない。（三）

ここでは猫の仲間である「三毛子」や「黒」の消息に触れつつ、自分がむしろ人間世界の一員に組み込まれるようになったかのような感覚が語られている。「人間から同情を寄せらるゝに従つて、己が猫である事は漸く忘却してくる」という一文が、作家としてもはや無名の域を脱したという漱石の内心の表現であることはいうまでもない。それと歩調を合わせるというほど順調ではなかったものの、日本は『猫』が世に現れた明治三十八年一月一日に、堅固な要塞が築かれていた旅順を多大な兵力の犠牲を払った末に陥落させ、二月には奉天の会戦でロシア軍を後退させ、三月十日に奉天を占領するに至っている。さらに五月二十七日から二十九日にわたる日本海海戦では、日本の連合艦隊はロシアのバルチック艦隊を壊滅させ、世界中を驚愕させた。この大敗によって日本海の制海権を事実上失ったロシアは、講和に向けた動きを取り始めることになる。

こうした自身と日本がともに獲得するに至った評価の高まりは、「一」章における、人間に不当に支配され、従属的な位置に置かれた猫という語り手の輪郭を希薄にすることになる。「一」章においては、「吾輩」は「人間と同居して彼等を観察すればする程、彼等は我儘《わがまま》なものだと断言せざるを得ない」という感慨を表白している。人間の「我儘」さゆえ「我等が見付けた御馳走は必ず彼等の為に掠奪せらるゝ」のであり、仲間の「白君」は「人間と戦つて之《これ》を剿滅《そうめつ》せねばならない」という義憤を訴え、「吾輩」もそれに共感するのだった。猫が見付けた「御馳走」を「彼等の為に掠奪せらるゝ」という事態が、日清戦争後の三国干渉と、そこで日本が召し上げられた遼東半島にその後ロシア自身が進出して地歩を築いてしまった流れを指すことは容易に推せられる。日本人に「臥薪嘗胆」を強いた三国干渉は日露戦争の起点ともなったが、「いくら人間だつて、さういつ迄も栄へる事もあるまい。まあ気を永く猫の時節を待つがよからう」（一）と語られる、「猫」すなわち日本人と自身が広く認知、評価される状況への待望は、意外に早く叶えられることになった。

とくに無名の表現者としての自己を表象していた「猫」は、いち早く「人間」の域に昇格し、「一」や「二」で登場していた仲間の猫たちとは異質な次元の住人となったために、これらの仲間たちは「三」以後姿を見せなくなる。こうした「吾輩」の立場やそれに伴う意識や眼差しの変化が、作品の叙述にも影響を与えている。すなわち叙述の文体が「写生」の色合いを強めることになるのである。

6　〈小説家〉の誕生

『吾輩は猫である』は写生の理念を重視していた子規を引き継いで営まれていた『ホトトギス』に発表された作品であり、その影響下にもたらされている。この作品を写生文の実践として捉える見方もあるが、少なくとも山会で高浜虚子によって朗読された最初の章は写生文としては書かれていない。もっとも子規とその流れを汲む人びとの間で写生の理念は一律ではなく、個々の理解でそれを把握しつつ俳句や散文において実践している。子規自身は写生文を「世の中に現れ来りたる事物（天然界にても人間界にても）を写して面白き文章を作る法なり」（「叙事文」一九〇〇）と規定しており、この描かれる「事物」の〈面白さ〉が文章の「山」として見なされている。総じて子規は表現の「山」を自身の意識や想像によってもたらすのではなく、焦点となる面白さをはらんだ対象を描くことによって「山」が生まれると考えており、絵画に関しても「写生に精神を加へるといふのは大作には必要であるが、普通の画は写生したばかりで多少の精神が加はるものである」（圏点略、「写生、写実」一八九八）と述べている。

この写生が面白みをもつのは本来なんらかの興趣を含んだ対象を描くからだという考え方は虚子にもあるが、虚子はむしろそうした選択をおこなう作者の想像力の作動に重きを置いている。たとえば写生趣味の俳句が面白く感じられるのは、「目前に在る数限り無き事実のうちより特に是等の事実を採り出す事は作者の脳中に醸し成された空想趣味の働きではあるまいか」（「俳話」一九〇五）と語っている。[12] 本来写生と「山」は相互に逆行する面をもつ観念であるだけに、表現の面白さの所以が、描かれる対象にあるのか、描いている主体の意識作用にあるのかには、作者の創作観によって比重の差違が生じることになる。

漱石の写生観は「写生文」（一九〇七）と題された論評に披瀝されているが、漱石は子規とは逆に対象を描く作者の「心的状態」を重視する立場を打ち出している。この「心的状態」は「人生観」ともいえるもので、それを通して対象を見ることによって「人事に関する文章の差違」がもたらされる。写生文においては客観的であることが尊ばれるが、その描写において「写生文家は自己の精神を幾分か割いて人事を視る」姿勢を取る。そこでは描写の主体と対象の間には「一致する所と同時に離れて居る局部」があり、決して「写さるゝ彼になり切つて、彼を写す訳には行かぬ」とされる。こうした共感と距離を共在させた写生文家の態度は「大人が小供を視るの態度」になぞらえられる。子供が泣いても大人が一緒に泣きはしないように、写生文家も「泣かずして他の泣くを叙する」のである。

この外界の「人事」を描く客観性が重んじられながら、作者の「心的状態」に色付けされる形でそれが現れるという考え方は、漱石の作品群を貫流する基本的な理念であり、『猫』においてもそれが明らかに認められる。〈猫の眼差し〉は人間世界をその外側から眺める特異な「心的状態」であり、そうした偏向を与えられた視点によって飼い主の家庭を主とする人間世界の様相が描出されていく。しかし対象に対して「一致する所と同時に離れて居る局部」を共在させつつ、余裕をもって外部世界の様相を描き出すという漱石的写生文の姿勢は、「一」章ではまだ十分成就されていない。「吾輩」は泣いているところを書生に拾われたと思うとあらためて笹原に棄てられ、そこから苦沙弥の家に潜り込んでその住人となったのだったが、周囲の人間たちは自分にとって脅威以外ではなく、また知り合いになった猫の仲間たちのなかにも車屋の黒のように乱暴な輩がいて、脅しをかけられたりする。山会で朗読されたこの章では、「吾輩」の眼差しはむしろ周囲の下方に置かれており、「大人が小供を視る」のとは逆の方向性のなかで外界が観察されている。

しかし漱石の作家としての認知の獲得にともなって、猫の仲間たちが姿を消していくのに応じて、「吾輩」の眼差しの位置は次第に高みに上がっていき、傍観者的な知識人のそれとして作動するようになる。それによって叙述は人間世界の様相を皮肉と諷刺を交えて描き出すことを眼目とすることになる。たとえば「七」章で海水浴の効用を語るくだりでは、「吾輩」はそれをとっくに心得ており「これしきの事をもし驚ろく者があつたなら、それは人間と云ふ足の二本足りない野呂間《のろま》に極つてゐる。人間は昔から野呂間である。であるから近頃に至つて漸々《ようよう》運動の効能を吹聴したり、海水浴の利益を喋々して大発明の様に考へるのである」と、人間を猫の下方に置く評価を下している。また同じ章で「吾輩」は銭湯の洗い場で裸になった人間たちの姿を覗き見て、「何が奇観だつて吾輩はこれを口にするを憚る程の奇観だ」という感慨を覚え、文明人の要件である衣服を脱ぎ捨てて野蛮の境地に返ろうする姿に驚愕しつつも、そこにも厳然とした個人間の差別が存在することを認識している。

こうした眼差しの変容を経て「十」章で語られる、食卓の上を飯や芋が行き交う騒動のなかで苦沙弥の子供たちが朝食を取る場面では、まさに「大人が小供を視るの態度」による叙述が成就している。一番下の「坊ば」が味噌汁を満たした飯に突っ込んだ箸をはね上げて顔を飯粒だらけにしてしまうのにつづいて、次のような叙述がおこなわれている。

坊ばが一大活躍を試みて箸を刎《は》ね上げた時は、丁度とん子が飯をよそひ了《おわ》つた時である。さすがに姉は姉だけで、坊ばの顔の如何にも乱雑なのを見かねて「あら坊ばちやん、大変よ、顔が御ぜん粒だらけよ」と云ひながら、早速坊ばの顔の掃除にとりかゝる。（中略）姉は丹念に一粒づゝ取つては食ひ、取つては食ひ、とう〳〵妹の顔中にある奴を一つ残らず食つてしまつた。此の時只今迄は大人しく沢庵をかぢつて居たすん子が、急に盛り立ての味噌汁の中から薩摩芋のくづれたのをしやくひ出して、勢よく口の内へ抛《ほう》り込んだ。諸君も御承知であらうが、汁にした薩摩芋の熱したの程口中に答へる者はない。大人ですら注意しないと火傷をした様な心持がする。ましてすん子の如き、薩摩芋に経験の乏しい者は無論狼狽《ろうばい》する訳である。すん子はワッと云ひながら口中の芋を食卓の上へ吐き出した。その二三片がどう云ふ拍子か、坊ばの前迄すべつて来て、丁度いゝ加減な距離でとまる。坊ばは固《もと》より薩摩芋が大好きである。大好きな薩摩芋が眼の前へ飛んで来たのだから、早速箸を抛《ほう》り出して、手攫《づか》みにしてむしや〳〵食つて仕舞つた。（十）

ここで「諸君も御承知であらうが、汁にした薩摩芋の熱したの程口中に答える者はない。大人ですら注意しないと火傷をした様な心持がする」という補足を加える主体は、明らかに「人間」の一員として同輩である読者「諸君」に向けて語っており、子供たちの食事の様相は「猫」という外部世界からの眼差しによってというよりも、距離を取りつつ余裕をもって対象を眺める「大人」の視点によって綴られている。この朝食の場面や、その後やって来た姪の雪江が苦沙弥の細君や子供たちを相手に会話をする場面の描写は生気に富んでおり、漱石がその写生的方法を確立して〈小説家〉としての技量を発揮していることが分かる。

けれども「吾輩」の眼差しが「写生」の主体として確立されてくるということは、彼が〈語り手〉として抽象化されるということでもあり、次第に〈猫の眼〉という視点としての意味を希薄にしていかざるをえない。またそれと照らし合うように浮上してくる後半における変化は、主人の苦沙弥が次第に雄弁を振るうようになることである。もともと中学の英語教師としての苦沙弥は、漱石が厭っている教師という職業にある自己の戯画化であった。もちろん漱石自身は勤勉で優秀な教師であり、教室ではいい加減な説明で生徒をねじ伏せ、英語の原書を開けても数分で眠りに落ちてしまう苦沙弥とは対極をなしている。しかし文学者としての無名性を反映させる形で戯画化されていた苦沙弥の姿は、作者が知名度を高めるのに応じて、少しずつその思念を披瀝する主体に変じていき、終盤では漱石自身の言説とも重ねられる人生観や世界観を口にするようになる。

「九」章では苦沙弥がおこなう、人間社会が狂人の集合体かもしれず、理屈や分別を持った人間は逆に迫害されて「瘋癲院に幽閉され」る羽目に陥るのではないかという考察を「吾輩」は逐一描出し、それができる理由として「吾輩はこれで読心術を心得て居る」という説明をしている。これは両者の相互の分身関係を明確にするとともに、猫としての「吾輩」が姿を消すことを予示する伏線ともなっている。登場者の「心」を読める存在とは要するに物語の〈語り手〉にほかならず、「吾輩」の機能がそこに収斂されていくのであれば、彼が「猫」である必要はなくなっていくからである。そして終章の「十一」章では「吾輩」は苦沙弥の家に集う、美学者の迷亭、物理学者の寒月、哲学者の独仙といった人びとの会話をひたすら写すことに終始し、前半部分ではもっぱら聞き手であった苦沙弥もここでは、「当世人の探偵的傾向は全く個人の自覚心の強過ぎるのが源因になつて居る」や「神経衰弱の国民には生きて居る事が死よりも甚だしき苦痛である」といった、漱石の講演やエッセイでの発言を想起させるような意見を雄弁に述べている。

長々とつづく議論は、いずれも文明の進展が人間を個人化すると同時にその孤立や孤独を深めて、生よりも死へと誘惑されがちな社会をもたらすという線で展開していき、漱石の文明批判を同心円的に誇張した趣きを漂わせている。そこには写生の基底となる作者漱石の「心的状態」が垣間見られるが、この時点においてはすでに〈猫の眼〉を介在させることなく、自身の内面を通して現実世界を把握、描出しようとする漱石の姿勢が浮かび上がっている。苦沙弥たちの議論が終わった後に、「吾輩」がビールを飲んで酔っぱらい、瓶の水に落ちて死ぬことで作品は閉じられる。この「吾輩」の死はそれまでの叙述の変容のなかで十分に準備されており、彼の〈語り手〉としての退場によって、〈小説家〉としての漱石が本格的に誕生することになるのである。

第二部　せめぎ合う「我」と「非我」

I 「非人情」という情念
——初期作品における俗と脱俗

1 現実世界への距離

『吾輩は猫である』（一九〇五〜〇六）によって作家として登場して以来、漱石は当初は一回限りのはずであったこの作品を、好評に応じて一年半を超える期間『ホトトギス』に連載することになる。連載の途中であった明治三十八年（一九〇五）十月には早くも上篇が大倉書店より刊行され、二十日で初版が売れ切れるという反響を見せた。[1]『猫』の連載は明治三十九年（一九〇六）八月までつづくが、その間漱石は一高と帝大で教鞭を執る傍らおこなう創作への努力を『猫』にのみ傾注したわけではなく、一方では別種の趣きをもつ、主として短篇の作品群を書き継いでいた。『猫』と同じ明治三十八年（一九〇五）一月に『帝国文学』に掲載された『倫敦塔』を皮切りとして、短篇集『漾虚集《ようきょ》』としてまとめられる『カーライル博物館』（一九〇五）、『幻影の盾』（一九〇五）、『琴のそら音』（一九〇五）、『一夜』（一九〇五）、『薤露行《かいろ》』（一九〇五）、『趣味の遺伝』（一九〇六）、及び中篇小説である『坊っちゃん』（一九〇六）である。

このうちユーモアと諷刺の要素を強くもつ『坊っちゃん』は『猫』と同じ範疇に置くことができる作品

といえるが、それ以外の作品はむしろこの二作とは対照的に、現実世界に対して距離を置く夢幻的な味わいをもち、素材的にも同時代の日本ではなく中世ヨーロッパの歴史や物語から得られたものが少なくない。とくにそうした文脈を浮上させている『倫敦塔』『幻影の盾』『薤露行』といった作品が、この一連の作品群を代表するものとして関心を集めてきた。

『吾輩は猫である』が、猫に託された語り手の辛辣な眼差しによって人間世界の様相を相対化しつつ浮び上がらせていたのに対して、これらの作品においては現実の生々しさから離脱していこうとする方向性が明瞭である。たとえば漱石がロンドンで生活を始めた頃の経験を素材として書かれた『倫敦塔』は、語り手の「余」がロンドン塔のなかで、十五世紀後半に在位した後に王位を追われたエドワード四世の二人の子供たちや、政争のなかで九日間だけの王位に就いた後に処刑されたジェーン・グレーといった、この時点で三百年以上前に命を奪われた人びとの幻影と出会うという、夢幻能的な趣きの作品である。また『幻影の盾』と『薤露行』はともに五世紀頃に在位したとされるアーサー王と円卓の騎士にまつわる伝説を素材とし、前者は祖先から伝えられた「過去、現在、未来に渉《わた》つて吾《わが》願を叶へる事のある盾」を持つ虚構の人物であるウィリアムという騎士が、敵対関係にある夜鴉の城主の娘であるクララと思いを遂げようとするものの、彼が到達するのは「南の国」を表象する盾のなかの世界で、そこで彼はクララと再会するという幻想的な物語である。『薤露行』では円卓の騎士中の第一の勇士であるランスロットが、アーサー王の妃であるギニヴィアと恋仲にあるという状況で、アストラットの城の姫であるエレーンがランスロットに強い恋情を抱き、それが叶えられないことからみずから食を断って絶命し、川を運ばれていくその屍にギニヴィアが「一滴の熱き涙」をこぼすという、情念の烈しさに彩られた物語が語られている。

興味深いのは、こうした作品を書くことで当時の漱石が浪漫的、夢幻的な傾向の作家としても眺められていたことで、具体的には泉鏡花との比較がしばしばなされている。評論家の田岡嶺雲《れいうん》は『倫敦塔』から鏡花を連想し、「殊に其幽渺窈冥《ゆうびょうようめい》の具象を描く処鏡花に似て、而して鏡花の妙は其着筆軼宕飄逸《てっとうひょういつ》なるを以て勝れど、氏は其森厳深刻《しんげんしんこく》なるを以て勝る也」（『天鼓』一九〇五・五）という比較をおこない、『帝国文学』明治三十九年二月の無署名の評では、鏡花の文体が「艶麗」「豊麗」であるのに対して漱石が表現の簡素を尊ぶといった差はあるものの、「或は空想を趁《お》ひつゝ、或は直覚を辿りつゝ、現実の中に奇異を観じ、夢幻の問《（ママ）》に真実を観るところ、確かに同類項中の作家と謂ふべし」（圏点略）という共通性によって両者が重ねられて、「夢幻派」という括りのなかに置かれていた。

　こうした比較も喚起する浪漫的な作品群が、現実諷刺を本領とする『猫』と並行して書き継がれていたのは、当然漱石のなかに二元的な傾斜があることを想起させる。すでに『早稲田文学』明治三十九年十月号の「彙報」（「小説界」）では、漱石に「写実的傾向と伝奇的傾向」の二面があり、前者から「穿鑿《せんさく》的、追究的、説明的、写実的傾向を示せる質実平淡なる『吾輩は猫である』」が生まれ、後者から「神秘的、非現実的、空想的、伝奇的傾向を示せる華麗多想像なる『薤露行』」がもたらされているという視点が出されていた。竹盛天雄が『猫』の各章と『漾虚集』の作品群を時系列的に対応させつつ論じた『漱石　文学の端緒』（筑摩書房、一九九一）で、この二つの系統の作品群を相互補完的に眺め、とくに夢幻的な作品群が『猫』や『坊っちゃん』などに顕著な、社会現実に向かって「奔騰するサムシングを精一杯取り鎮め馴致しようとするエネルギー」の発露として捉えているように、この時期の漱石が現実に向かおうとする志向と、そこから離脱しようとする志向を共在させていたことは否定しがたい[2]。けれども見逃せないのは、現実離脱に向かうように映る作品群の基底にも辛辣な現実批判がはらまれ、決して『猫』との間に対照的な距離をつくっているわけではないということだ。それはこうした一連の作品の発表後に書かれた『草枕』（一九〇六）にはより明瞭に示されており、そこから遡及的に眺めることで出発時の短篇小説群の特質も捉えることが容易になる。

『草枕』も語り手の「余」が世俗を逃れるべく異界的な場所としての性格をもつ架空の温泉場に赴く物語である点で、山中をさまよったあげくに、実は魔物である美女の住み処を訪れる鏡花の『高野聖』（一九〇〇）などと近似した構造をはらんでいる。『草枕』の「余」は「人の世が住みにくい」（傍点原文）という感慨をもって旅に出たのであり、舞台となる那古井の里が世俗を脱した空間として描かれているわけではないが、世俗的な情の対極とされる「非人情」の境地を求めうる場所として「余」に期待されている。

この作品の冒頭では「山路を登りながら、かう考へた」に始まる有名な一節につづいて、「人の世」の住みにくさとそこからの逃れがたさが表白された後に、「越す事のならぬ世が住みにくければ、住みにくい所をどれほどか、寛容《くつろげ》て、束の間の命を、束の間でも住みよくせねばならぬ。こゝに詩人といふ天職が出来て、こゝに画家といふ使命が降《くだ》る。あらゆる芸術の士は人の世を長閑《のどか》にし、人の心を豊かにするが故に尊い」（一）という論理で芸術の価値が称揚されている。芸術表現が生の現実に対して美的な距離をつくるのは普遍的な機能だが、「余」はなかでも東洋の芸術が主題的に人間の感情のせめぎ合いを脱しているものが少なくない点で、いわば二重に世俗を相対化していることに重きを置いている。その一例として挙げられているのが陶淵明の「採菊東籬下《きくをとるとうりのもと》、悠然見南山《ゆうぜんとしてなんざんをみる》」や、王維の「独坐幽篁裏《ひとりゆうこうのうちにざし》、弾琴復長嘯《きんをだんじてまたちょうしょうす》、深林人不知《しんりんひとしらず》、名月来相照《めいげつきたりてあいてらす》」といった漢詩の一節で、こうした詩にうかがわれる「超然と出世間的に利害損得の汗を流し去つた」境地にこそ真の「別乾坤」が現出しているとされる。

漱石はロンドン滞在中に書きためた『文学論ノート』においても同様の考察を書き付けており、「東西文学ノ違」の詩に関する節では「西洋人ハアク迄モ出〔世〕間的デアル（ヨシ道徳的ナラザル迄モ）」のに対して、「吾人ノ詩ハ悠然見南山デ尽キテ居ル。出世間的デアル。道徳モ面倒ナコトモ何モナイ。否寧ロコンナウルサイコトヲ忘レル為メノ器械デアル」と述べている。重要なのは、にもかかわらず『草枕』が決して「悠然見南山」の世界として展開しているわけではないことで、「余」が赴く那古井の里にしても、どれほど世間から距離的に隔絶していても「人の臭ひは中々取れない」現世においては、多少都会から隔たった程度の、世俗の臭いを残した土地にすぎない。また彼がそこで出会う那美という謎めいた女はむしろ「人を馬鹿にする微笑《うすわらい》と、勝たう、勝たうと焦る八の字のみ」（十）という現世的な表徴によって「余」に印象づけられているのである。

この世俗の臭いを消去する強度をはらんだ情念が、「余」が求める「非人情」の内実にほかならない。彼が宿で読書をしているところを訪れた那美に、自分は画工なので小説も気に入ったところだけを読めばよく、そうした気ままな感情の動きとして恋愛も捉えていると言い、那美がそれは「不人情な惚れ方」かと尋ねると、「余」は「不人情ぢやありません。非人情な惚れ方をするんです」（九）と答える。「余」が手にしているのは漱石の愛好したメレディスの『ビーチャムの生涯』で、クリミア戦争に参加したイギリス海軍の士官である主人公のビーチャムが、イギリス人やフランス人の女性たちとの恋愛遍歴を重ねていくこの物語のなかで、彼が那美のために日本語に訳しつつ読んでやるヴェニスを舞台とする場面は、ビーチャムがフランス人貴族の令嬢ルネーと一夜を過ごすくだりである。内容自体は那美が「あんまり非人情でもない様ですね」（九）と感想をもらすように、恋愛という人情を主題としている点で「非人情」ではないように映るが、彼らの恋も結局実らない情念の発露として終わるのであり、その世俗に位置づけられない危うさによって「非人情」の側に置かれるのである。

2 「非人情」における人情

そのように眺めると、「非人情」は必ずしも「余」が憧れる陶淵明的な世俗の埒外に発生する情感ではないことが分かる。『草枕』の「非人情」は一見、清水孝純が「現実を絵として眺めようというもの」(「『草枕』の問題」『漱石 そのユートピア的世界』翰林書房、一九九八、所収)とするような、現実世界に距離を取って眺める審美的な姿勢のように映る。しかしこの対象に対する美的距離自体は、カントの「無関心」という概念にも見られる芸術表現の基本理念であり、むしろ人間の情念的営為を形象化するための前提をなしている。ある意味ではこの作品の「非人情」はその距離を強めたものであり、その対象自体は決して世俗世界の外側に生起する非現実的な現象ではない。それはメレディスの作品がそうであるように、逆に人間の強い情念の動きと照合するものであり、その強度によって現実的な世俗性から逸脱してしまう側面が「非」の所以であった。

それは「余」が「非人情」の現出する世界として能を想定していることからもうかがわれる。彼は先に挙げた陶淵明や王維の世界に思いを馳せた後、「淵明だつて年が年中南山を見詰めて居たのでもあるまいし、王維も好んで竹藪の中に蚊帳も釣らずに寐た男でもなからう」(一)と考え、どこに行っても「人の臭ひ」を離れることができないのであれば、人間世界も「非人情」の観点で眺めることができるのではないかと考え、能を想起するのである。

どうせ非人情をしに出掛けた旅だから、其積りで人間を見たら、浮世小路の何軒目に狭苦しく暮した時とは違ふだらう。よし全く人情を離れる事が出来んでも、責めて御能拝見の時位な淡い心持ちにはなれさうなものだ。能にも人情はある。七騎落でも、墨田川でも泣かぬとは保証が出来ん。然しあれは情三分芸七分で見せるわざだ。我等が能から享ける難有味《ありがたみ》は下界の人情をよく其儘に写す手際から出てくるのではない。其儘の上へ芸術といふ着物を何枚も着せて、世の中にあるまじき悠長な振舞をするからである。　（傍点原文、一）

ここでは、「非人情」が人間世界の情感を素材としながら、それを「其儘《そのまま》」描くのではなく、美的に凝縮、昇華させることで世俗との距離を帯びたものであることが明瞭に述べられている。ここで例に取られている『七騎落』は作者不詳の現在能で、源頼朝の家臣である土肥実平が、石橋山の合戦に敗れた頼朝を逃げ延びさせるために船を用意するものの、乗員が一人多いことになり、やむなく実平が我が子である遠平を合戦の場に置いて船出するが、翌日頼朝らを探し出した和田義盛に、遠平が彼に助け出されたことを知らされ、父子の対面を遂げるという内容である。『墨田川』（『隅田川』）は世阿弥作のよく知られた作品で、我が子を人買いにさらわれた女が、子供の行方を求めて都から東国までさすらっていくうちに物狂いとなる。隅田河畔の路で息絶えたという子供の話を聞いて女はそれが我が子であると察し、子供が葬られた塚に手向けると、一瞬子供の姿が見えるが、それは幻影で塚には草が生い茂っているだけであったという現在能である。

ここで挙げられているのがいずれも狂気を主題とする四番目物の現在能であるということは見逃せない。幽玄な能の典型である複式夢幻能では、前場から後場への展開のなかに死者であるシテが現世へのやみがたい執着を恥じらいとともに語りと舞によって表現するが、生者が登場者となる現在能はより現世的な感情をモチーフとし、この二作ではともに親子の情愛が主題となっている。またこれらが分類される四番目物を特徴づけるものは人間の圧縮された情念としての狂気であり、多くは恋人や夫、子供といった近しい人間を思う心の強さがシテを日常から逸脱させるのだった。

演劇が舞台上での身体表現を本質とする以上、中心としての主人公にはその表現によって観客に訴えかけるための強い感情が負荷されている必要がある。小説や物語よりも演劇の方が狂気の主題をはらむことが多いのはそのためで、狂気という形を取った情念の烈しさが演技の方向性を与えやすいのである。世阿弥はそのことをよく認識しており、『風姿花伝』では「物狂」を「此道の、第一の面白盡《づ》くの藝能なり。物狂の品々多ければ、この一道に得たらん達者は、十方へ渡るべし」と述べて、狂気の表現が演技の真髄としての汎用性をもつことを強調している。

世阿弥は「物狂」を憑き物による狂いと「思ひ故の物狂」の二種に分け、とくに後者の「親に別れ、子を尋ね。妻《め》に後《おく》るゝ、かやうの思ひに狂乱する物狂」に対して「一大事なり」という重要性を与えている。自身の作である『隅田川』はこの「思ひ故の物狂」の典型的な例で、我が子をさらわれた悲しみにその子が亡くなった悲しみが重層することで、シテの女の「物狂」に感情的な内実が与えられている[3]。その「思ひ」は人間の情感としての現実性に裏打ちされており、「非人情」の例としてはむしろふさわしくないともいえる。またこの議論への導きとなるメレディスの『ビーチャムの生涯』にしても、男女の情念的な交わりという本来現世的な内容をもつ作品であり、永続性の希薄なその関係を描く表現の方法によって「非」の価値づけがおこなわれている。一方能においてはもっぱら様式化された「芸」としての美的な洗練によって「非」の内実となる世俗との距離がつくられていた。

そう考えると、「余」が画工として設定されていることの意味も明瞭になるだろう。彼は那古井の里への旅において、漢詩の境地に憧れ、俳句をつくり、イギリスの小説を読み耽っているにもかかわらず、文人ではなく画工であり、「非人情」への志向もそこと結びつけられていた。その関連を考える際に参照の対象となるのは、作中で言及されているレッシングの『ラオコーン』である。「余」は絵画とその対象の関係について考える「六」章のくだりで、「レッシングと云ふ男は、時間の経過を条件として起る出来事を、詩の本領である如く論じて、詩画は不一にして両様なりとの根本義を立てた様に記憶する」と述べているが、この「余」の「記憶」は妥当であり、『ラオコーン』では時間芸術である文芸との異質さから非時間芸術である絵画・彫刻の特性が主に議論されていた。

レッシングは古代ギリシャのラオコーン像が、肉体的苦痛と恐怖を蒙りながらも、それが決して荒々しくは描かれておらず、均整の取れた姿と表情を与えられているというヴィンケルマンの議論を肯定した上で、それが時間的展開のなかに成立する文芸とは違って、一瞬の様相のもとに対象の姿を定着させる美術という形式のためであるとしている。すなわち文芸が時間的継起のなかで対象を多様に描くことができるのに対して、美術は対象を一点の時間において固定させねばならないために、それが見る者に不快を起こさせるものであってはならない。たとえば同じ素材を扱ってもウェリギリウスの詩ではラオコーンの身体に海蛇が巻き付く様が描写されるのに対して、彫刻のラオコーンの身体には海蛇は巻き付いていない。それは海蛇がラオコーンの身体を覆ってしまうのが〈美しく〉ないからであり、その顔の表情も決して恐怖と苦痛で烈しく歪んだ形では象られない。『草枕』の「余」が画工であるというのは、このレッシングの観点を共有する立場にいるということである。彫刻のラオコーンの表情が現実的な感情によって喚起されていながら、同時に美的な観点から生々しさが希釈されているとすれば、それはまさに「余」が想定する「非人情」の性格と重ねられるだろう。

そしてこの「非人情」のあり方が、彼が那美に求めるものと連続することになる。すなわち「余」は画工として那美を画作の対象としようとしながらも、その意欲をなかなか掻き立てられないが、それは彼女の表情が現世的な色合いを帯びすぎていて「非人情」の趣きを欠如させているからであった。「余」は那美と接して彼女の表情から「軽侮」と「人に縋《すが》りたい」という相反する面が共在していることを感じて、次のような考察をおこなっている。

どうしても表情に一致がない。悟りと迷が一軒の家に喧嘩をしながらも同居して居る体《てい》だ。此女の顔に統一の感じのないのは、心の統一のない証拠で、心に統一がないのは、此女の世界に統一がなかつたのだらう。不幸に圧しつけられながら、其不幸に打ち勝たうとして居る顔だ。不《ふ》仕《し》合《あわせ》な女に違ない。（三）

住人の話では那美は離婚歴のある女性で、「器量望み」で彼女を乞うた夫の家では大事にされたが、夫の会社が倒産することで結婚に見切りをつけて那古井に戻ってきていた。気性の荒さが地元でも噂されることがあるようで、こうした情報が下敷きにあったこともあって、「余」は彼女に表情の不安定さを見て取ったのであろう。また境遇においても、確かに一度結婚を破綻させている点では「不仕合な女」といえなくない。

おそらく那美はその美貌と相まって気位の高い女性であり、夫と家庭の不幸を共有する気はなく、那古井に戻ってからも「人を馬鹿にする微笑《うすわらい》と、勝たう、勝たうと焦る八の字」（十）を浮かべていた。「余」がその那美にもっとも欠けていると感じるものが「憐れ」という感情であり、「ある咄嗟の衝動で、此情があの女の眉宇《びう》にひらめいた瞬時に、わが画は成就するであらう」（十）と考える。本居宣長が「まづすべてあはれといふはもと、見るものきく物ふるゝ事に、心の感じて出る、歎息《なげき》の聲にて、今の俗言《よのことば》にも

「あゝ」といひ、「はれ」といふ是也《これ》」（『源氏物語玉の小櫛』(4)）と述べるように、「憐れ」とは本来外界の事物に強く動かされる内面の様態のことであった。そこでは主導権を握っているのはあくまでも外界の方であり、主体の内面は否応なくそこに従属している点で「勝たう、勝たうと焦る」那美の意識の対極をなすことになるのである。

3　彼岸に向かう情念

那美の顔に「憐れ」が浮かぶのは、すなわち彼女がそうした自我意識から解き放たれて外界に自己を譲り渡す瞬間であり、それが戦場に赴こうとする従弟の久一を見送る最後の場面で現出する。そこには満州に向かう元夫も乗り合わせていて、車窓からそれぞれ顔を出してすぐに消えた二人を見送る那美の「茫然」とした表情に、「余」は「今迄かつて見た事のない「憐れ」が一面に浮いてゐる」という感慨を覚えて、「それだ！　それだ！　それが出れば画《え》になりますよ」（十三）と彼女に小声で言うのである。

この時彼女の心を捉えているのが、従弟であるか元夫であるかは限定しがたいものの、いずれも過酷な未来が待ち受けているであろう中国大陸に赴こうとしている彼らは、これまでの日本という、それなりに平穏であった生活の場の彼方に移ることになる。とくに従弟の久一は戦死する可能性も大きく、おそらくそのことに思いを馳せた那美は、これまで閉じこもっていた自我の殻の外に瞬時出ることによって、「憐れ」の境地に接近したのである。

けれどもこの場面においても、那美の上に起こったことは、彼女のなかに渦巻いていた世俗の「情」がつかの間低減したことであり、彼女が「非人情」の積極的な体現者となったわけではない。世俗の臭いを脱して美的に純化された情念としての「非人情」を積極的に担う主体となる人びとが描かれるのが、冒頭で触れた『漾虚集』に所収された、浪漫的な短篇小説群である。冒頭で言及した『幻影の盾』や『薤露行』がヨーロッパ中世の伝説を素材とし、さらにその展開においても主人公が死や彼岸と関わる点で世俗からの離脱をはらんでいるのも、そこに至る情念の烈しさを浮き彫りにするための枠組みにほかならない。アーサー王の時代を舞台としながら、架空の戦士であるウィリアムを主人公とする『幻影の盾』では、彼が敵対する夜鴉の城の姫クララといかに逢瀬を遂げるかという難題に直面する事態が描かれる。ウィリアムは朋輩のシワルドに、戦いが始まる前に夜鴉の城からクララを救い出して船に乗せるという計画を聞かされるが、結局それは果たされず、戦いが始まってしまう。ウィリアムはクララの救出を断念して馬を走らせるが、先祖から伝えられた不思議な盾の力によって、盾の世界のなかで彼女と邂逅し、思いを遂げるのである。ウィリアムのクララへの思いが、世俗的な成就を願いえないものである点で彼岸性を帯びている上に、彼がクララと真に出会うのが盾のなかの世界という彼岸的な時空である点で、彼の恋の情念は二重に世俗から疎外された「非」の領域で成就の場を与えられている。

「メドゥーサの盾」
Arms and armour in Antiquity and the Middle Ages: also a descriptive notice of modern weapons; translated from the French of M.P. Lacombe/ translated and edited by Charles Boutell, New York: [s.n.], 1870, p. 264.（国立国会図書館蔵）

作品の核心をなす不思議な盾は、岡三郎や塚本利明の論考[5]によれば漱石の蔵書に含まれるラコンブの『武器と鎧』(Lacombe, *Arms and Armour*, 1876) に所収された「メドゥーサの盾」を取り込んだものであり、作中での描写は「ゴーゴン、メヂューサに似た夜叉」という明記があるように、確かにその図版の表象を引き継いでいる。メドゥーサはいうまでもなくギリシャ神話に登場する、それを見た者をすべて石に変えるという女の怪物で、ペルセウスはアテーネーの盾を鏡としてその視線を避けることで彼女に近づき、首を刎ねたのだった。『幻影の盾』の描写では、この盾は「右から盾を見るときは右に向つて呪ひ、左から盾を覗くときは左に向つて呪ひ、正面から盾に対《むか》ふ敵には固《もと》より正面を見て呪ふ。ある時は盾の裏にかくるゝ持主をさへ呪ひはせぬかと思はるゝ程怖しい」という記述でその〈怖ろしさ〉が強調され、また「毛と云ふ毛は悉《ことごと》く蛇で、其蛇は悉く首を擡《もた》げて舌を吐いて縺《もつ》るゝのも、捻《ね》ぢ合ふのも、攀《よ》ぢあがるのも、にじり出るのも見らるゝ」という描写も図版や神話のメドゥーサのイメージと合致している。

重要なのは、この円形の盾の中心に位置づけられたメドゥーサとクララが重ねられていることである。メドゥーサを特徴づけるものはその魔力をもった視線と蛇である髪だが、クララは「一束ねの髪の毛」をウィリアムに与えていたのであり、彼はしばしばそれをよすがとしてクララを想起している。そして「髪」を媒介として、クララはメドゥーサに連携していくのである。次の一節は両者の連携を明確に物語っている。

ヰリアムは髪を見詰めて居た視線を茫然とわきへそらす、それが器械的に壁の上へ落ちる。壁の上にかけてある盾の真中で優しいクラ、の顔が笑つて居る。去年分れた時の顔と寸分違はぬ。（中略）……顔の周囲を巻いて居る髪の毛が、先《さ》つきから流れる水に漬けた様にざわ〳〵と動いて居る。

「盾の真中」にあるものはメドゥーサの顔であるにもかかわらず、それをウィリアムは「クララが笑つて居る」と受け取っている。この誤認は後半の展開でウィリアムが戦場を離れて馬を走らせているうちに、盾のなかの世界に入り込み、そこでクララと邂逅することの伏線をなすと同時に、ウィリアムがクララに抱く恋情の強さがすでに〈魔力〉の次元において彼を縛っていることを示唆しているといえよう。加えてそれは、明確には語られないクララ自身のウィリアムへの情念の烈しさも暗示している。事実戦いで火を放たれた城で最後に目撃したクララの姿は「堞《ひめがき》の上に火の如き髪を振り乱して停《たたず》む女がある」と語られているが、「火の如き髪」がメドゥーサのおどろおどろしい髪を喚起しながら、彼女自身の情念の暗喩をもなすことは明らかだろう。その意味ではウィリアムが盾のなかの顔をクララのものとして受け取るのは不思議ではない。

それとともに、この場面では恋の情念がウィリアムに、メドゥーサの顔をクララのそれに見えさせているのであり、盾に視線を遣りながら、彼はそこに自身の情念を外化させてもいる。すなわち盾の上にウィリアムはむしろ自己を映し出しているわけだが、ペルセウスの挿話が語るように、盾は同時に〈鏡〉でもあり、そこに自身が映されるのは不自然なことではない。またクララと現実世界で一体となりえないことを悟ったウィリアムが、盾を凝視することでその世界に移行し、その彼岸的時空で彼女との逢瀬を遂げるのも、自身が仮構する理想的世界にみずから入り込むということである。

こうした漱石的「非人情」は、近似した素材による『薤露行』にも明瞭に現れている。『幻影の盾』よりも直接的にアーサー王伝説に取材したこの作品における「非人情」は、主人公の騎士ランスロットよりもむしろ彼を恋慕するエレーンに強く担われている。ランスロットをめぐって王妃ギニヴィアとアストラットの城の姫エレーンがともに思いを寄せる三角関係を軸として展開していく物語において、ランスロットは騎士道の精神からどちらをも選びえず、北方での試合で深い傷を負った後に精神を狂わせて夜の闇のなかに姿を消してしまう。『幻影の盾』のウィリアムに託されていたような直線的な情念はランスロットには明確ではなく、彼を一途に慕いながらランスロットの失踪によってその思いを叶えられなくなり、失意から食を断って絶命に至るエレーンの方に、彼岸へ超え出ようとする烈しさを帯びた情念が与えられている。

『薤露行』の下敷きとされたのはテニソンとマロリーという二人の作者による『アーサーの死』だが、塚本利明によるこの二作との詳細な比較研究[6]によれば、エレーンの像は漱石によって大きく変改されている。マロリーの作品ではエレーンはランスロットとの結婚が叶わないことを知り、自死の意志を彼に表明すると、ランスロットは他の騎士と結婚する代わりに年千ポンドという莫大な金を送ることを申し出、テニソンの作品では同じ局面で現金ではなく自身の領土の半分に匹敵する土地を与えようとする。こうした愛情と物質を等価交換しようとする着想が漱石の作品からは完全に排除され、エレーンは自分の情念が現実化されないことを知った段階で、直ちに食を断つという現世的欲望の放棄によって彼岸へと赴こうとするのである。

こうしたエレーンの情念の烈しさを間接的に表象しているのが、「二　鏡」の章で描かれる「シャロットの女」で、素材の段階では実はエレーンと同一人物としても見なされるこの女性が、不吉な禍々しさをはらんだ存在として現れることによって、エレーンのなかに潜んでいたものを暗示することになる。「シャロットの女」はランスロットの馬が自分に向かって駆けて来ないのを見て、「シャロットの女を殺すものはランスロット。ランスロットを殺すものはシャロットの女。わが末期《まつご》の呪を負ふて北の方へ走れ」という呪いをかけ、その瞬間彼女が見つめていた鏡は砕け散る。そしてあたかも彼女の呪いが成就するかのように、ランスロットは北方の試合で悲劇に見舞われるのである。この「シャロットの女」とエレーンとの関係は、『幻影の盾』におけるメドゥーサとクララのそれと照応している。ここでもメドゥーサは表層的には他者的存在でありながら、ウィリアムの誤認を通して両者が相同性を帯びていたことが示唆されていたが、『薤露行』では本来素材的な同一性を持つ「シャロットの女」が不吉な他者として表象されることによって、逆にエレーンがはらむ情念の反世俗的な烈しさが浮かび上がっているのである。

一方ここではランスロットの不義の相手であるアーサー王妃ギニヴィアは、ランスロットに思いを寄せる美しい少女がいることを知って、「美しき小女！　美しき小女！」と続け様に叫んでギニギアは薄き履《くつ》に三たび石の床を踏みならす」（傍点原文、「四　罪」）という嫉妬に駆られた行動を取るのであり、相対的には世俗の「人情」に動かされる女性として語られている。しかしギニヴィアも最後には川を運ばれていくエレーンの亡骸に「一滴の熱き涙」をこぼし、彼女の死を純粋に悼むのである。この展開は後続の『草枕』における那美の描き方と近似している。那美も「勝たう、勝たうと焦る八の字」と表現される世俗性によって「余」に印象づけられているが、最終的には大陸へ発とうとする久一と元夫を見送りながら、我執から離れた「憐れ」を浮かばせるに至る。一方『薤露行』では漱石は脱世俗的な「非人情」の担い手と、そこに近接していこうとする人物を対比的に配することで、ヨーロッパ中世の伝説のなかにこの主題を塗り込めつつ物語を構築しているのである(7)。

4　超俗と世俗の間の揺らぎ

このように眺めると、諷刺やユーモアによって特徴づけられる『吾輩は猫である』と、それとは対照的に映る『漾虚集』の浪漫的、幻想的な作品群が同時期に書かれていることが、奇妙な取り合わせではないことが分かる。『幻影の盾』や『薤露行』にとりわけ明瞭なように、漱石が求める境地は世俗の臭いを離れて美的に純化された情念の発露であり、それが『草枕』で想定される「非人情」の内実にほかならなかった。そこには『薤露行』のエレーンに関する設定の変改に端的に現れているように、はっきりと世俗的な功利性に対する嫌悪が流れている。そして『吾輩は猫である』の中心的な主題のひとつは明らかに金田一党に代表される臆面もない功利主義への批判、相対化であった。

当時しばしば比較された泉鏡花との差違はこうした非世俗性の位置づけ方に現れているだろう。ともに現実世界に距離を取る幻想性を帯びたイメージを現出させる面を持ちながら、鏡花においてはその基底にあるものは、人間を脅かす怪異を潜ませ、古代へと繋がる回路をはらんだ自然世界であり、それに対置されるものは近代の都市世界である。その怪異は、『高野聖』の人間を獣に変えてしまう山家の女や、『湯女の魂』（一九〇〇）の嫉妬に駆られた女の姿をとって宿の湯女を襲う蝙蝠《こうもり》や、『海異記』（一九〇六）の海から上がってきて漁師の留守居を守る妻から子供を奪おうとする異形の入道といった形で表象される。人間の生活空間がこうした怪異をはらむ非日常的な自然空間と連続しているという感覚が、独特の幻想性をもたらす源泉となっている。そこには世俗対超俗ないし脱俗という構図は希薄で、むしろ鏡花にとってはたとえば世俗の花柳界はもっとも親しみ深い領域であった。一方根っからの都市生活者である漱石には、魔的なものの牽引はあっても脅威としての自然世界という着想は存在せず、また花柳界は関心の外であるだけでなく、そこに出入りして遊蕩する世俗の人間たちの住み処である功利主義的な世界自体が敵意を向ける相手であった。

こうした漱石の反功利主義が基調をなす『吾輩は猫である』が展開していく場となるのは、主として語り手の「吾輩」の飼い主である中学の英語教師珍野苦沙弥の家であり、そこに美学者の迷亭、物理学者の寒月、詩人の東風、哲学者の独仙といった「太平の逸民」たちが集まってとめどもない饒舌に耽り、あるいは彼らとは異質な、多々良、鈴木という実業界で活動する知己が折に触れて訪問して苦沙弥と話をして帰っていく。多々良らとの対比によって、迷亭らの遊民ぶりが一層際立たせられているが、苦沙弥の家をサロンとして彼らが繰り広げる饒舌は、迷亭の語るイタリアの画家アンドレア・デル・サルトに関する虚構の挿話や、東風が紹介する、やはり迷亭がでっち上げた架空の食べ物である「トチメンボー」をめぐる逸話、あるいは寒月の講釈する「首縊りの力学」をはじめとして、延々とつづく非時局的な冗談のやり取りのように映る。「二」章には「どうも好い天気ですな、御閑《おひま》なら御一所に散歩でもしませうか、旅順が落ちたので市中は大変な景気ですよ」という、苦沙弥宅を訪れた寒月の科白があるが、『猫』が世に現れたのは旅順が陥落したのと同じ明治三十八年（一九〇五）一月一日であり、寒月が言うように日本はその後しばらくの間、迎春の時期と重なった祝賀の気分に浸されている。各地の商店は「軒頭又は屋上に各国旗を掛け列《つら》ねて我れ劣らじと装飾を施し」（『東京朝日新聞』一九〇五・一・三）という様相で、夜の日比谷公園では花火が打ち上げられるといった催しが連日繰り広げられていた。

初回の原稿が執筆されていた時期に当たる前年の十一月から十二月にかけては、日本軍は旅順で苦戦をつづけながらも、十二月四日には旅順攻略の要所と目された二百三高地を占領するに至り、戦局を有利に導くことに成功していたが、こうした状況と関わりを持たないかのように、苦沙弥の居間では「トチメンボー」の話に主人と客が興じていたりするのである。そこに山崎正和が「類型的なまでに退嬰的な生活態度を見せ、日露戦争といふ国家的な大行動をよそにことさら饒舌にふけつてゐる」（『不機嫌の時代』新潮社、一九七七）と評するような、時局への冷ややかな距離を見ることもできなくない。しかし「五」章では、「吾輩」が台所で鼠を捕ろうとして奮戦する有様が明治三十八年（一九〇五）五月の日本海海戦のパロディーとして描かれており、それが不発に終わるという形で揶揄が込められながらも、国の時局自体は積極的に取り込まれている面がある。同時期の代表的な作品でも、小栗風葉の『青春』（一九〇五）や島崎藤村の『破戒』（一九〇六）にはこうした時局性はまったく見られないのである。

むしろ『吾輩は猫である』においては、「吾輩」と苦沙弥という作者の二人の分身は相互に補完的な関係をなし、時局に向かう意識がもっぱら前者に託されているのに対して、後者からはあえてそれを脱落させつつ、もう少し広い枠組みにおける時代社会への批判が担わされていると見ることができる。すなわち彼らが世情に距離を取った態度を示すのは、明らかに明治の潮流となった世俗的な功利主義の相対化にほかならず、それが具体的に向けられる矛先として金田一党が設定されているのである。

明治時代の功利主義は「四民平等」の新しい社会体制における自己実現への志向として潮流を形作るが、その性格は時代の展開に応じて変容していく。そのきっかけとなった中村正直訳のスマイルズ『西国立志篇』(『自助論』一八七一)は物質的な達成よりもむしろ「自助」(*Self Help*)という原題が示唆するように、人格陶冶を終局的な目標とする倫理性を重んじていた。そのため実業に携わる人間だけでなく文学者などを含む広範囲の層に影響を与えていたが、明治二十年代以降の功利主義は次第に立身出世的な自己実現の色合いを強めていく。明治三十五年(一九〇二)に訳されてベストセラーとなったアンドルー・カーネギーの『実業之帝国』が、貧困から富を摑むに至るアメリカ型の〈成功〉の秘訣と処世の心得を説いていたのはその象徴であった。物質欲と恋愛への情念を対置させ、三島由紀夫が「激越で悲劇的な、時代の金権主義への抗議」(『作家論』中央公論社、一九七〇)と評した尾崎紅葉の『金色夜叉』(一八九七〜一九〇二)はまさにこうした潮流のなかにもたらされていた。『門』(一九一〇)に登場する雑誌『成功』が創刊されたのはやはり明治三十五年であったが、漱石が作家となっていったのはこうした物質的〈成功〉への欲望が瀰漫していく時代においてであった(8)。

こうした時代の寓意である金田一党に対して苦沙弥たちが対峙する構図は明瞭で、娘の婿がねとして考えられている帝大講師である寒月の身元を探りに苦沙弥宅を訪問した金田鼻子に対してもあからさまな揶揄が加えられる。苦沙弥は自分の家を「大きな西洋館の倉のあるうち」(三)とさりげなく語る鼻子の自慢をやり過ごし、夫の事業の隆盛を示唆しても「一向に動じない」(三)態度を示す。鼻子の寒月に関する情報収集に対しては、居合わせた迷亭とともに茶化して本気に答えようとせず、彼女が帰った後は二人とも「ありや何だい」(三)とあきれて、遠慮のない悪口の披瀝に耽るのである。もっとも苦沙弥たちが金田一党を圧倒することにはもちろんならず、苦沙弥の態度に憤慨した金田は隣接する中学校の生徒たちを使って苦沙弥の家に野球のボールをひっきりなしに打ち込ませるといった嫌がらせで苦沙弥を苦しめる。そうした形で、世間を実際に動かしているのがあくまでも金力の持ち主であり、苦沙弥たちがいくら実業家、資本家を軽侮したところで無力な存在であることが示唆されるが、彼らの「退嬰的な生活態度」は、この無力な知識人の抵抗の姿にほかならなかった。

こうした功利主義への批判は、当然漱石自身の内にあったものを映し出す表現である。漱石は講演「私の個人主義」(一九一四)で、「相場」で儲けた金を使って「人間の徳義心を買い占める、即ち其人の魂を堕落させる道具とする」こともできる点で、「相場で儲けた金が徳義的倫理的に大きな威力を以て働き得るとすれば、何《ど》うしても不都合な応用と云はなければならないかと思はれます」と述べているように、自己目的化した蓄財に否定的な眼差しを向けつづけた作家である。『猫』執筆時の明治三十九年(一九〇六)の「断片」でも「岩崎は別荘を立て連ねる事に於て天下の学者を圧倒してゐるかも知らんが社会、人生、の問題ニ関しては小児の様なものである。三歳の小児と一般である」といった、三菱の創業者である岩崎弥太郎に代表される実業世界の人間への嫌悪が執拗に書き付けられ、一方では「学者ダカラ金ガナイノデアル。金ガアルカラ学者ニナレナイノデアル。学者ハ金ガナイ代リニ物ノ理ガワカルノデ、町人ハ理窟ガワカラナイカラ其代リニ金ヲ持ツテ居ルノデアル」といった言辞によって、学問・文化の担い手たる自身が正当化されている。

けれどもこうした感慨が作中でそのまま表白されているわけではなく、この項が一旦書かれた後で漱石自身によって抹消されていることに示唆されるように、この世を牛耳っているのが結局自分の嫌悪する「岩崎」たちであり、またその嫌悪自体のなかに一抹の世俗性が含まれていることを漱石は十分認識している。その認識のもとで人物たちの造型がおこなわれており、そこに漱石の自他を相対化するリアリストとしての醒めた眼差しがあった。「吾輩」は苦沙弥や寒月、迷亭らもやはり「娑婆気もあり慾気もある」連中で、「競争の念、勝たう〳〵の心は彼等が日常の談笑中にもちら〳〵とほのめいて、一歩進めば彼等が平常罵倒して居る俗骨共と一つ穴の動物になる」（二）のは明らかであると断じているのである。その上で「只その言語動作が普通の半可通の如く、文切り形の厭味を帯びてない」（二）のが救いであるとされている。

見逃せないのは「競争の念、勝たう〳〵の心」が『草枕』の那美に「余」が当初見て取っていたものと同じであることで、そこからも那美が世俗の存在として象られていたことが確認される。それが顔に浮かんでいる限り、彼女は画作の対象にならないと「余」は考えるのだったが、こうした功利主義の相対化が一つの軸となっている点で、『吾輩は猫である』は『漾虚集』の作品群や『草枕』と同じ方向性を共有している。

これらの作品で追求されていた「非人情」の境地はそれ自体としては『猫』には見出されないが、苦沙弥の家に集ってくる「太平の逸民」たちの形成するサロン的な空間が、反世俗を標榜する彼らの拠点として機能している。江戸時代の『浮世床』や『浮世風呂』に描かれるような世俗の社交空間を想起させるその空間は、同時に世俗の動きを批評的に捉える「清談」を交わしつつ過ごしていた中国の「竹林の七賢」

の故事への連携もはらんでいる。「竹林の七賢」は三世紀後半、世俗に背を向けて河南省の竹林に遊んでいたという七人の遊民的な人物を指すが、実際にはこれらの人物の多くは官僚として高位にあり、老荘思想的な境地の体現として後世に虚構的に創作された集まりであった(9)。しかしそこには世俗の煩わしさから逃れようとする民衆の願望が託され、中国人にとってひとつの理想的な生き方のモデルとされてきた。「竹林の七賢」の賢者たちが虚構的な隠者たちであったように、『吾輩は猫である』の「太平の逸民」たちも世間の潮流に距離を置き、あるいはそれを揶揄する攻撃をも試みる隠者的な人びとであった。

「竹林の七賢」の背後にある世俗を相対化する老荘思想は、漱石自身が惹かれることもあった思想である。しかし漱石自身は老荘的な境地に憧れながら、むしろそこに同一化することをみずから戒めていたのであり、それは二十歳代に書かれた『老子の哲学』にも明瞭である。文科大学英文科に在学中の明治二十五年（一八九二）に書かれたこの論考では超俗、脱俗の極致というべき老子を論じながら、その境地への憧れを必ずしも肯定的には語っていない。漱石の捉える老子は、天地の始まりから時間とともに変容しつつ存在する「絶対の道」に合一することによって、無為のままに生きることを至上の価値とする思想家であり、そこでは儒教の中心概念である「仁義」は相対的な意味しかもちえない。「玄」と称されるその絶対的な境地においては、仁も義も「小にして殆《ほと》んど取るに足ら」ない価値にすぎないからである。

にもかかわらず漱石はこうした思想が現実世界では成就されえないものであることを強調している。なぜなら人間が生きる世界は結局「相対世界」を離れることができず、「相対の観念」を滅却することができないからである。人間の精神活動の基底となる「五官」（五感）が働くのは物理的な時間と空間においてであり、その制約のなかでしか人間は外界を知覚し、それを精神の活動に結びつけることができない。そして「斯《か》く人間の知識は悉《ことごと》く相対的なり若《も》し此相対的の知識を閑却するときは人間一日も此世界に存在する能はず」と断定されている。

こうした老子への評価には、この時点での漱石の二元的な価値観が露わになっているといえるだろう。老子を論じるということは、その無為の境地を目指す脱俗の哲学への憧れがあったことを示唆するにもかかわらず、決してそこでは老子の考え方が称揚されておらず、「用〔＝道、引用者注〕に則つて相対を棄てんとす是老子の避くべからざる矛盾なり」という結語にも見られるように、むしろ非現実的な価値観として断罪されているのである。

この二元的な価値観の起点をなすものが、『老子の哲学』が書かれた明治二十五年（一八九二）に漱石がおこなった徴兵忌避であった。第一部I章で眺めたように、この選択は漱石に兵役ではなく文業によって自己を生かし、国に貢献することを促す契機となり、結果的に漱石の意識を時代社会に向けさせることになった。それは『老子の哲学』の三年前に書かれた『木屑録』と比べると明瞭である。この漢文の作品ではもっぱら俗世を遠ざかった漢詩文の世界への憧憬を抱き、みずからもその作者たろうとした来歴が述べられた後に、房総地方への旅行の顚末が語られる。「同遊の士は、余を合はせて五人、風流韻事を解する者無し。（中略）余、独り冥思《めいし》遐捜《かそう》し、時に或ひは呻吟し、甚《はなは》だ苦しむの状を為す」（読み下し文）と記されるように、同輩は皆不風流な者たちばかりで、漱石独りが風流の詩境に遊び、詩文をひねり出そうと苦闘する様が、子規に読ませることを前提とした諧謔味を漂わせながら綴られていく。

『木屑録』は漢文の形式を取っていること自体に示されるように、漱石の超俗的な志向を看取させる筆致と内容をもっているが、ここに込められた「風流韻事」への愛着自体は漱石の内で持続しているはずであるにもかかわらず、三年後の『老子の哲学』を書く時点では、そこに埋もれて散文的な「相対世界」に距離を取ってしまうことへの戒めが生まれている。こうした姿勢の転換の背後に徴兵忌避の選択が想定されるわけだが、国民の社会的責務に背を向けることによって逆に社会への眼差しが喚起されるという逆説的な因果性のなかでもたらされた、脱俗と世俗の間での揺らぎは漱石のなかで持続しつづけ、それが初期作品群のモチーフをなしているといえるだろう。

5 不在の「江戸っ子」

『漾虚集』や『草枕』などに見られる、凝縮された反世俗的な情念としての「非人情」は、この相反する両面的な志向を止揚させる地点にもたらされた主題であると考えられる。『漾虚集』の掉尾をなす作品である『趣味の遺伝』では、語り手の「余」が日露戦争で戦死した知人「浩さん」の墓に詣でる若い女を目撃したことから、彼女が「浩さん」と心を交わした相手であり、しかもその交情が彼らの祖先同士の結びつきを「遺伝」させた結果ではないかという推察に赴き、探索の結果それが当たっているという確信を抱くに至るという話が語られる。日露戦争で戦死した「浩さん」と、その墓を訪れる若い女との間にあった「非人情」としての恋愛自体は描かれないが、「余」の到達する結論はやはり時空を超越した情念を主題としている点で「非人情」の趣きを帯びている。

こうした「非人情」は決して陶淵明的な脱世俗の境地を意味するのではなく、彼岸へと超出していく傾斜を帯びた情念の形でありながら、それが多く男女間の恋愛を場として現れている点では、世俗の域を離れているわけではなかった。むしろその世俗性が、現実世界に批判的に相渡ろうとする漱石の意識を前景化させる条件となっていたのである。『趣味の遺伝』においても「浩さん」の身の上に仮構される恋愛の情念は、戦争の残酷さを浮かび上がらせる要件としても機能していた。

こうした初期作品に見られる「非人情」は、『草枕』と同年に発表された作品である『坊っちゃん』にも流れている。物理学校を卒業して四国の中学校に数学の教師として赴任した青年が、そこで同僚や生徒たちと衝突するなど様々な騒動を引き起こしたあげく、東京に戻ることになるまでの顚末を描いたこの作品は、主人公を動かしていく直情径行の江戸っ子気質を主軸として構築された物語として受け取られがちである。作中でも語り手の「おれ」が「江戸っ子」であることを自認する箇所が何度か出てくるが、それはもっぱら赴任先の四国の中学校の生徒たちから自己を差別化する時に使われている。彼は教壇に立った最初の日に「おれは江戸っ子で華奢に小作りに出来て居るから、どうも高い所へ上がつても押しが利かない」(三)という感想を覚え、宿直の夜に生徒たちにイナゴを布団に入れられたり階上で騒がれるいたずらをされた時も、「此儘《このまま》に済ましてはおれの顔にか〻はる。江戸っ子は意気地がないと云はれるのは残念だ。宿直をして鼻垂れ小僧にからかはれて、手の付け様がなくつて、仕方がないから泣寝入りにしたと思はれちや一生の名折だ」(四)と考えて、生徒たちを許すまいと決意するのである。

すなわち「おれ」は自身の行動のあり方が「江戸っ子」的であると自覚しているというよりも、異質な生活空間のなかで出会った人間との差違を確認する装置として「江戸っ子」という概念を持ち出してきているのであり、それはロンドンに赴いた漱石が、周囲の人間との差違のなかで自分が〈日本人〉であることを自覚させられた経緯と相似形をなしている。平岡敏夫が指摘するように、(10)『坊っちゃん』は漱石の松山時代の体験よりも、その後のロンドン留学の体験を下敷きにしている面が強く、「おれ」が赴任先の四国の町で、始終その行動を監視されているように思う妄想的な感覚も、松山ではなくロンドンで経験したものであった。

したがって松山に擬せられる四国の町は〈ロンドン〉ないし〈西洋世界〉の矮小化された空間としての記号性をもち、そこを訪れた「おれ」は漱石自身を喚起しつつ、〈日本〉を表象する存在となる。その意味で『坊っちゃん』は『吾輩は猫である』以降のほとんどの作品がそうであるように、主人公に近代日本の寓意をはらませる漱石の創作手法の一環のなかでもたらされた作品である。「おれは江戸っ子で華奢に小作りに出来て居る」という自覚も、西洋人のなかに入った漱石が抱かされた感覚と重ねられる。つまりここでの「江戸っ子」とは〈日本人〉のいい換えにほかならず、漱石が「おれ」を江戸の生活者の典型として描いているわけではない。

これまでも小谷野敦は、「おれ」を「野暮な正義漢」と見なし、粋でいなせであることを尊ぶ本来の江戸っ子とは違う存在として捉えているが、[11] 確かに「おれ」の直情径行ぶりが江戸っ子の気質を映し取ったものであるとは必ずしもいえない。江戸っ子論の代表的な著作のひとつである西山松之助の『江戸ッ子』(吉川弘文館、一九八〇)で、江戸っ子の条件のひとつとして金離れのよさが挙げられているように、江戸っ子が尊ぶ粋やいなせといった価値は、未来の生活のために現在の楽しみに禁欲的になるよりも、今現在の気分的な充実や昂揚を重んじて生きようとする美学であり、「宵越しの金を持たない」という文句はそうした現在志向を端的に表している。西山が指摘するように、その背後にあるのは手に職を持った人間であれば当面の生活を維持させるための金銭を得ることが容易になった「大都市江戸独特の経済メカニズム」であり、そのなかで庶民は享楽的な消費行動への意欲を高めていった。[12] 西山に先行する三田村鳶魚《えんぎょ》の研究でもこうした消費の潔さが江戸っ子の属性として挙げられており、江戸時代の町人が銭湯や床屋で心付けや祝儀の散財を好んでしたのも、「旦那」扱いされるためであったとされる(『江戸っ子』早稲田大学出版部、一九三三)。

こうした美学に照らせば、『坊っちゃん』において真性の江戸っ子は登場しておらず、江戸の生活者の実態により近い人物として現れているのは「おれ」よりも、「色が白くつて、芝居の真似をして女形になるのが好きだつた」（一）と記される彼の兄の方である。この兄の姿には漱石の兄たちの輪郭がちりばめられているが、なかでも『道草』（一九一五）で「三味線を弾いたり、一絃琴を習つたり、白玉を丸めて鍋の中へ放り込んだり、寒天を煮て切溜《きりだめ》で冷したり」といった「食ふ事と遊ぶ事」（三十四）にばかり時間と金銭を費やす人物として語られている、道楽者であった末兄和三郎直矩のイメージが強く下敷きとされている。もっとも「おれ」の兄は「実業家になるとか云つて頻りに英語を勉強して居た」という実直な面もあり、これは警視庁で英語の翻訳官を務めていた長兄の大助を写し取っていると考えられるが、そのため「芝居の真似が好き」で「女の様な性分」と語られる輪郭といささか矛盾をきたしてもいる。総体としては「おれ」は、作者自身の末兄に対する嫌悪感を反映する形で、江戸的な生活者である兄を嫌っているのであり、それによってむしろ非・江戸っ子的存在としての相貌を帯びている。

「おれ」を江戸っ子的人間に見せているのは、もっぱらその場で生じた直感的な判断に身を委ねてしまう行動のスタイルによっており、そこに西山松之助が江戸っ子の属性として挙げる精神の「はり」を見ることもできる。「おれ」の行動を特徴づけているのは、校舎の二階から身を乗り出していて、飛び降りられまいと下でからかわれたのに応じて本当に飛び降りて怪我を負ってしまう少年期の挿話に見られるような、「おれ」の外界に対する短絡的な受動性であったが、それとともに四国への赴任後の言動には、世俗的な慣わしへの拒絶によってその場の振舞いがなされてしまう傾向が顕著である。中学校に赴任した早々、校長に教師は「生徒の模範」となり、「一校の師表」（二）とならねばならぬという談義を聞かされて、「おれ」は自分がそうした君子にはなりえないと考えて、即座に辞令を返そうとする。また天麩羅そばを四杯食べたことを生徒にからかわれると、「四杯食はうが五杯食はうがおれの銭でおれが食ふのに文句があるもんか」（三）と憤慨する。あるいは宿直の夜に騒ぎを起こした生徒たちについても、その責任の一端が教師にあると会議で校長が語るのを聞いて「おれ」は「生徒が乱暴をする。わるいのは校長でもなけりや、おれでもない。生徒丈《だけ》に極ってる」と思い、「一体生徒が全然悪るいです。どうしても詫《あや》まらせなくつちあ、癖になります。退校さしても構ひません」(六)と発言するのである。

こうした「おれ」の言動は、いわゆる〈本音と建て前〉のズレに対する嫌悪感によってなされており、〈本音〉が間違っていなければ、それをどこまでも押し通すことができるはずだと考える形で彼の直情径行の論理は働いている。作中でも「表裏」という言葉が、「おれ」が自分に対して友好と裏切りの二面的な態度を取っていると誤解した同僚の「山嵐」に対して使われているが、そうした二面性が支配する世界としての世俗が凝縮された空間として四国の町が舞台となっている。そしてこうした世俗性への超越が込められている点で、「おれ」の直情径行はやはり「人情」を相対化する「非人情」としての性格をはらんでいるのである。

けれども「おれ」の「非人情」は、それが世俗の慣わしを超越する形を取る限り、〈世の中〉の制度的な振舞い方への無知という様相を帯びることになり、それが作品の表題にも取られている「坊っちゃん」という子供っぽいイメージを彼に付与することになる。この直情径行の威勢の良さと世慣れない幼さの両面を主人公に担わせることに『坊っちゃん』の眼目があるともいえるだろう。校長に渡されたばかりの辞令を突き返そうとしたりするのも、「おれ」の社会人としての未熟さの現れであったが、自分の考えを論理的に示すべき公的な場においても、彼はうまく自己表現することができない。宿直事件を議論する会議の場でも、彼は生徒への「寛大の御処置」を訴える画学教師の「野だいこ」の弁舌に納得できずに立ち上がるものの、それにつづく言葉が出てこないのである。

おれは野だの云ふ意味は分らないけれども、何だか非常に腹が立つたから、腹案も出来ないうちに起ち上つて仕舞つた。「私は徹頭徹尾反対です……」と云つたがあとが急に出て来ない。「……そんな頓珍漢《とんちんかん》な、処分は大嫌《だいきらい》です」とつけたら、職員が一同笑ひ出した。（六）

そして前節で引用した「一体生徒が全然悪るいです」以下の発言をかろうじて口にするだけで終わるのである。こうした威勢の良さと未熟さの共在は、漱石が同時代の日本に見ていたものでもあった。日露戦争に勝利を収めて「一等国」への仲間入りが喧伝されるようになった時期においても、漱石の眼には日本が近代国家として未だ西洋諸国と肩を並べる一人前の国になっているとは映らなかった。『坊っちゃん』が書かれた明治三十九年（一九〇六）の「断片」には「明治ノ事業ハ是カラ緒ニ就クナリ。今迄ハ僥倖ノ世ナリ。準備ノ時ナリ」と記され、ロシアへの勝利も日本が近代国家として成熟するための「準備」にすぎず、「明治ノ事業」がようやく緒に就いたばかりであるという認識が示されている。つまり漱石にとって明治日本はまだ未熟な近代国家であったが、この未熟さが「坊っちゃん」という作品の表題に込められている。

もともと漱石は『文学論ノート』の「開化・文明」の節で、維新を成し遂げた倒幕派の志士たちについて「彼等ノ多クハ少年ナリヤレヤレの連中なりしは疑ふ可《べか》ラズ」と断定するように、世の中を十分に知らない「少年」たちによって江戸から明治への転換がなされたと考えている。同じ節で彼らの行動は「軽挙」であり、成功に至ったのは「僥倖」であったと述べられているが、この「軽挙」の主体としての「少年」の像が「坊っちゃん」という子供っぽい主人公に盛り込まれていると見ることができる。いいかえれば、「ヤレヤレ」の勢いに身を任せて倒幕・開国という「軽挙」を成し遂げてしまった「少年」たちの後輩によって、ロシアという大国と戦争をするという「軽挙」がおこなわれたという認識が漱石に抱かれていたということでもあるだろう。近代日本を〈大人〉である西洋諸国と対比して〈子供〉のイメージで捉えるのは、明治時代の知識人の一般的な傾向でもある。福澤諭吉も『通俗国権論』（一八七八）で「西洋流の事を行ひ西洋流の物を作るの錬磨に於ては、我日本人の齢は僅《わずか》に十歳以上未だ二十歳に足らざる少年の如し」(13)と述べ、勝海舟も『海舟餘波』（一八九九）で日本を「西洋は規模が大きくて、遠大だ。（中略）まるで、日本などは、子供扱ひだ」(14)と語っていた。

こうした〈少年―坊っちゃん〉としての明治日本の姿が「おれ」に込められていることは、彼の「親」の在り処を示唆している。「親譲りの無鉄砲で子供の時から損ばかりしてゐる」（一）と記される「おれ」の「親」は、彼の父親が別段「無鉄砲」な人間ではないところから比喩的な次元でその内実が考察されてきた。江藤淳が「「坊っちゃん」という「型」を支えている江戸の文化的伝統」（『漱石とその時代』第三部）と述べるように、「江戸」こそが彼の真の「親」ないし「祖《おや》」(15)であるとする捉え方がひとつの定形として支持されてきたが、「おれ」が西洋世界に対峙する近代日本の寓意をはらむ存在であるとすれば、その「親」とはすなわち〈薩長〉にほかならない。現実に薩長両藩は幕末にそれぞれ単独で、イギリスあるいは英・米・仏・蘭の連合国軍と戦って敗れる薩英戦争、馬関戦争という「無鉄砲」な所行を起こしているのである。(16)漱石のなかにはこの無謀な戦争と倒幕という「軽挙」をおこなってしまった薩長の武士たちを中心としてつくられた明治政府が、その延長線上でロシアという大国と戦争をするという「無鉄砲」なことをしてしまったという思いがあって、その認識が「おれ」の輪郭に込められているとも考えられる。

6 「人情」への移行

したがって終盤に描かれる「おれ」が山嵐と共闘して赤シャツを腹心の「野だいこ」とともに成敗する場面は、前年の日露戦争に相当する表象として意味づけられることになる。「おれ」が赤シャツの成敗を決意したのは、彼が英語教師の「うらなり」から、その婚約者であった「マドンナ」を横取りしたと考えたからであったが、これはあくまでも彼の解釈の域を出ない。その根拠となっているのは下宿先の婆さんが彼に吹き込んだ、赤シャツがマドンナの家に出入りしているうちに「御嬢さんを手馴《てな》付《づ》けてお仕舞ひたのぢやがなもし」という情報だが、それにつづけて彼女が「赤シャツさんも赤シャツさんぢやが、御嬢さんも御嬢さんぢやてゝ、みんなが悪るく云ひますのよ」（七）と語るように、事実としてはマドンナ自身の意志がそこに働いていた可能性は否定できない。しかしその面を切り捨てて「今度の事件は全く赤シャツが、うらなりを遠《とおざ》けて、マドンナを手に入れる策略なんだらう」（九）と確信することで、赤シャツへの成敗を決意するに至るのである。

「おれ」がそのように解釈して行動に赴くのは明らかに漱石の意識的な造型の方向性で、それによってこの作品に込められた寓意的な文脈がより明瞭になっている。すなわち婚約者を失ううらなりの悲運から赤シャツの成敗に至る展開が、十年前の日清戦争後に起きたロシア・ドイツ・フランスによる三国干渉から日露戦争に帰結する経緯と照応することになるからである。(17) 同僚たちに辛辣な「おれ」はなぜかうらなりに対してはつねに共感的で、とくに取り柄があるとも思われないこの大人しい人物を「君子」と見なしたりする。それは彼が「おれ」の嫌悪する「表裏」のない人間だからというだけでは説明できず、「おれ」がうらなりにもう一人の自分を眺めているからだと考えられる。「うらなり」というあだ名自体が「おれ」の〈裏なり〉という含意を示唆しているが、その関係は「おれ」が近代日本を象る存在であることを前提とすれば容易に理解される。つまり日清戦争に勝利したにもかかわらず、西洋列強の圧力に日本が屈して遼東半島の返還を決めた成り行きには、いわば〈強い日本〉と〈弱い日本〉の両方が現れており、それが作品における対照的な二人の役柄に託されているのである。そして「おれ」がうらなりに代わって赤シャツに「天誅」を加えようとするように、日露戦争が三国干渉の意趣返しとして日本人に受け取られたことはいうまでもない(18)。

漱石自身も日露戦争を「オリヂナル」であり、日本が「インデペンデントなることを証拠立てた」(「模倣と独立」一九一三)機会として評価しており、第二部本章で見たようにこの戦争での日本の奮闘に後押しされる形で『吾輩は猫である』の執筆が起こされていた面がある。その一方で『趣味の遺伝』の叙述にも示されるように、戦争が個人の尊厳と生命がないがしろにされる残酷な事態であることを漱石は認識していたが、この作品でも旅順の塹壕で果てた兵士の一人となった「浩さん」の最期は、「是が此塹壕に飛び込んだものの運命である。而《しか》して亦《また》浩さんの運命である」と、「運命」の不可避性に還元され、その「運命」をもたらした国家への怨みが綴られているわけではない。

むしろ漱石が不満を覚えていたのは前節で引用した「断片」や『文学論ノート』に記されるように、日本が日露戦争に勝利した段階に至ってもなお、近代国家として未だ西洋諸国と肩を並べることのできる一人前の域に達しているとは思いがたいことであった。それが主人公の「坊っちゃん」としての輪郭に込められていたが、自国を捉える漱石の冷静な眼差しは、『坊っちゃん』の主人公の行状だけでなく、物語の帰結にも現れている。「おれ」の赤シャツへの成敗は結局私憤を晴らしただけにとどまり、四国の中学校にいられなくなるのは赤シャツではなく「おれ」の方なのである。こうした成り行きには、日本が日露戦争を制して「一等国」に成り上がっても、依然として世界の覇権は西洋列強の側にあり、日本がそれを凌ぐ強国になったわけではないという作者の醒めた認識が込められているだろう。

しかし逆に見れば、総じて傲然とした威勢の良さに彩られている「おれ」の言動には、やはりロシアという大国と戦って負けなかった自国への矜持が流れている。とくに『坊っちゃん』の書かれた明治三十九年（一九〇六）は戦勝の余韻がまだ国民の間に残り、田山花袋の『東京の三十年』（一九一七）に「償金は取れなかつたが、社会は戦勝の影響で、すべては生々として活気を帯びてゐた」[19]と述べられるような昂揚感が流れている時期であった。『坊っちゃん』が執筆されたのはこの年の三月と見られるが、それに近い時期に出た『太陽』明治三十九年二月臨増号に所収された「明治三十八年史」の「総括」では、「善《（ママ）》後経営の時代に於いて、最も喜ぶべき現象あり。これ何ぞや。国民の自覚心これなり」と記され、朝鮮や清への勢力の拡張によって「東洋人種の保護者」たろうとしている日本の現況が「祝すべき」ものとして示されている。

それとともに、「おれ」の威勢の良さには彼が対峙しているもうひとつの〈敵〉である世俗の慣わしへの作者自身の憤りが強く込められていると見なされる。『坊っちゃん』の執筆前の時期である明治三十九年二月に、漱石は文科大学の英語学の試験担当を嘱託され、それを固辞している。姉崎正治宛の書簡（一九〇六・二・一五付）に述べられたところによれば、それは講師という身分である自分に、過重な負担となる仕事を課するには「金銭か、敬礼か、依頼か、何等かの報酬が必要である。それがなくて単に……嘱托相成候間右申し進候也といふ様な命令」が下されるのは受け容れがたいからであった。それにつづいて記される「僕は僕の担当する六時間の講義さへして居れば講師としての義務はそれ以外にはないものと信じて居る。夫《それ》だからして文科大学宛で断り状を出した」という振舞いは、赴任当初の「おれ」のそれを想起させ、江藤淳が指摘するように（『漱石とその時代』第三部、新潮社、一九九三）、不合理と思われる負担の押しつけを拒もうとする漱石の憤懣が『坊っちゃん』の動機のひとつをなしていることを忖度させる。

けれどもこれまで見てきたように、漱石は決して主人公に託された世間への憤りや西洋への対抗意識が、そのまま現実世界において貫かれ、実現されるとは考えておらず、「おれ」の赤シャツへの結果的な〈敗北〉が物語るように、世間の不合理な慣わしや強圧的な西洋諸国の覇権を去らせることはできないという認識がある。むしろそこに漱石を小説家たらしめるリアリストとしての眼差しがあったといえるだろう。

『坊っちゃん』においても中盤に「おれ」が「世間がこんなものなら、おれも負けない気で、世間並にしなくちゃ、遣り切れない訳になる」（七）という感慨をもらすくだりがあるが、見逃せないのはそこに示されるように、この一本気な青年が作中でそれなりの変化を遂げ、それが赤シャツへの成敗の成就の前提となっているということである。すなわち展開の終盤で「おれ」が赤シャツに私的な制裁を加えるに至る様相は、彼の「非人情」から「人情」への移行を示唆してもいる。彼の「非人情」の内実は、世俗の慣わしを意に介さずに行動しようとする自身の情動に忠実であることであったが、次第に学校の世界に馴染んでくることによって彼自身に「表裏」的な「人情」が生まれるようになる。彼は下宿先の婆さんに「本当の本当《ほんま》のつて僕あ、嫁が貰ひ度《たく》つて仕方がないんだ」（七）などと内心に反することを言い、赤シャツと対決する時には、彼が芸者と共に入るであろう宿の前の店に何日も張り込むという、直情径行とは異質な作戦を採ったりするのである。

「おれ」が赴任時の心性のままであれば、自分にとっての好悪だけに導かれた行動に終始したはずだが、終盤ではこうした流れを受けて、彼はうらなりという分身を介して他者の事情に動かされるようになっている。山嵐とともに立てた作戦を実行する形で赤シャツに「天誅」を加えることに成功するのは、「おれ」がそれだけ「世の中」のやり方に従うことができるようになった結果でもあった。ここには彼が「坊っちやん」の域から多少とも脱した姿が現れている。彼が四国の都市を去って東京に戻ってから、教師を辞めて「街鉄の技手」になるという物語の帰結はさらにこの「おれ」の変容を強めている。従来も教師を辞めた「おれ」はすでに「坊っちゃん」ではないという見方が出されているが(20)、それは彼の内に芽生えてきた「世の中」に順応しうる資質が取らせた結果でもあった。

しかし〈戦う者〉としての「おれ」の輪郭が、戦争の主体でありつづけることであれば、彼が「坊っちゃん」でなくなることは必ずしも否定的に眺められるべき変化ではない。それは日本が戦争の遂行者から産業技術による立国に向かうという流れの比喩でもあり、現実に日本は太平洋戦争の敗戦によってその方向を取ることになる。そう考えれば、「おれ」のなかにせり上がってくる「人情」は、彼を現実と渡り合うことのできる人間に変える契機にほかならなかった。そして漱石自身、かつて『老子の哲学』で述べた戒めに従うように、浪漫的な「非人情」への憧憬を残しながら、「人情」のやり取りされる世界としての現実への志向を強め、その様相を作品に映し出していくことになるのである。

Ⅱ　「われ」の揺らぎのなかで
――東京朝日新聞社入社をめぐって

1　専業作家への憧れと躊躇

『吾輩は猫である』（一九〇五～〇六）とそれに並行して書かれた『倫敦塔』（一九〇五）以下の短篇小説群が好評を博すと、夏目漱石のなかでは次第に作家専業として立とうとする意欲が強まっていった。明治三十八年（一九〇五）九月に、『猫』の執筆を勧めた高浜虚子に宛てた書簡に「とにかくやめたきは教師、やりたきは創作。創作さへ出来れば夫丈《それだけ》で天に対しても人に対しても義理は立つと存候」（一九〇五・九・一七付）と記した漱石は、翌月内田魯庵に宛てた書簡でも「小生は漠然として学者なり篤学なり抔《など》云はる、を欲せざると同時に拙稿たりとも世に公に投げ出したるものに付ての褒辞は大に難有《ありがた》くアクセプトする主義に候」（一九〇五・一〇・三〇付）という、創作への評価をこそ自身への真の評価として受け取る「主義」を表明している。その前提としてこの書簡では、他人から「物しり」や「学者」と呼ばれることに「赤面」せざるをえないという思いが語られているが、〈作品〉という形を取って世に現れた表現にどのような毀誉褒貶が与えられたとしても、それが客観的な営為の結果に対する評価である限りでは受容しうるということであろう。

もともと漱石のなかには早くから文人志向があり、十代の半ばにある一年余りの学業の空白期間には、『木屑録』（一八八九）に記されるように「文を以て身を立つる」希望を生じさせ、それに対して長兄の大助の戒めを受けていた。その後私塾の成立学舎を経て大学予備門に入学して以降はもっぱら英語・英文学の修学に力を入れ、学究の道を歩むことになるが、五高の教授を務めていた明治三十年（一八九七）に正岡子規に宛てた書簡にも「単に希望を臚《ろ》列するならば教師をやめて単に文学的の生活を送りたきなり換言すれば文学三昧にて消光したきなり月々五六十の収入あれば今にも東京に帰りて勝手な風流を仕《つかまつ》る覚悟なれど遊んで居つて金が懐中に舞ひ込むといふ訳にもゆかねば衣食丈《だけ》は少々堪忍辛防《（ママ）》して何かの種を探し（但し教師を除ク）其余暇を以て自由な書を読み自由な事を言ひ自由な事を書か《（ママ）》ゝん事を希望致候」（一八九七・四・二三付）という願望を綴っている。

しかしこうした表現者以前の時代における文人志向と、『猫』によって小説の書き手として世間的な評価を獲得した段階における専業作家への希望は、質を異にしている。周囲の友人とは違う「風流を解する」者としての意識が打ち出されていた『木屑録』においてはもちろん、子規宛の書簡に見られる「文学三昧にて消光したきなり」という表現が示唆しているものも、それにつづく文にある「勝手な風流を仕る」ことへの憧れであり、自己表現によって世の中と渡り合うことへの希求ではない。国家や社会への意識は青年期からその内に強くはらまれていたものの、松山や熊本で教鞭を執っていた頃の漱石は、国家の中心から空間的に隔たった地方に居住していることもあって、現実世界にやや距離を置いた心性のなかで過ごしていたようである。その後世界における日本の位置づけと日本人としての自己にあらためて振り返らされるイギリス留学を経験し、さらに国運を左右する日露戦争の時代をくぐることによって、漱石のなかの外部世界への志向は強まっていった。『猫』にしても文人的な現実逃避の心性を漂わせながらも、自国と社会に向けられた批判意識が強く盛り込まれた所産であった。

『猫』の『ホトトギス』への連載が終わって間もない明治三十九年（一九〇六）一〇月に狩野亨吉《こうきち》に宛てた長い書簡（一九〇六・一〇・二三付）では、表現者としての評価を得た自信に裏打ちされた未来への姿勢が力強い口調で語られている。そこでは「卒業後田舎に行つて仕舞つた」自身の選択について、「色々理由がある」ものの「僕が世間の一人として世間に立つ点から見て大失敗」であったという反省が示されている。それはやはり「世間」ないし「世の中」からの逃避だったのであり、留学を経て東京に戻ってきた現時点においては「余は道義上現在の状態が持続する限りは東京を去る能はざるものである」という決意が文面の最後に表明されている。ここで「東京を去る」ことが問題化されているのは、この時期に京都帝大文科大学の学長を務めていた狩野に勧められて、同大学に教授として転任する話が出ていたためだが、この話に漱石はさほど魅力を覚えず、東京に留まることになった(1)。書簡の内容はそのことへの釈明としての意味ももっている。

この時点で漱石が作家専業となることに惹かれているのは、決して現実世界に背を向けた境地で遊ぶためではなく、筆によって「世間」や「世の中」と渡り合うためであり、それによって国と社会に貢献することが念頭に置かれている。狩野宛同書簡では「自分の立脚地から云ふと感じのいゝ愉快の多い所へ行くよりも感じのわるい、愉快の少ない所に居つてあく迄喧嘩をして見たい」という心境が語られ、さらにそれにつづけて次のような見通しが示されている。

実を云ふと僕は自分で自分がどの位の事が出来て、どの位な事に堪へるのか見当がつかない。只尤も烈しい世の中に立つて（自分の為め、家族の為めは暫らく措《お》く）どの位人が自分の感化をうけて、どの位自分が社会的分子となつて未来の青年の肉や血となつて生存し得るかをためして見たい。

この企図を実現するためにも社会の矛盾や問題が収斂されて現れる地である東京に留まることが肝要であり、そこでの営為が「天下の為め。天子様の為め。社会一般の為め」となることが目指されているのである。同時期に鈴木三重吉に宛てられた書簡でも、「苟《いやしく》も文学を以て生命とするものならば単に美といふ丈《だけ》では満足が出来ない。丁度維新の当士《(ママ)》勤王家が困苦をなめた様な了見にならなくては駄目だらうと思ふ。間違つたら神経衰弱でも気違でも入牢でも何でもする了見でなくては文学者になれまいと思ふ」（一九〇六・一〇・二六付）という表現で、近代日本の出発点をつくった討幕派の志士たちに自身をなぞらえつつ、社会との烈しい交渉のなかで表現者としての営為をおこなう覚悟が語られている。こうした姿勢の起点となったのが明治二十五年（一八九二）四月におこなわれた徴役忌避であったが、その後十年以上を経てようやく漱石は自分が取ろうとした位置に近づくことになった。

またそれは文人たろうとした少年期からの希求を叶えることになる、自己実現の機会でもあった。内田魯庵宛書簡に記されているように、必ずしも自身の本来の居場所とは思われない英文学の研究によって「博士」の称号を得たとしても、それが自己達成の実感をもたらすとは思われず、むしろ漱石自身に相当する『道草』（一九一五）の主人公健三が「心の底に異様の熱塊があるといふ自信」（三）を抱え、その作中の健三が過ごしている時期にほぼ相当する明治三十八、九年（一九〇五、〇六）の「断片」に、「われはわれなり、朋友にもあらず、妻子にもあらず、父母兄弟にもあらず。われはわれなる外何者たるを得んや」という記述が見られるように、本来強い自我の情念を持つ漱石にはもっと直接的な手応えをもたらす表現の領域が望ましかったのである。

けれどもその一方で、筆一本で立つことへの不安を漱石が抱えていたことも否定できない。「やめたきは教師、やりたきは創作」と記したその二ヵ月後の十一月に、同じく高浜虚子に宛てた書簡で漱石は「僕は当分のうち創作を本領として大にかく積りだが少々いやになつた」（一九〇五・一一・二四付）という感想をもらし、その翌月には「僕は小説家程いやな家業《（ママ）》はあるまいと思ふ。僕なども道楽だから下らぬ事をかいて見たくなるんだね。職業となつたら教師位なものだらう」（野村伝四宛書簡、一九〇五・一二・九付）という内心を語っている。またその約十日後にも虚子に宛てて「此二週間帝文とホト、ギスでひまさへあればかきつゞけもう原稿紙を見るのもいやになりました是では小説抔《など》で飯を食ふ事は思も寄らない」（一九〇五・一二・一八付）と打ち明けている。創作が喜びをもたらすのは、それが糊口の直接的な手立てではなかったからであり、それだけによって生活を支えていくとなれば、自身を切り売りして消耗していくような道を辿ることになることが予感されたのであろう。それは明治四十四年（一九一一）八月におこなわれた講演「道楽と職業」で、「苟《いやしく》も道楽である間は自分に勝手な仕事を自分の適宜の分量でやるのだから面白いに違ないが、其道楽が職業と変化する刹那に今迄自己にあつた権威が突然他人の手に移るから快楽が忽《たちま》ち苦痛になるのは已《やむ》を得ない」と語られていることからもうかがわれるが、ここで念頭に置かれているものがかつて自分自身が抱えていた煩悶であることは明らかだろう。

2　朝日新聞社への入社

漱石が創作に専念することへの憧れを抱く一方で知人たちに否定的な展望を語っていたのは、これらの書簡が綴られた明治三十八年（一九〇五）の時点では、そのための生活的な条件を手に入れる見通しがまだなかったからでもある。同年七月に文科大学の教え子である中川芳太郎に宛てた書簡では、『日本』新聞の者が来訪して原稿を依頼されたのでつくづく考えるには「毎日一欄書いて毎日十円もくれるなら学校を辞職して新聞屋になつた方がい丶と。然し是は日本新聞で承知する訳のものでないから矢張り赤門の中で妙な事を云つて暮らす積りです」（一九〇五・七・一五）という意向が語られている。「毎日一欄書いて毎日十円もくれるなら」という都合の良い仮定には、『吾輩は猫である』の好評によって得られた書き手としての自信が滲んでもいるが、現実にこの書簡の前半に「新小説の社員が来て戦後の文壇に対する所感をきかせろなか（ママ）といふ。中学世界で世界三十六文豪を紹介するから沙翁を受持てといふ。中央公論のチヨイン先生がきて何かかけといふ」と列挙されているように、漱石に原稿を求めるジャーナリズムの動きははっきりと生まれてきており、執筆のための時間を少しでも確保したいという欲求が生まれてくるのは自然であった。

それでも専任講師として奉職している一高や帝大からの収入を放棄することは、この時点で三人の子供を抱えて暮らしている身としては無理であり、「矢張り赤門の中で妙な事を云つて暮らす積りです」という現実的な見通しが示されている。とりあえず削ることができそうであったのは、非常勤講師を勤めていた明治大学への出講で、明治三十九年（一九〇六）十月二十日付の皆川正禧《せいき》宛て書簡で「僕明治大学をやめやうと思ふ。（中略）明治大学は土曜の四時間であるから、土曜をつぶして何かかいてさうして夫《それ》が同じ位の収入になれば新聞の方が色々な便宜がある様に思ふ」と述べられるように、それに充てられていた時間を執筆に振り向けることが検討されることになる。結局明治大学への出講は、翌年三月に一高と帝大を辞職するまで並行してつづけられたが、ここに「新聞屋にならうか知らん」と記されているように、当時多くの作家たちが生活の安定と執筆の時間確保のために採っていた、新聞社の社員として俸給を得つつその新聞に連続的に作品を執筆する、いわゆる「小説記者」という社会的位置に移行する可能性が漱石の前にもかなり具体的な形で現れるに至っていた。

「小説記者」としては、読売新聞社にはすでに明治三十六年（一九〇三）に亡くなっていたが、『三人妻』（一八九二）、『多情多恨』（一八九六）、『金色夜叉』（一八九七〜一九〇二）などを載せて人気作家となった尾崎紅葉がおり、また正宗白鳥も明治三十六年から四十三年（一九一〇）にかけて同新聞社に約七年間奉職している。国民新聞社には『不如帰』（一八八八〜八九）によって多くの読者を得ていた徳冨蘆花《ろか》がおり、また黒岩涙香《るいこう》のように『万朝報』の朝報社社長として経営を切り盛りしながら作品を紙上に発表していった作家もいた。漱石の親友の正岡子規が、陸羯南《くがかつなん》のはからいで日本新聞社の社員となり、その月三十円ほどの俸給で生計を支えつつ俳句の革新に取り組んでいたこともよく知られる。漱石が勤務することになる東京朝日新聞社関係では、すでに二葉亭四迷が明治三十七年（一九〇四）に大阪朝日新聞社に月棒百円で入社した後に、主筆の池辺三山《さんざん》の配慮で東京朝日に移っており、その後『其面影』（一九〇六）、『平凡』（一九〇七）を発表している。また樋口一葉の小説の指導者として知られる半井桃水《なからいとうすい》は、彼らよりも早い時期から『東京朝日新聞』に作品を持続的に発表して

池辺三山（1864〜1912）
（提供：日本近代文学館）

いた、代表的な「小説記者」の一人であった(2)。

漱石が東京朝日新聞社に入社するのは明治四十年（一九〇七）四月のことだが、その前に最初に接近してきたのは読売新聞社であり、中川芳太郎宛書簡に名前の出ている『中央公論』の編集者滝田樗陰《ちょいん》を介して、六十円の月俸で「文壇担任」として連続的に同紙に執筆するという話が持ち込まれた。この額は帝大の俸給よりも少なかったが、漱石は帝大のみを辞して一高の勤務をつづけながら、『読売新聞』の仕事を引き受ける可能性を考慮している。しかし「大学の俸給は読売よりも比較的固定して居る」上に、帝大を辞するためには「「僕は教育界に立てぬ人だから、退かなければならん」とか「是非共新聞紙上で自家の説を発表して見たい」」といった「強烈な事情」が必要だが、「今の僕には左程《さほど》の事情がない」といった理由を樗陰に宛てた書簡（一九〇六・一一・一六付）で挙げて、この誘いを辞退している。文面は丁重であるものの、読売からの俸給だけで生活することは現実的に困難である以上、教員との二股の稼業になる煩わしさだけが高じるであろうこの奉職を選ぶ気は漱石には起こらなかったに違いない。

読売とほぼ同時期に朝日も漱石の招聘に動き出しており、『草枕』（一九〇六）に感服した大阪朝日の鳥居素川《そせん》が明治四十年の新年用の原稿を漱石に依頼したのを、多忙を理由に辞退された後も東京朝日の池辺三山に招聘を委嘱し、東京朝日側からの働きかけがおこなわれていた。漱石との交渉の窓口になったのは、熊本以来の知己である渋川玄耳《げんじ》と白仁三郎（坂元雪鳥）で、熊本時代に第六師団法官部理事試補であった渋川と五高の学生であった白仁はともに句会で漱石の指導を仰いでおり、接触が容易であった。渋川はその後明治四十年三月に東京朝日に入社してすぐに漱石の同僚となり、社会部長として健筆を振るうようになる。五高を卒業後東京帝大に進んでいた白仁は三山の命を受けて四十年二月に漱石と面会し、入社の可能性を打診したところ、学校を辞められないことはないが、教員と記者のどちらが自分に適した居場所かということは容易に決しがたく、なお熟慮が必要であるという返答を得、大いに脈があるという手応えを受け取った。

それ以降も朝日入社の話は進展していき、三月になると漱石から入社に向けた具体的な条件を問い合わせている。三月四日付の白仁宛書簡では手当の額、身分の保障、恩給の有無などを尋ね、それについて「小生が新聞に入れば生活が一変する訳なり。失敗するも再び教育界へもどらざる覚悟なればそれ相応なる安全なる見込なければ一寸動きがたき故下品を顧みず金の事を伺ひ候」と率直な心境を語っている。また「小生の小説は今日の新聞には不向と思ふ夫《それ》でも差し支なきや」と、自身の作品が〈新聞小説〉としての大衆性に欠けるのではないかという不安を洩らすとともに、それにともなって「其うちには漱石も今の様に流行せぬ様になるかも知れず」という事態が招来された場合に「夫《それ》でも差支なきや」と釘を刺している。

朝日側は白仁を介して聞いたこうした事項について、月俸を二百円とし正式に身分保障をすることをはじめとして、いずれも漱石の意向に沿う形での回答を与え、漱石が気にかけていた、自分の小説が「今日の新聞」には向いていないのではという点についても、「差支ナシ、先生ノ名声ガ後来朝日新聞流ノ流行ト共ニ益世間ニ流行スベキ事ヲ確信シ切望ス」と、作風を変改する必要がないことを強調している。こうした回答を受けて漱石は三月十一日付の白仁宛書簡で「小生の文学的作物は一切を挙げて朝日新聞に掲載する事」「但し其分量と時日の割合は小生の随意たる事」「俸酬《（報）》は御申出の通り月二百円にてよろしく候。但し他の社員並に盆暮の賞与は頂戴致し候」「もし文学的作物にて他の雑誌に不得已《やむをえず》掲載の場合には其都度朝日社の許可を得べく候」「但し全く非《（ママ）》文学的ならぬもの（誰が見ても）或は二三頁の端もの、もしくは新聞に不向なる学説の論文等は無断にて適当な所へ掲載の自由を得度と存候」「小生の位地の安全を池辺氏及び社主より正式に保証せられ度事《たき》」といった項目を列挙して入社の条件を確認している。とくに最後の項目については、あらためて大学の教職と比較して「大学教授は頗《すこぶ》る手堅く安全のものに候小生が大学を出るには大学程安全なる事を希望致す訳に候」と念を押して、万一池辺三山が退社することがあっても社主が条件を履行することを求めている。

東京朝日側がこうした条件を呑んだことによって漱石は入社の決意を固め、三月十五日に三山と自宅で面会した。その際の模様が述べられた「池辺君の史論に就て」（一九一二）によれば、漱石は初対面では「顔も大きい、手も大きい、肩も大きい。凡《すべ》て大きいづくめであつた」とその大柄な身体に強い印象を受け、「大仏」や「西郷隆盛」を想起したりしている。漱石は文筆家としての三山には以前から馴染んでおり、明治二十七年（一八九四）から二十八年（一八九五）にかけて『日本』に連載された『巴里通信』を愛読していたことを「余が文章に裨益《ひ》せし書籍」（一九〇六）で語っている。三山がパリに滞在していた時代に「鉄崑崙」という筆名で書かれたこの記事では、進行中であった日清戦争の収束に対する鋭い論評が展開されており、欧州列強がこのアジアの戦争に早晩「干渉」ないし「仲裁」という形で介入して利益をかすめ取ろうとするであろうという見通しが語られている。「晩かれ早かれ此戦争は干渉ものなり」というのが欧州人の見方であり、その基底には「其心には堅く自ら優等国に居れりと信じて、他の劣等国の争ひは彼等の手を経るに非ざれば治まらざるものと判断し居れり」というアジア人への軽視が存在すると推察している（『日本』一八九四・一二・二七）[3]。

漱石はイギリス留学時にもカフェーに入ると真っ先に新聞の義和団事変に関する記事に眼を通すと『倫敦通信』（一九〇一）に記しているが、アジア情勢に対する強い関心が早い時期からのものであることが分かる。日清戦争は三山の見通しのとおり、ロシア・ドイツ・フランスによる三国干渉によって遼東半島の返還を強いられるという帰結を迎えることになるのであり、漱石は三山の政治情勢に対する正確な洞察力に感心したに違いない。「池辺君の史論に就て」で三山との交際が「新しい割には親しい交際であつた」と語られるように、入社する新聞社の主筆が彼であることも、漱石にとって積極的な動機として作用しただろう。三山は漱石との面会後、朝日新聞の原点である大阪朝日の社主村山龍平から、漱石を京都に住まわせ、大阪朝日の帰属にできないかという提言を受け、それを漱石が肯んじないであろうことを忖度して苦慮したが、結局漱石が狩野亨吉を訪ねて京都に旅立った三月二十八日になって、東京朝日勤務でかまわない旨の通知が大阪から来たために、三山は胸を撫で下ろした。こうして漱石は明治四十年四月から、晴れて東京朝日新聞社の社員として出発することになったのである(4)。

3　露出される「われ」

漱石が東京朝日新聞社の社員となり、「小説記者」の仲間入りをしたことは、二つの相反する実感を彼に与えることになった。ひとつは自分の〈本当の居場所〉に辿り着いたという思いであり、もうひとつは自分の〈本来の居場所〉を失ったという感覚である。若年の頃から創作によって身を立てることに憧れ、処女作となった長篇小説の執筆を進める最中に、「やめたきは教師、やりたきは創作」(高浜虚子宛書簡)という志向を強めていった漱石にとって、創作に専念することができる環境が与えられることは、年来の願いを満たすことになる機会であった。しかし漱石はあたかもそれが叶えられることをみずから否定するかのように、「小説家程いやな家業はあるまいと思ふ。(中略)職業となつたら教師位なものだらう」(野村伝四宛書簡)という見通しを示してもいた。とくに自分の作品が世間の好尚から離れてそっぽを向かれることになることを漱石は強く恐れており、それはこれから長い時間を作家専業として過ごすことを仮定した場合もっとも忌避される事態であった。創作に専念することは、本来作品の質を高める条件となるはずだが、作家専業となることによって逆に緊張感を欠いた作品を生活のために送り出しつづけることになる可能性が憂慮されたのであろう。むしろ教師として生活を確保した上で、本当に書きたいものだけを作品に結晶させる方が自分にふさわしいのではないかという思いも漱石の内にあったに違いない。

講演「道楽と職業」（一九一一）で「芸術家で己れの無い芸術家は蟬の脱殻同然で、殆《ほと》ど役に立たない」と明言するように、本来強い自我への立脚を創作の起点とする作家である漱石にとって、生意気な学生を相手にせずともよく、教師としての雑務に追われることもない専業作家となったことは、それを十分に満たすこともできる契機となるはずであった。「われはわれなり」の信念が語られた明治三十八、九年の「断片」では、それにつづけて「われ人を曲げざるに何者か来つてわれを曲げんとする者ぞ。全世界の富と全世界の権と全世界の策を以てするもわれを曲げ得るの理あるべからず」という、「全世界」と対峙しても「われ」を貫く気概が示されている。もっともこれは唯我独尊の言葉というよりも、自身の価値観に悖る生き方を拒む姿勢の表明であり、具体的には「富」「権」「策」に象徴される物質至上的な功利主義への憎悪が込められている点では、「断片」に繰り返し記される「金持」や「華族」への嫌悪と連続している。

『吾輩は猫である』には金満家の金田一党への揶揄によって、こうした嫌悪が表出されていたが、漱石の自我の内実が基本的に「金持」や「華族」に象徴される功利主義社会への違和感によって明確化されていたことは見逃せない。その基底をなすのは、物質的な執着を嫌悪する生来の気質に加えて漢文学への親炙によって強められていった脱俗の志向であり、しかしそれが単に俗世間を離脱するのではなく、むしろそうした意識をもって批判的に社会と向き合おうとする姿勢を漱石に付与することになったのは前章で眺めたとおりである。さらにその自我は教職と研究の経歴を重ねることによって自己を彼ら、とくに実業によって富を形成する「町人」によっては担いえないとされる学問や文化の主体として想定することになるが、それはほかでもなく漱石が離脱することになる世界に生きてきたことで培われたものだったのである。明治三十九年（一九〇六）の「断片」には執拗に「町人」への嫌悪が書き付けられ、一方彼らから自身を差別化するために、「学者」としての自己認識が強調されている。

学問ハ金ニ遠ザカル器械デアル。金ガ欲シケレバ金ヲ目的ニスル実業家トカ、商人ニナルガイ丶。学者ト町人トハ丸デ別途ノ人間デアツテ、学者ガ金ヲ予期シテ学問ヲスルノハ町人ガ学問ヲ目的ニシテ丁稚ニ住ミ込ム様ナ者デアル。

ダカラ学問ノコトハ学者ニキカナケレバナラナイシ、金ガ欲シケレバ町人ノ所へ持ツテ行クヨリ外ニ致シ方ハナイ。学問即チ物ノ理ガワカルト云フコトト生活ノ自由即チ金ガアルト云フコトハ独立シテ関係ノナイノミナラズ反ツテ反対ノモノデアル。

さらにそれにつづけて、前章でも引用した「学者ダカラ金ガナイノデアル。金ガアルカラ学者ニナレナイノデアル。学者ハ金ガナイ代リニ物ノ理ガワカルノデ、町人ハ理窟ガワカラナイカラ其代リニ金ヲ持ツテ居ルノデアル」という書き付けがなされ、「岩崎は別荘を立て連ねる事に於て天下の学者を圧倒してゐるかも知らんが社会、人生、の問題ニ関しては小児の様なものである。三歳の児童と一般である」という軽侮が語られている。前章で触れたように、こうした「金持」や「町人」への指弾はあまりにも感情に流れたものと見なされたのか、執筆後に項全体が抹消されているが、それだけに漱石の本音が語られた箇所でもあるだろう。実際こうした感慨は、それらが書き付けられていた頃に執筆された作品である『二百十日』（一九〇六）や『野分』（一九〇七）の基調として表出されているのである。

漱石が作家専業となることを視野に入れつつあった明治三十九年後半に執筆されたこの二つの中篇小説は、漱石文学の本流をなす作品としては見なされないが、それは「断片」に書き付けられたような功利主義を嫌悪する主体としての「われ」があまりにも直接的に顔を覗かせていて、物語としての興趣を満たしていないからである。とくに熊本阿蘇に旅した二人の男が延々と交わす会話を主な内容として進行していく『二百十日』は、彼らが阿蘇山麓の温泉に泊まり、翌日登山を試みるものの、一人の「碌さん」は足に肉刺《まめ》をつくって歩行に難渋し、もう一人の「圭さん」は登山道の亀裂に落ち込んで上がるのに苦労するといった目に遭うという展開があるのみで、ほとんどの行は二人の会話によって埋められている。彼らのうち漱石の感慨をより強く託されたのは、豆腐屋の倅であるという圭さんで、執拗に「華族と金持」への指弾を繰り返し、碌さんを辟易させる。たとえば圭さんが宿屋の下女に二十銭をやったことを碌さんが喚起させるのをきっかけに、次のようなやり取りがつづいている。


「よく知つてるね。――あの下女は単純で気に入つたんだもの。華族や金持ちよりも尊敬すべき資格がある」

「そら出た。華族や金持ちの出ない日はないね」

「いや、日に何遍云つても云ひ足りない位、毒々しくつて図迂々々《ずうずう》しいものだよ」

「君がかい」

「なあに、華族や金持ちがさ」

こうした悪態を圭さんは阿蘇旅行の間ずっと繰り返している。漱石は高浜虚子宛の書簡（一九〇六・一〇・七付）で圭さんについて「鷹揚でしかも堅くとつて自説を変じない所が余裕のある逼《せま》らない慷慨家です」と記しているが、その「余裕のある逼らない慷慨家」のイメージは、作中の圭さんを説明するというよりも漱石自身と重ねられる面の方が強いだろう。二人が登る阿蘇山という火山にしても、圭さんの「雄大だろう、君」という言葉に、碌さんも「全く雄大だ」と同感し、それにつづけて圭さんが「僕の精神はあれだよ」（四）と断定するものの、その「精神」の主体としてはやはり豆腐屋の倅である圭さんではなく、作者自身をしか想定しえないのである。

『二百十日』と比べれば『野分』は教師として中学校を転々とした後に雑誌の編集や文筆業で細々と生計を営んでいる中年の男性が、かつて自身を学校から排斥した一人である教え子と邂逅するという筋立てを軸としている点では物語としての結構を備えている。ここには教職を離れて専業の文筆家となった場合の否定的な姿が仮構されており、表現者としての「われ」の気概を抽出して登場者に託した『二百十日』と表裏の関係をなしている。この二つの作品の対照性に、作家専業となろうとしながらそれを引き留めようとする相反する心性を抱えていた当時の漱石の内面が示唆されているとも見ることができる。

『野分』の主人公白井道也は、地方の三つの中学校を渡り歩いたあげく、東京に戻って来た後、雑誌と辞書の編集・作成の仕事でかろうじて生計を確保するとともに、「人格論」という著述に取り組む日々を送っている知識人である。彼に文科大学を卒業したばかりの「中野君」、「高柳君」という二人の青年が接触することになるが、そのうち高柳の方が、かつて中学校で道也の教えを受け、彼を半ば慰みに学校から放逐する運動に荷担した来歴を持っている。裕福な家の子息である中野と違って、高柳は経済的な余裕はなく、今は道也を学校から追い出したことを悔やんでおり、何とか彼に報いたいという思いを次第に強めていく。最終的に商業的な価値のない道也の原稿を高柳が、自身の創作活動の代価として中野から受け取っていた百円で買い取るという帰結に至るが、ともに現実的な生活者としては逼迫しながら、自恃の念を失わず自己表現に向かおうとする人間として描出されている道也と高柳の結びつきに、漱石がこの作品に込めたものが浮かび上がっている。

心性的には彼らは、功利主義的な現実世界に屈することを良しとせず、それと対峙する姿勢を保持している人びとである点で『二百十日』の圭さんと変わりはない。とくに主人公である道也が、漱石自身の現実世界に対する価値観を代弁しているのは圭さんと同じで、後半彼が講演で語る言説の内容は、やはり「断片」などの記述と重ねられる部分が大きい。語られるのは、現在がまだ開化の初期段階にあり、青年はこれから迎えるであろう「修羅場」としての社会を、「勤王の志士以上の覚悟」を以て生き抜いていかねばならないということであり、また「金持ち」たちが解決しえない「人生問題」や「道徳問題」を担うのが「学者」であり、「彼等は是非共学者文学者の云ふ事に耳を傾けねばならぬ時期がくる」（いずれも十一）という主張である。ここで語っている主体もほとんど漱石その人以外ではないが、こうした姿勢や気概が貧しい知識人に託されているのは、それが現実には無力であることをうかがわせ、その点でひたすら意気軒昂としている圭さんと差別化されている。道也の気位の高さと裏腹な現実的な貧しさ、淋しさこそは、教職の世界から離れて文業のみによって自己を立たせることになった際に招来されるかもしれぬ、否定的な未来のイメージにほかならなかっただろう。

4　「俗」な世界としての新聞

漱石が東京朝日新聞社に入社して「小説記者」となることは、「断片」で「われはわれなり」と断定される「われ」を実現するための表現に専念する契機となるとともに、その「われ」を支えるべき基盤から離脱し、逆に自身が否定していた功利主義的な価値観のなかに身を置くことをも意味していた。「われ」の内実は、「断片」の記載や『野分』の白井道也の輪郭に示されるように、第一に功利主義的な現実世界を相対化し、精神的な問題を追究する主体にほかならず、それは〈作家〉ではなく〈学者〉という様態で想定されるものだったからだ。前節の冒頭で朝日入社が漱石に〈本来の居場所〉を失わせる事態ともなったといったのは、その意味である。当然漱石はそのことを意識しており、それが経済的な保証とは別に、彼を直線的に作家専業に向かわせず、何度も逡巡させることになったと考えられる。「小説記者」となって読者を満足させる小説作品を持続的に生産していくということは、まさに功利主義社会の一端を担うということであり、それが自分にふさわしいか、またそれにかなう作品を自分が書きうるかという疑念が漱石の内に浮かんでいたのであろう。だからこそ「小生の小説は今日の新聞には不向と思ふ夫《それ》でも差し支なきや」という確認を朝日側にしなくてはならなかったのである。

　こうした世俗的世界としての新聞に対するイメージは漱石だけではなく、彼の三年前に大阪朝日に入社していた二葉亭四迷にも抱かれていた。二葉亭は明治三十七年（一九〇四）七月一日付の奥野小太郎宛書簡で「小生は開戦以前は被髪山に入らんかと迄時局を悲観いたしをりたるに図らす《（ママ）》も弥《いよいよ》開戦となつて始めて蘇生したるおもひ　ソコデ再び人間に舞ひ戻りて今度は俗中の俗たる新聞記者と相成申候」と、日露開戦を機に現実世界への関心を回復させ、「俗中の俗たる新聞記者」となった旨を述べている。もっともこの動機からもうかがわれるように、二葉亭が大阪朝日に入社したのは、それにつづく行で「当分当地にて所謂時局を研究罷在候」と記しているように、懸案の日露問題を探究、論評することが主たる企図であり、小説を書くつもりはなかったが、結局池辺三山の説得によって同年十月から『其面影』（一九〇六）を連載することになった。『其面影』は利己的な妻とその母の圧迫に苦しむ養子の男が、妻の異母妹との恋愛関係に陥っていく経緯を描き、代表作とされる『浮雲』（一八八七〜八九）と同じく近代の内省的な人間の孤独や苦悩を主題としている点で「俗中の俗」として意識される新聞の紙面にふさわしいかは、作者自身が疑念を抱いたところであろう。こうした傾向の作品が自分の本領であることもあって、二葉亭ははじめ小説の執筆を固辞しようとしたのだろうが、三山にすればその異色さが新聞小説に新局面を拓くものとして期待されたのかもしれない。

日露戦争終結後はポーツマス講和条約に対する失望感とともに、国家への不満が民衆の間に醸成されていくにつれて、明治三十九年（一九〇六）一月に日本社会党、日本平民党が結成され、三月には堺利彦主宰の『社会主義研究』が創刊されるなど社会主義運動の気運が高まっていった。また漱石を含め、島崎藤村、国木田独歩など新進の作家が登場してくるなど文化面でも新しい潮流が興ってきたことに対応すべく、三山は紙面の刷新を図ろうとしていた。日露戦争の陣中便りで文才を示していた渋川玄耳を社会部に迎えたのもその一環であったが、文芸欄においても見識の広さと知的水準の高さを持つ書き手を求め、二葉亭や漱石に白羽の矢が立てられることになった。それは卑俗なイメージによって捉えられがちであった新聞の世界に変革をもたらそうとする試みであり、結果として三山の企図は成功して『東京朝日新聞』はその知と文化を尊重する性格を獲得することになった。しかし二葉亭や漱石が抱いていた新聞に対するイメージが形成されていった明治二、三十年代においては、新聞はもっぱら「俗」の側に位置づけられる媒体であり、朝日にしても、自由党の政治家星亭《とおる》の機関紙であった『めさまし新聞』を買い取って『東京朝日新聞』が発足して以降は時事報道の比重を高めていくものの、元来は絵入りの通俗小説を売り物にするいわゆる「小新聞」のひとつにすぎなかった[5]。

明治十九年(一八八六)から『読売新聞』の文芸欄に寄与した坪内逍遙は、生計を立てることが困難であった江戸時代の戯作者と比べて「明治の今日は、其の頃と異にて、新聞屋といふ売口のある為に、文を売りて口を糊することとも、昔日よりは易けれど、さりとて供給に限なうして、需要には限あり」(「文学と糊口」『文学その折々』一八九一、所収)と述べ、新聞記者が何よりも売文の徒であると規定している。また新聞小説の性格についても逍遙は、新聞の読者が「匹婦匹夫」を含む「社会全体」であり、とくに若年層に大きな影響を及ぼすという前提から、「誰が読んでも同感」でき、「親子、兄弟が読んでも差し支へ」ないという大衆的な内容をもつことを求めている(「新聞紙の小説」一八九〇)(6)。新聞小説の性格を論じたものではないが、逍遙の論評から約十年後の明治三十四年(一九〇一)に出た正岡芸陽の『新聞社之裏面』(新声社)でも、「新聞は小六ヶ敷《こむずかし》い学問や、屁理屈はいらぬ、唯金なり」という身も蓋もない断定がされ、黒岩涙香率いる『万朝報』が当代一の人気を誇るのは「人心の弱点に乗じて、清濁是非、唯其喜ばんとする所を煽動し、刺激して事実に想像を加へて、読者の心を魔して、よく其感情を踊らしむることを主眼として居る」ことによるとされている。ここでは事実を正確に報道することさえ新聞社の隆盛の条件とされておらず、こうしたまさに「俗中の俗」としての世界に二葉亭も漱石も入っていくことになったのである。

『東京朝日新聞』明治四十年五月三日と『大阪朝日新聞』明治四十年五月四、五日に掲載された漱石の「入社の辞」には、帝国大学とは懸隔のある世俗的世界の住人となったことへの感慨がやや韜晦的に綴られている。ここで漱石は「大学を辞して朝日新聞に這入《はい》つたら逢ふ人が皆驚いた顔をして居る。中には何故だと聞くものがある。大決断だと褒《ほ》めるものがある。大学をやめて新聞屋になる事が左程に不思議な現象とは思はなかつた」と、内心で繰り広げられた迷いをやり過ごすような口調で語り出し、大学も新聞社も勤務先として大差ない、ともに卑俗な世界であるという論理を示している。

新聞屋が商売ならば、大学屋も商買である。商売でなければ、教授や博士になりたがる必要はなからう。月俸を上げてもらふ必要はなからう。勅任官になる必要はなからう。新聞が商売である如く大学も商売である。新聞が下卑《げび》た商売であれば大学も下卑た商売である。只個人として営業してゐるのと、御上《おかみ》で御営業になるのとの差丈《だ》けである。

このくだりで漱石はあえて世間的な眼差しと自身の実感を混同する形で、二つの職業を同列に置こうとしている。帝大から新聞社に移ることに皆が「驚いた顔」をするのは、この二つの社会的位置の間に落差があったからであり、それをともに「下卑《げび》た商売」として同列化しようとするのは、「教授や博士」といった肩書きへの執着が自身の内ですでに相対化されているからである。それは大学のなかで禄を食む生活をつづけていれば、学者としての達成とは必ずしも関わりなくやがて手に入れられる栄誉であり、それ自体が何よりも自己表現の実感を尊重する漱石にとっては「下卑た」ものとして受け取られた。おそらくこうした意図的な混同を交えることによって、新聞社という「俗中の俗」の世界に入ることを自身に納得させようとしたのであろう。

しかし東京朝日側はもちろん「下卑た商売」に染まってもらうためではなく、逆に新聞をそうしたイメージから脱却させるべく漱石を招いたのだった。それは入社後間もなく東京美術学校でおこなわれた「文芸の哲学的基礎」（一九〇七）という表題通りの哲学的な講演が、五月初めから六月初めにかけて約一ヵ月にわたって紙面に連載されていることからもうかがわれる。この講演の中心的な主題として語られる、人間が意識の連続として生きる存在で、その連続のなかで理想を生じさせていく際に、自身の特質に従って美、真、愛、荘厳といった理想の形を選び取っていく機構についてはここでは詳述しないが、その理想の類型のなかで「真」という価値に沿うとされる「文芸家」について、それがどれほど「閑人《ひまじん》」に見えようとも「生存の意義」という深遠な問題を探求している限りは、「のらくら華族や、づぼら金持のひま」と区別されるという自恃の念が打ち出されているのは、入社前に書かれた『二百十日』などと同じである。こうした知的責任を担う者としての強い「われ」の意識を、新聞紙面という「俗」の世界でどのように生かしていくかということが、「小説記者」となった漱石に当面の課題として与えられることになった。

5　『虞美人草』の曖昧さ

漱石の「小説記者」としての最初の小説作品である『虞美人草』（一九〇七）が東京と大阪の『朝日新聞』に姿を現したのは、彼が朝日新聞社員となって三ヵ月近く経った明治四十年（一九〇七）六月二十三日からであった。すでに前月二十八日にこの作品の「小説予告」が紙面に掲げられ、小宮豊隆と散歩をしている際に買った鉢に植わっていたのが「虞美人草」（ヒナゲシ）であったところから、それを小説の題にすることを思いついたという事情が語られている。この「小説予告」を打ったことにも見られるように、朝日側がこの漱石の入社第一作に期待するものは大きかったが、連載が開始されるとすぐに「虞美人草浴衣」や「虞美人草指輪」などがつくられ、駅では売り子が「漱石の虞美人草」と言いながら新聞を売るといった世間的な話題を呼ぶことで、その期待はとりあえず叶えられた(7)。夏目鏡子の『漱石の思ひ出』（前出）でも、三越から虞美人草を描いた浴衣が家に届けられたり、その模様のなかに小さい養殖真珠をはめた貧弱な指輪が「虞美人草」の指輪」として売り出されたりしたといった挿話が語られている。

『漱石の思ひ出』に「とにかく一生懸命で、外のことは一切手につかないといつた具合にこの作に打ち込んでこつて居つたやうです」と述べられているように、漱石自身もこの作品にかける意欲は大きく、教師業に煩わされることもなくなった時間とエネルギーをそこに傾注した。しかし世間的な評判の大きさとは対照的に、文壇的な評価は決して高くはなかった。片上伸《のぶる》（天弦）はこの作品における「叙写の事象」と一方に込められた道義を論じる「哲理」が「不釣り合ひ」であり、「その不釣り合ひが、作者が真面目であるだけに一層道化て見える」と断じ、またその比喩表現が総じて説明的で繁雑であり、「生気に乏しい憾みがある」（『早稲田文学』一九〇八・三）という不満をもらしている。小栗風葉は翌年の『三四郎』との比較から『虞美人草』が「無暗にや、こしく、分り切つたことをくど〳〵と六ケ敷《むずかしく》書き過してある」（『趣味』一九〇八・一二）作品でしかないと述べ、一方『三四郎』ではその失地が回復されていると評価している。また正宗白鳥は後年この作品で漱石が「才に任せて、詰らないことを喋舌《しゃべ》り散らしてゐるやうに思はれる。それに、近代化した馬琴と云つたやうな物知り振りと、どのページにも頑張つてゐる理窟に、私はうんざりした」と酷評している（「夏目漱石論」『現代文芸評論』改造社、一九二九、所収）。

現代においても、『虞美人草』を前近代的な勧善懲悪の思想によって作られた作品であり、「要するに、近代小説に慣れた視点から見ると、この作品はどうにも評価しようがない」（柄谷行人「『虞美人草』「解説」」[8]）とする否定的な見解が一般的である。漱石自身もこの作品について、労力を注いだ割には「どうも練れてゐない、垢ぬけがしてゐない、さうして匠気がある」といった不満を覚え、「人がほめるものがあれば、擽《くすぐった》いやうないやな顔」（『漱石の思ひ出』）をしていたという。こうした自他ともによる否定的な評価を覆すことは難しいが、重要なのは『吾輩は猫である』や『坊っちゃん』によって確立されたように見える漱石の小説家としての技量が、それ以降しばらくの間停滞していることで、この作品の失敗はその前の『二百十日』や『野分』のそれを引き継ぐ地点にもたらされている。小説作品としての成熟を阻害している要因がこれらの作品の間で共通だからである。

『虞美人草』は大学を優秀な成績で卒業し、博士論文の執筆を目論んでいる「小野さん」が、かつての恩師の娘である小夜子との縁談を破って、驕慢な美女である藤尾との結婚に向かおうとするものの、最後に友人の宗近の説得を受ける形で藤尾に背を向けて、再び小夜子との仲を復活させようとし、その事態を突きつけられた藤尾が憤死するという展開を辿る物語である。発表当初から現代に至るまで多くの評家が批判の矢を向けたこの作品の不自然な道義性は、もっぱら虚栄心に満ちた藤尾との関係を絶って、貧しい学究の娘である小夜子のもとに帰ろうとする小野の変心が、宗近という他者の語る「真面目」になれという言説に動かされる形で唐突になされることによってもたらされている。しばしば小説作品の興趣をなすこの〈回心（コンヴァージョン）〉の主題は、ここでは主人公の内面において十分醸成されないままに、ヒロインの死をもたらす決断として姿を現すのであり、そこでは彼にその決断をおこなわせている作者の手つきを垣間見せざるをえないのである。

『虞美人草』で藤尾への断罪として具体化されている道義性は、「華族や金持」に象徴される功利主義への嫌悪を語らせていた『二百十日』や『野分』のそれと基本的に連続しており、この時期の漱石がこうした形における「われ」の表出に駆り立てられていたことをうかがわせる。それがかえって作品の物語的な熟成を阻害していたのである。もっとも『二百十日』の圭さんや『野分』の白井道也と比べれば、『虞美人草』の小野は功利主義への接近を半ばはみずから実現しようとしていた点では、相対的には作中人物としての曖昧な存在感を帯びている。すなわち小野は圭さんや道也と違って、功利的なものを一途に嫌悪するのではなく、小夜子を棄てて藤尾との結婚を進めていこうとする中盤までの展開に見られるように、むしろある程度みずからそれを受容している。彼が藤尾との結婚に傾いていったのは、研究の道を究めるためには生活の安定が必要であり、彼女との結婚がその条件を叶えると見込まれたからである。それについて「十二」章では「詩人程金のならん商買はない。同時に詩人程金の入る商買もない。文明の詩人は是非共他《ひと》の金で詩を作り、他《ひと》の金で美的生活を送らねばならぬ事となる。小野さんがわが本領を解する藤尾に頼《たより》たくなるのは自然の数である。あそこには中以上の恒産があると聞く」と述べられている。

奇妙なのはここで、博士論文を完成させ、学者としての成功を目論んでいる小野の位置づけが「詩人」とされていることである。藤尾も甲野との会話のなかで彼を「小野さんは詩人です。高尚な詩人です」（十五）と語っており、この人物に与えられた学究としての設定が、文学に関わる表現者の比喩でもあったことを示唆している。

この設定の曖昧さにこそ、『虞美人草』が朝日入社後の第一作として書かれ、そこに入社直後の漱石の抱えていた内面の問題が映し出されている所以が見出される。作者の色濃い分身である小野に与えられた「学者」であると同時に「詩人」でもあるという規定の二重性は、とりもなおさず朝日新聞社に入社して作家専業となりながら、逆に自身の表現者としての拠り所を無化することになった漱石の自己認識の危うさと響き合うからだ。ここでようやく3節の冒頭に提示した、朝日入社によって漱石が長年希求した立ち位置に辿り着くとともに、自分の〈本来の居場所〉を失ったという思いを抱かされることになったという、アンビヴァレントな心情の問題に戻ることができる。

学者の余技ではなく、「維新の当士《ママ》勤王家が困苦をなめた様な了見」（高浜虚子宛書簡）のもとに自己の存在を賭けた創作に心血を注ぐには、教師業を廃して作家専業となるのは望ましい条件であったはずだが、そのために入った新聞社という場は、あくまでも大衆読者を相手として〈読まれる〉ための記事や小説作品を送り出しつづけねばならない卑俗さを伴う世界であった。漱石の「われ」が第一に功利主義社会への対峙を内実とする自我である以上、そこで生きることは自己実現の場を自己喪失の場にも転じさせかねない危険性をはらんでいたのである。入社前から予感はされていたこの危うさが、新聞社の社員となることで漱石の内に強く浮上してくることになったと考えられる。「博士」や「教授」といった社会的な称号、地位に何の未練もないと語っていたにもかかわらず、教職を離れた後に書かれた『虞美人草』で「博士論文」を書こうとする人物を主人公とし、さらにその翌年の『三四郎』では自身が去った東京帝国大学が作品の主要な舞台となるというアイロニーは、漱石のなかで〈学者〉としての自己認識があらためて召喚されていたことを物語っている。

この〈過去に帰る〉という逆行性は実際『虞美人草』の主題とも密接に関わっており、過去に棄てたはずの小夜子という女性を最後に取り戻そうとする小野の決意は、この図式と照応している。貧しい学究である小夜子の父は、これまで漱石自身が自認していた「学者ダカラ金ガナイノデアル」(「断片」一九〇六)という社会的位置の強調された比喩であり、だからこそ小野はその娘である小夜子を棄て、「恒産」が期待できる藤尾のもとに赴こうとしたのだった。しかしその功利的な姿勢はみずからを説得するものではなかったために、小夜子に象徴される「過去」が自分を追跡してくる感覚を小野は覚えざるをえないのである。

われは過去を棄てんとしつ、あるに、過去はわれに近付いて来る。逼《せま》つて来る。静かなる前後と枯れ尽したる左右を乗り超えて、暗夜《やみよ》を照らす提灯《ちょうちん》の火の如く揺れて来る、動いてくる。(四)

打ち遣《や》つた過去は、夢の塵をむく〳〵と掻き分けて、古ぼけた頭を歴史の芥溜《ごみため》から出す。おやと思ふ間に、ぬつくと立つて歩いて来る。打ち遣つた時に、生息《いき》の根を留めて置かなかつたのが残念である

が、生息《いき》は断はりもなく向《むこう》で吹き返したのだから是非もない。（九）

こうしたくだりに姿を現す、葬ったはずであるにもかかわらずしぶとく息を吹き返す「過去」は、明らかに小夜子という一人の女性に限定することのできない多義的なイメージを帯びている。その「打ち遣つた時に、生息の根を留めて置かなかつた」ものは、むしろ漱石の自我を裏打ちしていた学者的な同一性であり、それが教師業を廃した後になって「断はりもなく向で吹き返し」てきたのである。「打ち遣つた」はずの学者としての「過去」に関わる問題や設定が『虞美人草』や『三四郎』に現れるのはそのためであり、前者の主人公に「学者」と「詩人」の両義的な輪郭が付与されていたのも、その間のたゆたいが漱石自身の上に起こっていたものであるからにほかならない。

6　『夢十夜』の〈陰陽〉

そのように考えると、『虞美人草』が「小説記者」としての漱石の第一作であったにもかかわらず、処女作の『吾輩は猫である』や前年の『坊っちやん』などに見られたような、時代社会や自国をめぐる国際関係を揶揄を含めて映し出す性格が乏しくなっている事情を察することができる。この時期は〈学者〉と〈作家〉の間で漱石の自己同一性が揺らぎを見せていた移行期だったのであり、その模索に関心が注がれていたために、本来筆をもって立ち向かうべき現実世界への意識が低減しているのである。もっとも『虞美人草』における〈内面性〉は『二百十日』や『野分』のそれとはやや異質である。後二者が漱石の反功利主義的な「われ」の内実を露出させている点で〈内面的〉であったのに対して、『虞美人草』は「小説記者」としての自覚から同じ主題を勧善懲悪の枠組みのなかで物語化しようとしながら、切実なものとして浮上していた「われ」の揺らぎの問題性が盛り込まれたことが物語としての自律性を相対化しているという意味で〈内面的〉な作品となった。

したがって小野が藤尾に背を向けて小夜子のもとに帰ろうとし、藤尾が憤死する『虞美人草』の帰結は、新聞社という世俗的な世界の住人になってもなお、自身の基底にある功利主義社会を批判する学者的な自我を保持していこうという宣言にほかならなかった。そして実際晩年に至るまで、漱石のこの姿勢は保持されて作品世界を貫流しつづけることになるのである。

翌年に書かれた『夢十夜』（一九〇八）は、この時期の漱石の内面に起きていた自己同一性の揺らぎをさらに明瞭に浮かび上がらせた作品である。「夢」という体裁のもとに夢幻的な内容をもつ十の短篇を集成したこの作品は、伊藤整の「人間存在の原罪的不安」(9)や荒正人の「漱石における狂気、暗黒の部分」(10)といった評言に見られるように、漱石がはらんでいた深層世界をうかがわせるものとして『虞美人草』よりも高い評価と関心を現在まで集めつづけてきた。この作品の重要性はまず「夢」という個人の内的な世界を描き出す方向を取っていること自体にあり、そこに外部世界ではなく自身の内面に向かいがちであった当時の漱石の眼差しのあり方が表象されている。『虞美人草』とは対照的に、その内容と眼差しの一致によって『夢十夜』は完成度の高い作品となっているのである。

江藤淳は「原罪的不安」を挙げる伊藤整の論を受けて、ここに漱石が内在させていた「内部のカオスの世界」を眺め、この深層にうごめく重く暗い澱みの由来として、「ある絶対的な力、超越的な意志に対立する、人間の無力感の如きもの」を想定している（『決定版　夏目漱石』新潮社、一九七四）。しかし「断片」で「物神崇拝もキリスト教と同等である。信仰がある限り、すべては正しいのだ。信仰が伴わなければ、キリスト教にせよ仏教、回教にせよ、宗教は賢い人間が幻想の跳梁と空論の力に耽溺するべく巧みに作り出された発明物以上のものではない」（一九〇〇、原文英語・拙訳）と考察し、あるいは「自をすて、神に走るものは神の奴隷なり。神の奴隷たるよりは死する事優れり」（「断片」一九〇五、〇六頃）と書き付けた漱石が[11]、「絶対的な力、超越的な意志」との対比のなかで、自身の無力を感じ取っていたとは思いがたい。「内部のカオスの世界」を指摘する江藤の直感は正しいものの、その「カオス」すなわち混沌は漱石の宗教意識に由来するものというよりも、ここで眺めてきたように、〈学者〉から〈作家〉への移行期における、漱石の内面の揺らぎによるものにほかならないのである。

『虞美人草』からも汲み取られた、この時期の漱石が葛藤させていた二つの同一性の共在は、この作品の構成に強く込められている。つまりこの作品を織りなす十の夢は、かなり異質な色合いをもつ奇数章と偶数章の二つの系統の夢に分類することができ、それが漱石の内面の揺らぎ、葛藤と照応しているのである。総じて奇数章の夢では、人間の死に関わる主題が夢幻的な色合いの濃い雰囲気のなかで展開されていき、偶数章の夢では持続や反復の性質をもつ行為が、いささか喜劇的な色合いを漂わせて表象されることが多い。

前者の代表的なものとしては、「自分」の前に横たわって「もう死にます」と言う女に死が訪れ、「自分」は女が死の間際に口にした「百年待つてゐて下さい」という言葉を守って、彼女の墓の傍らで待ちつづけるが、ふと気がつくと百合の花が前に咲いていて、その花弁に口づけをした瞬間に「百年」が到来していたことに気づく「第一夜」や、夜道を歩く「自分」が背中に負っている盲目の子供に、「百年前」に「自分」に殺されたと言われると、急に子供が「石地蔵」のように重くなるという「第三夜」、あるいは「西へ行く」船に乗っている「自分」が、途中で嫌になって海に飛び込んで死のうとするものの、身体が船から離れた瞬間に「無限の後悔と恐怖」が湧き起こってくるという「第七夜」などが挙げられる。戦いで敵に捕らえられた男が死ぬ前に恋人との一度だけの再会を許されながら、やって来た恋人が崖の下に馬もろともに落ちていく「第五夜」や、夫のために妻がお百度を踏むにもかかわらず、その時すでに夫は浪士に殺されていたという、幕末を背景とする「第九夜」も〈死〉の色が濃い章である。

偶数章の夢としては、ひたすら座禅を組んで「悟り」を開こうとする「自分」が結局悟りに到達できずに終わる「第二夜」や、鎌倉時代の仏師運慶が仁王を刻むのを見ていると、見物人があれは木の中に埋まっている形を掘り出すだけだと言うのを聞いて、「自分」が家に帰って何度も試みるものの、仁王は見当たらなかったという「第六夜」、あるいは絶壁で豚の大群に追いつめられた庄太郎が、「洋杖《ステッキ》」で豚の鼻を叩きつづけて対抗するものの、結局豚に押しやられて顔を舐められてしまう「第十夜」などにその特徴がよく現れている。また老人が手拭いを蛇に変えると言ったまま川に入って姿が見えなくなる「第四夜」や、「自分」が床屋の鏡から見た女が百円札をひたすら数えつづける「第八夜」も、持続的、反復的行為の描出を含んでいる。

漱石が十の夢を奇数章と偶数章の二つの系統に分けていたことは、「第十夜」に登場する庄太郎が、「第九夜」を挟んで「第八夜」にも登場していたことや、悟りを開こうと奮闘する男の姿を滑稽味を交えて描く「第二夜」が、それを挟む「第一夜」、「第三夜」の夢幻的な色合いとは明らかに異質な趣きを備えていることなどからもうかがわれる。もちろん十の夢は必ずしも二つのタイプに截然と分けられるわけではなく、たとえば「第九夜」の女がするお百度参りは反復的な行為であり、「第四夜」の老人は川の中に消えてしまう点では彼岸世界に赴いたということができる。しかし全体の構成としては、奇数章と偶数章にそれぞれ異質な色合いの夢を交互に配しているといっても差し支えないだろう。漱石は翌年の『永日小品』（一九〇九）でも、過去の追憶と現在の身辺をめぐる挿話を数節ずつ交互に語っており、二つの異質な系統の話を交差させつつ語っていくのが漱石の技法のひとつになっていることが想定されるのである。

とくに『夢十夜』に特徴的なこうした作法の基底として想定されるものは、「陰陽五行」の思想であろう。陰陽五行とは木《もく》、火《か》、土《ど》、金《ごん》、水《すい》の五行にそれぞれ陰陽を配する考え方で、その組み合わせによって成るものが「十干」である[12]。すなわち十干には五つずつの陰と陽が存在することになるが、それはまさに〈陰〉的な奇数章と〈陽〉的な偶数章が五つずつ交互に合わさって成っている『夢十夜』の構成に相当している。若年から中国古典の文学と思想に通じた漱石は当然「陰陽」の考え方にも馴染んでいたはずであり、現に『彼岸過迄』(一九一二)には主要人物の敬太郎が会った女性占い師が彼の行く末を語るのに、「陰陽の理によって現われた大きな形」という表現が用いられている。また『夢十夜』と同年に書かれた『三四郎』には、熊本から東京に向かう列車に乗り込んでくる女の肌が次第に「黒」から「白」に変わっていったり、上京した先では「光の圧力」を研究する野々宮に対して「偉大なる暗闇」と称される広田先生がいたりといった形で、至る所に「陰陽」的な対照性が描き込まれているのである。また晩年の『明暗』(一九一六)は表題自体が「陰陽」を示唆していることに加えて、作中でも男女関係を「陰陽和合」になぞらえることの適切さが議論されたりしている。

『夢十夜』がカオス的な世界に映るのは、こうした「陰陽」的な対照性を周到に混在させているからであり、逆にいえばそのカオス性を微分すれば、この時期の漱石が内にはらんでいた対照的な方向性が浮かび上がってくるということでもある。すなわち〈陰〉をなす奇数章に繰り返し現れる〈死〉の要素は、学者としての自己を葬ってしまったという感覚を起点とし、一方〈陽〉に相当する偶数章を特徴づける持続的、反復的行為が、職業的作家として毎日原稿用紙を埋めつづける生に自己を宿命づけたという自覚に発するものであろうことは容易に察せられる。ちなみに陰陽五行思想における陰陽は〈闇―光〉〈水―火〉

〈女―男〉といった対照的な要素の結合であるものの、善悪のような価値の優劣をはらまず、相互に求め合うことによって世界を構成する点で等価であるとされるが、漱石自身においても、二つの系統の基底に想定される二つの同一性は、そのどちらもが彼の人格を構成する要素であった。むしろ両者が陰陽の対比のなかに配されることによってそのともどもの不可欠性が暗示されているともいえよう。

奇数章の基調を分かりやすく示しているのが「第七夜」で、「西へ行く」船に乗っているのが嫌になって海に身を投げるという展開が、英文学の研究を放棄するという選択を示唆しているとともに、身投げの瞬間に「無限の後悔と恐怖」に捉えられる感覚は、その選択への疑念として『虞美人草』に現れる「過去」に帰ろうとする姿勢と照応している。それを踏まえれば、「第三夜」の「自分」に殺された盲目の子供とは、すなわちもう一人の「自分」にほかならず、この殺された子供が自分の背中に取りついて重圧を与えている感覚が、英文学者としての自己を葬ったにもかかわらず、それが〈死ぬ〉ことなく自分のなかにとどまりつづけている、朝日入社後の漱石の内面の暗喩として見なされる。この盲目の子供が「百年前」に殺されたというのは、むしろその時間を未来に延ばして考えるべきであり、学者としての自己を葬った重荷を、これから「百年」にわたって負いつづけねばならないという予感の表出にほかならない。この章では「第七夜」よりも一層明瞭に、打ち捨てたはずの過去が息を吹き返して自分のもとに戻って来るというモチーフが打ち出されている。

興味深いのは、『夢十夜』が「夢」という個人の内的世界を主題としながら、その表象が国の次元にまで寓意的に拡げられる、漱石作品特有の側面をはらんでいることである。たとえば「第七夜」の「西へ行く」船に乗っている「自分」とは、英文学を専攻し、それを深めるべくイギリスに留学しようとする漱石を示唆するとともに、西洋文明の摂取によって近代化を図ろうとする明治日本の姿とも照応することはいうまでもない。したがって「自分」がその乗船に嫌気がさして身を投げようとするのは、その西洋志向の進み行きに対する批判としての意味を帯びることにもなる。また「第三夜」の「自分」に殺された盲目の子供とは、維新以降の近代化によって葬られた、西洋文明に〈盲目〉であった前近代の日本として見ることもでき、しかもそれがしぶとく生きつづけているのは、日本の近代化が表層にとどまり、内実においては強く前近代の影をとどめているという、「現代日本の開化」（一九一一）などで語られる漱石の文明観を暗示しているとも受け取られるのである。

7　大衆との対峙

奇数章に対して偶数章の夢にはそうした両面性は希薄で、教職を離れて作家専業という位置に就いた漱石があらためて意識することになった、この稼業によって生きていくことの重さが中心的に表象されている。「第二夜」の「悟り」を開こうとして開けない侍の姿は、ここで眺めた奇数章の特質と照らせば、専業作家として大衆読者のための作品を生産することを受容しようとしながら、その覚悟になかなか到達することのできない漱石の心性を語っているとも受け取られる。また注意を払うべきなのは、運慶が登場する「第六夜」のような創作に関わる章が散見されることである。「第四夜」の老人が手拭いを蛇に変えようとするのも、文字の連なりである原稿を、読者を魅了する物語に変えようとする漱石の日々の営為の比喩であるともいえ、しかも老人がその試みに成功しないのはその営為の困難さを物語っている。「第六夜」で話題とされるのも、単なる木材を「仁王」に変えようとする営為であり、やはり「自分」はそれに成功しないのである。

こうした、自分が日々小説を書き綴っていくことによって大衆読者を魅了する営為の困難さは、最後の

「第十夜」にも明瞭である。この末尾で絶壁に立つ庄太郎のもとには数知れぬ豚の群が押し寄せ、庄太郎は逃げる余地もなくそれに立ち向かわせられる。

此の時庄太郎は不図気が附いて、向ふを見ると、遙《はるか》の青草原の尽きる辺《あたり》から幾万匹か数へ切れぬ豚が、群《ぐん》をなして一直線に、此絶壁《きりきし》の上に立つてゐる庄太郎を目懸けて鼻を鳴らしてくる。庄太郎は心《しん》から恐縮した。けれども仕方がないから、近寄つてくる豚の鼻頭《はなづら》を、一つ一つ丁寧に檳榔樹《びんろうじゅ》の洋杖《ステッキ》で打《ぶ》つてゐた。不思議な事に洋杖《ステッキ》が鼻へ触りさへすれば豚はころりと谷の底へ落ちて行く。覗いて見ると底の見えない絶壁《きりきし》を、逆さになつた豚が行列して落ちて行く。自分が此の位多くの豚を谷へ落したかと思ふと、庄太郎は我ながら怖くなつた。けれども豚は続々《ぞくぞく》くる。黒雲に足が生えて、青草を踏み分ける様な勢ひで無尽蔵に鼻を鳴らしてくる。

ここで庄太郎のもとに「無尽蔵に鼻を鳴らしてくる」豚の群とは、明らかに飽きることなく面白い物語を求めてくる大衆読者の寓意であり、それに対抗するべく彼が鼻面を叩きつづけるための道具としている「洋杖《ステッキ》」とは、創作の道具である〈ペン〉の謂にほかならない。豚が欲望の象徴であることはいうまでもないが、それは漱石自身の〈性欲〉などを示唆するというよりも、構図からいってもあくまでも外側から押し寄せてくる欲望の主体と考えるべきであろう。『三四郎』の「一」章では、豚を縛ってその前に「御馳走」を置いておくと、豚の鼻がそちらへ向かって延びていくという話を広田先生がするが、その話の後で「まあ御互に豚でなくつて仕合せだ」と言うように、やはり漱石の分身である広田先生は、欲望を剝き出しにする存在である「豚」から自分を差別化している。『坊っちゃん』（一九〇六）では、「おれ」は宿直の夜に階上で騒ぎ立てる生徒たちを「まるで豚だ」と見なすのだったが、こうした欲望に動かされやすい集合的存在に対して「豚」のイメージが使われ、主体はそれに侮蔑的な眼差しを向けているのである。

　こうした「豚」のイメージが、面白い作品という「御馳走」を求めて押し寄せてくる新聞の大衆読者のそれと照応することは明らかだろう。忘れてはならないのは、漱石が決して大衆の味方的な存在ではなかったことで、むしろ「民ノ声が天の声ならば天の声は愚の声なり」「小人に可愛ガラレルハ君子の恥辱なり」（「断片」一九〇五、〇六）といった記述に見られるように、大衆を下に見る意識を持っていた。こうした意識は漱石が精読していたニーチェのそれを想起させるが、杉田弘子の『漱石の『猫』とニーチェ―稀代の哲学者に震撼した近代日本の知性たち―』（白水社、二〇一〇）では、こうした「小人」的な大衆への嫌悪が、ニーチェにおける「賤民」への憎悪と近似しており、漱石のなかにニーチェへの強い共感があったことが詳述されている。前節で引用したように明治三十八、九年（一九〇五、〇六）「断片」には「神の奴隷」であることを拒絶する心性が述べられ、あるいは「何が故に神を信ぜざる」「己を信ずるが故に神を信ぜず」といった記載が見られるように、総じて漱石は「神」という権威に対しては挑戦的であり、その点でも「神の死」を宣言したニーチェと比せられる。

　ただ杉田も指摘するように、漱石はニーチェの「超人」の思想には同調しておらず、『吾輩は猫である』では哲学者の八木独仙に「とにかく人間に個性の自由を許せば許す程御互の間が窮屈になるに相違ないよ。ニーチエが超人なんてものを担ぎ出すのも全く此窮屈のやり所がなくなつて仕方なしにあんな哲学に変形したものだね」（十一）と言わせている。そこに両者の差違が明確にあり、ニーチェの超人が人間を、人間にとっての「猿」に相当するものと見なそうとする（『ツァラトゥストラ』）ような超越的な意識は漱石自身にはない。小説家である漱石にとってあくまでも人間は表現の対象として尊重されるべき存在であったが、一方その関心は個々の人間の感情生活よりも、人間によって織りなされる国家、社会のあり方に傾いていたために、その点では漱石の意識は「民」や「小人」を軽侮する超越性を帯びていた。そうした意識の持ち主が新聞という大衆的な場に入っていくことで、その自覚に揺らぎを生じさせ、「小人」や「民」にほかならない大衆読者を相手とする日々の営為に重荷を感じざるをえなかったのである。豚の群に対峙する庄太郎の奮闘が挫折して顔を舐められてしまう「第十夜」の帰結にも、いずれ自分が大衆読者に蹂躙されることになるのではないかという予感が漂っているといえよう。

このように眺めると、明治四十年（一九〇七）の東京朝日新聞社入社を挟む二年間程は、漱石が外部世界よりも自身の反功利主義的な道義感や、学者から「小説記者」へと転身することがもたらす自己同一性の揺らぎなど、自身の内部世界に眼差しを向けがちな時代であったことが分かる。『夢十夜』と同じ明治四十一年（一九〇八）に書かれた異色の中篇『坑夫』も、それまでの尋常な市民生活を離れて炭鉱で働こうとした青年の回想の形を取って語られながら、そこにはこれまで取り上げてきた作品群と同様の問題性が流れている。ここで女性関係やそこに折り重なる家族との関係のしがらみに嫌気が差して銅山にやって来た語り手の「自分」は、飯場の労働者たちとともに過ごすものの、気管支炎に罹っていることが分かって坑夫としての労働に不適の診断を下され、飯場の会計係として数ヵ月働いた後に東京に戻って来るが、銅山の採掘場という地中世界を舞台とし、人間の性格の〈まとまらなさ〉を主題とすることが示されている点で、やはり〈内部〉への関心を基調とする作品である。

漱石は明治四十年の暮れにこの経験をした青年の訪問を受け、彼の話を素材としてこの作品を書いたが(13)、語り手の「自分」にはやはり漱石の分身としての輪郭が与えられている。家出をするように銅山にやって来た「自分」は、まったく異質な環境でそれまで出会うことのなかったような粗野な人びとと交わるが、これはやはり学究の世界を去って新聞という「俗中の俗」の世界に入ってしまった漱石自身の環境の激変と照応する設定である。「自分」は別に学者でも作家でもないものの、飯場の荒々しい連中と比べれば相対的には知的な、自分で「申し分のない坊ちゃん」（二十八）と規定するような世間知らずの青年である。しかもそのやや後には「坊つちゃん、学者、世間見ず、御大名」（三十）という列挙によって「坊つちゃん」と「学者」が同列の存在であることが示されており、「自分」が漱石自身への連続性を持つ語り手であることがほのめかされている。一方彼が接するようになる飯場の労働者たちは「ただの人間の顔ぢやない」（四十七）という動物的な獰猛さを湛えた連中であり、「自分」は彼らを初めは「敵」として受け取っている。彼らが群を作って「黒く塊つてゐる」様や、遠くにいても自分のもとに「そろそろ押し寄せて来さうな未来の敵」（五十一）として描かれる様は、『夢十夜』「第十夜」の豚たちのイメージと近似している。また労働者たちについて「なんでも敵に逢《あっ》たら敵を呑むに限る」（五十一）と記されているのも、豚たちに「洋杖《ステッキ》」をもって立ち向かう庄太郎の姿を想起させる。

こうした表現において、この異色に映る中篇が、自身の社会的居場所を大きく変えたことを動機とする同時期の作品群と共通した地平を分け合っていることが分かる。作品の前半部分で繰り返し言及される「性格なんて纏《まとま》つたものはありやしない」「自分丈《だけ》がどうあつても纏《まと》まらなく出来上つてる」といった認識にしても、これまでこの章で眺めてきた、自己同一性の揺らぎのなかに置かれていた、当時の漱石の内面が託されたものにほかならないだろう。そもそも家を出て気まぐれに坑夫たちの飯場に紛れ込んで数ヵ月を過ごしたという「自分」の語る経験に、こうした認識がふさわしいかどうかには疑問も抱かされる。この作品には明治四十年（一九〇七）の「断片」にかなり詳細な取材ノートが含まれているが、そこにはモデルとなった青年の内面的な〈まとまりのなさ〉にはまったく言及されておらず、この主題があくまでも漱石自身の内から抽出されたものであることをうかがわせる。少なくともこの認識が、自身の同一性の変容のなかで、その〈まとまらなさ〉を自覚していた漱石自身の感覚がなければ語り手に付与されなかったものであろうことは疑いない。

けれどもこうした外界よりも自身の内面にうごめく問題に眼を向けた〈内面の時代〉の作品においても、『夢十夜』に見られたように、個人の問題と重ね合わせて近代日本のあり方を問う側面が垣間見られた。この章では詳述しなかった『三四郎』においては、冒頭に「汽車の男」として登場する広田先生が口にする、日露戦争後の日本が「滅びる」宿命にあるという宣言に始まって、近代日本への批評的な眼差しが様々に込められている。ここから漱石は次第にその眼差しを再び外部世界に転じさせていき、『吾輩は猫である』や『坊っちゃん』を引き継ぐ軌跡があらためて辿り直されていくことになる。先に引用した講演「道楽と職業」は『夢十夜』や『坑夫』の三年後になされているが、ここでは「自己本位」でなければ務まらない職業として「芸術家」を挙げ、「私は芸術家と云ふ程のものではないが、まあ文学上の述作をやつて居るから、矢張り此種類に属する人間と云つて差支ないでせう」と語っている。創作家としての評価の確立とともに、漱石は非世俗的な学者でも大衆のための作家でもない、それらを止揚した「芸術家」という同一性を手にしたようである。そこに到達するまでの迷いと苦闘の跡が、ここで取り上げた作品群に映し出されていたといえるだろう。

Ⅲ 「非我」のなかの「真」

――『三四郎』『それから』の「気分」と「空気」

1 「我」と「非我」の関係

夏目漱石は東京朝日新聞社に入社した翌年の明治四十一年（一九〇八）二月におこなった講演「創作家の態度」で、職業作家となった立場からあらためて「創作家」すなわち小説作者のあり方について自説を披瀝している。この講演会は「時勢の必要に鑑《かんがみ》るところあり」（『東京朝日新聞』一九〇八・二・一一）という趣意から東京朝日主催によっておこなわれた連続文化講演会「朝日講演会」の第一回をなすもので、二月十五日に神田美土代町の青年会館で開かれている。池辺三山の趣旨説明につづいて社内からは漱石と杉村楚人冠《そじんかん》ら三名が、社外からは三宅雪嶺、内藤鳴雪ら三名が壇上に上がっている。字数にして六万字を超える漱石の長い講演は当初「作家の態度」と題され、後に『ホトトギス』に収載された際に現行の表題に改められたが、そこでは表題のとおり「創作家」がどのような姿勢で小説作品を生み出していくかが主題として語られている。そこで焦点化されているのは「創作家が如何なる立場から、どんな風に世の中を見るか」という問題であり、その提示につづいて次のように語られている。

だから此態度を検するには二つのもの、存在を仮定しなければなりません。一つは作家自身で、かりに之《これ》を我と名づけます。一つは作家の見る世界で、かりに之を非我と名づけます。是は常識の許す所であるから、別に抗議の出様訳がない。

「常識の許す所」とされているのは、作家が表現する対象が「世の中」へと敷衍される外部世界を指す「非我」であり、またそれは純粋に客観的に表現されるのではなく、あくまでも作家の「我」という主観を通過した形でしか作品化されないということである。これを前提としてその後の議論では、「我」がいかに「非我」としての外部世界を捉えるかという機構について、具体的な例を取りつつ語られている。たとえば知己であった画家の浅井忠とロンドンの街を歩いた際に、浅井は「どの町へ出ても、どの建物を見ても、あれは好い色だ、これは好い色だ、と、とう〳〵家へ帰る迄色尽しで御仕舞になりました」という様子であったが、それは画家の「我」が捉える「非我」が、色彩によって構成される外部世界であったということにほかならない。それにつづいて、ロンドンの下宿にいた老人がブリキの杓子を頻繁に拾ってくるが、漱石は外をいくら歩いてもそれを見つけることができず、そこから「此爺さんの世界観が杓子から出来上つてる」ことを見出したという例が挙げられている。

すなわち「町」「建物」「杓子」といった「非我」の事物が意識に捉えられるのは、それを主体の「我」が志向しているからであり、漱石的な「非我」が客観的な外部世界でありながら、同時に「我」の働きによって裏打ちされた対象であることを物語っている。いいかえれば「非我」がどれほど客観的な事物であっても、それが選び取られていること自体が主体の「我」つまり個性の表現となりうるということである。またその「非我」は当然ここで言及されているような愛着の対象に限られず、嫌悪を向ける相手であっても、そうした強い感情を喚起していること自体が主体の意識への関与の強さを傍証することになる。たとえば「隣りに醜くい女がゐる」という状況があったとしても、「いくら醜くつても何でも現に居るものは居るに相違ありません」という打ち消しがたい事実性をそれがはらんでいれば、描出の対象とせざるをえない。現に漱石はすでに『吾輩は猫である』で金田夫人という「醜くい女」に託す形で、現実世界を牛耳っている物質至上的な功利主義という「非我」の一端を描き込んでいた。

その一方で漱石は前章で眺めたように、「非我」を捉える主体としての「已れ」つまり「我」の強さを重視している。こうした形で漱石の創作はつねに独自の個性を持った眼差しによって外部世界を捉えるという姿勢によって営まれていくことになる。興味深いのはこうした「我」と「非我」が連結する構図が、前年の明治四十年（一九〇七）に刊行されていた漱石の英文学研究の主著である『文学論』の議論と重ねられることである。

漱石が一高と東京帝大を辞して作家専業となった明治四十年から一、二年の間は、その同一性が〈作家〉と〈学者〉の間で揺らいでいた時期であったが、現実にこの時期には新聞紙面によって小説作品が世に送られると同時に、職業としての〈学者〉でなくなったにもかかわらず、その営為が著述として結実していった。文科大学での英文学講義を聴講学生であった中川芳太郎が筆記したものを大幅に書き改めた『文学論』が大倉書店から上梓されたのは東京朝日に入社した翌月の明治四十年五月であり、二年後の明治四十二年（一九〇九）三月には十八世紀英文学を論じた『文学評論』が春陽堂から出されている。前者が英文学作品の表現を素材としつつ、文学表現の基本的理念とその基底をなす人間の意識的営為の機構を探る性格をもつのに対して、後者はアディソン、スウィフト、ポープ、デフォーら十八世紀文学の作者たちを対象として、彼らが同時代のイギリスの社会と人間をいかに捉えたかを作家論的に語っていく内容を中心としている。いずれも「我」によって「非我」を描くという漱石の創作理念と合致した内容をもち、図式的な分け方をすれば『文学論』は主体としての「我」の構造に、『文学評論』は対象としての「非我」の様相に重きが置かれた議論が展開されている。

『文学論』の議論の基本は、知られるように観念的焦点である「F」と情緒的要素である「f」の和としての「F＋f」が文学表現の条件をなすという考え方である。そしてこの図式がいかに具体化されていくかという問題が、主に英文学の作品に用例を取りつつ論じられていく。しかしイギリス留学中に書き溜められた哲学的、文化論的考察を、文科大学での英文学講義のために書き直したこの著作においては、論理の構築や用語の概念においてかなり錯雑とした様相が呈されている。「文学論」であるにもかかわらず、人間の意識の時間的変容に議論が集中する部分が少なくなく、Fとfの含意も一定していない。「凡そ文学的内容の形式は（F＋f）なることを要す」という冒頭の規定から逸脱して、多くの箇所でそれらは〈普遍的関心〉と〈個人的関心〉の意味で使われているが、『文学論ノート』としてまとめられているもともとの考察においてはむしろそうした意味で使われていた比重の方が高いのである。

「F＋f」の規定がおこなわれている第一編第一章の「文学的内容の形式」においても、すでにFの内実として「冒険」「恋愛」「金銭」といった個人的関心から「攘夷、佐幕、勤王」といった時代的潮流まで幅広い対象が挙げられ、「花、星等の観念」という冒頭の例示からの逸脱を示している。本来「F＋f」としての表現は、「花、星」のような自然の事物を詩人が独自の表現によって彩りつつ作品として結実させるような事例を指している。漱石が愛好したスティーヴンソンの叙述を一例に取れば「The ground was hard as iron, the frost still rigorous」（「地面は鉄のように堅く、冷気はまだ厳しかった」『ジョン・ニコルソンの不運』）といった「F＋f」の表現によって、凍てついた冬の光景のイメージがもたらされることになる。

こうした自然の事物から時代社会的な出来事、潮流に至るまでFが適用されるのは、『文学論ノート』の軸をなす思想的考察を文学表現に振り向けたことに加えて、やはり漱石の表現者としての関心の広さに依るところが大きい。出発時においては『吾輩は猫である』（一九〇五〜〇六）や『坊っちゃん』（一九〇六）のような社会諷刺的な作品を書き継ぐ一方で、『倫敦塔』（一九〇五）、『幻影の盾』（一九〇五）や『草枕』（一九〇六）のような夢幻的な趣きの中短篇群を送り出していたのであり、Fの含意の揺れも漱石が現実的な世界と詩的な世界の両方に生きうることから生まれてきている。しかしスティーヴンソンの文例が含まれる章の表題が「fに伴う幻惑」であるように、いずれにおいても表現の対象であるFはfの感性的修辞によって作者個人の色合いを付与されるのであり、それは「創作家の態度」における「非我」と「我」の関係に照応している。いいかえれば漱石の理念のなかでは修辞の主体としての〈我—f〉はあくまでも〈非我—F〉を言語化するための装置にほかならないのである。

2　気分による相互浸透

見逃せないのは、『文学論』におけるFが基本的に外部世界に存在する普遍的、一般的な事物や事象を指しているにもかかわらず、一方では前節で挙げたような個人的関心に適用されていることである。例に取られている「冒険」や「恋愛」にしても、外界の自然や他者が相手になるにしても、それ自体は個人の精神性に発する行為であり、むしろfの地平に置かれる事例であるといえるだろう。これは「花、星等」がFの端的な例として挙げられている冒頭の定義と矛盾をきたすようにも見えるが、それが漱石にとっては自然な展開として提示されているのは、Fとfの間に反転的な関係が存在するからである。すなわち情緒的要素として位置づけられるfは、いいかえれば人間の感情的作用の表出でもあるが、それはあくまでも外界の事物や事象を受容する過程に現れる営為にほかならず、その時fはFの浸透を蒙り、Fによって満たされることになる。たとえば富士山の美しさに感動するのは個人的感慨であったとしても、それはその場にいた人びとと共有しうる感慨でもあり、それが普遍化した時には〈富士山の美しさ〉はfというよりもFの領域に置かれることになる。もちろん〈富士山の美しさ〉ははるか往古に概念化されたFであり、そのFを内在化させていることが個人的感慨としてのfを導き出す前提として働いてもいる。

こうした内面と外界の相互浸透は「冒険」や「恋愛」においても当然成り立ち、さらに時代社会的な事象においてはFとfの反転性が一層明瞭である。たとえばある政治的体制に対して肯定の姿勢を示すか、否定の意志を示すかの個人の選択は、いずれにしても何らかの潮流への参与という形を取るために、そこでは個人のfは集合的なFの一単位をなすことになる。「文学的形式の内容」で挙げられている「攘夷、佐幕、勤王」はその代表的な一例だが、『文学論ノート』に含まれる「F＝n・f」という等式はその入れ子的な機構を表現するものにほかならなかった。

こうした相互浸透的な関係は、時代のある地点において共時的に生起するだけでなく、時間的推移の次元においても成り立つ。ウィリアム・ジェームズやモーガンの論理の影響下で、漱石は人間の意識的な焦点が時間の推移につれて波が動くように変化していくことをよく了解しており、『文学論』の「文学的形式の内容」の章でもその議論が姿を現している。こうした意識的焦点つまりFの時間的変容は集合的な次元でも当然生起するのであり、第五編第五章の「原則の応用（三）」では「男女の愛」のうつろいやすさという例を示した後に、「歴史」に話題を移してフランス革命がもたらされた経緯について、それが決して突然出現した事象ではなく、民衆は「五十年前既に貴族の面上に無形の唾を吐き、三十年前権責の背を心中に打ち、十年前脳裏の断頭台に王者の首を刎《は》ねるたるやも知る可《べ》からず。仏国革命は有史以来の絶大反動にして、又有史以来の漸移的運動ならずんばあらず」と述べられている。すなわち前代未聞の大革命であるフランス革命は一面ではあくまでも「漸移的運動」なのであり、それがもたらされる胚珠が民衆の間に十分醸成されていたということである。またここではそう語られていないものの、王制に対する反撥はもちろん個々の人民に分有された感情でもあり、それが束ねられることによって革命に至る民衆のうねりが生み出されたという入れ子関係が想定されているだろう。

漱石の作品に繰り返し見られる、主人公を同時代の日本の雛形とし、彼を作中の人間関係のなかで動かしていくことによって物語を構築しつつ、そこに日本と他国の関係を透かし見せる手法は、こうした論理と照らし合っている。人間は外界の事物や事象に浸透されやすい存在であり、しかもそれがほとんど無意識の次元でおこなわれる機構を漱石が「Suggestion（暗示）」という言葉で表現し、それに対して詳細な論及をおこなっていることについてはこれまでも言及している。『文学論』第五編第二章の「意識推移の原則」では、FがF′に移行するには、Fに即応する意識状態である「C」が外界からの刺激である「S」を受けてC′に変容することが必要であり、その間には明確な形を結ばない中間的なⒻも生まれているという議論がなされていた。

明らかなことは、漱石にとっては人間の自我はあくまでも外界の事物や事象から何らかの刺激を蒙り、それが「暗示」として意識に作用することによって形成されていくということで、外界との交渉なしに確立されていく自我という観念は抱かれていない。これはいうまでもなく経験論的な自我観であり、『文学評論』第二編の「十八世紀に於ける英国の哲学」ではその代表的な哲学者の一人であるヒュームの主著『人性論』の要諦が次のように紹介されている。

彼の説によると、吾人が平生「我《イゴー》」と名づけつ、ある実体は、丸で幻影の様なもので、決して実在するのではないのださうである。吾人の知る所は只印象と観念の連続に過ぎない。たゞ此印象や観念の同種類が何遍となく起つて来るので、修練の結果として、此等の錯雑紛糾するものを纏《まと》め得る為めに、遂に渾成統一《こんせいとういつ》の境界《きょうがい》に達するのである。

漱石が的確にまとめているように、ヒュームの思想においては人間の観念は決して天与のものではなく、内面化された知覚作用の習慣的な堆積の結果にほかならず、倫理観さえも共同体の他者との共感という感情作用を基盤としているとされる。漱石はこうした「神とか不滅とかを口にするのは不法である」とするヒュームの姿勢を「懐疑派」と位置づけつつ、「こんな方面から物を見、物を考へて煎《せん》じ詰めて行くと、矢張りヒユームの様な結論に達しはせぬだらうか」という同意を表明している。それが示唆するように、外界の刺激を受け取りつつ営まれる意識作用の結果、自我の支えとなる価値や関心すなわちFが形成されるという漱石の論理は、明確にこのヒュームの自我観との重なりを示している。

また漱石がヒューム以上に影響を受けたウィリアム・ジェームズの思想はヒューム的な経験論哲学の末流であり、プラグマティズム（実際主義、道具主義）の代表と称されるように、そこでは人間の自己（Self）があくまでもそれ自体として存在するのではなく、「もっとも広義においては人が自分に属するといいうるすべてのものの総和」であり、そこには身体や心的な力のみならず家、家族、祖先、友人や自身の名声や仕事、さらには所有する土地や馬、ヨットに至るまでが含まれるとされる（『心理学の諸原理』(1)）。ジェームズの理論では人間の自己は底辺に肉体的自己を、頂上に精神的自己を持ち、その間を種々の社会的自己が埋めていくことによって成り立つとされるが、自身の心的傾向として捉えられる精神的自己さえも、意識の内奥として想定される自我（Ego）によって対象化される外部性を持ち、一方その自我は必ずしも永続不変の起点ではない。その自我自体が物質性を帯びた自己の取り込みによって変容を蒙るからであり、絶え間なく更新される過去を意識する主体の連続性といった次元でしか主体的な自我は仮構されないことになる。

漱石の自我観とそれに基づく文学理論は、こうしたヒューム的な経験論やジェームズ的なプラグマティズムの影響下に構築されている。ここであらためて見直すべきなのは、漱石が「近代的自我」を否定的に追求した文学者であるという通念であろう。江藤淳は「明治の一知識人」（『決定版　夏目漱石』前出、所収）で漱石を、儒学的な「天」の思想に支えられていた漱石の自我が、「儒学的世界像の崩壊」とともにその支えを失って裸形を晒すことによって「耐えがたいもの」として受け取られ、そこから「自己処罰の欲求」をみずからに課す人物たちを描くことになったと語っている。また山崎正和は『こゝろ』（一九一四）を論じた「淋しい人間」（『ユリイカ』一九七八・八）で、「近代的自我」を「何よりも主体性を本質とするもの」であるとし、『こゝろ』の「先生」が口にする〈淋しさ〉がこの主体性の追尋による「純粋化」が過剰に図られた結果であるとしている。両者の視点は異質であるものの、いずれも〈近代〉との出会いによって自身の自我を否定的に意識するようになったと見る点においては共通している。

しかし少なくとも漱石が〈近代〉の言説として受け取った西洋思想は山崎のいうように自我を「純粋化」するのではなく、逆に社会的な文脈のなかに解消するものであった。また江藤の自我観はここでの把握と重なるものの、漱石にとって「儒学的世界像」は決して「崩壊」したのではなく、功利社会を批判する起点として生きつづけていた。むしろそれを基底として築かれていた漱石の自我の強固さを相対化するものが、ヒューム、ジェームズ、モーガンらの言説だったのである。

漱石が学んだ哲学や心理学の言説では、人間の自我はむしろ外部世界との交渉のなかでどのようにも変わりうる可変的、可塑的な存在であり、〈我―f〉と〈非我―F〉の間に反転的な関係が想定されるのも、結局前者が後者の浸透的受容の結果としてもたらされるからであった。重要なのは「創作家の態度」において、両者を相互浸透させる契機として「気分」が挙げられていることである。とりわけ象徴的表現の基底にあるものとしての気分に言及され、自身の気分に即応した対象を「客観的なる非我の世界」に見出そうとすると、それを喚起する象徴を用いざるをえないとされる。

　要するに象徴として使ふものは非我の世界中のものかも知れませんが、其暗示する所は自己の気分でありますす。要するにおれの気分であつて、非常に厳密に言ふと他人の気分ではない、外物の気分では無論ない。

（傍点原文、「創作家の態度」）

このように述べて、象徴表現が曖昧な気分を外在化する手立てであることが示されている。ここではとくに具体的な例が取られていないが、たとえば〈熱い炎〉と〈暗い闇〉はともに人間の内面を仮託した象徴的ないし比喩的表現としてありうるが、その背後にあるものが主体の対照的な気分であることはいうまでもない。しかしこうした象徴や比喩を使うことで自身の気分を外在化することができるのであり、その点でこの場合〈炎〉や〈闇〉は外在物すなわち「非我」でありながら「我」の等価物でもあることになるのである。

　気分の本質を探究したオットー・ボルノウは、気分を明確な外的対象をもたない内的様態として、外部世界への志向性の明瞭な感情と区別している。その典型が「不安」であり、喜びや希望が具体的な照応物をもつ感情であるのに対して、不安はむしろある状況に置かれた自己がその欠如を、いいかえれば「無」を漠然と感受することによって生まれている。そしてその「無」は自分が本来あるべき姿を満たしていないという認識に根付いており、不安は人間をその非本来性の状態から救い出し、本来の自己を取り戻す契機でもあるとされる（『気分の本質』[2]）。

ボルノウの理論は人間を「世界内存在」として捉え、人間は気分を通してこそ世界に投げ出された自己のあり方を知ることができるというハイデッガーの理論を強く踏まえ、その引用が頻繁にされているが、ハイデッガーの考察がもっぱら不安に限定されているのに対して、ボルノウは喜びや悲しみ、陶酔や恍惚といった多彩な気分的状態を例に取りつつより多角的な次元で探究をおこなっている。しかし方向性の明確な感情と差別化されるその曖昧な志向性が、人間が自身の置かれた状況を身体的に感受することによってもたらされているとする点では両者は共通している。気分が、人間が「世界内存在」であることを気づかせる契機となるのは、それが人間と外界を結ぶ機縁だからであり、個人の気分が多くの場合外界に流れているある色合いをもった空気を浸透させることによって生まれているというのは常識であろう。

漱石自身が気分という言葉を講演で用いている背後には、直接的には当時日本に森鷗外や島村抱月らの紹介によって反響のあったリップスやフォルケルトらの感情移入美学の取り込みがあると考えられる。明治半ばから日本でも知られるようになったこの理論においても、自己は美的な対象に移入することによって自他の境界を曖昧にした情調や気分のなかに生きるとされている[3]。いずれにしても気分が自己と外界を結びつけ、重ね合わせる契機であるとすれば、それを形象化した象徴や比喩はおのずとひとつの状況下における〈我―f〉と〈非我―F〉を統合する機能をもつことになるといえるだろう。

3 自然主義との関係

「創作家の態度」で漱石が挙げている、気分を仮託された「象徴」は、単に叙述中に現れる個別の表現を指すにとどまらない意味を帯びている。すなわち文芸や芸術の作品そのものが人間精神の象徴であり、そこには作者と時代社会に共有される気分が込められているからだ。漱石の作品自体がその代表的な例であることはいうまでもなく、そこには日露戦争時からその後の日本社会を生きる作者の気分が動機として作動しているとともに、それが託された主人公を中心とする登場者たちの行動や内面には、同時代の日本社会を流れる気分が映し出されていた。たとえば『坊っちゃん』(一九〇六)の「おれ」の威勢の良さには日露戦争の戦勝後の昂揚感が浸透していると同時に、彼の分身的存在である「うらなり」のひ弱さは、外交面で西洋世界に対等に渡り合えない日本の無力感を示唆してもいた。あるいは『吾輩は猫である』(一九〇五〜〇六)の苦沙弥先生の偏屈さが、彼が対立している金田一党に代表される功利主義を嫌悪する作者の気分の具現化であるとともに、彼の生活者としての卑小さはその功利主義の支配力の大きさをほのめかしてもいたのである。

こうした描き方はとりもなおさず時代的な気分の形象化を通した作者の外部世界への把握、認識の形にほかならない。「我」によって「非我」を描くという漱石の理念は、いいかえれば気分によって両者が結びつけられる様相を浮かび上がらせるということであり、そこに「真」を描くというもうひとつの理念との連携が生まれてくる。東京朝日入社直後におこなわれた講演「文芸の哲学的基礎」(一九〇七)では、漱石は人間が意識的営為の分化の過程で活動の領域に応じた種々の理想を生じさせていくという前提を語った後に、「現代文芸の理想が美にもあらず、善にもあらず又荘厳にもあらざる以上は、其理想は真の一字にあるに相違ない」と断言している。この文芸における「真」のあり方について、漱石は人生の機微をアイロニカルに摘出したモーパッサンやゾラの作品を引き合いに出しつつ、それらに対しては「探偵と同様に下品な気持がします」と否定的な評価を与え、美や道徳といった他の理想と連携しつつ社会に対する「感化力」をもつような作品にこそ本当の「真」が込められているという見解を示している。

「創作家の態度」でもやはり「真」を描くことが重視され、「真を目的とする以上は、真を回避するのは卑怯であります。露骨に書かなければなりません」と語る一方で、作者の主観がより強く押し出された「善、美、壮を叙して之《これ》に対する情操を維持しもしくは助長する文学」も、ひとつの文学のあり方として肯定されている。これは漱石自身がここで示している、創作における「非我」と「我」の二極性と照応した分類であるといえるだろう。文学作品に込められた「真」が「非我」つまり所与の現実世界のあるがままの様相を指すのに対して、「善、美、壮」といった他の理想ないし価値は、それを読者に訴えかけるための修辞による所産であり、その技法に作者の「我」が現れることになる。

こうした議論からも、この講演における「非我」と「我」の互いを支え合う対照性が、『文学論』での「F＋f」の理念を創作行為の地平で捉え直したものであることが確かめられる。見逃せないのは「創作家の態度」でこの二種の文芸のあり方に「自然派」と「浪漫派」という、日本で営まれていた文学的な流派の対比が照応させられていることで、その構図においては「非我」の世界における「真」の描出を重んじる漱石は「自然派」に属することになるのである。通念的には反自然主義の立場を取ったと見られがちな漱石だが、現実のありのままを直視しようとする自然主義の方法に対して決して否定的ではなく、むしろ理念的にはその近傍にいたといってよい。たとえば同時期の談話「『坑夫』の作意と自然派伝奇派の交渉」（一九〇八）ではっきりと次のように自然主義への共感が語られている。

自然主義の議論も色々出た。解釈もさま〴〵ある。私も一々見たんではないが、見た限りぢや何《いず》れも面白い。所で世間では私を自然派と目して居らん。自然主義を主張する人は、間接に私を攻撃して居る様に外見上見える。この意味から云へば、私は夙《とっく》に弁じて居なければならんのだ。けれども今迄何にも云はない。云へなんだのかも知らんが、まア云はなんだ方だ。何となれば私は自然派が嫌ひぢやない。その派の小説も面白いと思ふ。私の作物は自然派の小説と或る意味ぢや違ふかも知らんが、さればとて自然派攻撃をやる必要は少しも認めん。

「創作家の態度」でも「自然派」と「浪漫派」の「双方共大切なものであります」と語られ、「名前こそ両種でありますから自然派と浪漫派と対立させて、塁を堅ふし濠を深かうして睨《にら》み合つてる様に考へられますが、其実敵対させる事の出来るのは名前丈《だけ》で、内容は双方共に往つたり来たり大分入り乱れて居ります」と、両者の間に相互の重なりがあることが指摘されている。これは半ばは自身の作品に対する評価であり、漱石の作品自体が両面を備える形で成り立っていることに加えて、理論的な言説もその二面性を跡づけていた。実際「真」の表出を重んじる漱石の姿勢は、同時代の自然主義と基本的な同調を示している。前節で感情移入美学の紹介者として言及した島村抱月は自然主義の代表的な理論家でもあったが、「文芸上の自然主義」(『早稲田文学』一九〇八・一)で写実主義や理想主義と対比させつつ次のように明言している。

写実主義は現実を写すを目的とするといひ理想主義は理想を写すを目的とするといふ。然るに自然主義はひとり真(Truth)を写すといふ。真といふ語は自然主義の生命でありモットーである。自然主義から言はすれば、理想といひ現実といふ語はまだ浅い、第二義の役にしか立たぬ。なまなか理想といふが為に、狭隘な個人の選択技巧を自然に加へて、厭悪軽蔑の念を生ぜしめる。なまなか現実といふが為に、外形に拘泥して深奥な自然の味に触れ得ない。此等の上に立つて、第一義の標的となるものは真に外ならぬ。文芸の目的は真を写すにある。

他の自然主義の批評的言説においても、長谷川天渓は「幻滅時代の芸術」（『太陽』一九〇六・一〇）で、現代を自然科学の進展が旧弊な自然観を覆し、日露戦争が西洋優位の幻像をうち砕いた「幻滅時代」として捉え、その「幻滅時代の世人が欲《もと》むる物は、真実を描きたる無飾芸術なり」と述べ、片上伸《のぶる》（天弦）は「未解決の人生と自然主義」（『早稲田文学』一九〇八・二）で現実生活の苦悶の表白こそが自然主義の基底であり、「苦悶すべき現実生活の真相を離れて、苦悶の表白は無意義である。自然主義の文学は、かくの如くして苦悶すべき現実世界の真相を表現する」と主張していた(4)。

こうした理念的な共通性が見られるにもかかわらず、漱石は自然主義の文学者たちから批判的に眺められることが少なくなかった。なかでも漱石に辛辣であったのは前章でも取り上げた正宗白鳥で、たとえば『それから』（一九〇九）について「作者の頭は自在に働いて、恋愛心理の経過に於ても、へまなことは書いてゐないのだが、どこまで行つても理詰めな感じがする」と述べている。作品全般についても、人間心理に精通していることに感心させられるものの「いつも実感が欠けてゐて、生な人間らしいところが欠けてゐるので、強く胸を打たれることがない」と批判するように、総じて漱石作品が知的操作の産物として「理詰め」に構築されているために、生きている人間の強い実感が伝わってこないという不満を語っている（「夏目漱石論」『現代文芸評論』前出、所収）。田山花袋も漱石の描く人物が「深い個性に入らずに、類型の程度に留つて居る」ために、その心理描写についても「作者の想像した一般的類型的の心理で、作中人物の個々の心理ではない」という物足りなさを指摘している（「描写論」『早稲田文学』一九一一・四）。

総じて彼らが漱石に不満を覚えるのは、作品が意識的、技巧的につくられることで、個々の人物の現実的な存在感が希薄に映るからである。その根底に想定されるのは島村抱月が初期作品について「作者は何もかも知りぬいてゐながら、皆さらけ出すことをせぬのである。眼の前へありのまゝに列《なら》べることをせぬのである。知りぬいてゐながら、懐手をして見てゐるのである」（「文壇最近の趨勢」『ホトトギス』一九〇八・二）と述べるような、距離を置いて現実を眺めるかのような叙述の姿勢であった。それは「大人が子供を眺める」という漱石の「写生文」（一九〇八）の理念とも合致する、半ばは自身が意識的に取った方向性であり、それゆえ漱石は自他ともに認める「余裕派」であった。しかしむしろそこにこそ、ともに現実世界の「真」を捉えることを主眼としていながら、漱石が自然主義の作家たちと差別化される所以が見出されるといえるだろう。つまり漱石が現実世界に対して取っているように映る距離は、時代社会を象徴すると同時に自身にも浸透している気分をすくい取るために必要な装置であり、それを形象化する形で個別の人間や事象を描くことで、同時代の国や社会の姿を透かし見せることができるのだった。しかしその分登場人物の姿や感情は具体的な生々しさを減じさせることになる面が生じることにもなるのである。

漱石作品についてしばしば指摘される、展開の不自然さや登場人物の行動の唐突さも、こうした手法によってもたらされている面が大きい。主人公たちはひとつの状況のなかに置かれた個別の存在であるとともに、作者と時代社会の間に相互浸透している気分の象徴として〈つくられる〉ために、『門』（一九一〇）の宗助の参禅や『こゝろ』（一九一四）の先生の「殉死」のような、生身の人間としては奇妙にも映る振舞いを示すことが少なくない。しかしそうした手法によって、漱石作品にはつねに同時代の日本のあり方に対する把握が込められ、そこに漱石が創作家として探求した「真」が現れていた。また第三部の各章で詳しく見るように、我々後世の読者はその表現を通して、功利主義や帝国主義に覆われていた明治日本のあり方を看取することができるのである。

4 「自然派」と「浪漫派」

こうした表出の姿勢を持続的に作品に込めつづけることで漱石は「国民作家」となっていったが、そこで追求される「真」が外部世界を統一的にまとめ上げる形でもたらされるものであることは『文学論』でも明言されている。文学的認識と科学的認識の差違が論じられた第三編第一章の「文学的Fと科学的Fの比較一汎」では、後者が自然という対象に対する「解剖」の所産であるのに対して、前者は外部世界を「綜合」した結果であるとされる。この「綜合」の例として「吾邦の俳句が僅かに十七文字の制限のうちに生存しながらもよく描写の方面に文学的効果を奏し得る」ことが挙げられているように、漱石がもともと自身の気分と響き合う外部世界の姿を「十七文字」に摑み取る俳句の作者であったことが、作家になってからもその基底で作用していたことが考えられる。

俳句はもっぱら叙景を機軸としているが、そこにはその時点での作者の気分が底流しており、それをほのかに感じさせることが句の味わいをなすことになる。たとえば芭蕉の「閑《しず》かさや岩にしみ入る蟬の声」の句は、「蟬の声」によって一場の光景が「綜合」されているとともに、その騒がしさを逆に「閑かさ」として受け取る作者の澄明な気分を浮かび上がらせ、そこに自然との親和を愉しむ作者の精神が看取されるのである。俳句こそが外部世界という〈非我―F〉と作者の内面という〈我―f〉の直感的な統合によって成立する形式であったが、その表現の表層を占めるものはあくまでも外部世界の一断片である。その点で俳句は部分によって全体を代表させる提喩表現の一形態として眺められるが、小説作品にしても、そこで描かれる人物の姿・行動やそれらが織りなす出来事は時代の雛形としての意味をもち、やはり堤喩的な機能を果たしうる。とくに漱石はそうした手法によって作品を構築することで、時代社会の「真」を捉えようとする姿勢を出発時から取りつづけた。

一方自然主義の作家たちが追求する「真」はそれとは別個の次元に置かれるものである。彼らの重んじる「真」は人間を内側から動かしていく否応ない力のことであり、性欲が重要な主題のひとつになったのはそのためであった。ある意味では明治十年代の終わりに坪内逍遙が『小説神髄』(一八八五～八六)でおこなった、どれほど上辺を取り繕った紳士であっても、その内側にはどろどろとした情欲が渦巻いており、その様相をありありと見えさせるのが小説家の仕事であるという主張を成就することになったのが明治四十年代以降の自然主義文学であった。その代表的な作品となった田山花袋の『蒲団』(一九〇七)の主人公は、神戸から上京してきた若い女の弟子に執着し、彼女を追うようにやって来た恋人の男に嫉妬し、彼女が去った後は残された蒲団にその残り香を嗅いで「性慾と悲哀と絶望」に捉えられる。面白いのは主人公の竹中時雄が芳子という弟子に性的な執着を覚えれば覚えるほど、その言動が逆に倫理的になってくることで、彼女の恋人にも、彼の本来の仕事である牧師の道を歩むことをもっともらしく勧めるのだった。

その乖離にこそ逍遙の唱えた人間の二面性と、欲望に動かされる「真」の姿が露呈されることになる。島村抱月の評論でも「現実を現実として最も真に写さんには一切人工虚飾の分子を擺脱《はいだつ》するを要する、赤裸々の人間、野性、醜、描いてこゝに至れば、最も真に近づく」(「文芸上の自然主義」)と述べられていたが、私小説の起点ともなる作者と主人公の極端な接近は、こうした次元における「真」を満たすための条件にほかならなかった。もっとも哲学者の川合貞一がこうした見解に対して、いくら現実を赤裸々に描き出そうとしても「人生の一断面を描き出すより他に途はな」く、「さうして出来上がりたるものは、最早ありのまゝの現実ではなくして、作家の主観によりて着色せられた偽なる現実である」（「自然主義」『時事新報』一九〇八・五・二〇）と批判したように、摘出しようとするものが人間の醜悪さであったところで、それが鮮明に現れているとすれば、そこにはそれを焦点化するための技巧が施されているからであり、今見たように『蒲団』にしてもそうした技巧を認めることができたのである。

花袋の『蒲団』と比べれば同じ自然主義の代表的な作品であっても、徳田秋声の『あらくれ』（一九一五）や岩野泡鳴の『耽溺』（一九〇九）が前景化させているのは、物質的あるいは性的な欲求に動かされやすいために周囲との人間関係に軋轢を生じさせがちな人物の姿であり、その具体性から人間の「野性、醜」が観念的に焦点化される度合いは高いとはいえない。いずれにしてもそうした問題性を含んだ現実の模像を提示することに彼らの「真」の追求があったのであり、そこから眺めれば外部世界を「綜合」的に捉えようとする漱石の手法が人工的なものに映ったのは当然であった。

「創作家の態度」の講演がおこなわれ、抱月の「文芸上の自然主義」などここで言及した評論の何点かが書かれた明治四十一年（一九〇八）における漱石の主要作品である『三四郎』に、自然主義と浪漫主義をめぐる議論が姿を現していることは見逃せない。「九」章で語られる、洋食屋で開かれた芸術愛好家の会の場面で、物理学者の野々宮がおこなっている「光線の圧力」を計測する実験の話を聞いた出席者たちが、自然に相対する姿勢が「自然派」か「浪漫派」かをめぐって意見を交わす。三四郎が熊本から上京する汽車で乗り合わせて以来、東京での知己となる英語教師の広田は「どうも物理学者は自然派ぢや駄目の様だね」と断定し、その理由として次のように語っている。

「だつて、光線の圧力を試験する為に、眼丈《だけ》明けて、自然を観察してゐたつて、駄目だからさ。彗星でも出れば気が付く人もあるかも知れないが、それでなければ、自然の献立のうちに、光線の圧力といふ事実は印刷されてゐない様ぢやないか。だから人巧的に、水晶の糸だの、真空だの、雲母《マイカ》だのと云ふ装置をして、其圧力が物理学者の眼に見えるやうに仕掛けるのだらう。だから自然派ぢやないよ」（九）

それに対して画家の原口が「然し浪漫派でもないだらう」と疑念を呈すると、広田は「光線と、光線を受けるものとを、普通の自然界に於ては見出せない様な位地関係に置く所が全く浪漫派ぢやないか」（九）と反駁するのだった。広田の言説に託された「浪漫派」の理念は漱石が講演や評論で述べるものと通底しており、対象を自己独自の意識作用によって捉え、表現する主体として想定されている。「創作家の理念」で「自然派」と「浪漫派」が対立し合っているように見えて、「其実敵対させる事の出来るのは名前丈《だけ》で、内容は双方共に往つたり来たり大分入り乱れ居ります」と語られるように、この場面の議論でもこうしたやり取りを聞いたある博士が「すると、物理学者は浪漫的自然派ですね。文学の方で云ふと、イブセンの様なものぢやないか」という感想を口にし、批評家の男もそれに同意するのだった。すなわちイプセンの劇が十九世紀北欧の社会現実を写し取っている点では「自然派」であるにしても、展開を織りなす登場人物たちの行動はあくまでも作者の個的な意識によって技巧的に構築されている点で「浪漫派」であるということである。

ここに提示されている姿勢はまさに〈非我―F〉と〈我―f〉の統合であり、あるいは後者によって前者が括り取られる機構である。見逃せないのはここで議論されている「光の圧力」という話題自体が、こうした機構のなかで抽出された〈非我―F〉の核としての象徴性をもつことで、そこにこの作品に込められた「真」のあり方が認められる。つまり野々宮は光の圧力の研究について、「理論上はマクスエル以来予想されてゐたのですが、それをレベデフといふ人が始めて実験で証明したのです。近頃あの彗星の尾が、太陽の方へ引き付けられべき筈であるのに、出るたびに何時でも反対の方角に靡《なび》くのは光の圧力で吹き飛ばされるんぢやなからうかと思ひ付いた人もある位です」[5]（九）と語り、その真偽を問われると「光線の圧力は半径の二乗に比例するが、引力の方は半径の三乗に比例するんだから、物が小さくなればなる程引力の方が負けて、光線の圧力が強くなる」（九）という論理でその仮説が正しいことを力説する。

三四郎は熊本から東京帝大文科大学に入学するために上京して間もなく、郷里の先輩である野々宮が講師として勤務する理科大学の「穴倉」のような研究室を訪れ、そこで光の圧力を測定する装置を覗かせてもらったのだった。「九」章の議論はこの「二」章の場面を伏線としており、この作品で光圧の測定という問題に付与された重要性が示唆されている。漱石はこの問題に関する情報を野々宮のモデルである、弟子で物理学者の寺田寅彦から得ている。寺田の「夏目漱石先生の追憶」（一九三二）によれば、光圧測定の実験に興味を覚えた漱石はそれに関する論文を取り寄せて勉強するなどしたようで、その成果が作品に盛り込まれている。漱石が参照したのはおそらく『Physical Review』（Vol. XVII. 1904）に掲載されたニコルス&ハルの「The Pressure Due To Radiation（放射による圧力）」で、「九」章で野々宮が語る光圧測定の歩みも冒頭近くで紹介されている。[6] しかし「彗星の尾」が太陽の反対側に向くのが光圧によるのではないかという仮説が「近頃」提示されたという野々宮の説明は事実に反している。ニコルス&ハルの論文によればこの仮説は十七世紀初めにすでにケプラーによって出され、その後もニュートンやオイラーらによって検討されてきたもので、決して「近頃」の学説ではない。

このズレは、『三四郎』において「光の圧力」が「近頃」の主題としての意味を与えられているところからもたらされている。すなわち「光」はこの作品では〈西洋〉の寓意であり、「光の圧力」とはとりもなおさず〈西洋の圧力〉を指しているからだ。反面この話題にも示されているように、彗星と太陽すなわち日本と西洋の間には「圧力」だけでなく「引力」も存在するのであり、西洋の「引力」に引かれて近づいていくと今度は逆に「圧力」によって弾かれるというのは、近代の多くの知識人が西洋諸国との間で経験した両義的な関係でもあった。こうした両義性が込められている点でも、この彗星の話題は象徴的な比喩性を帯びている。とくにここで問題化されている「圧力」については、開国以降の近代化の過程で日本人はつねにそれに晒されてきた。この作品の主な舞台が東京帝大であるのは、「学者」としての居場所を失った漱石のなかに遡及的に浮上してきた〈学問〉の場への執着をほのめかすことに加えて、そこが西洋の科学や知見を吸収する中心的な場でもあったからである。

またそこでの教育も明治初期の「お雇い外国人」以来西洋人の教師に委ねられる比重が高かったが、作中でも三四郎の友人の与次郎が見せる新聞記事に「従来西洋人の担当で、当事者は一切の授業を外国教師に依頼してゐた」（十一）状態であることが記されている。与次郎は一高で教鞭を執る広田を文科大学の教師に就任させるべく運動するものの、実を結ぶことなく終わるのだった。当時の文科大学で英文学を担当していたのはイギリス人のジョン・ローレンスであったが[7]、漱石自身がラフカディオ・ハーン（小泉八雲）の後任の講師として一年前までそこに勤めていたのであり、西洋人だけによって外国文学科の教育がおこなわれていたというのは正確な表現ではない。しかし〈西洋の圧力〉のなかに日本人が生きているという構図を浮上させるために、舞台となっている空間が〈西洋〉の浸透に晒されているという設定が求められたのであろう。

〈西洋の圧力〉を象徴する「光の圧力」は野々宮の実験の場に限られず、彼に思いを寄せるヒロインの美禰子の身にも与えられている。野々宮の研究室を出た三四郎は池の端に立つ女として美禰子を初めて見るが、その際彼女は「夕日に向いて立つて」おり、「まぼしいと見えて、団扇《うちわ》を額の所に翳《かざ》して」（二）いた。「夕日」はその前の箇所で「西の方へ傾いた日」（二）とも表現されていたように〈西からの光〉であり、その光の方へ向かって立ちながらそれを「まぼしい」と感じて団扇で遮ろうとする美禰子の姿は、彼女に託された近代の日本人の、〈西洋〉に向かいながらそれを圧迫としても感じる姿勢と呼応している。美禰子は英語を良くし、バイオリンにも巧みであるといった西洋的な教養を身につけた女性だが、一方では内面を雄弁には語らないために三四郎たちに謎を残しつづける彼女の言動のあり方は、彼女が〈西洋〉に合一した存在ではないことを暗示していた。その両義的な姿勢がこの登場の場面にすでに漂わされているが、さらに「光」に関わるこれら二つの場面が連続して語られていることによって、この作品で「光」に込められた含意が示唆されているといえるだろう。

5　「圧迫」の下の日本

「光の圧力」に仮託された「近頃」すなわち近代の問題にほかならない〈西洋の圧力〉は、『三四郎』のなかでそれとして言及されてもいる。「六」章で語られる学生集会室での討論の場面では、一人の学生が立ち上がっておこなう即興の演説で、次のような問題を投げかけていた。

　吾々は旧《ふる》き日本の圧迫に堪へ得ぬ青年である。同時に新らしき西洋の圧迫にも堪へ得ぬ青年であるといふ事を、世間に発表せねば居られぬ状況の下《もと》に生きて居る。新らしき西洋の圧迫は社会の上に於ても文芸の上に於ても、我等新時代の青年に取つては旧き日本の圧迫と同じく、苦痛である。（六）

この挿話的な場面での演説の内容は、作品全体の主題と関わる重要性を帯びている。『三四郎』の登場人物たちはこの二種の「圧迫」の狭間に生きている人びとであり、とりわけ三四郎と美禰子という主要人物二人にはその相貌が色濃い。やや図式的にいえば、「新らしき西洋の圧迫」をもっぱら担っているのが三四郎であり、「旧き日本の圧迫」を引き受けているのが美禰子であることになる。三四郎は旧時代の日本を象徴する熊本という郷里を脱出したことでとりあえずその「圧迫」から免れているものの、新時代が息づく場である東京で西洋の学問を学ぼうとすることでその重圧を受け取っている。その重圧は西洋からのものにとどまらず、図書館のどの本にも読まれた形跡があるのを見て驚くといった形で、日本での修学においてもすでに後発者でしかないという「圧迫」を感じているのである。一方美禰子が西洋文化を吸収することにとくに問題はないものの、そうした教養を身につけていながら、西洋的な個人主義を奉じて生きるわけにはいかない明治期の日本社会の「圧迫」に浸透されている。迷子を意味する「stray sheep」に代表される美禰子の発言が謎めいているのは、個人としての意見を明確に語ることを自身が抑圧しているからであり、どれほど高い知性や教養を備えていても結局〈結婚〉という形でしか女性が自分の居場所を社会に確保できないという諦念が彼女を捉えているからである。

両親を早く亡くして兄と共に暮らしてきた美禰子は、その兄が結婚して独立しようとすることで孤立した境遇に追い込まれることになる。小森陽一が指摘するように[8]、女性が〈独り〉で生きることが許容されない明治時代にあっては、美禰子は早晩配偶者を見つける必要に迫られるのである。帝大講師で独身の野々宮は美禰子にとって最適の配偶者候補であったが、彼女と結婚する意志が野々宮にないために、結局美禰子はそれを断念せざるをえず、野々宮の妹のよし子が見合いをした相手と結婚するという形で彼女は落ち着き先を得るに至る。野々宮がもっぱらよし子との関係を大事にして、美禰子と結婚しようとしない背後に想定されるものもやはり「新らしき西洋の圧迫」である。物理学者として西洋の学者たちとのせめぎ合いのなかに置かれている野々宮は、その「圧迫」に抗するべく精力を研究に注がざるをえない。中盤彼がよし子との共棲をも解消して学生時代のような下宿生活に戻ろうとするのは、その姿勢の現れであるとともに、美禰子との結婚の意志がないことを示す選択でもあった。

「あの位研究好きの兄が、この位自分を可愛がつて呉《く》れるのだから、それを思ふと、兄は日本中で一番好い人に違ない」（五）と明言するよし子は、「穴倉」のような研究室に象徴される自身の世界に閉じこもろうとする野々宮の分身的存在でもあり、彼女が陰に陽に兄と美禰子の間に入ることで、二人の間に距離をつくる役目を果たしている。その代表的な場面が大学の運動会の場面で、美禰子が計測掛を務める野々宮のもとに赴いて嬉しそうな表情を浮かべると、よし子は負けじとその間に割って入り「二人が三人になつた」（六）という〈三角関係〉がそこに生まれていることが示唆される。したがってよし子の見合いの相手が美禰子に譲られることになる結末は、美禰子の接近を拒絶したことへの野々宮からの象徴的な償いとしても眺められるのである。

「旧《ふる》き日本の圧迫」と「新らしき西洋の圧迫」は後者にやや比重をかけつつともにこの作品の中心的なFをなし、両者の狭間で日本の青年たちが生きざるをえないというのが、この作品に込めた漱石の「真」にほかならない。また儒教的な倫理観に支配された旧時代と個人主義に傾斜しつつある西洋志向の新時代の狭間に置かれているものが、個別の人間にとどまらず日本という国自体に敷衍されることはいうまでもない。

美禰子が口にする「stray sheep」という言葉にしても、自分と三四郎に照らし合うとともに、明治期の日本にも該当する表現であることが作中に示唆されている。この新約聖書にちなむ言葉(9)は二人が広田や野々宮とともに菊人形を観に行った際に口にされたもので、三四郎はその真意を測りかねるのだったが、数日後美禰子から川縁に二匹の羊が寝た姿を描いた葉書をもらい、その二匹が自分と美禰子を指すことを知って喜ぶ。葉書の図では、小川の向こうには「大きな男が洋杖《ステッキ》を持って立つてゐる」ところが描かれており、さらにその「大きな男」が「西洋の絵にある悪魔《デヴィル》を模したもの」であるところから、この構図に日本と西洋の関係の寓意がはらまれていることが察せられるのである。

もともと羊は群をなして動く習性が強い動物であり、集団主義的な行動を取りがちな日本人の比喩をなす。しかし新訳聖書の迷い子となった羊が、集団を離れることで進むべき道を見失った存在であることは、美禰子と三四郎がやはり〈群〉から離れた単独者的な孤立をはらんだ者たちであることをほのめかしている。事実三四郎は熊本の郷里から離れて上京したものの、東京でも自分の居場所を見出しかねており、また美禰子は西洋風の教養を身につけた知的な女性である一方で、すでに両親の庇護をなくしていて、単独者的に生きざるをえない境遇に置かれている。彼女自身はそれを引き受けうる膂《りょ》力を備えているものの、社会が未だそれを肯う段階にないために、結婚によってその境遇を解消することを迫られているのだった。

このように見ると美禰子と三四郎という「羊」が離れてしまった〈群〉とは、旧時代的な価値観に支えられた共同体としての〈日本〉を指していることが分かる。したがってそれを起点としていえば、葉書に描かれた「羊」は江戸時代という旧時代から強引な離脱を図って近代化を遂げてきた明治日本にも当てはめられることになる。維新以降の近代化が息せき切っておこなわれたために表層的な開化にとどまっているという漱石の批判（「現代日本の開化」一九一一）はよく知られているが、それは前近代と近代との間に円滑な連続性をつくることができなかったために、近代が〈孤児〉化してしまったということでもある。加えて葉書に描かれた、小川の向こう岸に立つ「悪魔《デヴィル》」を思わせる「大きな男」に当たる存在は、作中での美禰子と三四郎の置かれた状況では具体的に想定しがたい以上、この二匹の羊はやはり西洋列強との対峙のなかにある同時代の日本に転じていく象徴性を付与されているといえるだろう。またその前提として、三四郎が熊本という〈田舎〉から東京という〈都会〉へ移動していくという設定自体が、前近代から近代への展開の比喩として配されていることは明らかである。

それは渋川玄耳に宛てた書簡（一九〇八・八、日付不詳）に記された作品の構想からもうかがわれる。ここで漱石は「三四郎」の他に「青年」「東西」「平々地」といった題も候補としていたことを述べた後に、着手した作品の概要を以下のようにまとめている。

田舎の高等学校を卒業して東京の大学に這入《はい》つた三四郎が新らしい空気に触れる。さうして同輩だの先輩だの若い女だのに接触して、色々に動いて来る。手間は此空気のうちに是等の人間を放す丈《だけ》である。あとは人間が勝手に泳いで、自《おのず》から波瀾が出来るだらうと思ふ。さうかうしてゐるうちに読者も作者も此空気にかぶれて、是等の人間を知る様になる事と信ずる。

ここではっきりと「東京」と「田舎」が新旧の対比のなかに位置づけられているが、さらにそれを表現する「新しい空気」を含めて「空気」という言葉が三度も使われていることは重要である。「空気」は先に触れた「創作家の態度」のなかでいわれていた「気分」と近接する言葉であり、そこではもっぱら主体に内在するものとして捉えられていたこの状態を、それをもたらす契機としての外部世界から表現した言葉と見ることができる。気分が自他の間で相互浸透する性質をもつ以上、東京の「空気」のなかを泳がされる三四郎は当然その浸透を蒙ることで、自身の気分をもたらしているはずである。そして「新しい空気」と簡単に記されているその「空気」は決して単純に〈新しさ〉によって括られるものではなく、これまで見てきたように二重の「圧迫」を混在させた重さによって色づけられていた。その重さを浸透させることによって、三四郎は上京後も動的な行動とは無縁のまま過ごしていき、美禰子に対しても積極的な接近を取ることができないのである。また美禰子にしても、明治という時代の空気の支配力のなかに生きざるをえない人物であった。

それによって三四郎と美禰子はともにこの作品において、旧時代と西洋という二つの「圧迫」のなかにたゆたっている明治日本を象徴する存在として現れることになる。そして葉書に描かれた、小川の向こう側で「大きな男」が「洋杖《ステッキ》を持つて立つて」いる構図は、維新以降の対西洋の関係全般の寓意であるとともに、もう少し作品が書かれた時代に引き付けられる文脈をもっている。すなわち小川が〈海〉の比喩であるとすれば、日本が面している太平洋の向こうに位置するのは〈アメリカ〉であり、この図柄は日露戦争後の日米関係を表象しているともいえるからである。

アメリカは日露戦争時には両国の間に入り、ポーツマス講和条約を成立させる仲裁的な役割を担ったが、戦後はロシアに勝利した日本を脅威と見なすところからいわゆる「黄禍論」を生みだし、日系移民への排斥運動が顕在化していった。明治三十九年（一九〇六）十月にはサンフランシスコ市当局が日本人の学童を隔離するという措置が取られ、日本政府がこれに抗議するという事態が生じた。これに対してはルーズヴェルト大統領の要請を受けて市当局が差別的な措置を撤回する一方、日本は移民を自発的に制限するという協定が結ばれて一旦は解決を見たものの、その後も折に触れて移民に対する差別問題は噴出することになる。翌明治四十年（一九〇七）九月にはシアトルで移民排斥運動が起こり、十月にはサンフランシスコで日系人の洗濯店が暴徒に襲撃され、「洋杖《ステッキ》」を想起させる「鉄棒」で洗濯機が破壊され、家人や雇い人の生命が危機に晒されるという事件が起こっている。

中国大陸においては戦争中に計画されていた南満州鉄道（満鉄）に対する日米共同経営の提案を日本側が拒絶したことでアメリカの反感を招き、戦後も満州での日本企業の活動に対する優遇措置を取るなどによって、アメリカの態度を硬化させていった。『三四郎』が書かれた明治四十一年（一九〇八）にはアメリカとの間に特筆すべき事件は起きていないものの、ロシアへの勝利を得たことの代償として戦後アメリカをはじめとする西洋諸国の警戒と反感も掻き立てていたのであり、そうした「圧迫」が三四郎の生きる時代の「空気」の一要素をなしていたのである。

6　「それ」という空気

「空気」と「気分」は自他の相互浸透を含意する近似した概念でありながら、漱石の内では微妙な差違が立てられている。「創作家の態度」でいわれる「気分」はあくまでも「自己の気分」であり、それが「非我」としての外部の対象に込められることによって、象徴的な意味を帯びることになるのだった。一方「空気」は基本的には外的な環境であり、それが主体の内部に浸透することで、彼ないし彼女の感情生活の基底すなわち「気分」が形成されることになる。

『三四郎』は作者自身が語っているように、同時代の空気を作中人物に託すことによって成り立っており、その企図は満たされているといえるが、ここには近接する時期の作品群からの方向転換が明瞭である。つまり『二百十日』（一九〇六）、『野分』（一九〇七）、『虞美人草』（一九〇七）といった東京朝日新聞社入社の前後に書かれた作品の基調をなしていたのは、物質的な功利主義を嫌悪する漱石の「我」に裏打ちされた「気分」であり、それは彼一人の独占物ではないにしても、やはりあまりにも個人の内面に偏ったモチーフの具現化であった。これらの作品が高い評価を得にくいのも、作者個人の道義的な倫理観のなかで自己完結している性格が顕著だからだが、『三四郎』はこうした浪漫的ともいえる内面性の過剰さを払拭し、時代の空気のなかに人物を泳がせるようにして描くという手法によって、出発時に標榜されていた「写生」的な側面を取り戻している。文体的にも、『漾虚集』の作品群や『草枕』『虞美人草』などを特徴づけていた、漢語を多用した美文は意識的に排され、より平俗な語り口が採られている。

うと〳〵として眼が覚めると女は何時《いつ》の間にか、隣りの爺さんと話を始めてゐる。此爺さんは慥《たし》かに前の前の駅から乗つた田舎者である。発車間際に頓狂な声を出して、馳け込んで来て、いきなり肌を抜いだと思つたら脊中に御灸《おきゅう》の痕が一杯あつたので、三四郎の記憶に残つてゐる。（一）

こうした叙述で始まる『三四郎』の文体は書き手の「我」を抑えつつ対象としての「非我」の世界の様相を捉えることに比重がかけられている。もともと漱石にとって漢文的世界は近代の世俗から距離を取るための装置であり、その色合いが強い作品ほど功利主義社会を揶揄的に眺める作者の眼差しが明瞭であった。『漾虚集』をはじめとする作品群はまさにそうであったが、『虞美人草』の失敗を経て漱石は新聞を舞台とする小説作者としての方法と自覚を身につけたようである。『三四郎』では時代の空気を浸透させた人物たちの行動や内面を物語の布置のなかに位置づけることによって、「非我」の世界の「真」を浮かび上がらせることが目指されていた。こうした姿勢に貫かれている点で『三四郎』は漱石が晩年に至り着いた境地とされる「則天去私」の起点となる創作であった。第三部Ⅲ章で詳しく見ることになるが、「則天去私」は仏教的な諦観を含むとともに「天」として意識される「非我」の世界への信奉を示唆する、漱石の創作意識を表現する言葉にほかならないのである。

この作品で意識的に採られている、時代の空気のなかに登場者たちを泳がせるようにして描くという方法は、翌年の『それから』（一九〇九）にも色濃く現れている。三年前に友人に譲った女性と再会することをきっかけとして彼女との交わりを復活させていき、結局友人から彼女を奪い取るに至る顚末を内容とするこの作品で、展開の契機となっているのは主人公の代助の気分的な変化である。すなわち執筆時と同じ明治四十二年（一九〇九）という時間的設定のなかで、主人公の代助は友人平岡の妻となっている三千代と再会後接触を深めていくにつれて、三年前になぜ彼女を平岡に譲ったのかを訝しく思うようになるが、それは三年前の行為が彼の内の気分に促されるようにしてなされたために、その気分から脱落している現在の時点ではその過去の行為を位置づけることができなくなっているからである。代助は三年前の春に、それまでその兄を介する形で交わりのあった三千代を平岡に譲り、新橋で別れたのだったが、その判断は「今日に至つて振り返つて見ても、自分の所作は、過去を照らす鮮かな名誉であつた」（八）と述べられるような昂揚感とともにおこなわれた。その一方で「何処かしらで、何故《なぜ》三千代を周旋したかと云ふ声を聞いた」（八）という疑念が今は頭を擡げているのである。

中盤の「十」章では代助の気分的な状態について次のように描出されている。

彼の今の気分は、彼に時々起る如く、総体の上に一種の暗調を帯びてゐた。だから余りに明る過《す》ぎるものに接すると、其矛盾に堪えがたかつた。擬宝珠《ぎぼしゅ》の葉も長く見詰めてゐると、すぐ厭になる位であつた。（十）

この「暗調」をもたらしている一因は、父の得に佐川という知己の娘との政略的な結婚を強く勧められている状況であったが、このくだりにつづけて「其上彼は、現代の日本に特有なる一種の不安に襲はれ出した」（十）と記され、その「不安」の根源にあるものとして「日本の経済事情」が挙げられているように、この時期の日本の経済的沈滞という「空気」が代助の気分の一端をなしているのである。

ここではこれまでにも眺めた、外部の「空気」が主体に浸透してその「気分」をもたらすという因果関係が現れている。代助を取り囲んでいる「日本の経済事情」は、明治四十年（一九〇七）一月二十日の株式の暴落から急速に悪化していった。同年十月にはアメリカでも株式の暴落に端を発する恐慌が起こり、それがヨーロッパにも波及すると世界恐慌の様相を呈し、日本もあらためてその衝撃に晒された。生糸、綿糸、綿織物といった主要な繊維製品の輸出が激減し、日露戦争後勃興していた製粉、製糖、造船、海運といった業種も大きな打撃を受け、農家も恐慌の波に呑み込まれた。明治四十一年（一九〇八）七月に第二次桂太郎内閣が発足した際には、桂はその政綱のなかで「政費年々膨張して、収支相償はず」という状況の上に輸入超過の状態が止まらず、民間では企業の破綻が相次いで「商工業は破綻して恐慌の極に達し金融全く杜塞《とそく》して破産相続く」という事態に陥っていることを訴えねばならなかった。明治四十二年もこうした状況の連続のなかにあったが、それが代助が平岡とのやり取りのなかで「日本国中何所《どこ》を見渡したつて、輝いてる断面は一寸四方も無いぢやないか。悉《ことごと》く暗黒だ」（六）と断言する背景をなしている。

一方第二部Ⅰ章でも言及したように、代助が三千代を平岡に譲った三年前に当たる明治三十九年（一九〇六）は、日露戦争の戦勝の余韻がまだ残るとともに、鉄道の国有化や南満州鉄道（満鉄）の設立を呼び水とする企業熱の昂揚が社会を活気づけていた時期であった。「過去を照らす鮮やかな名誉」として記憶されている三千代の平岡への「周旋」がおこなわれたこの年の春に漱石自身は『坊っちゃん』を書いているが、この作品の主人公も同僚のために教頭とその腹心的な教師に私的な制裁を加えて、勤め先の中学校を去るという、自己犠牲をはらむ〈英雄的〉な行為をおこなっている。周囲との衝突を辞さない彼の威勢の良さにはやはり戦勝の昂揚感が浸透していたが、代助の三年前の行為もこうした昂揚した空気の感化によって導かれた側面をもっていたと考えられるのである。

そのため代助は三年後の現在から振り返って、その時の判断を逆に訝しいものとして受け取らざるをえない。作品の表題である「それから」はこうした彼の意識のあり方を巧みに暗示しているといえるだろう。つまり代助が平岡と再会した際に「それから、以後何《ど》うだい」（二）という問いを発するように、この表題は端的には〈三千代と別れてから〉の時間的経過を意味するが、その起点が「それ」という曖昧な形でしか名指しえないのは、とりもなおさずこの大胆な決断の根底にあるものがそれだけ曖昧な気分的状態だからである。周知のようにフロイトは自我の下層にある無意識の層を「エス」と称したが、「エス」はドイツ語の「それ」であり、「自我とエスの間に明瞭な境界はなく、自我は下の方でエスと合流している」（中山元訳、『自我とエス』）[10]と述べるように、人間の自我がつねに意識の下層でうごめいている欲望や衝動の備給を受けることで、可変的な形で成り立っているという認識を持っていた。

漱石の蔵書には原書でも英訳でもフロイトの著作はなく、フロイトの言説自体を読んでいた可能性は高くない。しかし自我を身体的な次元で捉えるフロイトの着想は漱石が影響を受けたウィリアム・ジェームズとの類縁をもっている。両者に共通するのはともに人間の自我が外部的な存在の浸透によって変容を蒙る相対的な概念でしかないということで、その外部的存在をジェームズが社会の空間的な地平で想定するのに対して、フロイトはもっぱら個人の内面の深層に求めている。しかし人間の欲望や衝動はいずれにしてもその対象が外部に存在するからこそ喚起されるのである以上、こうした「エス」の内実も外界の感化や暗示を契機として生まれているといっても誤りではないだろう。

代助の意識的推移は『文学論』などで漱石が述べるFの変容の論理と合致している。三年前の彼のFは浪漫的道義心の発露にあり、それをもたらしていたものが戦勝による昂揚感という外部世界のS（刺激）であった。「空気」としての曖昧さをはらむこのSないし「暗示」にほとんど無意識のうちに浸透されることによって、三千代の「周旋」という行為が遂行されていた。しかしそのFは三年間の時代的変容によって消え去り、「自然」として意識される内的欲求への忠実さという新たなFに促されるとともに、実家からの結婚の要請という具体的なSがその促しを強めることで、三千代を取り戻すという判断に代助は導かれているのである。

この「自然」への回帰という主題が『それから』の中心部分を占めていることは、代助がこの言葉を繰り返し意識に上らせる叙述によって誰にも見て取られる。「十四」章で代助は人妻となっている三千代との関係を深めるか否かの選択について「自然の児にならうか、又意志の人にならうか」という迷いを浮かばせ、嫂の梅子に縁談を断る意向を示した後、「今日始めて自然の昔に帰るんだ」という決意を「胸の中」で響かせるのである。奇妙なのはかつての三千代との交わりから別れに至る経緯を現在では納得しかねているにもかかわらず、逆にそれが「自然の昔」として捉えられていることである。この逆説も、それが彼の個人的な主体性のなかだけでおこなわれたのではなかったことを考えれば理解しうる。これまで見てきたように、それは多分に時代の空気に同調することによって生み出された成り行きであり、その意味で「自然」な性質を帯びていた。だとすればその「自然の昔」に帰るためには、再びこの時代に流れている空気に自分を開けばよいことになるのである。

ここで代助が〈帰ろう〉としている「自然」という言葉には、巧みに重層的な意味が込められている。

それは自身の意識の促しに逆らわないという意味での「自然」さであるとともに、同時代の「自然主義」の作家たちが摘出しようとしていた、人間の深奥に渦巻く欲望や情念の赤裸な動きとしての「自然」とも連携するのである。長谷川天渓が描くような「幻滅時代」としての色合いを日露戦争後の社会は強めていったが、それは国家としての自律と独立を西洋列強に対して確保するという目標の実現に国民一人一人が献身するという福澤諭吉的な観念の束縛が低減していき、個人の内的な欲求にしたがって生きる生き方があらためて浮上してきた流れでもあった。『三四郎』でも話題となっていた「浪漫派」と「自然派」のせめぎ合いは、『それから』では代助個人のなかに仮構されている。彼が三年前にしたことは、彼のなかで高まっていた道義心による「浪漫派」的な所行だったのであり、明治四十二年（一九〇九）の現在では自身の内的な欠如感を満たそうとする「自然派」的な選択を取るところへ移行しているのである。

しばしば指摘されるように[11]、代助の三千代への働きかけが彼女への〈愛〉によるものであるかどうかは疑わしい。彼を苦しめているものは現在の自分が〈不自然〉な生のあり方に放置されているということであり、そのため彼は寝る時にも自分の心臓の鼓動を確認するような漠然とした不安感に捉えられている。その核にあるものとして〈三千代の不在〉を見出していくのがこの作品における展開の軸であり、その〈不在〉が自分を苦しめる〈不自然〉さの源泉であるという論理によって、代助はそれを解消する行動にのめり込んでいく。それは紛れもなく同時代の自然主義との共鳴をはらんだ造型だが、またそれが作者自身の生活とは関わりなく、時代の空気を「綜合」するように虚構的につくられた主人公に託すところに、「小生は小説を作る男である」（「田山花袋君に答ふ」一九〇八）と自認する漱石の、反自然主義者としての面目が現れていたのである。

第三部　時代とアジアへの姿勢

I　露呈される「本性」
――日韓関係の表象と大患の前後

1　背景としての日韓関係

『それから』（一九〇九）における代助の行動の基底にうごめいていたのは、作中にも示されるように経済的な疲弊を強め、ロシアに勝って自国の独立を確保するという〈理想〉も見失われた日露戦争後の状況のなかで、自身に「自然」として内在する感覚に従って生きようとする志向であった。文学的な潮流とも符合するこの「自然主義」的な傾斜に促されるように、代助は三年ぶりに再会した三千代との関係を復活させ、彼女を友人の平岡から奪い取るという行動に踏み出すのだったが、その背後に想定されるものは浪漫的な〈理想〉ではなく内在的な生命感を導き手とする「自然主義」に加えて、漱石が出発時からつねに作品構築の際に念頭に置いてきた日本と外国の関係である。

これまでも『吾輩は猫である』（一九〇五～〇六）に話題として盛り込まれ、『坊っちゃん』（一九〇六）の構図に写し出されている日露戦争や、『三四郎』（一九〇八）に透かし見られた維新以来の対西洋の関係など、漱石の作品には未成熟な近代国家としての日本が西洋列強とのせめぎ合いに晒される様相が、主人公の行動や彼をめぐる人物同士の関わりに託される形で表象されてきた。それらはいずれも漱石が描き出そうとする「非我」の世界の「F」（観念的焦点ないし集合的関心）であり、『文学論』（一九〇七）で詳述されるようにそれが時間的に変容していくのに応じて、新たなFが作品の主題としての位置を占めることになる。

そして日露戦争の終結後、日本の外交の主要な問題となるとともに漱石の作品世界で中心的なFとして機能することになるのが、明治四十三年（一九一〇）八月に遂行されるに至る韓国併合であった。日露戦争後「保護国」化という方向で朝鮮半島への支配を強化していった流れが、併合に向かって加速していくのは、韓国を「保護国」化する立場にあった伊藤博文が韓国統監府統監を辞任する明治四十二年（一九〇九）中頃からであったが、『それから』、『門』（一九一〇）、『彼岸過迄』（一九一二）、『行人』（一九一二〜一三）といった、その間ないし併合後の状況が進行していく時期にもたらされた作品群には、その折々における日本と韓国・朝鮮との関係が織り込まれていることが見て取られるのである。

なかでも『それから』『門』に共通する、主人公の青年が友人の妻や共棲者を奪い取って自分のものにする展開ないし前史は、まさにその時期に進行していった日本と韓国の間の出来事と照応している。もともと「非我」の世界をFによって焦点化し、「我」すなわち自身の観点によってそれを括り取るという漱石の創作の理念に照らせば、同時代の重要な外交問題である韓国併合がその触手を動かさないということは考えがたい。加えて漱石はイギリス留学以来、国際社会における日本の位置づけに強く意識を喚起され、それを繰り返し作品のモチーフとしてきたのであり、韓国併合がなされる同時期の作品においてもそれがおこなわれていると想定するのは不自然ではないはずである。

ここで作品の執筆時期と韓国併合の進行の状況を照らし合わせれば、『それから』が起稿されたのは明治四十二年（一九〇九）五月三十一日であり、脱稿したのは同年八月十四日である。(1) そしてこの時期が日本の韓国に対する政策の転換点に当たっていることは見逃せない。同年六月まで統監府統監であった伊藤博文はそれまで一貫して韓国の併合には否定的な姿勢を示し、明治四十年（一九〇七）六月に起きた、オランダ、ハーグで開催されていた第二回万国平和会議に韓国皇帝高宗《コジョン》が密使を送り、第二次日韓協約（日韓保護条約）の無効を訴えるいわゆるハーグ密使事件が起きた後も、世論に抗する形で「今回の事件に付韓国と合併すべしとの論あるも合併の必要なし、合併は却て厄介を増すばかり何の効なし」（『東京朝日新聞』一九〇七・八・二）と明言し、韓国を「保護国」の位置にとどめておくことを主張した。

ハーグ密使事件の前提となった第二次日韓協約は、明治三十七年（一九〇四）八月に調印された第一次日韓協約につづいて、明治三十八年（一九〇五）十一月に成ったものである。第一次協約が、韓国政府が外国との条約締結をおこなう場合も日本政府代表者との協議を経るものとするなど、韓国の外交の主体性を相対化する内容をもっていたのに対し、第二次協約ではさらに進んで韓国は日本の仲介なしに他国と条約を結ぶことができないことが明記され、韓国の主体的な外交権を剝奪する内容であった。協約の締結後高宗はこれを無効であることを訴える文書をイギリスやフランスに送り、明治四十年の密使事件へと連続していくことになるが、こうした非公式の密使による訴えは国際社会の支持を得るには至らなかった。高宗はこの事件を理由として同年七月に退位を余儀なくされ、また同月に韓国軍隊を解散させ、司法・行政を日本人が実質掌握するなど、韓国の自治権を全面的に無化する内容をもつ第三次日韓協約が調印され、韓国は事実上日本の支配下に置かれることになった。

漱石は高宗の退位について小宮豊隆宛書簡（一九〇七・七・一九付）に次のように記している。

朝鮮の玉〔王〕様が譲位になつた。日本から云へばこんな目出度事はない。もつと強硬にやつてもい丶所である。然し朝鮮の王様は非常に気の毒なものだ。世の中に朝鮮の王様に同情してゐるものは僕ばかりだらう。あれで朝鮮が滅亡する端緒を開いては祖先へ申訳がない。実に気の毒だ。

高宗の退位を「実に気の毒」と同情しつつも、一方で「こんな目出度事《めでたいこと》はない」と喜ぶ記述は、漱石の韓国・朝鮮に対するアンビヴァレントな感情を示すとともに、後者については漱石のアジアへの蔑視的な眼差しを傍証するものとして受け取られがちである。しかし韓国に「もつと強硬に」対処すべきであるというのが、「今回の事件に付韓国と合併すべしとの論あるも」という、引用した伊藤博文の言葉にも見られるように、当時の世論の大勢でもあったことは念頭に置かねばならないだろう。引用の箇所の前で伊藤は「外交権を日本に譲渡しながら、猶且《なおかつ》陰謀を企て海牙《ハーグ》の如き失態を演じるとは何事ぞや」という憤りを高宗に述べ立てたことを語っているが、日本側からすれば、ハーグ密使は締結された協約の内容そのものに対する反逆であったために、面従腹背的な振舞いとして映るものでもあった。漱石の口振りにもそうした憤懣が滲出している。

とくに伊藤にとっては密使の派遣は予想された事態であり、それが生起しないように高宗に釘を差していたにもかかわらず起こってしまったために、憤りは抑えがたいものがあった。しかし伊藤は密使事件への憤懣から併合を言い募る世論を制するように「合併の必要なし」と明言し、持論の保護国政策を持続しようとした。それに対する世論の評価は決して高くはなく、二年後の明治四十二年（一九〇九）六月に統監を辞する際にはそれを惜しむ声はほとんど上がらなかった。

それは伊藤の韓国に対する施策が微温的で、韓国人を慮りすぎるために日本人の利益を損ねているという見方が一般的であったためである。たとえば「惜しまれざる伊藤統監の辞任」（『朝鮮』一九〇九・七）[2]と題された時事論評では、伊藤は「一に韓国其れ自身の発展に寝食を忘れ、韓人其れ自身の幸福を図り感情を傷つけざることに汲々し、所謂《いわゆる》韓国本位韓人本位を以て統監政治の本義とせり」と括られている。また山路愛山による「伊藤公と韓国経営」（『太陽』一九〇九・七）という長い論評でも、「大日本帝国臣民の一人として少しく伊藤公の事業を批判して見たく思ふなり」という感慨から始まって、日本の命運を左右する可能性のある韓国という外交の要所を治める伊藤のやり方が、「我々より見れば余りに遠慮に過ぎたりと思ふ、点少からず」という評価が下されている。

伊藤博文の韓国統治に対する基本的な理念は、西洋諸国を範として近代化を実現した日本に韓国を倣わせることであり、西洋文明と同調しつつ自主独立の道を歩むべく「指導」することに力点が置かれた。この理念はあくまでも韓国人がそれを主体的に理解し、日本人に協力することが前提とされていたが、現実には伊藤が統監に着任した明治三十九年（一九〇六）三月以来、韓国人がそうした姿勢を積極的に示すことはなく、抗日感情はむしろ高まっていった。端的に伊藤が統監を務める期間に義兵による抗日闘争が頻発し、ピークとなった明治四十一年（一九〇八）には千五百回近い衝突が発生し、義兵の死者も一万人を超えた[3]。こうした流れのなかでハーグ密使事件も起こっているが、意に反する状況の継起に伊藤は当初の韓国統治の理念を断念し、統監の職を辞するという選択に至ったのだった。

2　「保護」から「併合」へ

伊藤博文が持論の保護国政策から韓国を併合する方向に転じたのは辞職直前の明治四十二年（一九〇九）四月頃であった。韓国併合を断行する閣議決定のための足固めをしていた桂太郎首相と小村寿太郎外相が、併合反対派と認識していた伊藤に直談判を試みたところ、意外にも伊藤はそれを承諾し、七月六日の閣議決定に至る運びとなったのである。この時期に生まれた伊藤の併合断行への翻意は事後の研究によって知られるところになったのではなく、同時代の国民の知るところであった。同年四月下旬に東京上野の精養軒で開かれた韓国紳士日本観光団の歓迎会での演説でも、伊藤は日本と韓国が「一家」を成そうとしていると語って併合の方向を示唆し、聴衆を驚かせた。漱石の日記（一九〇九・四・二六）にはこの観光団に関する次のような記述があり、伊藤の演説への言及はないものの、その内容は当然了解していた。

　韓国観光団百余名来る。諸新聞の記事皆軽侮の色あり。自分等が外国人に軽侮せらるゝ事は棚へ上げると見えたり。

（中略）

　もし西洋外国人の観光団百余名に対して同一の筆致を舞はし得る新聞記者あらば感心也。

漱石が記しているように、この観光団は韓国の元老や前大臣、学者などによって成る総勢百名を超える団体であり、統監府の機関紙であった『京城日報』の主催で招かれ、製紙工場や農業試験場、工芸博覧会など東京各所の施設を見学している。伊藤の演説の要約や紹介は翌二十四日の「諸新聞」で多少差があるものの、日本と韓国の関係については「同一目的に進み更に進んで一家とならんとするの境遇に在り」（『万朝報』）、「今後恰《あたか》も一家族の如くならざる可らず」（『読売新聞』）、「両国は今や殆《ほとん》ど一にして門戸開放の必要もなく」（『東京朝日新聞』）など、いずれも両国が一体化する方向にあることが明示されている。ちなみに「諸新聞」の記事に「軽侮の色あり」というのは、観光団の韓国人たちが日本の施設を物珍しげに眺め、製紙工場では「襤褸《ぼろ》が紙になるに驚く」（『万朝報』一九〇九・四・二五）ような反応を示したりする姿の記述を指している。それが明治初期に西洋諸国を訪れた日本人の反応を想起させるだけに、文明化の達成によって自分たちを韓国人の上に置こうとする筆致が漱石には腹立たしいものに思われたのであろう。

いずれにしても韓国併合に向かおうとする伊藤と日本政府の意向は、こうした新聞報道を通しても日本人一般に明確に見て取られるものであった。『それから』が書かれたのは、この韓国を「保護国」として統治するところから、併合して日本とともに「一家」を成すところへと転換しつつある時期においてであり、それを映すように主人公代助の三千代に対する態度の変化は、この対韓国の政治的姿勢の変化と符合している。

再会の三年前に代助が結婚の可能性もあった三千代を友人の平岡に譲ったのは、「今日に至つて振り返つてみても、自分の所作は、過去を照らす鮮やかな名誉であつた」（八）と記されるように、彼の内にうごめいていたある種の浪漫的な気分に導かれての行為であった。その背後に想定されるのは日露戦争の勝利による昂揚感の残存であったが、明治三十九年（一九〇六）の春に当たるちょうどその時期に伊藤博文は韓国統監となり、韓国を日本の「保護国」として、日本を模した自主独立の国へ導くという自身の理想に従った統治を開始しようとしていた。そしてその三年後の明治四十二年（一九〇九）に、代助は三千代が不在である状態を、自身の生命を衰弱させる〈不自然〉なものと判断し、そこから脱するべく、自身の内的な生命の要請に耳を傾ける形で、彼女を平岡から奪い取る行為に踏み出す。一方伊藤は同じ時期に韓国統治の理想・理念の成就を断念して統監を辞し、韓国の現実に向き合いつつ併合によって「一家」を成す決断をすることになる。代助にしても、三千代を平岡から奪い取ることによって彼から絶交され、実家からも勘当を言い渡され、否応なく三千代とともに「一家」を成さざるをえなくなるのである。

こうした重なりは、主人公を近代日本の暗喩ないし寓意として形象しがちな漱石にとっては自然なものである。伊藤博文に漱石が愛着を覚えていたとはいいがたく、作品や日記で言及される際はつねに揶揄や皮肉を伴っている。にもかかわらずその言及の多さは見逃すことができず、善きにせよ悪しきにせよ、この初代の総理大臣とやはり初代の韓国統監府統監を務めた政治家を、近代日本の象徴的人物として漱石が眺めていたことが察せられる。『吾輩は猫である』では戸棚の袋戸の内側に貼られた紙に「逆か立ち」をした図像として伊藤が語られ、肩書きが「大蔵卿」と記されているのに対して「いくら逆か立ちしても大蔵卿である」（十）と揶揄的な叙述がなされている。『それから』の次作である『門』の執筆時には、すでに伊藤は韓国人抗日運動家の安重根《アンジュングン》に暗殺されていたが、その話題が前半に現れ、そこでは主人公宗助が「伊藤さんは殺されたから、歴史的に偉い人になれるのさ。たゞ死んで御覧、かうは行かないよ」（三）と、伊藤の死に皮肉な評価を与えるのだった。日記や「断片」にも伊藤への言及がしばしば見られるが、『それから』執筆時にも六月十七日の日記に「伊藤其他の元老は無暗に宮内省から金をとる由。十万円、五万円。なくなると寄こせと云つてくる由。人を馬鹿にしてゐる」という記述がされている。この記述も伊藤に対する距離を感じさせながら、金が「なくなると寄こせと云つてくる」という伊藤の振舞いは、成人しているにもかかわらず父から支給される金によって優雅な日々を送っている代助の生活と重なり、伊藤に関する情報がそこに織り込まれている可能性もあるだろう。

そこから遡及して考えれば、三年前に代助が三千代を平岡に譲った一件が、その時点での伊藤の韓国併合に対する否定的な姿勢と照合するだけでなく、それ以前に代助が三千代の兄を介して彼女と交わりを持っていた当時の接し方も、伊藤の韓国への理念的な姿勢を想起させる。三千代の兄は「趣味に関する妹の教育」を代助に委ね、三千代は「喜んで彼の指導を受けた」（十四）のだったが、伊藤も韓国が日本の後を追うことによって自主独立の文明国になるべく「指導」することに熱を入れていた。明治四十年（一九〇七）七月に締結された、伊藤の理念を反映した第三次日韓協約の第一条にも「韓国政府ハ施政改善ニ関シ統監ノ指導ヲ受クルコト」（傍点引用者）と明記されているのである。

もちろん韓国は三千代のように日本の「指導」を「喜んで」受け入れたわけではなく、先に見たように韓国の自主的な追随を期待する伊藤の姿勢はむしろ韓国人の侮りを呼び、日本の統治に抵抗する義兵の叛乱が頻発していた。しかしこうした国同士の関係に照応する人物間の関係が作中に認められることは重要な側面であり、「非我」の世界の様相を自身の観点によって映し出す漱石の創作手法が明瞭に現れている。前年の『三四郎』（一九〇八）では維新以降の近代化の過程における日本と西洋の関係が「光」をモチーフとして巧みにイメージ化されていたが、『それから』では日韓関係が急を告げる状況と相まって、より具体的な次元で「非我」の世界の取り込みがおこなわれている。こうした構築のなかで三千代は韓国・朝鮮の国土に相当する存在であることになるが、実際彼女の「三千代」という名前は、「無窮花三千里華麗江山」という韓国国歌の歌詞にも含まれる、韓国の国土を象徴する「三千里」という表現を想起させるのである。

すると国土を奪われる韓国民衆に相当する存在となる平岡は、決起する義兵のように代助に立ち向かうはずだとも考えられるが、彼は自身の求職運動に労力を費やされていることや三千代が病身であることもあって、すでに伴侶としての彼女への執着を失っており、二人の関係が露見した際に代助に絶交を言い渡すものの、彼らの関係が深化すること自体を如何ともすることができない。その点では寓意的な照応は成り立っていないようにも映るが、後述するように韓国のなかにも一進会のような合邦促進派が存在し、併合にみずから向かう動きもおこなわれていた。また自分の妻が友人に奪い取られようとする流れに対して平岡がほとんど無力であることは、保護国化から併合に至る歩みに歯止めをかけることのできなかった韓国の現実と照らし合っている。義兵闘争にしても、膨大な回数で発生し、韓国側の死者が延べ二万人近くにのぼったにもかかわらず、日本側の死者はわずかに百三十人ほどを数えるにとどまった。呉善花《オソンファ》は「勢力の結集力に大きな問題があった」（『韓国併合への道』文春新書、二〇〇〇）と述べているが、その頻度が伊藤を悩ませたのと裏腹に、義兵が戦闘集団として日本を脅かすには至らなかった。

その微力さもあって、日本は韓国人の自主的な追随に期待する伊藤博文的な理想主義を捨て、力によって隣国を自分のものとしようとする姿勢を露わにするようになる。前章で見たように『それから』は自然主義が勃興する日露戦争後の時代の空気を取り込みつつ構築されているが、奇しくも日本の韓国統治の姿勢はその入れ子をなすように、理想や理念を押し出す「浪漫主義」から現実重視の「自然主義」へと方向転換を遂げていくのである。

『それから』後半の「十四」章で、父から押しつけられている縁談を断ることを決意した代助が「今迄は父や嫂《あによめ》を相手に、好い加減な間隔を取つて、柔らかに自我を通して来た。今度は愈《いよいよ》本性を露はさなければ、それを通し切れなくなつた」と自身に呟くのと響き合うように、周囲の他者を慮りつつ「柔らかに自我を通」すという姿勢から、相手を押しのけて目指すものを領有するという「本性を露は」すに至るのは、伊藤が統監を辞して以降の韓国への向かい方そのものであった。

伊藤を継いだ曾禰荒助《そねあらすけ》統監は韓国内の合邦推進勢力である一進会を支持せず、李完用《イワニョン》内閣を押し立てようとする、伊藤の路線を引き継ぐ統治の方向性を示した。しかし強引に併合を断行しようとする元老の山県有朋《ありとも》や陸相の寺内正毅《まさたけ》は曾禰のやり方に批判的で、伊藤が明治四十二年（一九〇九）十月にハルピンで安重根《アンジュングン》に暗殺されて以降は、曾禰の健康状態が悪化したのを理由に曾禰を韓国統治から斥ける姿勢を露わにするようになった。知られるように、伊藤の死を契機として韓国併合に向かう流れは加速することになるのである。李容九《イヨング》が率いる一進会の合邦運動は、それを山県や寺内が承認する意向であることが、会の顧問を務める政治運動家の内田良平や杉山茂丸らを介して伝えられることによって活発化し、併合への傾斜が韓国内部からも強められた。李は韓国がすでに政治的独立を保ちえないことを認識しており、韓国人の意向が少しでもすくい上げられる道として、日本との「合邦」を選ぼうとしたのだった。李が明治四十二年十二月に発表した「声明書」では、悲痛な境涯にある韓国が息を吹き返すには「政合邦」によって日本と「両翼同飛、両輪共転」の関係をつくり上げることが必至であるとされ、李完用首相と曾禰統監に宛てられた合邦請願書では、「合邦を組成し、日韓一家」を形成することが強く願われていた。しかし実現されたのは韓国が日本と対等の立場で「合邦」するのではなく、韓国が完全にその主体性を失い、日本に呑み込まれる「併合」という形であった。(4)

3　〈未来〉からの批判

『それから』につづく『門』が東京と大阪の『朝日新聞』に発表されたのは明治四十三年（一九一〇）三月から六月にかけてで、伊藤博文はすでに世を去り、まさに韓国併合が断行されようとしている時期であった。この年の五月に曾禰統監は更迭に追い込まれ、寺内正毅が陸相のまま韓国統監を兼任するようになるのにつづいて、六月の閣議では桂太郎内閣は「韓国に対する施政方針」を打ち出して、併合への動きが本格化した。そして八月二十二日には併合に関する日韓条約が調印され、韓国は呼称を「朝鮮」と改められ、完全に日本の一部に組み込まれることになったのである。

漱石が『門』の執筆に着手した段階では、韓国が早晩日本と一体化される運命にあることは動かしがたい状況であった。『それから』で代助が平岡から三千代を奪い取る寸前にまで行ったことは、やはり当時の日韓関係の動きを映し取りつつ、併合への流れが明確化し始めた現実の状況にやや先んじていたが、『それから』の経緯を引き継ぐ『門』では、主人公の宗助は友人の安井からその共棲者であった御米を奪い取って夫婦となっており、〈併合後〉の状況を先取りした内容となっている。しかしもちろんそれは日本人の誰にも見通せる展開以上のものではない。「内縁関係」にあった日本と韓国という〈男女〉が、役所の「国籍係」に婚姻を届け出るという戯画（左図）が併合前の段階で描かれているように、この時期においてはすでに韓国は日本の版図に組み込まれた空間として見られていた[5]。

日本と韓国の関係を「内縁の夫婦」に見立てる戯画
（『東京パック』1910年４月。国会図書館所蔵）

　また漱石がもともと未来志向の眼差しを持ち、あるいは仮構された未来から現在を客観視しようとする知識人であったことを忘れることはできない。イギリス留学時には彼我の文明力の差を眼前にすることで、「日本ハ真ニ目ガ醒ネバダメダ」（「日記」一九〇一・三・一六）という思いに駆られ、「未来ハ如何アルベキカ、自ラ得意ニナル勿《なか》レ、自ラ棄ル勿レ黙々トシテ牛ノ如クセヨ（中略）汝ノ現今ニ播ク種ハヤガテ汝ノ収ムベキ未来トナッテ現ハルベシ」（「日記」一九〇一・三・二一）と半ばは自身に向けつつ、未来での真に豊かな収穫のために自国を叱咤している。一方こうした意識は日本がより成熟した近代国家になっているであろう未来からの眼差しによって現在を相対化することになり、「遠クヨリ此四十年ヲ見レバ一弾指ノ間ノミ。所謂元勲ナル者ハノミノ如ク小ナル者ト変化スルヲ知ラズや。明治ノ事業ハ是カラ緒ニ就クナリ。今迄ハ僥倖ノ世ナリ」（「断片」一九〇六）と、維新以降の四十年を〈端緒〉の時期と位置づけたり、「皇族」「華族」「金持」「権勢家」といった同時代人の敬意を受ける人びとについて「然シ百年後ニハ誰モ之ヲ尊敬スル者ハナイ」（「断片」一九〇六）と決めつけたりしている。

こうした眼差しはおのずと作品の構築に反映されることになり、語り手の〈現在〉がその時点の歴史的時間を追い抜いていることも珍しくない。これまでもしばしば指摘されてきたように、(6)『こゝろ』の上・中巻を語っている「私」は、作品のなかの時間では若い独身者であるのに対して語りの時点ではすでに子供をもうけているなど、作品発表時である大正三年（一九一四）よりもかなり未来の地点にいることが想定され、その仮構された未来から明治の終焉を定位しようとするモチーフが看取される。『坊っちゃん』（一九〇六）の主人公にしても、四国での経験を語る〈現在〉においては街鉄の技師になっており、彼が四国の中学校を去った翌年に当たる、作品が発表された明治三十九年（一九〇六）の春よりはかなり未来にいるように見えるのである。

こうした手法が漱石に馴染みのものであるとすれば、日韓併合の表象でもある宗助と御米の結婚後三年に想定されている『門』の時間は、大正二年（一九一三）に相当する〈未来〉をはらんでいると見なすことができる。もっとも作中にも現実的な時間は挿話的に盛り込まれており、それはもちろん近未来ではなく、執筆時に近い時間である。しかしそれが先にも触れたように、ほかでもなく伊藤博文の暗殺事件であることは暗示的である。前半の「三」章でこの事件が話題になり、御米が「どうして、まあ殺されたんでせう」と宗助の弟の小六に尋ねたのにつづいて、以下のような会話が交わされる。

「短銃をポン〳〵連発したのが命中したんです」と小六は正直に答へた。

「だけどさ。何《ど》うして、まあ殺されたんでせう」

小六は要領を得ない様な顔をしてゐる。宗助は落付いた調子で、

「矢っ張り運命だなあ」と云つて、茶碗の茶を旨さうに飲んだ。御米はこれでも納得が出来なかつたと見えて、

「どうして又満洲抔《など》へ行つたんでせう」と聞いた。

「本当にな」と宗助は腹が張つて充分物足りた様子であつた。（三）

そしてそれにつづくやり取りで、宗助は先に引用した「伊藤さんは殺されたから、歴史的に偉い人になれるのさ」という言葉を口にするのだった。けれどもこの場面の会話は決して執筆時の〈現在〉に属するものではない。伊藤が安重根によって暗殺されたのは明治四十二年（一九〇九）十月二十六日であり、この場面はその数日後に設定されている(7)。したがってこの事件は発表時の四ヵ月以上前の出来事になり、むしろ近い〈過去〉に属するというべきである。漱石は執筆時に並行して生起した出来事を作中に取り込むことに長けており、『吾輩は猫である』では旅順の陥落や日本海海戦が、『それから』では製糖会社と政治家の間の贈収賄事件である日糖事件が、同時進行的な話題とされていた。それと比べると、『門』での伊藤博文暗殺事件はやや時間が経過した話題であり、新聞読者の興味を掻き立てる同時性をもっていない。この〈過去〉の出来事が話題にされているのは、それが作品の主題と関わるからであり、韓国併合の問題がこの作品に底流することが示唆されているのである。

そのように考えれば、この場面が指示する明治四十二年十月末という時間は〈現在〉を意味するという

よりも、主人公たちが生きる時空の起点を表しており、そこで語られる出来事が因果的にもたらすであろう状況の様相が、作品内の世界を形成しているといえるだろう。それは併合後の日本の推移を漱石が見通した姿にほかならず、それが決して豊かなものとして描かれていないところに、漱石の韓国併合に対する批判的な意識がうかがえるのである。

　主人公宗助は馘首に怯えつつ日々を送る下級の官吏であり、愉しみといっては日曜の昼寝と散歩くらいしかなく、また子供にも恵まれないために、未来の繁栄を子供に託すということも禁じられている。そしてその〈未来〉が暗く活力を欠いたものとして描かれているところに、漱石の批判意識を見ることができたわけだが、とくにそれを集約的に物語っているのが宗助夫婦における〈子供〉の不在である。宗助の妻の御米はこれまで三度妊娠しながらいずれも流産や死産に終わって子供に恵まれていない。それはすなわち日本の帝国主義的な拡張が決して豊かな未来をもたらさないという見通しの比喩にほかならない。明治三十九年（一九〇六）の「断片」には「吾ニ未来ナシト云フ者ハ吾ハ子ヲ生ム能力ナシト云フニ等シ」とはっきりと記されている。すなわち「子ヲ生ム能力」を欠如させた宗助、御米夫婦に仮託された近代日本は「未来ナシ」という宿命にあることが宣言されているともいえるのである。

　この宣言は実際作中でなされており、御米が子供に恵まれない理由を易者に見てもらうと、「貴方は人に済まない事をした覚えがある。その罪が祟つてゐるから、子供は決して育たない」（十三）と断言されるのだった。この「人に済まない事をした覚え」とは、韓国人研究者の金正勲《キムジョンフン》が「「済まない事」をされた対象は、安井であると同時に〈満州（朝鮮）〉にもなる」（『漱石と朝鮮』（中央大学出版部、二〇一〇）と述べるように、まさに断行されようとしている韓国の併合を〈未来〉の地点から過去化した表現以外ではないだろう。「二人の抱く罪悪感はあまりに大袈裟で悲観主義的すぎる、と決めつけてしまうことはたやすい。実際彼らのしたことはそんなに大それたものではないように思えるから」（キャサリン・ロング「『門』第十七章」『比較文学研究』33号、一九七八）といった指摘もされているように、作品内の文脈からすれば宗助が御米を安井から奪ったことを指すこの行為が、彼らに強い罪障感とともに日々を送らせ、またその行為の因果のように子供に恵まれないという状況を与えるほど深刻なものであるかどうかは疑わしい。その結果に「悲観主義的」な色合いを与えているのは、とりもなおさず主人公夫婦に託された日本の現況と先行きに対する作者漱石の認識にほかならないのである。

4　政治的寓意の表象

漱石の作品において女性が植民地的空間の暗喩として現れるのはもちろん『それから』『門』が初めてではない。『坊っちゃん』においても「おれ」つまり坊っちゃんの陰画的分身である「うらなり」の婚約者の「マドンナ」が、〈西洋〉の記号性をはらむ教頭の「赤シャツ」に奪い取られることになる展開は、日清戦争後の三国干渉とその対象である遼東半島にロシアが進出していくその後の経緯と符合していた。明治三十八、九年の「断片」には「二個の者が same space ヲ occupy スル訳には行かぬ。甲が乙を追ひ払ふか、乙が甲をはき除けるか二法あるのみぢや。甲でも乙でも構はぬ強い方が勝つのぢや」というよく知られた記述があるが、おそらく十年前の三国干渉を念頭に置いてなされているこの記述の主題は、漱石の作品世界における男女の関係にしばしば姿を見せている。『坊っちやん』におけるマドンナをめぐる攻防はまさにそのような力学による帰趨を辿るのであり、後の『こゝろ』（一九一四）でも女性は「occupy」の対象として男性間のせめぎ合いの対象となるのである。

こうしたこの政治的寓意をはらみがちな漱石作品の特質は、フレデリック・ジェイムソンが『政治的無意識』で展開したアレゴリーの論理との強い連携を示している。ジェイムソンは文化的テクスト全般を、経済ないし生産様式によって規定される社会の基盤あるいは下部構造の寓意的なモデルとするジョルジュ・ルカーチのリアリズム論を踏まえつつ、文学作品をこの下部構造に流通する「政治的無意識」のアレゴリーとして捉える論を展開している。ジェイムソンによれば「私たちが歴史や〈現実界〉そのものに接近しようと思うなら、どうしても、政治的無意識のなかでまず最初におこなわれるテクスト化と物語化を経由せねばならない」（大橋洋一他訳、以下同じ）のであり、「あらゆる文学は、共同体の運命に関する象徴的思考として読まねばならないのだ」とされる。こうした「政治的無意識」はしばしば作品の全体的な統合性を相対化することになるが、文学作品の解釈とはまさに「作品の特権的内容を、作品のなかにある亀裂や不連続箇所に見出すこと」にほかならないという(8)。

このジェイムソンの論理はほとんど漱石の作品群にそのまま適合するものであり、本書でも「作品のなかにある亀裂や不連続箇所」に着目しつつ、そこから作品に込められた政治的寓意を焦点化することに力点を置いてきた。漱石は本来小説作品の創作を、「非我」の世界を「綜合」しつつそこで括り出される焦点的関心としてのFにはらまれる「真」を描き出す行為として捉えていたが、そこに必然的に伴う観念化、抽象化がアレゴリーとして現れることになるのである。しかし強い妥当性をもつジェイムソンの理論がやや疑問を抱かせるのは、作品が対象化する社会の下部構造に「テクスト化と物語化」が施されるのが作者の「政治的無意識」のなかであるかどうかということだ。『それから』や『門』ですくい取られているのは確かに、明治四十年代の経済的構造や対東アジアの外交問題と結びついた気分や空気として瀰漫する「政治的無意識」であるといえるが、それを物語化する漱石の手つきはむしろきわめて〈意識的〉であり、そこにはポール・リクールが『時間と物語』で詳述するような、意識的なミメーシス（模倣）行為としての物語叙述の機構が作動しているのである。

もっとも漱石の意識的な姿勢としては、従来東アジア諸国に対しては軽侮の眼差しを向けていたという評価が一般的であり、ここで眺めてきたような韓国・朝鮮との関係の取り込みはそうした傾向に逆行するものとして映るかもしれない。漱石の東アジアすなわち中国や韓国・朝鮮への侮蔑的な意識を傍証する中心的な言説として扱われてきたものが、明治四十二年（一九〇九）に発表された『満韓ところ〴〵』である。ここでは大連に着いた際に受け取った印象として「河岸《かし》の上には人が沢山並んでゐる。けれども其大分は支那のクーリーで、一人見ても汚ならしいが、二人寄ると猶見苦しい。斯《こ》う沢山塊《かたま》ると更に不体裁である」といった記述がされていたり、中国人を「チャン」と呼んだりする言葉遣いが見られたりする。満州での見聞を綴ったこの紀行文について、漱石の「中国人観、朝鮮人観、それが、ごく自然に帝国主義、植民地主義にしみていた」ことの証左とする、中野重治に代表される見方[9]が受け継がれ、漱石が「中国人や朝鮮人を一人一人として見るばかりで、一つながりの民衆的な主体とは見なかった」（米田利昭『わたしの漱石』勁草書房、一九九〇[10]）ことの証左とされてきた。

しかしここで見てきたように、漱石の言説のなかには韓国・朝鮮人に対する共感的な記述も存在し、少なくともこの半島の隣国に強い関心を持っていたことは否定できない。ハーグ密使事件の際には、日本の姿勢が「もつと強硬」であってもよいと記しながら、一方では「朝鮮の王様は非常に気の毒なものだ。（中略）あれで朝鮮が滅亡する端緒を開いては祖先に申訳がない。実に気の毒だ」という「同情」を述懐し、また韓国紳士日本観光団の記事についても、「諸新聞の記事」がどれも「軽侮の色」を漂わせていることに腹立たしさを覚えているのである。また韓国併合についても、漱石は明治四十三年（一九一〇）八月の修善寺での大吐血による人事不省からの恢復の途上で、見舞いに来た安倍能成《よししげ》に「先生は朝鮮の合邦、梅さんのことをきかれた」と手記（一九一〇・八・三〇）に記されるような質問をしている（夏目鏡子『漱石の思ひ出』前出所収）。また同じく漱石の看病と世話をしていた坂元雪鳥（白仁三郎）の「修善寺日記」（創藝社『夏目漱石全集』月報、一九五四・四、に収載）にも「夜隣室に当直す。日韓併合の顛末をお話する」（一九一〇・八・二八）という記載が見られる。危機的な状況を脱し、ようやく食べ物が口に入るようになりつつある段階でも、漱石の関心がこの問題に向かっていることが分かるのである。

こうした漱石の韓国・朝鮮への関心は、彼がロンドンでの経験を通して「個人主義者」としての自覚を明確にしたこととの因果的な結果でもあった。ここで漱石はどの人間も「universal」な存在ではなく、それぞれの国の「local」な文化的堆積を文脈として持つ個的な存在でしかなく、その点で日本人もイギリス人も対等の立場に立ちうるという結論に達したのだったが、それはおのずと自己と他者が等しく尊重されるべきであるという考え方に敷衍されることになる。それが明瞭に示されているのが、大正三年（一九一四）におこなわれた講演「私の個人主義」で、ここではロンドンでの苦悩と迷いの末に「自己本位」の立場が見出された経緯につづいて、この立場に立脚する個性の発揮について「自己の個性の発展を仕遂げやうと思ふならば、同時に他人の個性も尊重しなければならない」と明言されている。そしてこの他者の尊重は個人の次元にとどまるものではなく、国と個人を入れ子的に捉える明治人的な感覚のなかで、どの国もそれぞれの固有性のなかで進んでいく権利を持っているという認識に連続することになる。小森陽一がこの一節に帝国主義批判を見ている(11)ように、〈日本が発展しようと思うならば、他国の個性も尊重しなければならない〉という命題がそこから容易に導き出されるのである。

ありていにいって、漱石が韓国・朝鮮にさほど積極的な愛着を持っていたとは思いがたい。しかし自国の固有性とともに他国の固有性を尊重しなければならないという価値観が漱石のなかにあるとすれば、好悪にかかわらずこの隣国の存在自体は認めなければならないのである。漱石が韓国併合を批判的に表象するのはこうした意識が根底にあるからにほかならない。

すると『満韓ところ〴〵』に散見される、中国や韓国に対する差別的ともいえる表現はどこから来ているのかという疑問が浮かぶが、それも皮肉なことに同じ地平からもたらされていると考えられる。すなわち漱石の「個人主義者」の基底をなすものが、それまでの知的営為の堆積に支えられた感覚の活動であるとすれば、その政治的、倫理的な認識とは別個に、自身の感覚の肯わないものに対して否定的な言辞を投げるのは自然な流れだからだ。先の引用にあった、中国人のクーリーの姿を、「汚らしい」あるいは「不体裁」と受け取るのは、こうした漱石の感覚的判断が発動した例にほかならないだろう。

しかし審美的判断をおこなう感覚的主体は、当然その対象を肯定的にも捉えるのであり、中国人、朝鮮人に対しても積極的に評価する記述が織り交ぜられていることは見逃せない。大連の豆油工場で働く労働者たちの描写では、「クーリーは大人しくて、丈夫で、力があつて、よく働いて、たゞ見物するのでさへ心持が好《い》い」と記され、粗食にもかかわらず、長時間の重労働をこなす労働者の体力への感嘆が表明されている。漱石は彼らのたくましい肉体を眼にして「昔韓信に股を潜《くぐ》らした豪傑は屹度《きっと》こんな連中に違ひない」という感想も覚えているのである。また遼河河口に絶え間なく泥が押し寄せてくる光景を見て、「一二ケ月で河口は悉皆《すっかり》塞《ふさ》がつて仕舞ひさう」な印象を覚えるものの、「それでも三千噸《トン》位な汽船は苦もなくのそ〳〵と上《のぼ》つて来ると云ふんだから支那の河は無神経である。人間に至つては固《もと》より無神経で、古来から此泥水を飲んで、悠然と子を生んで今日迄栄えてゐる」と記されているのは、一見侮蔑的な表現に映りながら、「悠然」や「栄えてゐる」という言葉が使われているように、むしろ中国という国とその民衆のスケールの大きさに対する感嘆がアイロニカルに語られていると見られるのである。

またしばしば引用されるように、韓国滞在中の明治四十二年（一九〇九）九月二十九日の日記には、日本人と朝鮮人を対比して後者の方に好ましい印象を覚える、次のようなくだりがある。

絶壁の下朱字を刻する所に日本の職〔人〕三人喧嘩をしてゐる。一人は半袖のメリヤスに腹掛屈竟の男一人は三尺に肌脱の体共に大坂弁なり。何時迄立つても埒あかず。風雅なる朝鮮人冠を着けて手を引いて其下を通る。実に矛盾の極なり。

統治国となりつつある国の人間が野卑な姿を見せ、その支配下に置かれつつある民族が「風雅」な様相を呈しているズレを「矛盾の極」として受け取るのは、やはり漱石の感覚的評価の一例だが、少なくともその機構のなかで朝鮮人の存在が肯定的に位置づけられていることは否定できない。

この『満韓ところ〴〵』の素材となった旅行は、当時満鉄総裁であった大学予備門時代の旧友中村是公《よしこと》の招待を受けておこなわれたものである。漱石が東京を発ったのは明治四十二年（一九〇九）九月二日であり、神戸から大阪商船の鉄嶺丸に乗り込み、六日に大連に着いている。その後奉天、長春などに滞在した後九月二十七日に韓国に入り、平壌、京城、仁川などを訪れ、十月十三日に釜山から帰国している。紀行文に語られる内容は、その表題と合致せず「満」の部分のみであり、中村是公をはじめとする満鉄の関係者や、橋本左五郎、佐藤友熊ら大陸在住の旧友たちとの交友を主な内容としている。

この紀行文が連載されたのは、安重根による伊藤博文暗殺事件が起きる前後であり、『門』の会話にもあるような「物騒」な所として満州、韓国のイメージが高まっていった時期においてであった。そうしたイメージを受けるように、伊藤の暗殺が起きて約十日後の明治四十二年十一月五日からは、同僚（社会部長）の渋川玄耳《げんじ》の「恐ろしい朝鮮」の連載が開始され、十一月三十日まで続いている。もっともこの記事ではその表題とは裏腹に、個人としてのかなり客観的な視点から、日本や中国の支配に侵食されつつある韓国の現況が、様々な場面から報告されている。そこには当地の日本人に対する批判もしばしば差し挟まれており、たとえば商売をするにしても、長期的な展望をもって地道なやり方を取ろうとする「支那人」と比べて、日本人は短期間に利益をかすめ取ろうとする傾向が強いことが指摘され、あるいは米を運搬する朝鮮人の舟を、米を没収した上で乗組員とともに焼いてしまった日本人官吏の話が、「恐ろしい朝鮮より恐ろしい日本が朝鮮にはあるらしい」という感想とともに語られていたりしている。

語られる対象が満州と韓国という差があるとはいえ、現地の様相を観察する情報量においては、渋川玄耳の「恐ろしい朝鮮」の方がむしろ『満韓ところぐ〳〵』に優っているともいえる。後者からは満州に生活する庶民の姿はごく断片的な形でしか伝わってこないのである。それは本来漱石の第一の関心が国家的な次元にあって、決して庶民の生活の側にはなかったことの証左でもあるとともに、伊豆利彦が「漱石が満鉄総裁の旧友として、特別な賓客として旅行し、伊藤博文暗殺前後の大陸進出熱に湧く日本の新聞にその旅行記を発表しなければならなかった」（『漱石と天皇制』有精堂出版、一九八九）と述べるような事情が背後にあることが推察される。伊豆が指摘するように、この紀行文は満鉄を中心とする日本の満州進出の様相の報告書的な趣きを帯びており、漱石には珍しく、一人の表現者としてよりも、自身が身を置く新聞社の〈社員〉的な立場を押し出そうとする傾向が認められるのである。

それは『満韓ところぐ〳〵』の内容と同時期の日記の記述に差があることからもうかがわれる。前者には現れない「韓」の部分の記述が日記には当然見られるが、そこでは漱石が韓国の風土に対して覚える親近感が示されている。「満目蕭々《しょうしょう》遠い山と近き岡を除いては高粱《コーリャン》の渺々《びょうびょう》として連なるのみ」（一九〇九・

九・一七）といった満州の光景は、韓国に入ると「赤土と青松の小きを見」て「なつかしき土の臭や松の秋」という句を詠んだり、「始めて稲田を見る。安東県の米は朝鮮米なり純白にて肥後米に似たり」（一九〇九・九・二七）と書きつけたりするところにうかがわれるように、自国のそれを想起させるものに変わっていく。十月一日の記述では宿で見つけた竹に対して「満韓を旅行して始て竹を見る」という感想を記し、十月十日には、登った山のなかに「松及び谷鸞ろくべくよき所あり」という印象につづいて「高麗百済新羅の国を我行けば／我行く方に秋の白雲」といった、韓国の自然と自己を溶け合わせる趣きの歌三首を書きつけている。逆にいえば、こうした「韓」に対する親しみを語ることが、伊藤暗殺直後の新聞紙面においては憚られるところがあり、それが『満韓』から斥けられることになったとも考えられるのである。

5　大患の前後

興味深いのは、『満韓ところ〴〵』に繰り返し見られる胃痛に関する言及が日記には姿を見せないことで、それは満鉄関係者との交遊の叙述が『満韓』と比べると僅少であることと照応をなしている。たとえば『満韓』の三十一節の冒頭には、旅順から大連に移動する際には次のような記述が見られる。

愈《いよいよ》腹が痛んだ。ゼムを嚙んだり、宝丹を吞んだり、通じ薬を遣つたり、内地から持つて来た散薬を用ひたりする。毎日飯を食つて吞気《のんき》に出歩いてゐる様なもの丶、内心では是《こ》りや堪まらないと思ふ位であつた。

こうした身体的状態に関わる記述は本来むしろ日記の方にふさわしいはずだが、逆に新聞紙面という公的な場所に現れ、私的な出来事や感情を記載するべき日記では胃痛への言及はされていないのである。やや深読みをすれば、『満韓』で胃痛の不快が繰り返し語られるのは、そうした状態にある作者を支えるべく、植民地経営に関わる知己や旧友との交わりが必要であるという印象をつくるためであったと考えられなくもない。いいかえれば、この紀行文における漱石の胃痛は、植民地的空間の描出に対する〈アリバイ〉として機能しているとも見られるのである。

日本の軍事的強化に対する漱石の眼差しは、ハーグ密使事件後の高宗の退位に対する感想に現れているようにアンビヴァレントな色合いが強く、西洋列強の侵略を堰き止め、一国の独立を確保する条件として肯定されると同時に、近隣アジア諸国の自律性を失わせる契機として批判的に眺められてもいる。満韓旅行においても、漱石は韓国の風物に相対的な親しみやすさを感じるとともに、この地に進出して活動の領域を拡げつつある日本人の姿に頼もしさを覚えてもいる。そもそも韓国に対して感じられる親しみ自体が、日本人の進出によって生活文化が部分的には日本のそれに近しいものとなっていた結果でもあった。

談話の「満韓の文明」（一九〇九）でも「此の度旅行して感心したのは、日本人は新取の気象に富んで居て、貧乏世帯ながら分相応に何処までも発展して行くと云ふ事実と之《これ》に伴ふ経営者の気概であります」と語られている。この旅行に漱石は、東アジアでの日本の拠点を築く事業の推進役であった満鉄からの招待を受けるという意識で臨んでおり、その〈公的〉な立場からの視察報告という性格が談話や講演にも現れている。(12)『満韓ところ〴〵』にもそれが垣間見られるが、その立場を滲出させつつそれを相対化する表現が『満韓ところ〴〵』に点綴されている。胃痛への言及は私的な感覚の表明としてそれを担う要素として機能していた。

もっとも漱石が現実に胃痛に苦しみつつ旅程をこなしていたことはいうまでもない。出発時にも、もともと中村是公とともに八月二十八日に日本を発つ予定だったのが、胃カタルの発作によって出発を遅らせ、九月二日の出発となったのだった。そうした体調にもかかわらず、漱石は営口と大連で講演をおこない、大陸で地歩を築きつつある同胞の営みを称揚しつつ、文学者としての立場を表明している。近年見出された、『満洲日日新聞』の主催で九月十二日に大連でおこなわれた学術講演会「物の関係と三様の人間」では、人間を「物と物との関係を明らめる人」「物と物との関係を変化せしむる人」「物と物との関係を味ふ人」の三種に分け、文学者を三つ目の範疇に属する人間であるとしている(13)。

これは「非我」の世界の様相を「我」を通して描くという、これまで眺めてきた漱石の創作理念にもかなった位置づけであるだろう。漱石の分類では文学者は、科学者に相当する第一のタイプや事業家に相当する第二のタイプと違い、外界における事象を意識的に組み合わせて生じる関係性を美的に表象する人間であり、たとえば工場やドックや大煙突といった散文的な対象であっても、その〈味わい方〉によっては十分美しい画面が構成されるという。この講演で「物と物との関係」の例として「男と女が如何なる関係にあるのか」が挙げられているように、この「関係」は具体的な事物の配置から人間同士の関係、あるいは国と国との関係にまで敷衍されていく拡がりをもっているだろう。とりわけこの時期は日本と韓国の「関係」の行方が重大な問題となっていたのであり、それが漱石の創作家としての触手を動かさないとは考えがたいのである。

漱石の胃痛は帰国後も快癒に向かうことはなく、翌明治四十三年（一九一〇）六月には内幸町の長与胃腸病院での検査で血便が認められ、胃潰瘍の疑いが呈された。『門』の連載が終了してすぐの六月十八日には同病院に入院し、苦痛を伴う「蒟蒻《こんにゃく》で腹をやく」（「日記」一九一〇・七・一）治療を受け、状態の好転が認められたために七月三十一日に退院している。その後転地療養のために、八月六日に弟子で俳人の松根東洋城の滞在することになっていた伊豆の修善寺温泉に赴いたが、そこで胃痙攣を起こすなど状態が悪化し、十七日、十九日の吐血につづいて二十四日には五百グラムの大吐血を起こして人事不省に陥った。いわゆる修善寺の大患である。夫人の鏡子は松根からの電報を受けて十八日に修善寺に駆けつけ、大吐血後は子供たちや親族、また森田草平、鈴木三重吉、安倍能成ら門弟たちが見舞いに参集した。

一時は生命の維持が危ぶまれる状態となったが、約十日後には病状が落ち着き、九月八日からは自身の手で日記を付け始め、俳句、漢詩をものするまでに恢復するに至っている。九月十八日の日記には「始めて粥半椀を食ふ」という記載が見られ、九月二十日の日記には「病前に読みかけた六づかしい本を寐ながら読むに頭の工合は病前と差して異ならず」と、自身の創作の源泉たる知的能力が低減していないことを確認している。十月十一日に帰京後は直ちに長与胃腸病院に入院し、病院の中で随想の『思ひ出す事など』を書き継いでいった。明治四十四年（一九一一）の正月も病院で迎えることになり、退院したのは二月二十六日のことであった。

韓国併合が成ったのはちょうどこの大患の時期と重なっている。韓国併合条約が調印されたのは八月二十二日であり、その二日後に漱石は大吐血を起こし、危機的な状態に陥っているのである。これは必ずしも偶然の照応ではなく、漱石の胃の状態を悪化させていた要因に、韓国併合への憂慮があったことも想定しうる。国際間の政治的緊張が漱石の気分や体調に影響を与えることはこれまでもあり、イギリスから帰国後に神経衰弱が悪化したのも、義和団事変後満州からロシア軍が撤退せず、それが日露戦争の引き金になりつつあった状況においてであった。漱石が坂元や安倍に「日韓併合の顚末」を聞いたのは、その条約の調印がなされた直後であり、日本が隣国を領有して版図を拡げることへの違和感が、それまでも漱石の胃を苛んでいた可能性は十分考えられるのである。

森田草平の『漱石先生と私』（上下、東西出版社、一九四七〜四八）によれば、鏡子や見舞いの弟子たちは新聞を読みたがる漱石にそうさせないことに苦慮したようで、小宮豊隆の「修善寺日記」（『漱石・寅彦・三重吉』岩波書店、一九四二、所収）でも、極力文芸欄以外の紙面を漱石に持っていかないようにしたことが述べられている。それは漱石が昵懇にしていた長与病院院長の長与称吉が九月五日に病死していたことを漱石に知らせまいとするための配慮とされているが、外界の事象への過剰な関心が胃に負担を与えることも慮られたのであろう。また漱石自身が長与院長の消息を知るために新聞を読もうとしたのではもちろんないはずである。漱石が知りたかったのは韓国併合の成り行きであったが、それは二十二日の併合条約調印後もその内容がしばらく公にされず、二十九日になってようやく「韓国併合詔書」が発せられるというズレがあったためでもある。ちょうどその期間に漱石は生死の境をさまよっていたのであり、そのため意識が平常に戻るとすぐに坂元や安倍にその件について話を聞かねばならなかったのである(14)。

一方漱石自身に関わる事件としては、長与病院退院間近の明治四十四年二月二十日に文部省より博士号授与の通知を受けるものの、辞退するという出来事が起こっている。これについて漱石は談話「死骸となつて棄てられた博士号」（一九一一）で次のように語っている。

> 結局文部省は私に何《どう》しても博士を呉れたと云、私は何《ど》うしても貰はぬと云ふ、此儘《このまま》で幾年か経過すれば世間の人達は私が博士を辞退したのだと云ふことは忘れて仕舞ふでせうから文部省は何所《どこ》迄も私を博士にして仕舞つて私を文学博士夏目金之助と呼ぶのでせう、が私は唯の夏目なにがしで暮したいんですからさう云ふことは甚だ迷惑千万です（以下略）

漱石が博士の学位を受けることを拒んだのは、とくにその反権力的な姿勢の現れと見る必要はないと思われる。これまでも眺めたように〈学者〉という自身の立場を功利主義に対置されるものとして漱石は尊重していたが、東京朝日新聞社入社によってこの立場を放棄することになった四十歳代前半には、新たな自己の在り処を確立することに心を砕かねばならなかった。そこで得られたのは、それまでの〈学者〉でもなく、青年期に描いた反世俗的な風流人でもなく、外界の潮流としてのFを捉え、そこに潜む「真」を描き出す職能の主体としての「創作家」ないし「芸術家」という同一性であった。それが明確化された段階になって、自分が数年前に苦労して滅却した〈学者〉としての位置をことさらに与えられるのは、確かに「甚だ迷惑千万」なことだっただろう。まして当時の新聞紙面で忖度されていたように、漱石の生命の危機を見越して存命のうちに博士号を授与しておこうという意向が文部省にあったとしたら[15]、漱石にとっては一層「迷惑」以外ではなかった。

反面自身の〈学者〉的自我に内実を与えていた、物質至上的な功利主義に対峙する姿勢自体は当然漱石のなかで持続しており、その点では漱石は依然として〈学者〉であった。「博士問題の成行」（一九一一）で「博士でなければ学者でない様に、世間を思はせる程博士に価値を賦与したならば、学問は少数の博士の専有物となつて、僅かな学者的貴族が、学権を掌握し尽すに至ると共に、選に洩れたる他は全く一般から閑却されるの結果として、厭ふべき弊害の続出せん事を余は切に憂ふるものである」と述べられているように、漱石の意識では「博士」でなくとも学問に関わることはできるのであり、人間の精神的営為を探究する広義の〈学者〉としての活動を漱石は現在の「創作家」という立場で展開していた。その意味においても「博士」の学位は漱石には不要だったのである。

この博士学位辞退の一件にも見られるように、大吐血による生命の危機をくぐりながら、漱石の表現者としての意識、自覚には揺るぎがなかった。従来「修善寺の大患」で経験した「三十分の死」（『思ひ出す事など』）は、江藤淳が「不思議な恍惚感」（『決定版　夏目漱石』前出）と表現するような、夢幻的な境地に漱石をいざなう契機となったという見方がされがちであった。桶谷秀昭も「漱石の幸福は、冷酷な自然の力によって、もっとも死に近いところにいたとき実現した」（『夏目漱石』河出書房新社、一九七六）と述べているが、これらは『思ひ出す事など』に「霊が細かい神経の末端に迄行き亘《わた》つて、泥で出来た肉体の内部を、軽く清くすると共に、官能の実覚から杳《はる》かに遠からしめた状態であつた」などと語られる、吐血後の感慨から汲み取られた解釈である。けれどもこの死への接近がもたらした逆説的な至福の時間を、漱石は本領の創作行為に盛り込むことはなかった。『薤《かい》露《ろ》行』や『幻影の盾』（ともに一九〇五）といった、出発時に書かれた夢幻的な作品世界に漱石が回帰することはなく、『彼岸過迄』（一九一二）以降の作品は大患以前と同じく長篇の規模を取り、方法的にも主題的にも連続性を保って展開されていくのである。

6　『彼岸過迄』の「洋杖《ステッキ》」

けれども『門』の擱筆から約一年半の期間を置いて着手された『彼岸過迄』は前後の作品とは異なり、みずから冒頭の「「彼岸過迄」に就て」で「個々の短篇が相合して一長篇を構成するやうに仕組んだら、新聞小説として存外面白く読まれはしないだらうか」と述べるように、独立性の高い六つの章が束ねられる形で構成された異色の長篇として成っている。それらは敬太郎という青年を介して、彼の知人や叔父、あるいはその家族がそれぞれの物語の主体となる形で語られていくが、逆にいえば作品全体としての一貫した展開は乏しく、拡散した印象を残す作品である。

それはやはり、この作品が病床にとどまりがちであった時期に着想されたという事情を反映している。

「『彼岸過迄』に就て」では、本来前年の夏頃から新しい作品に取りかかるべきところが、身体の無理を憂慮する周囲の進言によって引き延ばしになっており、新しい年に入ってしまった事情が述べられている。

歳の改まる元旦から、愈《いよいよ》書始める緒口《いとぐち》を開くやうに事が極《きま》つた時は、長い間抑へられたものが伸びる時の楽《たのしみ》よりは、脊中に脊負《しょわ》された義務を片附る時機が来たといふ意味で先《まず》何よりも嬉しかつた。けれども長い間抛り出して置いた此の義務を、何《ど》うしたら例《いつも》よりも手際よく遣《やっ》て退《の》けられるだらうかと考へると、又新らしい苦痛を感ぜずには居られない。

ここに語られているように、『彼岸過迄』はその時点での問題意識を起点として物語を構築するというよりも、職業作家としての創作行為に復帰するための助走として書かれた性格を帯びている。本来漱石に創作のモチーフを与えるものは、「非我」としての外部世界の動向であり、新聞社の一員となってからはとくにそれを源泉とする傾向が強まっていった。したがって大患やその後も断続的に襲われた胃潰瘍や痔疾といった病によって病臥に伏しがちであったことは、その外界への感応を低下させる要因とならざるをえない。『彼岸過迄』が物語的な強い一貫性をもたないのはその現れでもあり、それを代替するように、ここではこれまで漱石が作品に盛り込んできた主題と現在時の感慨がいわば総花的に込められ、それぞれの短篇の軸をなしているのである。

けれどもこれまで眺めてきた韓国・朝鮮との関係はやはりこの作品にも寓意的な形で姿を現している。初めの「風呂の後」で敬太郎が交わりを持つ下宿の同居人の森本は、事業欲に導かれて九州や四国に足を伸ばしたことのある「冒険家」的な人物で、現在は役所に勤めているものの、間もなくそこを去って満州に赴くのだったが、彼が置いていった「洋杖《ステッキ》」が媒介となって、その後の章で敬太郎はこの洋杖を自分の持物として過ごすことになる。重要なのはこの洋杖のみならず、その持ち手の部分に森本がみずから彫った「蛇の首」である。

此洋杖《ステッキ》は竹の根の方を曲げて柄《え》にした極めて単簡のものだが、たゞ蛇を彫つてある所が普通の杖と違つてゐた。尤《もつと》も輸出向に能《よ》く見るやうに蛇の身をぐる〱竹に巻き付けた毒々しいものではなく、彫つてあるのはたゞ頭丈《だけ》で、其頭が口を開けて何か呑み掛けてゐる所を握《にぎり》にしたものであつた。けれども其呑み掛けてゐるのが何であるかは、握りの先が丸く滑《すべ》つこく削られてゐるので、蛙だか鶏卵《たまご》だか誰にも見当が付かなかつた。（「停留所」五）

つづく同じ章の「六」では「胴から下のない蛇の首が、何物かを呑まうとして呑まず、吐かうとして吐かず、何時迄も竹の棒の先に、口を開いた儘《まま》喰付いてゐる」と、「呑みかけ」の状態がより詳しく語られるが、この「何物か」を呑もうとしつつ呑みきれない蛇の頭の曖昧な状態は、その後同じ章で敬太郎が見てもらう占い師の老婆の「貴方は自分の様な又他人の様な、長い様な又短かい様な、出る様な又這入《はい》る様なものを持つて居らつしやる」（「停留所」十九）という言葉と繋がり、この洋杖に託された森本の運命を敬太郎が引き継いでいることが示唆される。敬太郎自身この占い師の老婆の言葉が森本の置いていった洋杖の彫り物を指していることに気づき、自分に帰属するようなしないような曖昧な物の主体になっていることを知らされるのである。

もともと「妙な洋杖《ステッキ》を突いて、役所から帰ると能く出て行つた」（「風呂の後」九）と記され、「森本の運命と其運命を黙つて代表してゐる蛇の頭」（「停留所」六）と表現されているように、この洋杖は躊躇せず大陸に赴いて行く「冒険家」的な森本の存在を喚起する分身的な持物である。敬太郎もまた「冒険」への憧憬を少年時代から抱きながら過ごしてきた青年であり、その敬太郎が森本の分身的な持物を引き継ぐことによって彼との連続性を生じさせることは不思議ではない。そしてこれまでの作品との文脈を下敷きにすれば、この「何物かを呑まうとして呑まず、吐かうとして吐かず」という不完全な併呑の関係のなかで「自分の様な又他人の様な」曖昧な帰属物となっている対象とは、とりもなおさず併合によって日本の一部となりながら、それまでの抵抗の姿勢が残存するなかで、完全に日本に〈呑み込まれ〉きらない相手となっている朝鮮の寓意であることが分かる。

漱石の作品にしばしば現れる「洋杖《ステッキ》」は、『夢十夜』（一九〇八）の「第十夜」では絶壁に追いつめられた庄太郎が、自分のもとに押し寄せて来る豚の大群の鼻を叩きつづける道具として、『三四郎』（一九〇八）では川縁で寝ている二匹の羊を睨んでいる、向こう岸にいる「悪魔《デヴィル》」が手にしているものとして語られている。いずれも相手に加えるべき攻撃の手立てとして意味づけられているが、その含意を『彼岸過迄』に振り向け、〈満州〉に赴いて行った森本の輪郭を考慮すれば、それはアジア諸国に植民地化の力を及ぼそうとする日本の帝国主義的な攻撃性を示唆することになる。森本は今後いわゆる「大陸浪人」になる可能性があるが、実際日本の中国での帝国主義的進出に加勢したのは、頭山満《とうやまみつる》や内田良平に代表される「冒険者的気質」を持った「大陸浪人」たちであった。また「蛇」は男性の性器の象徴であり、それが呑み込んでいる相手と「長い様な又短かい様な、出る様な又這入《はい》る様な」関係を結んでいるのは性行為自体を暗示している。洋杖もその形態から男性器の象徴と見ることができ、したがってこの奇妙な洋杖は全体として女性への完全ではない侵犯、領略を表象していると見なされる。そして前にも触れたように、漱石の作品でも大衆ジャーナリズムにおいても、日韓の併合は男女の結婚に見立てられていたのであり、そこから考えてもこの蛇の頭を持つ洋杖が併合後の日韓関係のイメージ化であることがうかがわれるのである。

先に引用したように、漱石は生命の危機を脱しつつあった時期に安倍能成や坂元雪鳥に「朝鮮の合邦」について尋ねており、身体が平常ではない状態にあってもこの問題が脳裏にとどまっている。その意識のなかで『それから』『門』を引き継ぐ形で韓国併合の問題がこの作品に盛り込まれていると考えても不思議ではないだろう。実際併合後も朝鮮では、特権を奪われた旧両班層を中心とした人びとによる抗日運動が持続しており、日本はそれに対して憲兵警察制度による武断統治の強化によって対応しようとした。日本は民族的な近しさから朝鮮人を日本人に「同化」させようとする施策を取ろうとしたが、それによってかえって「同化」しきれない、すなわち〈呑み込まれ〉きらない他者としての姿が浮上してくるのである。それは次章で見るように次作の『行人』（一九一二～一三）でより全体的な主題として描かれることになる。

敬太郎自身は作中で様々な人物を媒介する役柄であるために、『それから』の代助のような動的な行動の主体にはならないが、森本の輪郭を引き継ぐことによってやはり帝国主義的な日本の寓意を間接的にまとっている。また定職を探しあぐね、森本に「へぇー、近頃は大学を卒業しても、ちょっくら一寸《ちょっと》口が見付からないもんですかねえ。余程《よっぽど》不景気なんだね」（「風呂の後」六）と言われる姿は、『それから』でも描出されている、日露戦争後の不況下の日本の表象でもある。

しかし『彼岸過迄』の中心人物は敬太郎の知人である須永で、後半に展開される彼の独白的な長い物語が作品の主要部分を成している。彼は自分との結婚の意志をほのめかしている従妹の千代子と結ばれる成り行きにあったにもかかわらず、結局彼女を妻とすることからみずから降りてしまうのである。その直接の契機として挙げられているのは高木という男の存在で、彼に対する嫉妬が千代子への接近を躊躇させ、彼との競争関係に陥ることを回避させている。須永は叔父の松本に「世の中と接触する度に、内にとぐろを捲き込む性質《たち》である」（「松本の話」一）あるいは「自我より外《ほか》に当初から何物も持つてゐない男である」（「松本の話」二）と評される人物であり、自身の自我を傷つけられることを何よりも恐れている。彼は恋愛に関しても「若《も》し其恋と同じ度合の激烈な競争を敢てしなければ思ふ人が手に入らないなら、僕は何《ど》んな苦痛と犠牲を忍んでも、超然と手を懐ろにして恋人を見棄てゝ仕舞ふ積《つもり》でゐる」（「須永の話」二十三）という確信を抱いているが、作中人物としての輪郭をほとんど持たない高木の存在は、むしろこうした彼の自己保全の欲求を喚起する装置として機能している。

こうした須永の輪郭は、後年の作品ではあるが三島由紀夫の『春の雪』（一九六五〜六七）の前半部分での主人公清顕を想起させる。清顕も冷淡な自我主義者であり、自身を慕っていることを知っている聡子の接近を回避しつづけるが、それは結婚によって堂上華族の令嬢である彼女が担っている優雅の位階のなかに自分が入った時、彼女の劣位者に自分が置かれてしまうからであった。そのため清顕を断念した聡子が皇族のもとに嫁ぐことが決まった段階になって、逆に彼女への情念が清顕を捉え、聡子を犯すという行為に駆り立てられるのである。

須永と清顕はともに自我が傷つけられることを恐れる人物であり、しかも須永の根底に自分が実は父と小間使いの間に生まれた私生児であるという劣位性の意識がうごめいていて、それが千代子への接近を回避させる一因をなしているという構図には、清顕が聡子に距離を取ろうとする事情と近似した要素がある。自我の檻に閉じこめられた人間である点で両者は共通しているが、清顕については三島の世界に繰り返し描かれる憑依的な情念に合一することによって、動的な行動者に変貌することになる。それに相当するものが漱石の世界では「暗示」であり、外界からの働きかけに半ば無意識に感応することによって、行動の主体となることが少なくない。その典型が三千代への愛の再認識と父親に押しつけられる政略結婚の回避が相乗しつつ、彼女を平岡から奪い取る行動の主体となる『それから』の代助であった。自我意識の檻のなかにとどまる限り、人間は動的な行動者となれないというのが漱石と三島に共通する認識であり、外部的な要素と感応し、それを内に導き入れることによってはじめて行動の動力を得ることができるのだった。そのため彼らはある意味では受動的な人間たちである。『金閣寺』（一九五六）の内省的な主人公は柏木という友人の虚無の思想に染まることを契機として放火者となり、『坊っちゃん』の一本気な主人公にしても周囲の使嗾にあまりにもたやすく乗ってしまう青年であった。

漱石の作品世界ではさらにその外的な要素はメタレベルからももたらされる。すなわち『坊っちゃん』の「おれ」の喧嘩っ早い性格の背後に日露戦争が透かし見られ、代助や宗助の女性を奪い取る行動の背後に韓国併合の進行があったように、彼らは同時代の日本の対外的な行動を写し取るように、他者への働きかけをおこなっていく。それが取り払われた地平に置かれると、『草枕』（一九〇六）の語り手のように漱石の人物は審美的な観察者になってしまい、行動の契機を手にしにくいのである。

『彼岸過迄』はこのように、漱石の自我観や日露戦争後の社会や外交への認識が主要人物に分担的に託され、さらに千代子の姪である幼女の死には、前年の十一月に急逝した自身の五女雛子の急逝が映し出されるというように、その時点の漱石の手の内にあった諸々の主題や素材が盛り込まれた作品であった。その分主題の統一性は希薄にならざるをえなかったが、次作の『行人』では再び近代化の道を息せき切って進んできた日本の姿が主人公に色濃く込められるとともに、懸案の主題である朝鮮との関係が彼をめぐる人間関係に映し出されるという、『それから』『門』を引き継ぐ手法が取られ、「非我」の世界への関心を立て直した漱石の創作家としての面目が取り戻されることになるのである。

Ⅱ 「己れ」への欲望
——『行人』『こゝろ』と時代の転換

1 疲弊した主人公と『退化論』

大患後の長い病臥の後、明治四十四年(一九一一)二月末に長与胃腸病院を退院してからも、漱石が『彼岸過迄』(一九一二)によって作家活動に復帰するにはまだ十ヵ月ほどを要した。その間漱石は「マードック先生の日本歴史」や「子規の画」「ケーベル先生」(いずれも一九一一)といった評論、小品を書くほか、万全ではない体調ながら各地で講演をこなしていた。同年六月には長野県教育会の依頼で同県に鏡子夫人とともに赴き、「教育と文芸」「我輩の観た「職業」」などの講演をおこなっている。つづいて八月には大阪朝日新聞社主催の講演会のために関西方面に出発し、明石で「道楽と職業」、和歌山で「現代日本の開化」、堺で「中身と形式」、大阪で「文芸と道徳」と題された講演をそれぞれおこなっている。しかし暑い盛りに各地を移動しつつ講演を重ねていったことが体調を悪化させたのか、漱石は八月十八日の「文芸と道徳」を語り終わって宿舎に戻った後に吐血し、翌日大阪市内の湯川胃腸病院に入院することになった。約一ヵ月の入院の後帰京してからは悪化していた痔疾の手術を自宅で受け、歩けるようになって以降は執刀医の佐藤恒祐医師の診療所に通院するようになった。

次第にその水準を押し下げつつある健康状態のなかでも、漱石の眼はこれまでと変わらず時代社会に向けられているが、この時期の評論や講演において特徴的なのは、「マードック先生の日本歴史」や「現代日本の開化」などに見られるように、四十年余を経過した維新以降の近代日本の足取りを総括的に捉えようとする姿勢が強く現れていることである。なかでも西洋追随をもっぱらとして進んできた日本の近代化への批判として多く言及されてきた後者の講演では、有名な「内発的」開化と「外発的」開化の対比から、維新以降の日本が後者の路線を息せき切って辿ってきたことによって、日本人全体が疲弊のなかに置かれているという議論が示されている。漱石によれば、江戸時代までの日本は中国を中心とする外国文化の影響を蒙ってきたものの、その摂取による開化のあり方は比較的「内発的」であったのに対して、開国とともに西洋追随の流れが支配的となり、それ以降「自己本位の能力を失つて外から無理押しに押されて否応なしに其云ふ通りにしなければ立ち行かないといふ有様」となった。それは「西洋人が百年も掛つて漸く《ようや》到着し得た分化の極端に、我々が維新後四五十年の教育の力で達し」ようとするような目論見であり、その結果日本人は「一敗また起《た》つ能はざるの神経衰弱に罹《かか》つて、気息奄々《えんえん》として今や路傍に呻吟しつゝある」状態のなかで生きることになったとされる。

興味深いのは、こうした疲弊の様相が世紀末的な「退化」ないし「堕落」のイメージによって描かれていることである。進化論に対置されるマックス・ノルダウの「退化論」(Degeneration) の思想を漱石が熟知していたことはこれまでも指摘されているが(1)、高度な文明を築き上げた西洋世界の住人が、神経症やヒステリーといった病理的な症例を多く生じさせていき、その様相がユイスマンス、ボードレール、ワイルドといった世紀末の芸術家たちのモチーフとなっていったことは広く知られている。ノルダウの『退化論』に語られる、「こうした退化者に特徴的な憂苦〔不安、悲憤、恐怖など、引用者注〕を抱えることで、あらゆる種類の活動を嫌忌し、ついには意志する力を喪失するに至るのが通例である」(2)とされる「退化者」の姿は、「現代日本の開化」で語られる「神経衰弱」に陥った現代人の有様ときわめて近似している。漱石のロンドンでの考察が集積された『文学論ノート』にはノルダウのほかにキッド、ギュイヨー、ロンブローゾといった、文明の進展とそれに伴う過剰な競争が人間の精神を病ませる機構を探究した思想家たちへの言及が見られるが、「開化・文明」の節には「文明ノ結果　狂人―― aristocratic 王家ニ狂多シ、自殺者ノ増加」という文がギュイヨー『教育と遺伝』へのコメントとして記されている。

日本の二十世紀初頭の様相は、当然それまでの数百年にわたる文明の進展の末にもたらされた西洋の十九世紀末の光景と同次元に置かれるものではない。しかし漱石の未来志向的な眼差しは、西洋における数世紀間の展開を「四五十年」に圧縮して実現しようとした日本の近代が、その否定的な派生物をもすでにもたらしていることを捉えていたといえるだろう。見逃せないのは、こうしたいい方に含意されているように、「現代日本の開化」で「気息奄々として」いる主体として想定されるのは、個別の人間というよりもむしろ「現代日本」そのものであるということだ。

現実に明治四十年代半ばの日本の社会において、「気息奄々」の状態にあった人びとは少なくなかった。講演がおこなわれた明治四十四年(一九一一)は株価の暴落や米価をはじめとする物価の高騰によって、「国民の消費力は痛く減殺せられたるが為に一般市場は愈々《いよいよ》不景気に陥り、新事業の計画亦た再び頽勢に傾く」(「明治四十四年の財界回顧」『万朝報』一九一二・一・一)という情勢が進行していった年であった。前年の明治四十三年(一九一〇)に石川啄木は『時代閉塞の現状』で「毎年何百といふ官私大学卒業生が、其半分は職を得かねて下宿屋でごろ〳〵してゐる」だけでなく、その何十倍、何百倍の青年たちが学資の不足から教育を全うすることができていない状況を指摘していたが、翌年もこうした状況が好転することはなく、翌々年の明治四十五年（一九一二）にはさらにその悪化の度合いを強めていく。この「時代閉塞」の端的な徴表として、明治三十九年（一九〇六）、四十年（一九〇七）には七千人台だった自殺者の数が明治四十三年（一九一〇）、四十四年（一九一一）には九千人台に増加している(3)。

しかし漱石はあくまでも、西洋の開化を時間的に圧縮して達成しようとする無理を冒したために、日本人が「気息奄々として今や路傍に呻吟しつゝある」状態に陥っていると語っているのであり、その原因は決して不況やそれによる貧困に帰着させられていない。事実漱石がそれにつづいて挙げているのは「大学の教授を十年間一生懸命にやつたら、大抵のものは神経衰弱に罹《かか》りがちぢやないでせうか」という事例である。『行人』（一九一二～一三）の主人公一郎はそれを小説作品で体現している人物であり、大学教授を務める知識人である彼は漱石の講演の言葉どおりに、高い知性を持ちながら妻や弟への猜疑心にとりつかれ、一時も安らぐことのできない神経症的な状態で日々を送っている。終盤の「塵労」の章では、一郎が同僚の「Hさん」と伊豆に旅行に出かけた際の様子がHさんの語りによって報告されているが、そこで彼が接した一郎の言動は、まさに「現代日本の開化」で語られる日本人の姿と相似形をなしている。たとえば自身が拭うことのできない不安について、一郎は次のように語っている。

「人間全体が幾世紀かの後に到着すべき運命を、僕は僕一人で僕一代のうちに経過しなければならないから恐ろしい。一代のうちなら未《ま》だしもだが、十年間でも、一年間でも、縮めて云へば一ケ月間乃至一週間でも、依然として同じ運命を経過しなければならないから恐ろしい。（中略）要するに僕は人間全体の不安を、自分一人に集めて、そのまた不安を、一刻一分の短時間に煮詰めた怖ろしさを

経験してゐる」（「塵労」三十二）

これは西洋の開化と近代日本の開化をその時間的展開において比較した講演の箇所と同じ趣旨であり、一郎が近代日本の雛形として位置づけられていることが明瞭である。もちろんこれまでも漱石はつねに作品の主人公にそうした輪郭を付与してきたのであり、『行人』の描き方によって、漱石の方法が遡及的に確認されるということでもある。「現代日本の開化」自体も寓意的な着想をはらんでおり、国が辿る歴史的展開と個人の時間的経験が重ね合わされ、国民全体の精神的問題が大学教授の「神経衰弱」によって代表されている。もっとも「塵労」における一郎はこの寓意的側面がやや露わにすぎることは明らかで、三浦雅士が「作者は、現代文明を俎上に載せたかったために一郎の神経症を用意したのだ」と指摘する(4)ような企図が透かし見られる。

しかし『行人』全体から眺めれば、一郎の「神経症」は彼の置かれた人間関係によってその内実を与えられており、抽象的な観念によってのみ彼が苦しめられているのではない。彼の神経を疲弊させているものは第一に妻との関係であり、自分が本当に妻の心を捉えているかどうかに確信を持てないことが彼を苦しめ、その不安の要因となっている妻と弟の関係をとめどもなく猜疑しつづける。その姿にはノルダウの『退化論』で「物事をあるがままに見ることができず、世界を理解することもそれに対する正しい態度を取ることもできない」と述べられる「自我狂」としての「退化者」のイメージが強く投げ込まれている。けれどもそこにもこれまでの作品の系譜を引き継ぐ漱石的寓意が働いている。すなわち一郎と妻との関係は、『それから』（一九〇九）、『門』（一九一〇）、『彼岸過迄』（一九一二）におけると同様に日本と朝鮮との関係の写し絵となっているからである。

2 「治めがたき」他者

『彼岸過迄』で中心人物の敬太郎が下宿の同居人だった森本から譲り受けることになった「洋杖《ステッキ》」には、握りの部分に「何物か」を呑み込みつつある蛇の頭が彫られていたが、その蛇に呑み込まれようとしながら呑み込まれ切っていない「何物か」とは、まさに日本に〈呑み込まれ〉すなわち併合されつつも、旧両班層や共産主義者たちによる独立運動を持続させることで日本に対峙する姿勢を残存させていた朝鮮にほかならなかった。また民衆の次元においても、「同化」という形で朝鮮人を日本人のなかに〈呑み込む〉ことを旨とした政策が取られることによって、逆に〈日本人〉ではありえない朝鮮人の姿が浮かび上がってくることになった。

朝鮮を日本に「同化」させるというのは併合前からの方針でもあり、『太陽』明治三十九年（一九〇六）四月号に掲載された大隈重信の「対韓意見」では「韓国人が日本人に同化されて、自然に一緒になる様になり、一千万の韓人が其方が宜《よろし》いと云ふことになれば、是は即ち天命である」という見通しが語られていた。しかし併合後の朝鮮統治はそうした期待に沿う形で進んでいったわけではなかった。それは大隈も「感情の上から云へば、韓人は厄介な人間である」という感慨を示しているように、政治的な抵抗心に加えて、生活者としての慣習や価値観に大きな差があり、朝鮮を日本社会の単純な空間的延長として扱うことが容易ではなかったからである。

官吏や両班の過酷な搾取のもとに置かれていた朝鮮民衆の生活が、日本人のそれと比べてみすぼらしいという印象は朝鮮への渡航者が一様に抱くもので、その労働意欲の希薄さや衛生観念の乏しさはほとんどの日本人が驚きとともに受け取っている。しかしもっぱらそれまでの社会体制の産物であるそれらは「同化」にとっては本質的な障害ではなく、「教育」によって克服されうる課題として見なされている。一方統治者となった日本人に対する抵抗心に相対するのは簡単なことではなく、『中央公論』明治四十四年（一九一一）五月号の社論「朝鮮の統治を論ず」では「彼の両班及び儒生等は、統治の手にして少しく緩まば、必らず蹶起せんと欲するもの也」と断じられ、日清戦争後同じく日本の領有となっていた台湾と比較して、「今や台湾より大に、且つ台湾よりも治めがたき朝鮮」という括りが与えられている。

『行人』はこの〈身近〉な存在となることによって、逆に不透明な「治めがたき」他者としての姿を呈するに至った相手と主人公が渡り合う様相が、夫婦の関係に託される形で描かれた作品として読むことができる。今見たように近代日本の表象にほかならないこの作品の主人公一郎は傲慢で狷介な学者であり、妻の御直の内心を猜疑しつづける。彼は御直と弟の二郎の仲を疑っており、その貞節を試すために家族で和歌山に赴いた際に、二人を同宿させたりするのである。もちろん彼らの間には何も起こらないが、それでも一郎の猜疑心はとどまるところがなく、二郎というよりもむしろ自身を追いつめていくことになる。

ここでも『それから』『門』と同じく男女の三角関係が人間関係の軸をなしているが、主人公の対抗者的存在となるのがこれまでの〈友人〉から〈弟〉に変化しているのは、日韓関係の変容とやはり照応している。すなわちこれまで主人公の対抗者は韓国民衆の暗喩として捉えられたが、『行人』の執筆時点ではすでに韓国併合が成っており、韓国は〈他者〉ではなく、〈身内〉になっているからである。実際併合前後から「同化」を建前とする施策が推し進められることによって日本と朝鮮を兄弟関係に見立てる表現が用いられるようになる。併合条約締結の直後に『東京朝日新聞』（一九一〇・八・二四）に載った、思想家の海老名弾正《だんじょう》の「朝鮮人は日本に同化し得る乎」という談話でも「韓民同化の問題」の要諦は「日本の覚悟」次第にあり、「日本人が真に兄たるの心を持し、大国民の態度を示し彼の国に臨むならば、韓民の悦服期して待つべし」と語られている。大正期に入ってからも「本国人と、鮮人は、仲の良い夫婦、仲の良い兄弟の同棲の如き状態でなくてはならぬ、（中略）即ち日本人は鮮人を見ること愛する弟の如く、鮮人は日本人を見ること敬愛する兄に対する如く成ればよいのである」（小宮三保松「大正の新時代を迎ふるの感想」『朝鮮及満洲』一九一三・一）[5]といった提言もなされているように、「兄」である日本が「弟」としての朝鮮を導いていくという図式が朝鮮統治のひとつの理念として打ち出されるようになる。『行人』においても優秀な学者である一郎に対する二郎の眼差しは「敬愛する兄に対する」それとしての色合いを帯びているが、にもかかわらず一郎は二郎の言葉も妻の御直の心も信じ切ることができず、彼女が実は二郎と通じているのではないかという疑念を捨て去ることができないのである。

一郎が渇望するのは、「自分は何《ど》うあつても女の霊といふか魂といふか、所謂《いわゆる》スピリットを攫《つか》まなければ満足が出来ない」（「兄」二十）と弟の二郎に言うように、妻の御直の「心」を把握することであり、日常生活でとくに反抗的な姿勢を見せるわけではない御直が本当に自分に心服している確証を得ようと焦慮しつづける。とりわけ御直が実は二郎に心を向けているのではないかという疑念を解明するべく、一郎は空しい尽力を試みるのだったが、この疑念自体は作品の内実と寓意の地平の両方において妥当性をもっている。兄と違って人当たりの良い二郎は、「兄さんの御好みなんですか、其でこ〳〵頭は」（「兄」八）と髷を結ったばかりの嫂に対して言葉をかけ、御直もそれに対してまんざらではない反応を示したりしている。こうした言葉は狷介な夫からはかけてもらわないであろうだけに、御直が二郎を憎からず思っていたとしても不思議ではない。後半二郎が家を出て独り住まいを始めてからも、御直は二郎の下宿を一人で訪れて、「顔と顔の距離があまり近過ぎる位の位地」（「塵労」四）に座ったりするのである。そうした関係を一郎だけではなく彼らの妹のお重も感づいているのか、二郎に向かって「あなたこそ早く貴方の好きな嫂《ねえ》さん見た様な方をお貰ひなすつたら好《い》いぢやありませんか」（「帰ってから」九）と嫌味を言ったりしている。

三角関係の対抗者として『それから』の平岡や『門』の安井を引き継ぐ位置にいる二郎は、日本人の「弟」となった朝鮮民衆の寓意でもあるが、御直が領有された朝鮮の比喩である以上、当然両者は〈一体〉になろうとする傾斜のなかに生きていると見ることができる。実際には朝鮮では併合後の独立運動が抑え込まれて以降は、少なくとも表面上は波風の少ない統治がつづけられ、とくに両班の搾取を免れた農民層には併合を支持する様相も見られるに至る。作中においても二郎が嫂を兄から奪おうとする素振りを示すわけではもちろんないが、一郎は御直の心が自分に帰属しているかどうかを問題にしつづけ、それに対して否定的な心証をしか抱けないのである。一郎の御直に対する姿勢は明らかに統治者のそれであり、妻を全的に自分に帰属すべき存在として括り取ろうとしている。そしてその実感が得られないことに焦慮しているが、それは統治者としての日本が朝鮮民衆に対して覚えた感慨とも重ねられる。併合後一年を経過した時点での報告にも「彼等の心底何の活火が宿るかは容易に知るべからざれども、亦容易に心服せしむべからざるものあるは疑ひない」（筆者不詳「朝鮮に於ける感想」『新人』一九一一・八）といった感想が呈されているのである。[6]

ここに記された、不透明な「心底」を抱え、「容易に心服せしむべからざる」相手として映るというのは、一郎にとっての御直の姿そのものでもある。一郎は二郎に「おれが霊も魂も所謂《いわゆる》スピリットも攫《つか》まない女と結婚してゐる事丈《だけ》は慥《たしか》だ」（「兄」二十）、あるいは「己は（中略）肝心のわが妻さえ何《ど》うしたら綾《あや》成せるか未《いま》だに分別が付かないんだ」（「帰ってから」五）という感慨を語っている。しかしこうした妻の「霊」や「魂」の把握を問題にするという姿勢は、これまでの漱石の妻帯する主人公には見られなかったものである。『吾輩は猫である』（一九〇五〜〇六）の苦沙弥はそもそも妻の内心などに興味はなく、『門』

の宗助は妻への慮りを抱きつつも、むしろ気にかけているのは自分自身の慰安であった。共生者の内心の把握という問題が浮上してきたのは、やはり日本が朝鮮という他者を自身に「同化」させるという政策を取っていたことの反映であり、その不如意が主人公の心性に託されているのである。

一郎の神経症的な様相の基底に、帝国主義への揶揄と批判が込められていることは、「塵労」の章でHさんによってなされる、一郎との伊豆旅行の報告からもうかがわれる。ここで一郎は一層精神の常態を失したような言動をHさんに向けておこなうが、周囲の自然についてもそれらが自分に帰属するものであることを宣言する。

兄さんは時々立ち留まつて茂みの中に咲いてゐる百合を眺めました。一度などは白い花片《はなびら》をとくに指さして、「あれは僕の所有だ」と断りました。私にはそれが何の意味だか解りませんでしたが、別に聞き返す気も起らずに、とう〳〵天辺《てっぺん》迄上《のぼ》りました。二人で其処《そこ》にある茶屋に休んだ時、兄さんは又足の下に見える森だの谷だのを指して、「あれ等も悉《ことごと》く僕の所有だ」と云ひました。（「塵労」三十六）

こうした言動はそれ自体としては狂気じみているが、これまで眺めてきたように一郎を近代日本の帝国主義の表象として捉えれば、自然に理解することができる。空間の「所有」こそが帝国主義の核心である以上、それを寓意的に担っている彼が花や森や谷によって織りなされる自然の空間を「僕の所有」であると宣言することは当然だからだ。しかも彼らが旅しているのは伊豆という〈半島〉であり、それが朝鮮という〈半島〉と空間的な共鳴を起こしていることが察せられる。展開の前半においても、一郎が御直への猜疑を強めて二郎と同宿させようとする実験をおこなったのは、和歌山という〈半島〉の土地においてであった。併合後朝鮮は「内地」との対比から単に「半島」と称されることが多くなるが、この特性をもった空間にいる時に一郎は一層〈統治者〉としての意識を強く喚起されるのである。

3 大逆事件と辛亥革命への姿勢

この〈統治者〉的な意識が一郎を傲慢にすると同時に病ませていたところに、漱石の帝国主義への揶揄と批判が垣間見られた。さらに日本人を現実的に疲弊させていたのは、西洋追従の文明化のなかに身を投じつづけ、にもかかわらず個人単位の生活が豊かになっていかない齟齬に加えて、思想や言論に対する抑圧が強められていた社会状況である。すなわち韓国併合が遂行された明治四十三年（一九一〇）六月に、幸徳秋水、宮下太吉、管野《かんの》スガら社会主義活動家七名が〈天皇暗殺計画〉を立てた嫌疑によって捕らえられたことに始まり、その後国家権力によるフレームアップのなかで逮捕者が日本各地に拡大していき、その内十二名が翌明治四十四年（一九一一）一月に死刑に処せられるという、いわゆる大逆事件が生起していた。

見逃せないのは、『行人』にこの事件への回路がさりげなく投げ込まれていることである。家族で赴いた和歌浦で、一郎は二郎とともに「東洋第一エレヹーター」と銘打たれた観光用のエレベーターに乗り、そこで次のような会話を交わしている。

「牢屋みたいだな」と兄が低い声で私語《ささや》いた。
「左右《そう》ですね」と自分が答へた。
「人間も此通りだ」（「兄」十六）

この会話がはらむアイロニーは、それが交わされるのが「東洋第一エレヹーター」のなかであることによって浮き彫りにされている。この十八メートルの高さをもつエレベーターは和歌浦の旅館望海楼によって明治四十三年夏に観光用に設置されたもので、漱石は明治四十四年八月十四日にこのエレベーターを利用し、同日の日記にも「東洋第一海抜二百尺」と記載している(7)。「東洋第一」という謳い文句は当然台湾、朝鮮の領有によって「東洋第一」の強国に成り上がっていた日本の形容でもあり、またその共鳴によってエレベーターの空間が「牢屋みたい」であることが、「現代日本の開化」で語られる社会の閉塞感の比喩として機能することになる。またそれだけでなく、大逆事件によって、実際に「牢屋」に捕らえられている社会主義活動家たちが存在していた。明治四十四年一月十八日に下された判決では死刑が二十四名、有期懲役が二名であったが、翌日死刑判決者の内半数の十二名が無期懲役に減刑され、千葉、秋田、長崎の監獄に送致された。『行人』の執筆時には彼らはまさに「牢屋」に留められていたのであり、しかもこの場面の舞台である和歌山は事件に縁の深い土地であった。和歌山では新宮を中心として六名の逮捕者（一名は三重県出身）を出し、その内大石誠之助、成石平四郎の二人が死刑に処せられている。また峰尾節堂、高木顕明、崎久保誓一、成石勘三郎の四人は無期懲役の刑で前記のような各地の「牢屋」に送られていた。

具体的な捕縛者の消息までは認知していなかったにしても、和歌山に赴いた漱石は当然この土地と事件の連関は想起したはずである。大石らの紀州での「無政府主義者」たちの検挙は新聞で報じられており、判決が下された一月十八日の判決を伝える翌日の新聞でも大石誠之助ほかの和歌山出身者の名が、その出身地の住所とともに記されている。こうした文脈がこの場面に底流している可能性は十分あり、少なくともこの事件に象徴される思想・言論活動への抑圧が国民に与えていた閉塞感が二人のやり取りに込められているとは否定しえないだろう。

石川啄木の『時代閉塞の現状』が先に挙げたような経済状況の悪化にも言及しながら、直接的なモチーフが大逆事件への反感にあったことは周知のとおりである。この評論が執筆されたのは、幸徳らが捕らえられて間もなくの明治四十三年八月であり、「我々青年を囲繞する空気は、今やもう少しも流動しなくなつた。強権の勢力は普《あまね》く国内に行亘《わた》つてゐる」という情勢を啄木は肌身に感じ取っていた。永井荷風は創作によってこの事件を主題化してはいないものの、無辜のユダヤ人がスパイ容疑で捕らえられたドレフュス事件で、ゾラが大統領に宛てた弾劾状を書いたのに対して、自国の事件に自分が何らの発言もしていないことに「何となく良心の苦痛は耐えられぬやうな気」(『花火』一九一九)がしていた。

一方森鷗外はこの事件に『沈黙の塔』『食堂』(ともに一九一〇)という二つの短篇の作品を書くことで応じている。前者ではインド西岸のマラバー・ヒルにある「沈黙の塔」のなかに、「危険なる洋書」を読んで殺された「Parsi族」の死者が投げ込まれるという架空の挿話が語られている。「沈黙の塔」は実在するゾロアスター教の鳥葬場だが、それに仮託する形で、危険視される「自然主義と社会主義との本」を読んだパーシー族の人間が次々と殺され、その死骸が「沈黙の塔」に運ばれていくという設定になっている。「危険なる洋書」とは『東京朝日新聞』明治四十三年九月十六日から十月四日にかけて断続的に掲載された同名の評論で、作品に挙げられるようにトルストイ、ドストエフスキー、モーパッサン、メーテルリンク、ダヌンツィオ、イプセンらがその作者として取り上げられている。そのうちの何人かは鷗外自身が翻訳を手がけた文学者であるだけに、それらを国家に対して「危険」なものとする価値観は笑止とも思われたのであろう。官僚であると同時に学者・芸術家である鷗外にしてみれば、新しい世界を創造するにはそれまでの営為を覆す反逆性が求められるのであり、「芸術を危険だとすれば、学問は一層危険だとすべきである」という事情は十分認識されていた。

『食堂』は役所の食堂を舞台として、大逆事件自体に言及しつつ、その背後にある「無政府主義」と「虚無主義」の来歴や相互の差違について、役人たちが木村という学者肌の人物にその知識を語らせていく話である。この作品では事件に対する鷗外の認識は明瞭に示されないものの、木村の話がひと通り終わったところで役人の一人が、今回の事件で捕らえられた活動家たちが死刑を望んでいるという噂を口にする同僚に、「さうさ、死にたがつてゐるさうだから、監獄で旨い物を食はせて長生をさせて遣《や》るが好《よ》からう」(8)と返すように、活動家に対する微妙な同情がほのめかされていると見ることもできる。

官僚として当時軍医総監という高位にあった鷗外が国家による思想弾圧事件に対して批判的な眼差しを向けるのは奇妙にも映るが、その基底には自身もその主体である思想活動の自由に対する執着があるとともに、小倉への〈左遷〉を経験しているように、官僚組織の陰湿な抑圧への反撥が彼のなかに強くうごめいていることが察せられる。大正期の『阿部一族』(一九一三)でも主人公の阿部弥一右衛門は殉死を願い出ながら主君の気まぐれによってそれを許されないのだったが、鷗外にとっては政治権力やそれを支える官僚組織は身近なものであるだけに、その恣意や暴力も決して他人事ではない面があったのであろう。周知のように鷗外はこの事件の弁護を務めた平出修《ひらいでしゅう》に社会主義のレクチャーを施してもいるのである。

これらの文学者たちに比して、漱石の大逆事件に対する反応はむしろ微温的であるといわざるをえない。『それから』では政府が幸徳秋水の動向に過剰な警戒を抱いていて、監視や尾行に多額の予算を使っていることが「現代的滑稽の標本」(十三)として語られているが、評論や講演、あるいは日記などにも事件や秋水への言及は見られない(9)。それはひとつには大逆事件が進行していく間、漱石は修善寺の大患を頂点とする病臥を余儀なくされていたからだが、しかしその時期においても韓国併合への関心は持続し、弟子たちにその顚末を尋ねたりしていたのだった。

　同じ年に起きた二つの大きな出来事の間でこうした比重の差が生じるのは、やはり漱石の関心いいかえれば「F」のあり方を反映させた結果である。イギリス留学以来漱石の関心を捉え、作品のFをなしつづけてきたものは、功利主義への批判とともに日本と西洋、近隣アジアとの関係であり、そこで生じるせめぎ合いが作中の人間関係を動かす潜勢力となってきた。皮肉なことに、国家の中枢にいた鷗外はそれゆえそのあり方を具体的な人間関係の実感として捉えがちであり、新聞社の社員として〈民間人〉の立場にあった漱石の方が、むしろ鳥瞰的な眼差しを自国とその国際関係に対して投げかけることが多いのである。

　それはこの時期においても変わらず、大患からの恢復期に当たる明治四十四年（一九一一）から翌年にかけての日記には、中国の辛亥革命に関する記述が散見されるようになる。辛亥革命は一九一一年十月に中国大陸中央部の武昌で起きた新軍の蜂起に始まり中国全土に拡大していった革命運動であり、翌一二年一月には南京を首都とする中華民国が建国された。これによって二百五十年にわたる清王朝による中国支配は終焉を迎えることになったが、清朝を支持するか革命軍を支持するかについて、日本のなかでも両様の見方と態度が存在した。西園寺公望を首班とする日本政府は当初中国大陸での既得権益を守るべく清朝を支える方針を打ち出したが、世論では東アジアにおける変革を期待して革命軍に対する共感が強かった。

その状況について漱石は日記でしばしば言及し、たとえば十一月十一日には「近頃の新聞は革命の二字で持ち切つてゐる。革命といふやうな不祥な言葉として多少遠慮しなければならなかつた言葉で全部埋まつてゐるのみならず日本人は皆革命軍に同情してゐる」といった記載がされている。十二月五日には「新聞を見ると官軍と革命軍の間に三日間の休戦が成立して其間に講和条件をきめるのださうである。彼等から見ればひな子の死んだ事などは何でもあるまい。自分の肛門も勘定には這入《はい》るまい」と、自身の身辺と比較しつつ中国大陸での政変を重大視する感想を述べている。

この辛亥革命の影はやはり『行人』に垣間見られる。1節で見たように一郎の神経症的な姿は、速すぎる近代化の進行のなかで呻吟する明治四十年代の日本を象っていたが、日本を焦慮させる事態は辛亥革命の当時にも生起していた。すなわち清朝を支持しようとする日本政府はその方向性を列強に認めさせようとしたが、それに対してロシア以外からの同調が得られず、共和制への政体の移行を主張する同盟国のイギリスとも対立することになった。「君主制を基礎として干渉すべしとの日本よりの報道の為日本の評判悪しく」(『報知新聞』一九一一・一二・一三)と報じられるように、「東洋第一」の強国としてイニシアティブを取ろうとする日本の振舞いは受け容れられず、結局講和による共和制への移行を日本も認めざるをえなくなった。一郎の苛立ちや焦慮にしても、単に「外発的」な日本の開化の反映というだけでは理解しがたいところがあるが、朝鮮との関係に加えて辛亥革命時に日本が置かれていた立場を補助線として眺めれば、より自然に受け取られるのである。

4　明治天皇の死と『こゝろ』

一九一二年二月に清朝最後の皇帝となった宣統帝(溥儀)が退位して中華民国が成立し、孫文から袁世凱への臨時大総統の継承がなされることで辛亥革命は一応の収束を迎えることになった。一方日本でもこの年は青年期から長らく国を率いた〈帝〉がその最期を迎える年となった。すなわち東洋の一小国であった日本が、日清、日露の二つの戦役を経て「一等国」と自認しうる域にまで進んでいく道程の先頭に立ちつづけた明治天皇が、同年七月三十日午前一時前に逝去し、〈明治〉という時代が終焉することになった。

宮内省が天皇の重篤な病状を発表したのは七月二十日のことで、同日の「官報」号外では、これまで天皇が患ってきた糖尿病やそこから併発した慢性腎臓病の経緯が記され、現在は「御精神少シク恍惚ノ御状態ニテ、御脳症アラセラレ、御尿量頓ニ甚シク減少、蛋白質著シク増加」という危機的な状態にあることが明らかにされた。明治天皇は十九日夜に意識を失って以後、三十日の絶命に至るまで病状が好転することはなく、その重態の様相が新聞各紙で報じられるとともに、皇居前の二重橋では天皇の平癒を祈念する民衆の姿があとを絶たなかった。天皇の病状が公表された七月二十日に、漱石が日記で川開きなどの催しが中止されたことへの憤りを述べていることはよく知られている。

> 天子の病は万臣の同情に価す。然れども万民の営業直接天子の病気に害を与へざる限りは進行して然るべし。当局之《これ》に対して干渉がましき事をなすべきにあらず。もし夫《それ》臣民中〔裏〕心より遠慮の意あらば営業を勝手に停止するも随意たるは論を待たず。然らずして当局の権を恐れ、野次馬の高声を恐れて、当然の営業を休むとせば表向は如何にも皇室に対して礼篤《あつ》く情深きに似たれども其実は皇室を恨んで不平を内に蓄ふるに異ならず。恐るべき結果を生み出す原因を冥々の裡に醸《かも》すと一般也。（後略）
>
> （一九一二・七・二〇）

ここでは一見〈民衆〉の立場に立って、皇室への過剰な配慮によって本来なされるべき商業活動が抑制されることの理不尽が訴えられているように映る。しかし漱石が憂慮しているのはむしろそうした抑制が「皇室を恨んで不平を内に蓄ふる」状況を出来させることである。「恐るべき結果を生み出す原因を冥々の裡に醸す」という一文には、逆に二年前の大逆事件への批判が込められているとも考えられる。この日の記述の末尾に、こうした市民の商業活動の自粛が「天子の徳を頌する所以にあらず。却つて其徳を傷くる仕業也」と記されているように、漱石は不合理な判断を批判すると同時に、それを天皇と皇室の側に立って叙しているとも見られるのである。

したがって七月二十五日付の書簡（橋口貢宛）に「聖上御重患にて上下心を傷《いた》め居候今朝の様子にては又々心元なきやに被察洵《さっせられまこと》に御気の毒に存候」と記し、逝去の翌日に当たる三十一日の日記に、「改元の詔書」をはじめとして「朝見式詔勅」、陸海軍軍人への「詔勅」、それに対する陸海軍大臣、西園寺首相の「奉答文」などが仔細に書き写されているのは、二十日の日記に表された憤激ととくに矛盾するものではなく、天皇への尊重の念に貫流された行為として受け取られる。漱石の満年齢が明治の年と同じであり、そのことを自身も意識していたことは「マードック先生の日本歴史」にも記されているが、明治という時代の歩みと自己の軌跡を意識の上で重ね合わせるだけでなく、創作家となってからは主人公の姿や行動に明治日本の動向を映し出す作品を書き継いできただけに、明治天皇の死はひとつの時代の終わりを画する出来事として強い感慨を漱石に与えたに違いない。そして漱石の代表作のひとつとなった『こゝろ』（一九一四）は、天皇の死によって終焉を迎えた明治という時代に日本が辿ることになった軌跡をあらためて捉え直すとともに、新しい時代への展望を盛り込んだ作品にほかならない。

これまでの作品と違って、『こゝろ』に〈二人の主人公〉が存在するのもその端的な現れである。大学生の若い「私」を語り手とする「上」「中」と、彼が鎌倉で知り合った中年の男性である「先生」によって語られる遺書として展開する「下」という三つの巻によって構成されるこの作品のそれぞれの語り手は、当然明治と大正という二つの時代に照応し、とりわけ先生は明治天皇の死とそれに対する乃木希典の殉死につづいてみずから命を閉じることによって、〈明治〉の暗喩をなすことが明確化されている。唐突な印象を与える先生の自殺は不自然な成り行きとして批判されることが少なくないが、明治日本と主人公を重ね合わせる漱石の手法からすればむしろ必然的な展開であり、〈明治〉が終焉した以上、それを担ってきた中心人物がその命を閉じるのは当然の帰結でもあった。

「上」「中」に語られる〈二人の主人公〉の出会いと交わりが同性愛的な色合いを帯びて映るのも、こうした漱石的技法からもたらされた布置であるとともに、漱石自身の生活者としての感慨を底流させた表現として眺められる。鎌倉の海岸で「一人の西洋人」（「上」二）とともにいた中年の男性に眼を留めた「私」は、それ以降連日彼の姿を追跡し、彼が落とした眼鏡を拾うことで最初の接触を果たす。その翌日には海に入っていった彼につづいて「私」も海に入り、彼が波の上に仰向けになるのを模した姿勢を取って、「愉快ですね」と「大きな声」（「上」三）をかけてさらに接近を試みる。この接近を契機に彼の知遇を得た「私」は、この人物を「先生」と呼んで頻繁な往来を繰り返すことになる。

こうした「私」の先生への接近の様相について、土居健郎は「男が心を寄せた女と近づきになろうと、いろいろな手練手管を弄する場合とあまりにも酷似している」（『「甘え」の構造』弘文堂、一九七一）点で「同性愛的」であると評し、著書の表題にもある「甘え」を同性愛的関係に底流する情動として挙げている。また橋本治はこの土居の論評を受けてそれが「同性愛的」というよりも「ホモ丸出し」であり、純正の同性愛とは「もう寝た、まだ寝てない」の差違しかないと断定している（『蓮と刀――どうして男は〝男〟をこわがるのか？』作品社、一九八二）。『こゝろ』に対するこうした観点は現在に至るまで持続しており、たとえば二〇一四年に出た『夏目漱石『こころ』をどう読むか』（石原千秋編、河出書房新社）所収の奥泉光といとうせいこうの対談では、『こゝろ』が「ＢＬ（ボーイズラブ）」の小説であると断じられている。けれども漱石自身は同性愛者ではなく、その作者が作中で同性愛的な関係を仮構するのは、これまでの作品と同様に外部世界のＦを表象するための戦略と見なされる。すなわち先生と「私」はともに近代日本に与えられた二つの寓意的形象にほかならず、それが〈明治〉と〈大正〉という通時的な密接さによって連関づけられているために、過剰に見える接触がそこに浮上してくるのである。

これまでの作品の系譜において、近似した感情の動きが見出されるのが『坊っちゃん』における「うらなり」に対する「おれ」においてである。勤め先の中学校の校長や同僚に辛辣な眼差しを投げかける「おれ」は、なぜか大人しい英語教師のうらなりには許容的であるばかりか、つねに彼の存在を脳裡にとどめつづける。

おれとうらなり君とはどう云ふ宿世《すくせ》の因縁かしらないが、此人の顔を見て以来どうしても忘れられない。控所へくれば、すぐ、うらなり君が眼につく、途中をあるいて居ても、うらなり先生の様子が心に浮ぶ。（六）

こうした「おれ」のうらなりに対する気に掛かり方は、『こゝろ』の「私」の先生に対する意識のあり方と近似しており、土居健郎的な観点からすればこれを「同性愛的」といってもさしつかえないはずである。そしてこの感情的な親密さも『こゝろ』の二人の関係と同様に、彼らが近代日本に与えられた二つの寓意的表象であるところからもたらされていた。第二部I章で見たように、うらなりは〈戦い〉への衝動に動かされがちな明治日本を象る存在である「おれ」の〈裏〉であり、三国干渉時に露呈されたように、西洋の強国からの圧迫に容易に折れてしまう日本の弱さを担わされた形象であった。「おれ」がうらなりが気に掛かるのは、それが〈表裏〉の同時的な対照性をはらんだ〈もう一人の自分〉だからであり、それと同じ機構が通時的な連続性のなかで『こゝろ』の「私」と先生の間で働いている。いいかえれば漱石の作品世界において「同性愛的」に見える男性同士の関係が描かれる時は、必ず近代日本に与えられた二つの側面と照らし合う相互の分身性がそこに込められているのである。

5 〈父〉としての先生

土居健郎は「同性愛的感情の本質は甘えである」と断定し、その典型的な形を『こゝろ』の「私」と先生の間に見ているが、著者自身もいうように「甘え」は異性間にも見られる情動である以上、同性愛を特徴づける要件であるとはいいがたい。フロイトは同性愛をナルシシズム的な自我理想の形成のために備給されるリビドー(生のエネルギー)の発現として捉え、現実世界における理想の断念あるいは競争心や攻撃心の抑制、克服が対象リビドーを撤収させ、自己ないし自己に似た人間にリビドーを振り向けることによって同性愛が成立するとしている(『ナルシシズム入門』『嫉妬、パラノイア、同性愛に関する二、三の神経症的機制について』など)[10]。これは現実の同性愛者の心性にも沿った見解であると思われるが、このフロイトの言説と照らせば、おそらく「甘え」は他者を自己リビドーの圏域のなかに置こうとする身振りであり、同性愛の「本質」というよりもそれと重なる部分をもつ隣接的な情動であるといえよう。そこからいえば、『こゝろ』における「私」と先生の関係が「同性愛的」に映るのは、彼らが相互の分身性を付与されている以上当然のことであり、むしろその分身性を浮上させるための装置にほかならなかった。

『こゝろ』においてはその分身性が通時的な連続性のなかに現れることによって、「私」と先生の結びつきは擬似的な父子の関係を象ることになる。「私」が先生に接近しようとするのは先生を〈父〉として求めているからであり、そこにこの作品に込められた時代社会的な感情と作者自身の感慨が垣間見られる。先に後者に触れれば、第一部Ⅰ章で眺めたように、漱石は甘やかす一方の養父と疎遠な距離の向こうにいつづける実父との間で、真に〈父〉として実感できる人物を持たない少年ないし青年であった。その代理となるのが早逝した実兄の大助や米山保三郎、正岡子規といった強い個性を持った周囲の人びとであったが、そうした少青年期の漱石のなかには、〈父〉に相当する人生の導き手への希求がうごめいており、その過去の感情が投影される形で、「私」の先生への過剰な接近が仮構されていることも考えられる。

一方時代感情として見逃すことができないのは、明治憲法下の「家族国家観」のなかで国家の家長として位置づけられた明治天皇が、その病の重さによって死に近づきつつある過程で、あらためて〈死に行く父〉として国民に捉えられていたことである。明治憲法第一条で「大日本帝国ハ万世一系ノ天皇之ヲ統治ス」と規定され、立法権や陸海軍の統帥権など広汎な権限を付与された天皇は、近代の天皇のなかで唯一「大帝」と称された強力な統治者であった。その一方で日清戦争後は明治天皇は次第に国体の根幹としての位置づけに加えて、日本という〈家族〉の長としての像を強めていった。この〈帝〉でもあり〈父〉でもあった明治天皇の後者としての面が浮上してきたのが、病による危機においてであった。重病を患うことで天皇が死すべき〈人間〉でもあることが国民に実感され、その平癒を祈ることで天皇があらためて〈父〉として捉えられることになったのである。澤田撫松『明治大帝』（帝国軍人教育会、一九一二）には天皇の平癒を祈る人びとの姿が日記形式で逐一記されているが、ここでも「普天の下卒土の浜、誰れか陛下の赤子《せきし》ならざらん」（七月二十三日）、「赤子の熱誠」（七月二十四日）のように、繰り返し二重橋で祈りを捧げる群衆が天皇の〈子〉であることが強調されていた。こうした表現は他にも「明治の天子様が、お互国民を常に朕が赤子なりと愛《いつく》しみ給ひし真の親子の情愛溢れて茲《ここ》に至つた」（佐藤範雄『明治天皇崩御』金光教本部、一九一二）、「六千万の赤子の声は正しく天を動かし地を震ふものがあつた」（高桑駒吉『明治大帝』海国公論社、一九二〇）といったようにこの時代の文書に溢れており、重篤な病を得た〈父〉としての天皇を

「赤子」である国民が気遣うという構図が浮上している。

　年齢的には一回りほどしか違わない『こゝろ』の先生と「私」を一組の〈父子〉として写し出そうとする漱石の筆致の背後には、死に行くことによって〈父〉として浮上してきた明治天皇の存在が揺曳していたと考えられる。それによって先生と「私」の関係が〈明治〉と〈大正〉のそれを寓意することになり、さらに先生が明治天皇と乃木希典につづいて自身の生を閉じることによって、先生の位置が明確化されることになる。加えて郷里にいる「私」自身の父が明治天皇に踵を接するように、同じ腎臓の病によって死へと赴くに至る展開が〈父―明治（天皇）〉の重なりを強めていることはいうまでもない。この郷里の父は息子が帝国大学を無事に卒業したことを喜び、祝いの席を設けようとするような素朴な地方生活者であり、『三四郎』（一九〇八）におけるように〈地方〉と〈前近代〉が記号的な重なりを示す漱石の世界では、先生とは対照的に象徴的には〈前近代〉の表象として存在している。「現代日本の開化」で語られるように、漱石には西洋追随の近代化が日本人の生活全体にまで浸透していかず、それが届かない部分が根強く日本社会にとどまりつづけたという認識があるが、その点で「私」の父があえて明治天皇と重ねられている構図には、そうした〈前近代〉をとどめた近代日本の構造が示唆されている。したがって新しい時代の表象である「私」が実の父よりも、実質的な連続性を持つ〈父〉である先生を強く求めるのは当然の成り行きであった。

　その先生が生きてきたのは、文明開化と富国強兵によって西洋列強に拮抗しうる国になることを目指し、一般庶民と近隣アジア諸国の犠牲を代償としてそれをある程度実現するに至った明治という時代である。漱石はそうした日本の進み行きに一面では同一化しつつも、熾烈な批判の眼差しを投げかけざるをえなかったが、明治天皇の逝去、乃木希典の殉死につづいて、自殺を敢行させることで先生を葬る作者の手つきは、その時代の寓意的形象である彼の生を閉じることによって、〈明治〉の負の側面に決着をつけようとする意志の表出にほかならなかった。

　その先生に託された時代の負の側面が現れてくるのが、「下」の「先生の遺書」においてである。主に先生の学生時代の経験が語られるここでは、彼は下宿先の女性をめぐって友人の「K」と拮抗関係になり、結局先生がKを出し抜く形で「御嬢さん」と称される女性を手に入れることで、失意に陥ったKは頸動脈を切って自殺したのだった。この悲劇的な帰結に直面した先生は衝撃を受け、それ以来毎月Kの命日に雑司ヶ谷にある彼の墓に詣でることをつづけ、若い「私」ともそこで出会う挿話が「上」に語られていた。

　「下」における先生はもっぱら物質的な欲望に動かされ、欲しいというよりも失いたくない対象を確保することに精力を注ぐ青年として現れている。彼が「御嬢さん」とその母が営む素人下宿の住人となり、「御嬢さん」に関心を持つようになった頃に「私は金に対して人類を疑つたけれども、愛に対しては、まだ人類を疑はなかつたのです」（「下」十二）と述べるその〈疑い〉の起点にあるのは、父親の遺産の一部を叔父に費消されるという出来事であった。しかし先生は叔父のその行為によってすべてを失ったのではなく、むしろ「余裕ある学生生活」（「下」九）、「金に不自由のない私」（「下」十）と記されるような、学生には使い切れないほどの金銭を受け取って、そのため住居も一般の学生が住めないような贅沢な素人下宿に入り、そこで主人扱いをされる日々を送っているのである。もっともその過剰に丁重な扱いには、「奥さん」つまり「御嬢さん」の母が先生を娘の婿がねに見立てている節が感じられ、それが彼の財産目当てではないかという懐疑を抱かされた先生は、叔父との経緯が念頭にあって彼らとの間に距離を取ろうとする。貧しい学友のKを下宿に導き入れたのも、おそらく彼を自分と「奥さん」親娘の間の緩衝材としようとしてのことであった。

こうした姿勢自体が、先生が「金」に象徴される物質に執着する人間であることの証左であり、叔父に騙された前史にしても、それによって「人類を疑」うに至るというのは、彼がそれほど「金」に強い重きを置いていることを示唆している。興味深いのは、先生との対比においてはむしろKの方が漱石自身に近似した存在であるということだ。Kは物質的な豊かさを軽んじて哲学や宗教に強く惹かれ、そこで克己的な自己形成をおこなおうとする精神主義的な人物である。柄谷行人はKを「求道的な青年」の「極端なタイプ」(「漱石の多様性」『漱石論集成』第三文明社、一九九二、所収)として捉え、その背後に北村透谷や西田幾多郎の像を見ているが、Kに「極端」な輪郭が与えられているのは先生との対比を明確にするためであり、青年期に参禅している経験からもうかがえるように、そうした資質は漱石自身にもはらまれていた。逆にその対照的な位置に配されることで、先生の功利主義的な側面が際立たせられているのである。

すなわち「下」における先生とKの対比は、『吾輩は猫である』以来の主たる問題性のひとつである功利主義批判を具現化する構図であり、その点では絓《すが》秀実が指摘するように[11]「K」とは第一に漱石自身、すなわち「金之助」を示唆する頭文字であった。先生がKを自分の下宿に導き入れたのも、医学を専攻することを望んでいた養家の期待に背くことで勘当同然の身となっていたKの苦境を救うためという美名を伴いながらも、より根深いところではKを居候にすることで「私には平生から何をしてもKに及ばないという自覚があった」(「下」二十四)という劣等感を払拭するというエゴイスティックな動機が潜んでいる。[12]そこには美しい「御嬢さん」を自分がいつでも妻にできるのだという状況を誇示する意味合いも含まれていただろうが、Kは女性には興味を示さない〈堅物〉と思われていたために、その状況が覆される気遣いはないと先生には思われたのである。

にもかかわらず、Kは先生の思い込みを裏切って「御嬢さん」に愛情を抱くようになり、その恋心を先生に打ち明けることで当初の先生の企図は裏目に出てしまう。あまつさえ「御嬢さん」はKに接近する素振りさえ示していたのであり、先生はもともと容貌も性格も自分より「異性に気に入られるだらうと思はれ」（「下」二十九）たKに対する嫉妬を募らせていく。そしてその危機感から、先生は物質的優位という唯一の自分の強みを生かすべく、〈恋愛〉ではなく〈結婚〉という土俵に勝負を持ち込み、「奥さん」に「御嬢さんを私に下さい」（「下」四十五）という申し込みをしてその許しを得、Kを退けることに成功したのである。

しかし先生自身が「奥さん」の承諾後、「おれは策略で勝つても人間としては負けたのだ」（「下」四十八）という感慨を覚えるように、その行為は逆に先生に「御嬢さん」という女性個人に向かう動機の希薄さを自覚させ、その直後に自殺を遂げたKが迸らせた血が象徴する情念の激しさと対比される形で、自身の内の空虚さを一層先生に実感させることになる。「上」で先生が「私」に繰り返し語る、自分が「淋しい人間」であるという認識にしてもその空虚さの表現として捉えられる。明らかに先生は「御嬢さん」を愛していたからではなく、彼女をKに奪われたくないために「策略」を施して彼女を手に入れたのであり、叔父との前史もそうした物質的な執着が本来先生の資質であることを示す伏線であった。もちろん先生は『猫』の金田夫人のように、物質的欲望によって物事のあるべき姿に盲目になった人間ではなく、欲望に動かされることの空疎さを認識しうる理性と良心を持っている。それが看取されたからこそ、「上」において「私」は先生に惹かれたのだが、逆にいえば、そうした人間であってもひとつの状況の流れに置かれることで、空しい欲望に抗しきれなくなるというのが、先生ひいては漱石の人間観にほかならなかった。

『文学論』や『文学論ノート』で考察されるように、人間は外界からの「暗示」に否応なく動かされる生き物であり、意識の埒外で受け取った外界からの信号に知らないうちに応じてしまうことも珍しくないのだった。

6　先生における「蔽」と「解」

漱石が『こゝろ』の出版の際にみずから装幀した表紙に『荀子』の一節が引用されているのも、こうした人間観を踏まえつつ、そこからの脱却を示唆するためであったと考えられる。江藤淳が指摘するように(13)、『康熙《こうき》字典』の「心」の項の一部が表紙に写されているが、注意すべきなのは表紙での引用が『荀子』「解蔽篇」から始まっているのに対して、『康熙字典』の「心」の項ではその前に数点の典拠が示されており、冒頭に『荀子』の引用が置かれているのではないということである。つまり表紙に写されているのは『荀子』「解蔽篇」だけではないにもかかわらず、やはり人間の「心」の本質を説いた文献としてこの書が重んじる漱石の眼差しをこの表紙は浮かび上がらせている。

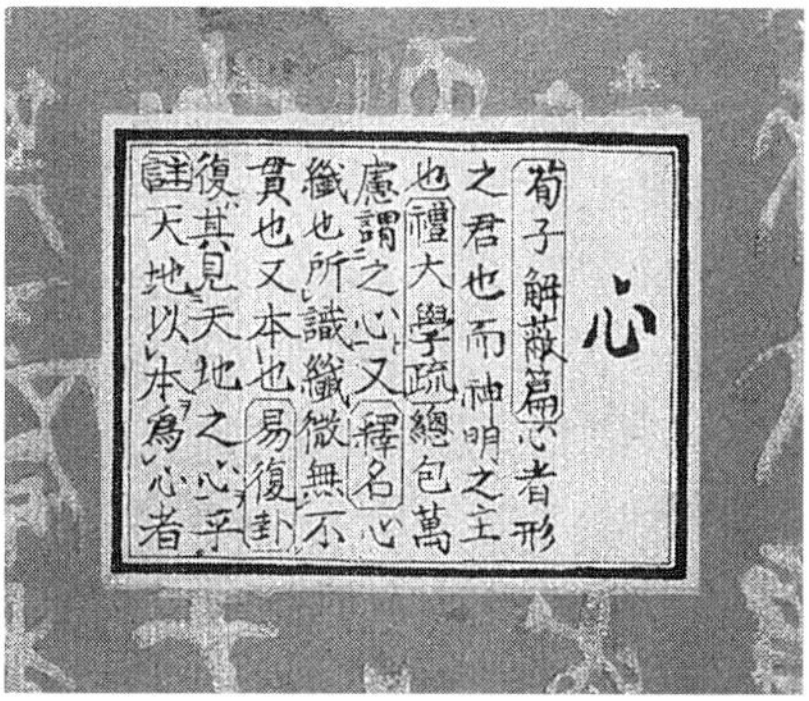

漱石の装丁による『心』表紙に採られた『康熙字典』の箇所（岩波書店，1914年９月）（提供：日本近代文学館）

『康熙字典』に採られているのは「解蔽篇」の「心者形之君也而神明之主也」という箇所で、ここでは「心」が「形」つまり肉体の君主であり、「神明」つまり精妙な精神の働きの主体であるといわれている。『荀子』における心はそうした肉体と精神の揺るぎない中心であるとされているが、問題であるのはその心の働きを十全に発現させることが難しいことで、多くの人間は欲望や嫌悪といった感情に〈蔽われ〉ることによって、その本質的な働きを起動させることができず、人倫の正しい道を見出せない。「解蔽篇」では「蔽者」すなわち心が蔽われた者として夏の桀王や殷の紂王をはじめとして、権力争いを繰り広げた人びとが挙げられているが、彼らはいずれも現世的な欲望に動かされて行動することで、一時的な権勢を得ることはあっても、結果的にはその報いを受けるように悲惨な命運を辿ることになるのだった。一方孔子は「仁知且不蔽」すなわち仁智を備え、心が蔽われていなかったゆえに人間の道を会得することができた人物であるとされる[14]。

こうした「解蔽篇」の主旨は、まさに『こゝろ』の先生に該当するといえるだろう。江藤淳は「上」で先生が「私」に語る、「鋳型に入れたやうな悪人」は現実には存在せず、普段は「善人」である人間が「いざといふ間際に、急に悪人に変るんだから恐ろしいのです」（「上」二十八）という認識に『荀子』の思想を当てはめている。しかしこれは「解蔽篇」というよりも、江藤自身が引用するように「人の性は悪、其の善なるものは偽なり」という「性悪篇」の主題により近いというべきである。また引用された『こゝろ』の一節は具体的には叔父の裏切りを指している。「解蔽篇」の主題により強く該当するのはやはり先生自身であり、「下」で語られる過去の先生の行動全体が、欲望と執着に〈蔽われ〉たものであった。一方「上」「中」における先生はその「蔽」から「解」かれた段階に至っており、その距たりが「下」と「上」「中」における先生の輪郭の差違として現れているのである。

「下」における青年期の先生は、「金」に象徴される物質的な欲望に動かされ、ライバルを凌駕することに執心するあまり、その死を引き起こしてしまう点で、「解蔽篇」の「蔽者」の一人である。幸い先生自身には破滅は生起せず、Kの自殺を契機として〈蔽われ〉た人間としての自己からの脱却が図られる。それは読書への没頭であったり飲酒への耽溺であったりした時期を経て、自己処罰的な無為を選ぶことによって、自己のなかの「蔽」の発現を封じ込めようとする生き方であった。その限りでは先生の「解」のあり方は積極的なものとはいいがたいが、むしろそこにこの作品の趣向があり、「蔽」のとらわれから放たれた積極的な自己実現への期待が、新時代の青年としての「私」に託されているのである。

先生自身はかつて〈蔽われ〉ていた人間としての自己を許さない意識から、その犠牲となったKへの墓参を欠かさず、一方「私」に「何《ど》うしても私は世間に向つて働らき掛ける資格のない男だから仕方がありません」（「上」十二）と語るように、自身の社会的な行動を一切禁じている。また〈妻〉となったかつての「御嬢さん」との間に子供が授からないことについても「天罰だからさ」（「上」八）という自己処罰の意識を抱いているのである。

こうした先生の自己処罰的な意識は、やはり子供に恵まれず、「我々は、そんな好い事を予期する権利のない人間ぢやないか」（四）と自己処罰的に語る『門』（一九一〇）の宗助のそれと近似している。『門』との文脈を考慮することで『こゝろ』に込められたもうひとつの「蔽」の次元を見ることができる。すなわちそれは『門』の背後にあった韓国併合を成就させた力としての帝国主義の持続であり、男女関係のライバルから女性を奪い取るように自分に帰属させた経緯と、それに対する事後的な罪意識から未来への展望をみずから禁じたような主人公の生き方は、『門』と『こゝろ』の間で共通している。そして愛着を抱く女性を失う男性が、国土を奪われる韓国民衆の寓意をはらんでいたことを念頭に置けば、Kという頭文字に込められたもうひとつの含意が浮上してくることになる。それはいうまでもなく「Korea」ないし「Korean」の「K」であり、その点で『こゝろ』は功利主義と帝国主義への批判という、漱石が本来持つ二つの主題を統合させていることが分かる。この作品が漱石文学の代表的な位置を与えられつづけているのは決して根拠のないことではないのである。

Kの最期は明治三十八年（一九〇五）十二月に、第二次日韓協約の締結に反対してナイフで喉を切って自殺した、当時侍従武官長であった閔泳渙《ミンヨンファン》のそれ(14)を思わせ、また伊藤博文の暗殺者である安重根《アンジュングン》を喚起する一節も見られる。それは「上」五章で、Kの墓参に出かけた先生に「私」が出会う場面で、二人は墓の間の道を抜けて行きながら、そこに外国人たちが葬られた一角を見るのである。

依撒伯拉《イサベラ》何々の墓だの、神僕ロギンの墓だのといふ傍《かたわら》に、一切衆生悉有仏生《しつうぶっしょう》と書いた塔婆などが建て〻あつた。全権公使何々といふのもあつた。私は安得烈と彫り付けた小さい墓の前で、「これは何と読むんでせう」と先生に聞いた。「アンドレとでも読ませる積《つもり》でせうね」と云つて先生は苦笑した。

（「上」五）

先生が参ったはずのKの墓は紹介されず、これらの墓がその代替としての意味をもつことになるが、それらの主が〈外国人〉であることには注意を要するだろう。この一節は漱石の大正元年（一九一二）十一月二十九日の日記にある、前年に死んだ五女雛子の墓参に出かけた折の「依撒伯拉何々の墓。安得烈何の墓。神僕ロギンの墓。其前に一切衆生、悉有仏性とい〔ふ〕塔婆」を活用したものだが、見逃せないのは表記に微妙な差があることだ。つまり日記では「安得烈」の下に「何」が付けられているのに対して、作品では単に「安得烈」とだけ記されている。「依撒伯拉何々」の表記が同じであるのと比べると、「安得烈」は先生が示唆する「アンドレ」という〈名〉ではなく、姓名の全体として受け取られることになる。するとそれは実は「アンドレ」ではなく「安」という姓の東洋人の墓としても考えられることになり、「アンドレとでも読ませる積《つもり》でせうね」と云つて先生は苦笑した」という先生の反応も、それ以外の読み方がありうることをほのめかしている。そこにKの背後にいる「安重根」という人物が喚起され、「安得烈」という名前も、安が死後義士や烈士の名を得たことを物語る文としての相を帯びることになる。また彼の墓が「小さい墓」と記されているのも、「下」五十一章でKの墓が「大したものではない」と形容されていることと照応している。

こうした表現と『門』とその前後の作品群との連関を考慮すれば、やはりKは「Korea(n)」の寓意としての一面を持つことが認められる。したがって先生が毎月Kの墓参を欠かさないのは、日本が韓国を併合したことへの詫びとしても意味づけられ、そこに漱石の帝国主義批判を見ることができるのである。「御嬢さん」を得ることが帝国主義の比喩をなしていることは、彼女について先生が抱いたものが「是非御嬢さんを専有したいといふ強烈な一念」（「下」三十二）であると記されていることにも現れている。先生にとって「御嬢さん」は、とくにKを介して眺めた時は何よりも〈専有―occupy〉という物質的所有の対象以外ではなかったのである。Kとのせめぎ合いに勝つことによって先生は遡及的にそのことを知り、またその虚しさを認識することになった。その変化は先生における「蔽」からの「解」のひとつの姿であり、それが大正という新しい時代に国の次元においてより積極的に成就されることが、この作品に込められた作者の希求にほかならなかった。

7　〈大正の精神〉としての「自由と独立と己れ」

しかし先生におけるこの「蔽」から「解」への変化は、この人物が作者漱石の投影として扱われがちなこともあって看過されやすく、とくに「下」の叙述は「解」の地点から「蔽」の行為が綴られているために、両者が混在する様相を呈している。「御嬢さん」ないし「奥さん」と称される女性への感情の表現も、その混在から生じる曖昧さがはらまれている。つまり学生時代の先生にとって、「御嬢さん」は愛情というよりも警戒を向ける相手であったのが、Kが居候となって以降は、彼の告白を聞くことを契機として、確保すべき対象として捉えられることになる。そして先生はKの死を代償としてその目的を果たすが、「御嬢さん」を妻として十年余りを過ごすことによって、おのずと彼女への愛情が醸成されることになった。「上」の時点における先生は妻を愛しているといっても誤りではなく、そこに先生の「解」の積極的な面を認めることもできる。しかしその意識が投影されることによって、過去の先生も「御嬢さん」を同様に愛していたように映り、そこに底流していた自己中心的な志向が隠れがちになるのである。

『こゝろ』の鍵をなす言葉としても扱われてきた「自由と独立と己れ」（「上」十四）という観念も、「蔽」の過去と「解」の現在の間で多重性を帯びることになる。この言葉は先生が人生の指針を求めるかのように自分に接近してくる「私」に対して、その姿勢を戒めるために口にされたものである。先生は「兎に角あまり私を信用しては不可ませんよ」と言い、その意味を問う私に次のように答えるのだった。

「かつては其人の膝の前に跪《ひざま》づいたといふ記憶が、今度は其人の頭の上に足を載せさせやうとするのです。私は未来の侮辱を受けないために、今の尊敬を斥《しり》ぞけたいと思ふのです。私は今より一層淋しい未来の私を我慢する代りに、淋しい今の私を我慢したいのです。自由と独立と己れとに充ちた現代に生れた我々は、其犠牲としてみんな此淋しみを味はわなくてはならないでせう」（「上」十四）

先生の現在の「淋しみ」の起点をなすものがKとの経緯であるならば、彼にとって「自由と独立と己れ」を獲得した行為の内実も、Kとのせめぎ合いを制して「御嬢さん」を得た過去を指すことになる。しかしその時点での先生が自身の行為とその結果を「自由と独立と己れ」の実現として受け取ったとは考えられない。彼がその時実感したものは、「蔽」に促されておこなった行為がもたらした帰結の残酷さと、「私は私の生きてゐる限り、Ｋの墓の前に跪《ひざ》まづいて月々《つきづき》私の懺悔を新たにしたかつたのです」（「下」五十）と語られる、それに対する罪責感であったはずである。現実的には先生がそうした「懺悔」の思いに駆られているなら、「御嬢さん」を妻とするという選択をしなかったのではないかも考えられるが、彼らを夫婦とするところに漱石的な手つきが露出している。つまりそれによって先生の所行が「自由と独立と己れ」を外形的に満たし、同時にそれにふさわしい情念的な内実の欠如を浮上させることで、彼に「淋しみ」を与えることになるからである。また『門』『行人』を引き継ぐ寓意の地平においても、韓国を併合した日本を表象するために、先生は「御嬢さん」と〈結婚〉する必要があった。そして両者は当然連繫しており、先生に託された「淋しみ」が、帝国主義的拡張を遂げることの虚しさの比喩をなしていたのだった。

「下」に語られる出来事の時点における先生の「己れ」とは、要するに自己を確保するために他者を猜疑し、斥けようとする主体のことであったが、そこにあらかじめ語られていた「自由と独立と己れ」という言葉の積極的な響きが重ねられることによって、自覚的な自己実現の主体としての色合いを帯びることになる。終盤先生を自殺に導く前提としても語られる、明治天皇の死とともに終焉を迎えた「明治の精神」と照らし合い、その内実としても見られるこの「自由と独立と己れ」は後述するようにむしろ〈大正の精神〉というべきものである。しかしそれが「明治の精神」として機能していたともいえるところに、「蔽」と「解」の間の時間的差違を浮上させつつ同時にそれを巧みに混在させる漱石の技巧が見られる。

すなわち福澤諭吉の『学問のすゝめ』（一八七二～七六）の「一身独立して、一国独立す」というスローガンが物語るように、明治時代における「独立」は何よりも自国のそれであり、漱石にしても日露戦争を日本が「インデペンデント」であることを証し立てる契機として語っていた（「模倣と独立」一九一四）。したがって「己れ」は個人の自我というよりも、「一国」としての「己れ」を形成するための単位であり、『文学論ノート』に記された「F＝n・f」という等式も同じ発想によるものであった。自己の趣味や好尚に従って生きるという意味での個人主義は、むしろ「国体」を危うくしかねない点で危険視される対象以外ではなかった。しかし福澤が「実学」の修得による個人の自立を力説したように、明治時代に「一国独立」の条件としてではあれ個人の「独立と己れ」が尊重されたことは否定しえない。それを満たすことではじめて国と個人の「自由」が実現されうるのであり、「明治の精神」の中核はこうした国家と個人の緊密な連携にあった。

一方『こゝろ』の執筆時である大正初年代は、日露戦争後の「幻滅時代」（長谷川天渓）[16]であると同時に、国家との合一への志向が低減し、自己の内的な生命力の導きによって生きようとする「生命主義」的な動きがあらためて勃興してきていた時代であった。生命主義自体は高山樗牛《ちょぎゅう》や北村透谷によって明治二十年代にも唱えられたが、その後の国家主義的な時代のなかでかき消されていき、明治末年からあらためて人びとの心を捉えるに至っていた。「大正生命主義」と称される潮流は思想、宗教、文学、芸術など多岐にわたるが、なかでも白樺派の作家たちは生命の昂揚感に裏打ちされた強い「己れ」を打ち出す表現活動をおこなっていた点でその中心的な担い手であった。楽天的な自己信奉による人生の受容を描いた武者小路実篤にしても、自我意識の強度によって周囲の社会、環境と齟齬を来してしまう人間の帰趨を描いた有島武郎にしても、理性と感情や気分が分かちがたく混在したカオス的な自己を肯定しようとした志賀直哉にしても、個人としての「自由と独立と己れ」を実現することへの志向が熾烈にはらまれている。

彼らの初期の活動の場であった『白樺』における彼ら自身の言説を見ても、「吾人は自己の個性を無遠慮に発揮しなければならない。それには出来るだけ余力をもつて生活しなければいけない、仕事をしなければいけない」（武者小路実篤「個性についての雑感」一九一二・一〇）、「吾れ等をして凡て他人の声を認許せしめよ、／されど先づ自己の有を讃へしめよ。／か丶る時に、然りか丶る時にのみ凡ての人は互の手を握りなむ」（柳宗悦《むねよし》「吾が有を歌はしめよ」一九一三・一）、「個性は人格の基礎である。個性のない人格は無人に等しく、人類的な人格に実を結び得ない個性は取るに足りない」（長与善郎《よしろう》「キュスタフ・クルベー評伝」一九一三・一〇）といった、「人類」全体との絆のなかで自身の「個性」や「有」を発揮することを尊重する発言が繰り返されている。個人主義を称揚する同時代の詩人・評論家であった相馬御風《ぎょふう》は、『こゝろ』と同じ大正三年（一九一四）に出た『自我生活と文学』（新潮社）で、「社会は社会としての発達をつづけ、個人は寧ろその無意味なる力の下に常にそれに引きづられ、踏みにぢられて居るのである」と断定し、「人情は個人のものである。個人と個人との接触に於て初めて見る事の出来るものである」と語っていた。

『こゝろ』で先生が口にする「自由と独立と己れとに充ちた現代」という言葉は、こうした系譜と文脈のなかで過去と現在、先生と「私」の間で多重化されている。すなわちその「現代」は日本が国家としての自立を目指し、個人がそこに合一していた明治時代を指すと同時に、国家という枠組みを離れた地平で個人としての自己を満たそうとする潮流が生まれてきた大正という新しい時代を指すことになる。とはいえ「自由と独立と己れ」が後者の含みをより強く帯びた表現であることは否定できない。この言葉がむしろ〈大正の精神〉としての色合いをもっているといったのはその意味においてである。

先生が口にする「淋しみ」は、こうした自己の感情的な充溢を尊重する〈大正の精神〉と照らした時に一層際立たせられるものであり、その帰着点として彼の自殺が仮構されているとすれば、やはりそれは漱石の未来志向的な眼差しによってなされた〈明治〉に対する処断として意味づけられることになる。また現実に明治三十九年（一九〇六）十月から漱石の自宅で開かれるようになった「木曜会」には小宮豊隆、森田草平、鈴木三重吉、芥川龍之介ら、大正の新時代を生きていくことになる青年たちが集っており、森田は『こゝろ』の先生と「私」の関係が漱石自身と小宮のそれを映したものと見なしていた(17)。彼らは決して漱石を盲目的に信奉するのではなく、作品に対して批判的な言辞を口にすることも少なくなかったが、小宮は『こゝろ』の先生の〈淋しさ〉が、「漱石が若い弟子どもによつて嘗めさせられた、苦い経験を背景としてゐる」（『夏目漱石』前出）と推察し、森田は「古くから先生の門に出入りしてゐた者があまり先生を褒めなくなつた」（『漱石先生と私』下、東西出版社、一九四八）という追憶を語っている。こうした身近な青年たちからもその「自由と独立と己れ」を漱石は実感していたはずである。

しかし国家との絆を相対化し、「人類」との共鳴のなかに個人としての自己を生きようとする〈大正の精神〉は漱石にとっては決して親しいものではなく、彼にとって思考と表現の基底をなすのはあくまでも「明治の精神」の枠組みであった。それは同時期の講演「私の個人主義」において「私共は国家主義でもあり、世界主義でもあり、同時に又個人主義でもあるのであります」という発言をおこなっていることからもうかがわれる。ロンドン留学時の「自己本位」の発見を契機として「個人主義」の理念を述べたこの講演の後半では、「国と国とは辞令はいくら八釜《やかま》しくつても、徳義心はそんなにありやしません。詐欺をやる、誤魔化《ごまか》しをやる、ペテンに掛ける、滅茶苦茶なものであります」と語られている。日清戦争後の三国干渉をはじめとするこうした苛酷な駆け引きが国際社会の現実であり、そこに露呈しているエゴイズムが個人同士の関わりに振り向けられたものが漱石作品における人間関係の表象であった。第三部Ⅰ章で言及したように、個人主義の心得として「我々は他《ひと》が自己の幸福のために、己れの個性を勝手に発展するのを、相当の理由なくして妨害してはならないのであります」と語られているのも、「他」が個人と国家を同時に含意することで帝国主義批判として意味づけられるのである。

しかし引用した「私の個人主義」の発言で、「国家主義」と「個人主義」の間に「世界主義」を入れているところに、この講演が垣間見せている〈大正の精神〉が認められるともいえよう。この言葉に含意される普遍的な拡がりをはらむ地平に青年たちは「己れ」を位置づけようとしていたが、『こゝろ』の若い「私」の造形も、漱石がその息吹を感じ取っていたからこそなされたものに違いないのである。

Ⅲ　「去私」による表象
――『道草』『明暗』における境地

1　死の意識の投影

漱石の胃や神経の状態は大正という新しい時代に入っても好転することはなかった。『行人』（一九一二～一三）を連載中であった大正二年（一九一三）の前半にはその両方が悪化し、病臥に伏すことになったために、「帰つてから」の章が第三十八回をもって終了した四月七日で連載は一旦中断され、五ヵ月後の九月十八日にようやく「塵労」として連載が開始された。四月十六日の『中央新聞』に掲載された「漱石氏病む」の記事に含まれる主治医の診断では、症状は「胃潰瘍の再発と強度の神経衰弱」であったが、五月十日付の森成麟造宛書簡では「病名は例によつて例の如くです、見事な血便が出ました丸で履墨《くつずみ》の如く鮮なものでした」と記されている。

『こゝろ』の連載が終わった翌月の大正三年（一九一四）九月にも胃病による病臥を余儀なくされ、十月四日に見舞いに訪れた寺田寅彦は、その日の日記に「快方に向へる由なれど衰弱甚し」と記している(1)。漱石は翌大正四年（一九一五）の元日に寺田に送った年賀状の余白に「今年は僕が相変つて死ぬかも知れない」という一文を書き付けているが、自身の健康の水準が〈死〉に接近するまでに低下しつつあることを漱石は意識せざるをえなかった。この年の三月には旧知の画家である津田青楓《せいふう》の誘いで京都に旅し、木屋町の宿で「文学芸妓」として知られた祇園の茶屋「大友」の女将磯田多佳との交わりなどを持ちながら過ごしたものの、一週間ほどでまた胃の状態が悪化し、四月十七日に帰京している。

その一ヵ月半後の大正四年（一九一五）六月三日には、完結した最後の長篇となった『道草』（一九一五）の連載が東京と大阪の『朝日新聞』で始まっている。漱石の唯一の自伝的作品である『道草』は、イギリス留学から帰国した明治三十六年（一九〇三）一月から、あらためて昵懇を求めて接近して来たかつての養父である塩原昌之助に、百円の手切れ金を支払って縁を絶つ明治四十二年（一九〇九）十一月までの七年間弱の出来事を素材とし、幼少期の記憶を織り交ぜつつ孤独な知識人の姿を写し出している。満四十八歳に達した大正四年という時点で、自身の過去を作品化しようとした動機としては、当然遠からぬ生の終着点が視野に入ってくることで、現在に至る軌跡を辿り直そうとしたことが想定される。同じ年に書かれたエッセイ『硝子戸の中』（一九一五）では、「不愉快に充ちた人生をとぼ〳〵辿りつつある私は、自分の何時か一度到着しなければならない死といふ境地に就いて常に考へてゐる」と記されており、そうした姿勢のなかで眼差しが未来よりも過去に向かいがちになるのは自然な傾斜であろう。

重要なのは、にもかかわらず『道草』が決して自身の生をその起点から直線的に辿り直すのではなく、今述べたように叙述される時間を限定しつつ作中の展開が構築されており、そこに肉体の衰えとは裏腹な漱石の作家的技巧の冴えが見られることである。中心的な内容は、帝国大学の教師を務める主人公健三のもとに、すでに縁を切っているはずの元養父島田が接近し、仲介的な人物を通して金銭的な援助を繰り返し求めるのを、健三は拒み切ることができずに関係が持続していくうちに、後半では島田自身が現れて昵懇を迫る事態となり、健三が百円を支払うことを条件としてようやく絶縁にこぎ着けるというものである。これは要素的には明治三十六年から四十二年にかけて生起した出来事を集約した内容になっているが、この圧縮自体が明瞭な虚構化であることに加えて、明治三十八年（一九〇五）から始まっている漱石の作家としての営為が切り捨てられることによって、島田が健三に接近する理由が不明瞭になる分、不気味さを漂わせる展開となっている。

漱石自身の身辺については、塩原昌之助が接近してきたのは夏目鏡子が『漱石の思ひ出』（前出）で明治三十九年（一九〇六）の回想として、「この年の春頃であつたと思ひますが、「猫」で夏目の文名が急にあがりましたので、昔恋しくなつたものと見えまして、前の子供の頃養子にやられて、其後手の切れた筈の塩原の老人が、人を介して元どほり塩原の養子にかへつてくれないかと申して参りました」と記している事情によるものであろう。もっとも塩原自身は人気作家となった漱石の懐が目当てであったといわれたのが不愉快であったのか、「乃公《おいら》が人を使つたり自分で行つたりして、ちよいちよい金之助の紙入を強請《ゆすり》でもした様にかいてあるが、これはお話しにならない大嘘だ。金之助を夏目へかへしてしまつてから、今年までのうちにたつた三度行つただけで、一度は三十七年頃二度は四十一年頃、三度目はそれから三四年経つてからのことだ」（關荘一朗「「道草」のモデルと語る記」『新日本』一九一七・二）と弁明している。[2]

これによれば、塩原は「二度目」の際には「五十円」、「三度目」の際には「百円」を漱石からもらったということだが、明治四十二年十一月に塩原と漱石の間に百円のやり取りがあったことは「明治四十弐年拾壱月弐拾八日」という日付をもつ書面が残っていることからも確実である。[3]しかし大金とはいえない百円という額で引き下がったとすれば、塩原は当人のいうように少なくともさほど強欲な人間ではないことにもなる。また第一部Ⅰ章で触れたように、当時は老後の面倒を見てもらうことを予期して子供の養育をするのが一般的であれば、塩原が幼少期の世話を盾にとって老後の生活費を漱石にせがむのは一概に理不尽というわけではない。また作中で島田が繰り返し主張するように、作家となることによって漱石の収入が増加していたことも事実であった。

けれども『道草』の興趣が、この必ずしも理不尽とはいえない老人の要請を不気味なもののにじり寄りとして描いていることからもたらされていることはいうまでもない。『道草』の島田は年齢に逆行するような濃密な存在感を漂わせた人物であり、それが冒頭から健三に強く印象づけられている。

然しそれにしては相手の方があまりに変らな過ぎた。彼は何《ど》う勘定しても六十五六であるべき筈の其人の髪の毛が、何故《なぜ》今でも元の通り黒いのだらうと思つて、心のうちで怪しんだ。帽子なしで外出する昔ながらの癖を今でも押通してゐる其人の特色も、彼には異な気分を与へる媒介《なかだち》となつた。（一）

健三は「黒い髭を生《はや》して山高帽を被つた」（一）自分とは対照的な風体をした島田が、不自然に映る〈若さ〉をまとっていることに「異な気分」を覚えるが、この「異な気分」がこの作品を貫流するモチーフとして健三に様々な形で与えられている。健三の幼少期の記憶として語られる、養父母と住んでいた家の池に餌を付けた糸を垂らすと「糸を引く気味の悪いものに脅かされた」（三十八）経験も、現時点での島田の接近の予兆として機能している。また明治三十六年十月に生まれた三女栄子に相当する、新しい子供の誕生の場面でも、生まれたばかりの赤ん坊に触れた健三は「一種異様の触覚」を覚えるのであり、その「輪廓」についても「恰好の判然しない何かの塊《かたまり》に過ぎなかつた」という印象をもちながら、「気味の悪い感じを彼の全身に伝へる此塊《かたまり》を軽く指頭《しとう》で撫でゝ見た」（八十）のだった。

　これまでも眺めたように、子供の誕生は一般的にも漱石の世界においても未来につながる連続性の象徴として意味づけられ、『門』や『こゝろ』では主人公に子供がいないことが、彼らの未来から豊かさが剝奪されていることを暗示していた。しかし『道草』では新しい子供の誕生は主人公に自身の衰滅を予告するものとして受け取られている。それはいうまでもなく、作者の漱石が自身の生命の衰退を感じつつこの作品を綴っているからである。赤ん坊の誕生に際して健三は「赤ん坊が何処《どこ》かで一人生れゝば、年寄が一人何処かで死ぬものだ」という、雑誌で得た情報による考えを浮かばせ、「つまり身代りに誰かが死ななければならないのだ」（八十九）という感慨を覚えるが、新しい生命の出現によって「年寄が一人何処かで死ぬ」という因果性は、三十代後半であるはずの健三ではなく、この作品の筆を執っている四十八歳の漱石のなかから生み出されている。

　あるいは健三が島田と赤ん坊にともに異様で不気味な感覚を覚えること自体が、漱石が内にはらんでいた死の意識の投影にほかならないともいえよう。この感覚を論じたフロイトの『不気味なもの』では、人間が感じ取る「不気味（Unheimlich）」なものの事例が「同じ事態の反復」や「邪悪な眼差し」などとして、日常生活や文学作品から様々に取られているが、それらは「何ら新しいものでも疎遠なものでもなく、心の生活には古くから馴染みのものであり、それが抑圧のプロセスを通して心の生活から疎外されていたにすぎない」（藤野寛訳、以下同じ[4]）ものであるとされる。この説明は『道草』の健三の経験にも当てはまり、この時点での作者に「馴染みのもの」となっており、同時に意識の表層からは「抑圧」されている死の観念が投影されることによって、島田のみならず生の象徴たるべき赤ん坊さえも「不気味なもの」に見せている。「不気味なもの」の端的な例として挙げられている「生きているかに見える人形」が不気味なのは、そこに死と生が混在して映るからであり、映画に登場する「ゾンビ」が不気味な存在の典型であるのも同じ理由によっている。赤ん坊はその生命体としての未成熟さから死への近しさもはらんでおり、『道草』においては健三というよりも漱石自身のなかに肥大しつつある死への意識がそこに投げかけられることによって、やはり生と死の融合体として映り、それが「気味の悪い感じ」という不気味さを喚起せざるをえないのである。

2 〈無〉としての起源

『道草』を特徴づける要素のひとつである、日常生活における通例の行動を、そこに込められた社会的文脈を抜き取った身体行動に還元して叙述する表現も、この「不気味なもの」への隣接的な関係をもっていると考えられる。清水孝純が指摘するようにこれはペリフラーズ（迂言法）と呼ばれる修辞であり、概念や事物を、その本来の呼称を使うことを回避して語るこの表現が『道草』に繰り返し現れている。とりわけ健三の教師としての行動に関わるものにそれが充てられることが多く、「彼は明日の朝多くの人より一段高い所に立たなければならない憐れな自分の姿を想ひ見た」（五十一）や「彼は読みながら其紙へ赤い印気《インキ》で棒を引いたり丸を書いたり三角を附けたりした」（九十四）、「赤い印気《インキ》で汚ない半紙をなすくる業《わざ》は漸く済んだ」（百二）といった表現が見られる。最初の例は教室で講義をすることであり、後の二つは試験の採点をすることを指しているが、それがこうしたペリフラーズによって表現されることによって、「単純な、機械的な行為に還元されて」しまい、その反復によって「その行為は、無意味な、不条理な行為にみえてくるであろう」と清水は捉えている(5)。

清水の解釈は妥当であるものの、重要なのはその「無意味な、不条理な行為」として表現されるものが健三に付与されていることの意味であろう。それは健三が日々の生活を支えるためにおこなう行為から、その社会性が抜き取られているということであり、そこには作品内の時間と執筆時の二つの時間における事情が込められている。前者としては、もともと漱石が教師という稼業を嫌っていたために、その仕事に自己実現の意味を見出しがたかったからであり、後者としては、この時点で漱石がはらんでいた死への意識が、主人公の存在が持つ社会性を希釈しているからである。社会的な地平に位置づけられるべき行為が、身体の動作に還元されて語られることで、健三は社会に存在していると同時に存在していない曖昧さを帯びることになる。これもやはり「不気味なもの」の一環といってよく、島田とは逆の形で健三は生きつつ死んでいる人物として輪郭づけられている。すなわち島田は社会的には無に等しいにもかかわらず不気味な生の感触を漂わせており、健三は社会的には相対的に高位にありながら、一個の人間としてはその存在感を希釈されているのである。

こうした形で、直接的には人間の死を主題化していない『道草』に、それを視野に入れた作者漱石の死の観念が瀰漫していることが分かる。それに加えて、この生と死の間で反転する両義性の基底にあるものは、漱石が意識する死への親しさであるとともにやはり時代的な認識であろう。つまり〈死〉は漱石に近づきつつあるだけでなく、すでに彼が生きてきた明治という時代に訪れていたからだ。生きつつ死んでいるという両義的なあり方も、漱石にとっての〈明治〉そのものに該当している。それはすでに終結していながら、その時代を生きてきた人間にとってはまだ生々しい手応えを伝えるものであり、むしろ新しい大正という時代の方が、健三が生まれたばかりの赤ん坊に対して覚えるように、これからどういう形を取っていくか分からない得体の知れなさを漂わせていた。

『こゝろ』はあえてその生まれたばかりの時代を白地の時間として受け取り、そこに未来に向けた積極的な希求が込められた作品であったが、『道草』では一転して〈死〉を視野に入れたより現実的な地点から、自己と〈明治〉の姿を浮かび上がらせようとしている。その自身に重ねられる〈明治〉は、国全体が西洋志向の近代化の道を辿りながら、それに逆行する前近代的な暗さを残存させた時代であった。少なくとも漱石はそのように認識しており、明治四十四年（一九一一）の講演「現代日本の開化」で語られた「外発的開化」の観念からもそれが汲み取られる。江戸時代までの文明の進展が「比較的内発的の開化」として進んで来たのに対して、維新以来の西洋志向の開化は「自然の波動を描いて甲の波が乙の波を生み乙の波が丙の波を押し出すやうに内発的に進んでゐるかと云ふのが当面の問題なのですが残念ながらさう行つて居ないので困るのです」と語られるように、江戸時代までの文化的連続性を閑却する形で進んでいったために、新旧の乖離を生じさせることになった。

それが漱石の捉える「外発的の開化」の様相であり、いいかえれば西洋志向の近代化がそれに同調しえない前近代的なものを強く残存させる日本社会の性格を強く浮かび上がらせることで、開化を「外発的」に見せているということでもある。その前近代的なものは、『坊っちゃん』の舞台となる四国の中学校のような閉鎖的なムラ社会であったり、日本を批判すると「国賊取扱ひされる」という『三四郎』の主人公の郷里のような言論の自由のない風土であったり、あるいは『夢十夜』「第三夜」の盲目の子供が漂わせるような不気味な土俗性であったりする。[6] こうしたものを多々残している社会がひたすら西洋志向の近代化の道を進んでいくことが開化の過程を「外発的」にしていたわけだが、『道草』の島田もその前近代の表象の一環をなすとともに、むしろそれが異様な生々しさをもって主人公の健三に迫ることで、彼に託された〈明治〉の存在感をも低減させてしまうのである。

さらに健三は時間軸において自己の支えとなる対象を持てないのみならず、近親者によって織りなされる横の繋がりにおいても、自分を支える者を見出すことができない。『道草』に描かれる主人公のきょうだいたちは皆細々とした生を営んでおり、彼らと比べれば帝大の教師を務める健三は紛れもない成功者になる。一方「今の彼は切り詰めた余裕のない生活をしてゐる上に、周囲のものからは、活力の心棒のやうに思はれてゐた。それが彼には辛かつた。自分のやうなものが親類中で一番好《よ》くなつてゐると考へられるのは猶更《なおさら》情なかつた」（三十二）と記されるように、健三自身は自身を豊かとも成功したとも思っていないだけに、そのような眼差しを受け取ることは面はゆく、逆に自己を空疎に感じ取らせてしまう。兄の家を訪れた際にも、そのみすぼらしい姿に「淋しいな」（三十七）という感慨を覚えているのである。

こうした横の繋がりにおける健三の相対的な優位と、それにもかかわらず彼が抱かされる空虚感は、これまでの作品にも繰り返し現れ、「現代日本の開化」の主題にも含まれる、近代日本の外形的な達成の比喩的な表現でもある。健三の〈淋しさ〉が、友人の「K」を出し抜くことによって「御嬢さん」を妻として得た『こゝろ』の「先生」のそれとの連続性をもつことは明らかである。もちろん健三は先生のように「策略」によって近親者を出し抜いたのではなく、青年期からの刻苦精励によって現在の社会的位置を獲得したのだったが、それが決して自己を満たすものではないことを痛感しており、むしろ自身と比べてはるか下方にいるとしか思えない近親者たちを情けなく思っている。こうした感慨は、明治維新以降の開化によって日本だけが西洋諸国と肩を並べる〈強国〉に成り上がり、その日本を含む列強の侵攻によって中国、朝鮮といった近隣諸国がいずれも自律性を失った状態に陥っていた一九一〇年代半ばの状況とも呼応している。この時点で朝鮮は日本の一部に組み込まれ、中国では中華民国が成立していたものの、沿岸地域はイギリス・フランス・ドイツなどの租借地となっていた。また一九一三年十月に臨時大総統となった袁世凱は列強からの多額の借款によって軍備強化、経済振興を進めようとしたが、それはかえって列強への依存度を高めることにもなった。また『道草』が発表された大正四年（一九一五）一月には日本は中国に対するいわゆる二十一ヵ条要求をおこない、中華民国政府は南満州と東部内蒙古を中心とする中国大陸における日本の権益の大幅な拡張を呑まされることになった。

このように『道草』は、終わってまださほど時間が経たない明治という時代と、〈終着点〉に近づきつつある自身の生を、知識人の主人公の孤独な生の姿に折り重ねて描くとともに、隣国の状況を視野に入れつつその時点での日本のあり方を垣間見せる作品であった。とりわけ新時代への積極的な希求を滲ませていた前作の『こゝろ』と比べると、次世代への連続性を断ち切られて消え去っていくだけの時代として〈明治〉が浮かび上がっている背後には、漱石の客観的な現実認識が作動していた。

ともに明治という時代の終焉をモチーフとしながら、こうした路線の変更がおこなわれたのは、漱石の眼差しを現実主義的にせざるをえない事態が生起していたからでもある。すなわち二十一ヵ条要求がなされる文脈ともなる第一次世界大戦が『こゝろ』の新聞掲載がされていた時期に始まっており、皮肉なことにそれが終わった直後に日本は青島のドイツ軍要塞を攻撃するという形で参戦することになった。『こゝろ』の『東京朝日新聞』『大阪朝日新聞』への連載が終了したのはそれぞれ大正三年（一九一四）八月十一日と十七日であり、日本がドイツとの開戦に踏み切ったのは八月二十三日であった。功利主義と帝国主義に「蔽われ」ていた明治という時代に決着を着けるべく先生に自死の運命を与えたのも空しく、大正という新しい時代もやはり帝国主義的な戦争の続行する時代であることが明確になったのである。またこの戦争は周知のように未曾有の好景気を日本にもたらし、日露戦争後の経済的沈滞を払拭するとともに、「成金」と称される人びとを生み出し、物質至上の功利主義的な流れも一層強まることになったのだった。

3 「新しい女」たちとの共鳴

絶筆となった大正五年（一九一六）の『明暗』では、ともに自尊心と虚栄心の強い夫婦と彼らをめぐる人間関係の様相を描きつつ、そこにこの現実主義的な眼差しによって捉えられた同時代の日本の姿が重ね合わされている。これまでの漱石作品と違って、『明暗』では男性の欲望の対象として位置づけられがちであった女性たちが、みずからを雄弁に語り、それがこの作品のひとつの特徴となっている。中心をなす津田とお延の夫婦においても、自身を支える力としての愛をめぐる言説を熱情的に口にするのはむしろお延の方で、その点では彼女がこの作品の主人公であるといっても過言ではない。現に漱石は書簡（大石泰蔵宛、一九一六・七・一八付）で「主人公を取りかへた」と記し、作品の軸をお延に移したことを明らかにしている。お延は津田の妻である自分の存在理由が、夫を愛し、夫に愛されることにあると信じ、その位置づけを確保することへ強い情念を注ぐ女性で、見合いによって嫁ごうとしている従妹の継子に対しても、次のような弁舌によって自分が「幸福」であることを訴えようとする。

「あたしが幸福なのは、外《ほか》に何《なん》にも意味はないのよ。たゞ自分の眼で自分の夫を択《えら》ぶ事が出来たからよ。岡目八目でお嫁に行かなかつたからよ。解《わか》つて」

継子は心細さうな顔をした。

「ぢやあたしのやうなものは、とても幸福になる望《のぞみ》はないのね」

お延は何とか云はなければならなかつた。然しすぐは何とも云へなかつた。仕舞に突然興奮したらしい急な調子が思はず彼女の口から迸《ほとばし》り出した。

「あるのよ、あるのよ。たゞ愛するのよ、さうして愛させるのよ。さうさへすれば幸福になる見込

は幾何《いくら》でもあるのよ」（七十二）

また津田の妹の秀子に対しても、津田が結婚前に別の女性と関係があったことを察した際に、「津田はあたしを愛してゐます。津田が妹としてあなたを愛してゐるやうに、妻としてあたしを愛してゐるのです。だから津田から愛されてゐるあたしは津田のために凡《すべ》てを知らなければならないのです」（百二十九）と、妻としての自己を支えるためにその経緯を知ることへの執着を示している。一方秀子も虚栄心の強い兄夫婦に対して、「あなた方のお二人は御自分達の事より外《ほか》に何《なん》にも考へてゐらつしやらない」（百九）と糾弾の言葉を放ったりするのである。前作の『道草』の御住にしても、論理的な弁舌を振るわないものの、知識人である夫と相容れない自己を打ち出して健三を焦慮させる点では、その前身ともいえる輪郭が与えられていた。健三が新しく生まれた赤ん坊を抱こうとしない場面でも、「何だか抱くと剣呑《けんのん》だからさ。頸でも折ると大変だからね」と弁明する健三に対して御住は、「噓を仰しやい。貴夫《あなた》には女房や子供に対する情合が欠けてゐるんですよ」（八十三）という批判を加えて夫をやり込めるのだった。

こうした晩年の作品に浮上してくる、みずからを語る女性たちの存在は、やはり同時代の潮流との共鳴によってもたらされている。すなわち『白樺』が刊行された翌年の明治四十四年（一九一一）九月に、平塚らいてう（明《はる》）を中心として雑誌『青鞜』が創刊され、近代における最初のフェミニズム運動の場として、女性による小説、評論、詩、短歌などが発表されていた。自身を含む青鞜社の社員たちが起こす「五色の酒」の飲酒や吉原への登楼といった行状によって世間の指弾を浴びることが少なくなかったものの、「新しい女」を自認し、男によって照らされる「月」であるよりも、自身の内に潜む「天才」を発揮することによってみずから光を放つ「太陽」であろうとするらいてうの主張は、創刊当初から女性読者からの手紙が殺到するような反響をもたらした。

らいてう自身は小説の創作に手を染めなかったが、『青鞜』に掲載された作品にはやはり個人としての自覚と情念に従って男性と関係を持ち、それによってもたらされるきしみのなかに生きる女性たちの姿がしばしば現れる。神近市《いち》（市子）の『手紙の一つ』（一九一二）は女子大学に通う「私」が卒業論文のための調査を手伝ってもらったことがきっかけで親しくなった「K」という男性と肉体関係を持つようになったものの、Kは「一度手に入れた「私」つて云ふもの、所有に倦いて、私に対しても「女性」に対する因習的な概念をもつてする」[7]ようになり、結局彼に棄てられた「私」は別の男性に乗り換えることで「復讐」を果たすという話である。加藤緑の『執着』（一九一二）では、親の勧める縁談を断り、表現者として立ちたいという願望を貫きつつ自分が選んだ男性と夫婦になったものの、結婚後は相手は冷淡になり、自身も目指す「修養の道」が見出せないという状況に生きる女性の姿が描かれる。

いずれも自己の情念的な選択に則りながら、結局「因習的な概念」に直面してしまうアイロニーが主題となっているが、『青鞜』出身の代表的な作家となった田村俊子の『炮烙《ほうらく》の刑』（一九一四）では、夫がありながら年下の青年を惹きつけ、かといってその青年と運命を共にするわけでもなく、彼を翻弄するように生きる女性が登場している。しかしこうした型の女性の代表的な存在は、『青鞜』の女性作家ではなく白樺派の中心作家である有島武郎が生み出した『或る女』（一九一九）の主人公葉子であろう。『或る女』もこうした自己主張をおこなう女性たちの潮流を背景としてもたらされた作品であり、葉子は直接的には国木田独歩の妻であった佐々城信子をモデルとしながら、そこに『ヘッダ・ガブラー』や『アンナ・カレーニナ』の主人公、さらにおそらく平塚らいてうを含む現実、虚構の様々な情念的な女性たちの像を加味することによって生み出された人物である。

国木田独歩に相当する記者との結婚、離婚を経験した葉子が、アメリカにいる新たな婚約者のもとに赴くべく乗った船のなかで出逢った荒々しい事務長の倉地と結ばれ、アメリカに上陸せずに日本に戻って倉地との同棲を始めるものの、葉子は次第に子宮を病み、その手術に失敗することで激痛に悶絶しつつ絶命していくという波乱に満ちた物語は、作品の時間である明治三十年代であれば生まれなかったものであろう。有島の戦略は強い自覚と情念を持った女性を主人公としているだけでなく、彼女を日露戦争前の明治三十五年前後という時空に生かすことによって、周囲とのきしみを増幅させているところにある。女性の個性などが尊ばれることのない時代に置かれることによって、「新しい女」としての葉子の異質さはより強く際立たせられ、その齟齬のなかで彼女は何よりも自己の存在から隔てられているという感覚を強く抱かされている。妻子ある男性である倉地との関係も、愛欲を充たす場であるとともに彼女の自己確認の契機にほかならなかった。情交の場面での「葉子は倉地を引き寄せた。倉地に於て今迄自分から離れてゐた葉子自身を引き寄せた」という表現はその暗喩性をよく物語っている(8)。

こうした自己確認に向かう情念は『青鞜』の女性たちが描く作品にも認められ、また『明暗』のお延の内にもうごめいている。しかし『或る女』の葉子を含めた彼女たちと違って、お延には家庭の枠組みを逸脱していこうとする志向はなく、あくまでも夫として選んだ津田の愛情を確認することで自己の在り処を実感しようとしている。夫の異性関係に関する前歴を知ろうとして秀子に言葉をぶつける際にも、この節で引用した箇所の前でお延は「津田はあたしの夫です。あなたは津田の妹です。あなたに津田が大事なやうに、津田はあたしにも大事です」(百二十九)と、津田の妻であることが自分の立脚点であることを明言していた。

もちろん「愛」を自己の拠り所としようとしていることは、お延も新時代の女性として「婦は、内に在りて、家政を整へ、舅姑に事《つか》へ、児女の教訓を司るべし」（井上哲次郎『女子修身教科書』金港堂、一九〇三）といった旧来の価値観から逸脱する部分を持っていることを物語っている。けれども反面お延は夫婦を中心として営まれる家庭の持続を第一に考える女性であり、『炮烙の刑』や『或る女』の主人公たちとは対照的にむしろ制度や体制を保持する側に立つ人物としても見られる。そこに個人と国家の連携を尊ぶ「明治の精神」のなかに生きた漱石の意識が垣間見られるとともに、お延の情念に込められた固有の色合いが浮かび上がっている。すなわちお延と津田は相互の愛情によって結ばれた設定になっているにもかかわらず、これまでの漱石作品における異性愛の描かれ方とは異質な様相がそこに与えられている。『それから』（一九〇九）に典型的に見られるように、漱石の人物たちは相手が近傍にいる時は積極的な働きかけに出ることができず、相手が失われる、あるいはその可能性が生まれた時に、相手への情念を遡及的に燃え立たせることが少なくない。『こゝろ』（一九一四）の先生にしても、下宿の「御嬢さん」への執着は、彼女がライバルのKに奪われる可能性が浮上してきた時に彼を捉えるのだった。

もっともこれらの作品においては主体は男性であり、女性であるお延が情念の主体となる『明暗』とは同列に比較できないかもしれない。しかし『或る女』の葉子が、自覚的な層とは別個の内奥のうごめきによって、否応なく倉地という荒々しい男に惹かれていくのと比べても、お延の津田の愛し方はきわめて〈自覚的〉であり、あたかも自己を支える恰好の対象を見出したかのように、津田への直線的な志向のなかを進んでいくのである。その経緯については次のように述べられている。

> お延は自分で自分の夫を択《えら》んだ当時の事を憶《おも》ひ起さない訳に行かなかつた。津田を見出した彼女はすぐ彼を愛した。彼を愛した彼女はすぐ彼の許《もと》に嫁ぎたい希望を保護者に打ち明けた。さうして其許

諾と共にすぐ彼に嫁いだ。冒険から結末に至る迄、彼女は何時《いっ》でも彼女の主人公であつた。（六十五）

ここでは「冒険から結末に至るまで、彼女は何時でも彼女の主人公であった」と、ことさらに結婚に至る津田との関係がお延の主体性によって完遂されたことが強調されている。しかしこれが恋愛という情念的行動のあり方としてあまりにも単純化されているだけでなく、意識の運動に関する漱石の思考ともズレがあることは否定できない。つまりこれまでも見てきたように、『文学論』（一九〇七）などで語られる漱石の意識観においては、外界からの「S」（刺激）を「暗示」として受け取り、それによって外界への関心すなわち「F」が変容を蒙るのであり、その変容はしばしば意識の深部で生起するのだった。恋愛を主題とする漱石の作品でも主人公はそうした意識の漸進的な変容のなかで異性の存在を受容するために、相手に対する愛情に事後的に気がつくことが珍しくないのである。こうした過程はもちろん漱石の人物に限られるわけではなく、『或る女』の葉子にしても、はじめは嫌悪感を覚えることもあった倉地に無意識のうちに牽引されており、気がつくとそこから逃れられなくなっている自分を見出すのだった。

4 「軍国主義」と「個人の自由」

こうした恋愛感情の特質を考慮すれば、お延の津田に対する感情は漱石作品に描かれる異性愛としては破格な面をもつことが分かる。お延の発話を見ても、地の文の叙述においても、彼女が津田の何に惹かれたのかは分からず、ただ自分を充たすべき相手として彼が求められたことだけが浮かび上がっている。おそらくお延にとって津田はそうした存在だったのであり、自己と繋がり、自己を重ね合わせる相手として彼女は津田を見出したのである。

そのように考えれば、こうした情動に似たものを漱石がこれまでも描いていたことが想起される。それはむしろ〈同性〉同士の間に生まれていたもので、「主人公」としてのお延の津田に対する姿勢は、『坊っちゃん』の「おれ」の「うらなり」への向かい方に近似している。平野謙は津田を「ツマラン坊」と評しているが(9)、うらなりも善人であるにしてもそれ以外はとくに取り柄のない「ツマラン坊」であり、にもかかわらず「おれ」はこの大人しい英語教師に惹きつけられ、最後には彼のためもあって、結果的に職を擲つことになる行動に出るのだった。また『こゝろ』の「私」もなぜか控えめな中年の人物である「先生」に強く惹かれ、執拗な接近の末に彼と交わりを持つようになる。「私」の先生に向かう姿勢もお延と同じく逡巡がなく直線的であったが、前章で眺めたようにこうした「同性愛的」な男性同士の繋がりは近代日本の二つの面を表象しており、それゆえ緊密な連携がそこに仮構されていたのだった。

こうした先行作品の例を念頭に置けば、『明暗』のお延と津田の関係は異性同士の間であるにもかかわらずむしろ「同性愛的」であり、そこにはやはり近代日本の二つの面が託されていることが分かる。両者の関係においては果断で自己主張の強いお延の方が、お延を妻としながらかつて関係のあった女性との過去に執着しつづける津田よりもむしろ〈男性的〉であるともいえる。この対比も『坊っちゃん』における「おれ」とうらなりのそれを思わせるが、実際この作品は『坊っちゃん』の続篇的な性格をもつ作品として読むことができるのである。「おれ」とうらなりはそれぞれ日露戦争に勝利した〈強い日本〉と日清戦争後の三国干渉にたやすく屈した〈弱い日本〉の寓意として眺められる存在であったが、その十年後に書かれた『明暗』もやはり同時代の戦争を背景とし、それを取り込む形で構築されている。その戦争とはすなわち大正三年（一九一四）に始まった第一次世界大戦であり、ここで日本はイギリス、フランス、ロシアの連合国軍に加わり、ドイツと戦うことになった。そして三国干渉の一国であったドイツが相手となることによって、当時の日本人は否応なくこの「臥薪嘗胆」を強いられた明治時代の事件を思い起こしていたのである。

当時の報道においても、日本がドイツの租借地となっていた膠洲湾に派兵したことを伝える『東京朝日新聞』大正三年八月十七日の記事には「嗚呼《ああ》膠洲湾／思い起す当年の三国干渉」という見出しが付され、翌十八日の同紙の「憶起す遼東還附調印の光景」と題された記事でも、「我国民の怨恨隠忍茲《ここ》に二十年今や正に独逸に対する恩返しの時が来た」という口調で、参戦がドイツへの返報の好機であることが訴えられていた。こうした論調は他紙でも同様で、『時事新聞』大正三年八月十七日では「膠洲湾　長恨綿々三国干渉」という見出しで、日清戦争の「戦勝の効果」が「強国の爪牙《そうが》に屠《ほう》られ終んぬ」という帰結を迎えた十九年前の事件の経緯が辿られており、『読売新聞』同日でも「想起す二十年前の昔／独逸の出した紅い舌」という見出しの記事で同様の経緯が回顧されている。そのため大正三年十一月七日に青島のドイツ軍要塞を陥落させたのは、三国干渉への意趣返しの成就と見なされたこともあって日本人を歓喜させ、各地で提灯行列が催される騒ぎとなった(10)。

もちろん青島陥落が日本人を歓喜させたのは、単にドイツへの返報が成ったからだけではなく、それが日本の国力を証すものとして受け止められたからである。日本が欧州で始まった戦争である第一次世界大戦に加わったのは日英同盟に依っているが、イギリスが直接日本に求めたものはシナ海域におけるドイツ艦への探索と攻撃が中心で、膠洲湾、青島への出兵はイギリスにとっては過剰な参戦行為として映った。それは参戦を契機として日本が中国大陸での権益を拡張することを恐れていたからだが、日本としては当然それがねらいであり、また辛亥革命の際に列強のイニシアティブを取ろうとして失敗して以来、国際的な地位が低下していると感じていた日本にとっては、自国の力を示すためにも恰好の舞台であった。参戦の推進役であった陸軍の明石元二郎参謀次長はこの参戦を「我国之東洋に於ける権威確立之好機」（寺内正毅宛書簡、一九一四・七・三〇）と捉え、それを実現するために膠洲湾でのドイツ権益の奪取を不可欠の条件と見なしていた。(11) 元老の井上馨《かおる》も「近年動《やや》モスレバ日本ヲ孤立セシメントスル欧米ノ趨勢ヲ、根底ヨリ一掃セシメザルベカラズ」（『世外井上公伝』井上馨侯伝記編纂会、内外書籍、一九三四）という認識から参戦に強い意欲を見せていた。

こうした参戦の動機には、明治期における日清戦争、日露戦争とは基本的に異質な性格が見られる。南下を目論むロシアの脅威に抗するべく朝鮮を確保することを眼目としていたこの二つの戦争が、列強の侵害から自国を守るという大義を帯びていたのに対して、第一次世界大戦は日本の独立を脅かす力に対抗するためではなく、あくまでも日本の中国大陸における権益の拡張と国際社会での地位向上を企図して参戦したものであった。その点でこの大戦は日本にとってより功利主義的、帝国主義的な色合いの強い戦争であり、漱石はその性格をよく把握していたと思われる。

辛亥革命時と同じく漱石はこの欧州に始まった戦争に強い関心を抱き、随想や評論で繰り返し言及し、『明暗』でも話題として盛り込んでいる。『硝子戸の中』（一九一五）では来客に対して「私は丁度独逸が聯合軍と戦争をしてゐるやうに、病気と戦争をしてゐるのです」という比喩表現で世界情勢と自身の身体の状況を重ねて語り、『明暗』と同じ大正五年（一九一六）に書かれた『点頭録』では中心的な問題として第一次世界大戦が論じられている。漱石はこの戦争について「人道の為の争ひとも、信仰の為の闘ひとも、又意義ある文明の為の衝突とも見做《な》すことの事の出来ない此砲火の響を、自分はたゞ軍国主義の発現として考へるより外《ほか》に翻訳の仕様がなかつた」と概括し、さらにこの「軍国主義」をもっぱらドイツに帰着させ、一方イギリス、フランスを「個人の自由」を標榜する国として対比させている。

しかしこの漱石の対比自体は必ずしも的確であるとはいえない。この戦争の動機が道義や宗教、文明といった地平にないという指摘自体は妥当であるものの、そうした大義の欠如はドイツの側にもイギリス、フランス、ロシアの側にも等しく認められる。本質的には第一次世界大戦は、領土や海路、あるいは植民地での利権をめぐって西洋の強国同士が衝突した戦争であり、日本がそこに加わっていったのも同じ事情によっていた。フランスでは一八七一年の普仏戦争での敗北以来、失ったアルザス・ロレーヌ地方の奪還が希求されており、モロッコなど北アフリカ地方を植民地化することへの執着も高まっていた。イギリスはドイツとの間で海軍力の拡張競争をつづけており、ドイツの姿勢を「大英帝国」への挑戦と受け取ったイギリスはフランス、ロシアとの提携を強めることによってそれを押しとどめようとしていた。すなわち「軍国主義」はこの大戦への参加国すべてを動かしていたものであり、ドイツの「軍国主義」対英仏の「個人の自由」といった対比が単純に成り立つとは思いがたい(12)。

もっとも徳富蘇峰《そほう》が「軍隊中心主義の独逸と、国民中心主義の英国」(『大戦後の世界と日本』民友社、一九二〇)と対比させるような差違はドイツとイギリスないしフランスの間に存在しており、普仏戦争の勝利以来ドイツにおける「軍隊中心主義」は明確になっていた。しかし『点頭録』で漱石があえて対比的に並列させている「軍国主義」と「個人の自由」が含意するものは、そうした欧州での情勢を踏まえつつ、そこに仮託された日本における大正初年代の状況であろう。この二つは明らかに〈明治〉と〈大正〉という二つの時代の趨勢と照らし合うからである。漱石は「自分は独逸によつて今日迄鼓吹された軍国的精神が、其敵国たる英仏に多大の影響を与へた事を優に認めると同時に、此時代錯誤的精神が、自由と平和を愛する彼等に斯く多大の影響を与へた事を悲しむものである」と述べるが、客観的に見て「軍国的精神」が一九一〇年代半ばの世界において「時代錯誤的」であったとはいいがたい。日本を含めた強国が権益の拡張を目指してしのぎを削っている状況は十九世紀後半から持続されてきたものだからだ。

しかし漱石は大正三年（一九一四）の『こゝろ』で明治時代の「軍国主義」を先生の自殺に託す形で前代のものとして葬り、若い「私」が「個人の自由」を担って新時代を生きていくという構図を描いたのであり、その意識のなかでは「軍国主義」は「時代錯誤的」な価値づけを与えられていた。にもかかわらず大正という時代もこの趨勢に覆われて進んでいくというのが漱石の現実的な見通しであり、それが『明暗』の構築の基底をなしているのである。

この作品の中心人物二人の関係が『坊っちゃん』における「おれ」とうらなりのそれを引き継いでいるのはそのためである。お延と津田は『坊っちゃん』や『こゝろ』の主要人物たちと同じく、同時代の日本の二つの面を体現する相互の分身的存在であり、この作品においてはお延に込められた自己主張の情念と、津田に込められた過去への拘泥にその二面が込められている。お延の情念は自分が〈愛される〉存在であることを実感することで自己を確認しようとするものであり、そのためには継子に語るように相手に「愛させる」べく能動的に働きかけるべきなのであった。これは連合国軍の間に割って入り、ドイツ軍の要塞を陥落させることでその力と存在を認めさせようと躍起になっている第一次世界大戦時の日本を想起させる姿勢である。一方結婚すべき相手であった清子に不意に去られた津田は、婚約者の「マドンナ」を突然失ったうらなりの後身にほかならないが、津田が清子との過去に拘泥し、なぜ彼女を失ったのかを訝しみつつ、清子のいる温泉場に赴く姿は、日清戦争後の三国干渉によって遼東半島を失った過去をあらためて喚起され、青島への出兵によってその失地を代替的に回復しようとしていた日本人の執着と符合しているのである。

それは西洋列強と肩を並べる「一等国」になるという、明治維新以来の日本の夢をあらためて成就するための機会でもあったが、実際上司の妻である吉川夫人の勧めで温泉場に赴く津田は、自分が〈夢のつづき〉を辿ろうとしているという感覚を抱かされている。

「おれは今この夢見たやうなもの、続きを辿らうとしてゐる。東京を立つ前から、もつと几帳面に云へば、吉川夫人に此温泉行《ゆき》を勧められない前から、いやもつと深く突き込んで云へば、お延と結婚する前から、――それでもまだ云ひ足りない、実は突然清子に脊中を向けられた其刹那から、自分はもう既にこの夢のやうなものに祟られてゐるのだ。さうして今丁度その夢を追懸やうとしてゐる途中なのだ。（以下略）」（百七十一）

「突然清子に脊中を向けられたその刹那」、すなわち三国干渉によって遼東半島を返還させられた時から、西洋列強に意趣返しをするという「夢のやうなものに祟られ」た日本は、日露戦争の勝利によってその一端を晴らした九年後にも、「その夢を追懸やうと」するかのように、青島に兵を送ることになった。「夢のやうなものに祟られてゐる」という表現は、この空しい欲望と絶縁することの困難さを示唆しているだろう。『道草』の健三も島田という振り捨てたはずの過去に「祟られ」るように取り付かれ、なかなか縁を切ることができないのだったが、逆に見れば大正という「個人の自由」を尊ぼうとする新しい時代においても、「軍国主義」を過去の遺物化しえないという見通しが島田の形象をもたらす前提となっていたともいえるのである。

5　時代を表象する人物たち

こうした表現の基底にある漱石の寓意的手法は、作品全体の人間関係の図式に現れている。津田に温泉行を勧める吉川夫人は青島出兵の名分ともなった日英同盟の相手であるイギリスに相当する存在であり、それを暗示するように、彼女の名前にはイギリスの漢字表記である「英吉利」のなかの一字が与えられている。またこの作品の中心人物二人をめぐる人間関係に特徴的なのは、彼らがいずれも〈叔父〉に育てられた人物として設定されていることで、津田は藤井、お延は岡本という叔父の世話になってきている。主人公が近代日本の寓意をまといがちな漱石の作品世界では、彼らは前時代の日本に相当する〈父〉よりも、西洋諸国に相当する〈叔父〉との関係に腐心することが多く、『こゝろ』の先生が財産相続をめぐって叔父の〈裏切り〉を受けたのも、『明暗』における津田と同じく三国干渉の寓意として見なされる。この時先生は「金」によって「善人が悪人に変化する」（「下」八）ことを認識したのだったが、三国干渉時に日本はまさに列強の「変化」を目の当たりにすることになった。とくにドイツは陸奥宗光《むつむねみつ》が『蹇蹇《けんけん》録』（一八九六）で、それまで友好的な関係にあったにもかかわらず「旧怨深き仏国とさへも相聯《れん》合して、日本に反対するまでに豹変」[13]したと記すような態度の急変を示したのだった。

『明暗』の前史ではむしろ清子自身が津田の前から姿を消したのであり、彼に敵対するドイツに相当する叔父は作中に配されていない。逆に岡本、藤井という二人の叔父は現在も御米、津田と親しい関係を保っているが、これは三国干渉の当事国であったロシア、フランスが第一次世界大戦時には日本の〈仲間〉となっている事情を反映させたものであろう。一方ドイツに相当する人物が登場していないのは、この国を動かしていると漱石が考える「軍国主義」が現在の日本のものでもあり、それはむしろ津田、御米の二人に込められているからである。いいかえればこの配置によって、二人の中心人物が象徴的に担っているものが浮かび上がるということでもある。

さらにこれまでの漱石作品に繰り返し現れてきた韓国・朝鮮に繋がる文脈も、「朝鮮へ行く」(百十七)人物として設定される小林として『明暗』に盛り込まれている。彼は絶えず津田に批判を突きつける役柄において、『それから』の平岡を引き継ぐ人物であり、また主人公に脅威を及ぼす存在であった『門』の安井や『こゝろ』のKといった朝鮮の寓意的存在との連続性もはらんでいる。それを示唆するようにKと同じく小林にもKの頭文字が与えられているのである。もっとも小林は無力なプロレタリアートであり、安井やKが主人公に及ぼしていたほどの脅威は放ちえない。彼は日本の支配に対して叛逆の声をあげようとする朝鮮民衆の位相をはらみつつ、より直接には大正初年代に顕在化していた社会格差のもとに置かれた日本の民衆の姿を象る存在である。

第一次世界大戦がもたらした好景気は船舶・海運業をはじめとして鉱業、鉄鋼、商事などの日本企業を活性化させ、国際収支も大正三年(一九一四)までの赤字から翌年には黒字に転じ、『明暗』の発表された大正五年(一九一六)には三億七千万円を超える輸出超過となった。しかし景気の回復にともなう急激なインフレーションにより物価は高騰し、給与の上昇がそれに追いつかなかったために、前記のような好業績の企業に勤める者以外は庶民の暮らしはかえって窮迫した。そのため社会の総体としては好景気に覆われながら、一方では河上肇《はじめ》が『明暗』の翌年の大正六年(一九一七)に出た『貧乏物語』(弘文堂書房)で、「日々の米代の支払にも困つて居る者が沢山在る。腹一杯米の飯をよう食はぬ者も大勢居る」ために、「貧富の懸隔は益々甚しきを加へ」ていると嘆かねばならない状況が進行していた。

こうした状況下で『彼岸過迄』(一九一二)にも見られたように、明治四十年代から日本人が職を得る場として一般化していた朝鮮・満州への移住者が増加していくが、朝鮮の内地人居住者は韓国併合がおこなわれた明治四十三年（一九一〇）の十七万人から大正五年には三十二万人に増加していた(14)。その傾向は台湾においても同様であったが、漱石の作品に台湾への移住者が登場してこないのは、近代日本を寓意する主人公に脅威をもたらすイメージが台湾との関係においては希薄だからである。小林にしても、現実には大戦下に生み出されたプロレタリアートの一人であるにもかかわらず、「朝鮮」のイメージをまとうことによって、中心人物の津田を多少とも脅かす機能を担うことになる。津田は月々の給与に加えて京都に住む父親から金銭的な支援を受けつつ、お延とともに物質至上的な生活を送っているが、そうした彼の姿勢について小林は「僕から見ると、君の腰は始終ぐらついてるよ。度胸が坐つてないよ。厭なものを何処までも避けたがつて、自分の好きなものを無暗《むやみ》に追懸けたがつてるよ」（百五十七）と批判するのだった。

金銭や物質に執着するのは津田だけでなく、お延も「立派な指輪」（九十五）を得意げにはめたりするような虚栄心の持ち主であり、彼女の「愛」への執着も一面では夫に〈愛され〉ている自己を顕示するための条件として彼女に求められていた。その点で津田について「利巧な彼は、財力に重きを置く点に於て、彼に優るとも劣らないお延の性質を能く承知してゐた」（百十三）と記されるように、両者は相似形をなす者同士であり、総体として徳富蘇峰が「我が国民の気風は、最近に於て著しく物質的となれり」（『大戦後の世界と日本』前出）と概括するような大正初年代半ばの日本の姿を象っていた。そしてその物質至上の自己中心的な生き方に批判の眼が向けられるという構造がこの作品を貫流しているが、指弾は小林だけでなく津田の妹のお秀からもなされ、しかもその矢は津田のみならずお延にも向けられている。お秀は彼らに向かって次のような指弾の言葉を投げるのである。

「私は何時《いつ》かつから兄さんに云はう〳〵と思つてゐたんです。嫂《ねえ》さんのゐらつしやる前でですよ。

（中略）それは外《ほか》でもありません。よござんすか、あなた方お二人は御自分達の事より外《ほか》に何《なん》にも考へてゐらつしやらない方だといふ事丈《だけ》なんです。自分達さへ可《よ》ければ、いくら他《ひと》が困らうが迷惑しようが、丸で余所《よそ》を向いて取り合はずにゐられる方だといふ丈なんです」（百九）

『門』の宗助、御米に対して与えられた境遇が、彼らが実際におこなった行為に不釣り合いなほど淋しく孤独な様相を示しているように、ここでも津田とお延に向けられる指弾は、彼らの現実の所行を上回る烈しさを帯びている。彼らはこの時代にありふれた虚栄心の強い夫婦にすぎず、奢侈に耽るために他者を犠牲にして顧みないとまでは見えないからである。ここに働いているのは、『門』においてと同じく同時代の国際関係の取り込みであり、『門』の背後に韓国併合があったように、ここではおそらく前年の大正四年（一九一五）一月になされた二十一ヵ条要求が文脈として機能している。山東省、南満州、東部内蒙古の鉄道・鉱山などに関わる権益の獲得や、中国政府への日本人顧問の雇用などを求めるこの要求はまさに「自分達さへ可《よ》ければ、いくら他《ひと》が困らうが迷惑しようが、丸で余所《よそ》を向いて取り合はずに」いようとするエゴイスティックなものであり、結果的に中国政府は日本人顧問の雇用は拒んだものの、その多くを呑まされることになったのだった。

その点で津田、お延への批判の主体となるお秀は〈中国〉の寓意であることになるが、お秀自身には中国を思わせる属性は付与されていない。むしろ彼女の夫の堀が「呑気《のんき》に、づぼらに、淡泊に、鷹揚に、善良に、世の中を歩いて行く」（九十一）人間であると概括されている点でそのイメージをまとっている。明治三十八、九年の「断片」に「支那人は呑気の極鷹揚なるなり」と記され、『行人』の終盤で一郎が伊豆に旅をする際の相手となる「Hさん」も「鷹揚」な性格の持ち主である一方、その立ち居振舞いが「支那人のやう」であると記されているように、こうした気質は漱石の世界では〈中国〉の比喩をなしている。お秀は「彼の趣も漸く解する事が出来た」（九十一）と記されるように、この夫に同一化することによって、間接的にその立場からの視点を担っていると考えられる。また堀自身、津田夫妻と京都にいる津田の父親の間を取り次ぐ役目をしており、津田が月々父親の金銭的支援を受ける代わりに盆暮の賞与を父親に渡すという約束を履行しなかったために、津田の父親から咎められるという迷惑を蒙っている点では、日本のために大きな迷惑を蒙らされている中国の立場になぞらえられる面を持っているのである。

6　「則天去私」の内実

このように『明暗』は、大正初年代半ばの日本に現れていた、女性運動、第一次世界大戦への参戦とそれにつづく対中国の二十一ヵ条要求、あるいは大戦による好景気と裏面にあった貧困など、内外の様々な問題性を盛り込みつつ、総合的に同時代の〈非我―F〉を映し出す作品である。そこでは『こゝろ』に見られたような、日本の進み行きに対する自身の希求はほとんど差し挟まれず、漱石の眼が捉えた同時代の日本の姿が、一組の夫婦を軸として多面的に表象されている。この方向性は〈死すべきもの〉として自己と明治という時代を重ね合わせた前作の『道草』で採られていたものであったが、『明暗』ではそれがさらに推し進められることで、江藤淳が「「詩」のない日常生活に対する非感傷的な認識が秘められている」（『決定版　夏目漱石』前出）と評したような、現実への高い密着度をもった世界がもたらされることになった。

江藤はこうした作品世界が、漱石の晩年の境地として知られる「則天去私」に背いているという見方から、この漱石文学の〈神話〉を否定することになったのだったが、ここで追ってきた議論に従えば、この漱石の言葉は決して『明暗』の散文的な世界に矛盾するものではなく、むしろそれに強く沿う意味をもつことが分かる。「則天去私」は、作品中には姿を現さないものの漱石自身が口にすることのあったもので、松岡譲《ゆずる》や小宮豊隆、森田草平、安倍能成《よししげ》といった弟子筋の人びとの論評をはじめとして、多くの論者が漱石文学の本質として挙げることになった言葉である。しかし戦後の漱石論においては近代的自我と格闘した作家として漱石を捉える江藤をはじめとする批評が支配的となることによって、その重きを低減させてきた。

けれどもこの言葉は漱石の晩年の死生観を示すとともに、創作への意識も盛り込まれたものであり、必ずしも軽視することはできない。通例「則天去私」は松岡譲の『ああ漱石山房』（朝日新聞社、一九六七）に漱石の発言として紹介された「自分が自分がという所謂《いわゆる》小我の私を去って、もっと大きな言わば普遍的な大我の命ずるままに自分をまかせる」という言葉からもうかがわれる、世俗的な我執を離れて「天」としてイメージされる大きな命運に身を委ねる姿勢として眺められがちであり、小宮豊隆は「無我になるべき覚悟」としてこれを捉えていた（『夏目漱石』前出）。しかし「則天去私」はこうした個的な自我が無化された東洋的な悟達の境地を含意するだけでなく、創作の姿勢にも援用され、西洋文学の作品にも関連づけられている。松岡の『漱石先生』（岩波書店、一九三四）では漱石が「則天去私」の精神に即応する文学作品としてジェーン・オースティンの『高慢と偏見』やオリヴァー・ゴールドスミスの『ウェイクフィールドの牧師』を挙げていることが語られており、江藤淳はこの言及について「こうなると、「則天去私」という言葉で漱石が何をいおうとしていたかは、かなりあいまいになって来る」（『決定版　夏目漱石』）と訝しがっている。

けれどもこの言及はとくに奇妙ではなく、また「則天去私」の精神に矛盾するものでもないと思われる。

『高慢と偏見』は十八世紀末のイギリスの田舎町を舞台として、良縁を求める五人の姉妹たちと、この町にやってきた資産家の独身青年やその友人たちとの交わりの行方を、皮肉と諷刺を交えて描いた長篇小説であり、『ウェイクフィールドの牧師』は人生において辛酸を舐めながらも寛容な優しさをもって他者に相対しつづける楽天的な牧師の姿を描いた作品である。なかでもオースティンは単調な叙述ながら一般的なイギリス人の生活の表層を描き出す巧みさによって漱石が繰り返し称揚した作家であり、自身が実践しようとしていた「写生文」の実例とも見なされる文章の書き手であった。この作家が「則天去私」と関連づけられるのは、作者の技巧を押し出さず外界の様相を浮かび上がらせる叙述によってであり、そこに「私」ないし「我」を無化しつつ「天」として意識される生の大きな枠組みに同一化しようとする姿勢の、文学表現における具現化が認められたのであろう。

すなわち「則天去私」の「天」は少なくとも二義的に捉えられてきたのであり、それはこの言葉が本来中国古典においてはらむ多義性にも沿う解釈の分かれとして見なされる。中国最古の書物である『書経』には「天は威を動かして以て周公の徳を彰《あき》らかにす」（読み下し文、以下同じ）というように、帝に超越する絶対的な存在としての「天」あるいは「上天」という観念が繰り返し現れるが、『論語』においても「子曰く、噫《ああ》、天予を呪へり」「五十にして天命を知る」のように、人間の命運を司る力として「天」が位置づけられている。また『孟子』では「其の性を知れば、則ち天を知る。其の性を養ふは、天に事《つか》ふる所以なり」といった、人間の「本性」が「天」が付与したものであるという理念が基底にあり、そこからその「性善説」がもたらされている。

一方やや時代が下った『荀子』では前章でも言及したように、人間がその心を欲望に「蔽われ」ることによって、あるべき「道」を見失いがちであるという「性悪説」の前提から、学問を通しての修身によってその「蔽」を克服することが力説されていた。ここでは『孟子』においても前提されている、人間に「本性」を付与するという超越性をもった「天」は想定されておらず、むしろ人間を囲繞する物質的な条件として捉えられている。たとえば「天論篇」では次のような一節が見られる。

天を大として之《これ》を思ふは、物畜して之を制するに孰与《いずれ》ぞや。天に従ひて之を頌《ほ》むるは、天命を制して之を用ふるに孰与ぞや。時を望みて之に侍するは、時に応じて之を使ふに孰与ぞや。（中略）物の生ずる所以を願ふは、物の成る所以有るに孰与ぞや。故に人を錯《お》きて天を思はば、則ち万物の情を失ふ。

つまり天を偉大なものと見なして畏怖するよりも、「物畜」すなわち物質的存在としてそれを利用する方が、あるいは良き時節の到来をひたすら待つよりも自然に積極的に働きかけて人間の生活に有利な条件を作り出す方が賢明であり、人事を放棄して天命に思いを馳せるだけでは何事も成就される機を失ってしまうということである。ここでは「天」はほぼ〈自然〉と同一の相対的な概念として想定されており、それゆえそこで生きる人間の欲望によって対象化されることにもなる。人間の「性」を「悪」と規定し、修養によって「蔽」からの脱却を図らねばならないのは、それが絶対的な天によってもたらされたものではない代わりに、「解」の方向にも向けうる可塑的なものだからでもあった。(15)

『こゝろ』はその可能性を積極的に主人公に与えようとした試みであったが、『明暗』は基本的に同じ着想を引き継ぎながら、むしろ中心人物二人を「蔽」のなかにとどめつつ、〈自然〉としての人間世界の様相を描き出そうとしている。この作品を書く漱石が「則天去私」を標榜しているとすれば、その「天」は明らかに『論語』『孟子』的な超越的な「天」ではなく、やはり『荀子』的な自然の比喩としての「天」にほかならない。ちなみに自然の含意をもつ「天」は漱石が二十代に論じた『老子』にも姿を現している。『老子』における「天」は孔子・孟子のような儒家の思想とは違って、「人は地に法《のっと》り、地は天に法り、天は道に法り、道は自然に法る」と述べられるような、人のあるべき「道」と合一する自然の悠久さによってイメージされている。(16)しかし漱石は、『老子の哲学』（一八九二）でこうした老子的な脱俗の境地を非現実的なものと断じていたのであり、職業的な小説家となって以降も、『草枕』（一九〇六）に見られたようにそうした境地への憧れを抱きつつ、むしろそれを相対化する姿勢によって作品を生み出してきた。とりわけ晩年の『道草』と『明暗』は連続性をもった創作として、現実世界をその生の姿において捉えようとしており、「則天去私」はその基底をなす姿勢にほかならなかった。

その点については漱石の娘婿となった松岡譲の娘である松岡陽子マックレインが的確な議論を展開している。松岡は漱石がオースティンの作品を「則天去私」と関連づけていることから、この言葉を「漱石が晩年理想とした生き方」の表現であると同時に、「自分（私）を作品の中に入れずに自然に物を書くという作家の態度、と解釈していいようである」と述べている（『孫娘から見た漱石』新潮選書、一九九五）。松岡譲らが「則天去私」とオースティンを結びつける漱石の発言を聞いたのはその晩年であったが、ここで眺めてきたように、その時期に書かれた『明暗』には確かに漱石の「私」よりも、その「私」が生き、眺める世界の様相が浮かび上がっていたのである。

またこの晩年の「則天去私」の境地は、これまで追ってきた漱石の研究と創作を通底する姿勢と明確な連続性をもっている。すなわち、漱石の文学世界は自己に当たる〈我―f〉と、それが捉える外部世界に相当する〈非我―F〉の結合によってもたらされてきた。前者の基本は明治日本の潮流となった功利主義、帝国主義に対して批判を向ける心性であり、その潮流の具体的な発現をなす諸々の事象が後者の内実となる。第二部Ⅱ章で見たように、「我」の露出が強くなりすぎることによって作品としての結実を貧しくしてしまうことへの反省と、東京朝日新聞社への入社によって〈ジャーナリスト〉となることで強められた現実への眼差しが相まって、創作の対象としての「非我」の世界への志向が『三四郎』(一九〇八)以降の基軸となっていった。けれども『こゝろ』の創作では大正という新しい時代への希求が〈我―f〉として作品の生成を強く染め上げることになった。作家的な技法の熟達はこの作品を『虞美人草』(一九〇七)のような失敗作にすることはなかったものの、先生の突然の「殉死」などに見られる展開や設定の不自然さを指摘する声は現在まで持続している。

とくに第一次世界大戦への参戦とそれによるバブル的な景気の到来によって、大正という新時代が明治日本を覆った功利主義、帝国主義を脱却するどころか、それらを強める方向に進んでいく様相を呈することで、漱石はあらためて〈非我―F〉に比重をかけた創作に残り少なくなった生命力を傾注することになった。「則天去私」とは、彼岸へと至る命運に自己を任せるという含みをもちながらも、本質的には「私」に当たる〈我―f〉を極力抑制して「天」すなわち〈非我―F〉の表象に重きを置くという姿勢にほかならない。

もっとも「小説を作る男」(「田山花袋君に答ふ」一九〇八)を自認する漱石の面目は『明暗』でも失われているわけではない。功利主義、帝国主義への批判を中心の津田夫婦に寓意的に込めること自体が〈我―f〉の表出であることは否定しえず、表題にも採られている「明暗」の反転性は、近代日本のあり方を「綜合」するイメージとしてここでも機能している。第二部Ⅱ章で述べたように、漱石の作品には繰り返し「陰陽」的な対照性の間を反転するイメージが盛り込まれ、多くの場合それは近代日本の二面性を表象するものであった。その章で言及しなかった『坊っちゃん』の「おれ」とうらなりにしても、まさに「明暗」的な対照性のなかで明治日本の姿を浮かび上がらせていた。夫婦の関係が「陰陽和合」になぞらえられる議論がお延と叔父の岡本の間で交わされる『明暗』では、富国強兵の道を進むことによって近代国家としての同一性を確立しようとする近代日本の「明」的な姿が、「夢」を辿らされていくような「暗」的な曖昧さをはらんだ営為として中心人物に託されていた。そしてそれが漱石がここに込めた〈非我―F〉の「真」の形にほかならなかった。

7　漢詩という「我」

こうした表象の営為は、むしろこれまでよりも現実の生々しい様相に眼を向けつつそれを「綜合」的に括り取るという力業であり、それが一層漱石の疲弊を強めていたとも考えられる。知られるように漱石は『明暗』を執筆する間、午前中を作品の執筆に費やし、午後は漢詩の創作に時間を充てていたが、これはこうした営みと均衡を取るための表現行為であっただろう。それについては久米正雄・芥川龍之介に宛てた書簡（一九一六・八・二一）に次のように述べられている。

あなたがたから端書がきたから奮発して此手紙を上げます。僕は不相変「明暗」を午前中書いてゐます。心持は苦痛、快楽、器械的、此三つをかねてゐます。存外涼しいのが何より仕合せです。夫でも毎日百回近くもあんな事を書いてゐると大いに俗了された心持になりますので三四日前から午後の日課として漢詩を作ります。日に一つ位です。さうして七言律です。中々出来ません。厭になればすぐ已めるのだからいくつ出来るか分りません。

『明暗』の執筆がこれまでの作品と比べても、「我」を抑制することによって現実世界に強く取り込まれる姿勢を強いられる創作であったことは、「大いに俗了された心持」という言葉からもうかがわれる。第一部で眺めたように、もともと漱石の「我」は漢文学への親炙によって培われたものであった以上、小説の創作によって抑制されたそれを回復する手立てが、〈漢文〉的世界への回帰となって現れるのは当然であろう。この時期に遺された七十篇を超える漢詩は、俗世間での身過ぎによって消尽した自身を、自然的世界との親和によって癒そうとする心性が基調となっているものが多いが、見逃せないのは必ずしも俗世間との関わりを絶って田園での日々で自己を回復しようとする、陶淵明的な境地が模倣されているのではないことだ。四十一歳の時に県令の職を辞して隠棲を選んだ陶淵明は、知悉された「菊を採る東籬《とうり》の下／悠然として南山を見る／山気　日夕に佳し／飛鳥　相與《あいとも》に還る／此の中に真意有り」の詩で語るように、俗気を離れた自然の趣きのなかに「真意」すなわち人間の真実があるとしたが、漱石の漢詩はそうした境地への憧れに満たされているわけではない。たとえば久米・芥川への書簡でも言及されている、『明暗』の表題を含む漢詩は次のようなものである。

尋仙未向碧山行　　仙を尋ぬるも　未だ碧山に向かって行かず
住在人間足道情　　住みて人間《じんかん》に在りて　道情《どうじょう》足る
明暗双双三万字　　明暗双双　三万字
撫摩石印自由成　　石印を撫摩《ぶま》して　自由に成る
（一九一六・八・二一）(17)

ここでは作者は仙境に憧れながらも奥深い自然に入っていくわけではなく、人間世界を指す「人間《じんかん》」にとどまりながら「道情」つまり脱俗の心を満たそうとしている。そして作品の執筆を意味する「明暗双双三万字」という営為が、石の印鑑を撫でているうちにおのずから成るという境地が語られている。確かに「不愛帝城車馬喧／故山帰臥掩柴門（愛せず　帝城　車馬の喧《かまびす》しきを／故山に帰臥して　柴門《さいもん》を掩わん）」（一九一六・八・二九）といった、陶淵明を踏まえた自然回帰を詠った詩も見られるものの、一方では「非耶非仏非儒／窮巷売文聊自娯（耶〔＝キリスト教〕に非ず　仏に非ず　又た儒に非ず／窮巷に文を売りて　聊《いささ》か自ら娯《たの》しむ）」（一九一六・一〇・六）といった、職業的作家としての自己を揶揄的に語った詩句も見られる。総体としては「不愛紅塵不愛林／蕭然浄室是知音（紅塵〔＝俗界〕を愛せず　林を愛せず／蕭然《しょうぜん》たる浄室　是れ知音《ちいん》〔＝真の友〕）」（一九一六・一〇・二）といった表現に見られるように、むしろ俗世間と自然の境界的な地点に自己を置きつつ文芸に携わる者としての心境の表出がひとつの基調をなしている。次のような詩にもそれが現れている。

何須漫説布衣尊　　何ぞ須《もち》いん　漫《みだ》りに布衣《ふい》の尊きを説くを
数巻好書吾道存　　数巻の好書　吾が道存す
陰尽始開芳草戸　　陰《いん》尽きて　始めて開く　芳草の戸
春来独杜落花門　　春来たりて　独り杜《と》ざす　落花の門
（以下略）　　（一九一六・八・二八）

この詩では「布衣」つまり質素な衣服を身にまとった庶民が尊いというわけではなく、「数巻の好書」との交わりにこそ自身の居場所があるという、やはり文芸家としての立場が示されている。つづく行では来客もないままにおのずから閉ざされた門のなかで、作者が孤独の境地を過ごしている様が語られていく。もちろん現実には「木曜会」に集う弟子たちをはじめとして漱石の身辺に人跡が絶えることはなく、こうした境地は虚構の産物である。しかし『明暗』の執筆によって「俗了」されがちな内面の均衡を取るために、漢詩の創作においては脱俗的な位相を強める必要があったのであろう。それは最初の文業『木屑録《ぼくせつ》』（一八八九）では、周囲からの差別化を図るための自己認識として打ち出されていたが、晩年においてはそれは虚構の境遇として自身に与えられるものであり、漱石はその境地に〈半日〉ずつ浸ることによって自己を見つめつつ癒そうとしていたのであろう(18)。

しかし現実世界に対してこれまでよりも多面的に相渡ろうとする漱石の小説創作における営為は、こうした均衡の試みにもかかわらず、漱石の心身を強く削り取っていった。大正五年（一九一六）十一月二十一日に『明暗』の第百八十八回までを執筆した後、漱石は築地静養軒で開かれた、後にフランス文学者となる辰野隆《ゆたか》の結婚式に出席したが、その翌日胃潰瘍が悪化して一字も書くことができなくなった。夏目鏡子の『漱石の思ひ出』（前出）によれば、「189と小説の回数を書いた原稿紙に打つ伏せになつて、一枚も書いておりません」という状態に陥ったのだった。それ以降漱石は在宅のまま真鍋嘉一郎が主治医として治療に当たることになる。二十八日と十二月二日には胃の内出血があり、その間に一時的に持ち直して真鍋に声をかけたりすることもあったが、十二月七日に三度目の内出血を起こした後は策の施しようのない状態となり、九日の午後六時四十五分に絶命に至った。

本来強い「我」を持ちつつ、その「我」を通して捉えられた外部世界である「非我」の姿を、愛着と批判を込めつつ描き出してきた漱石は、晩年においてはその「我」を抑制した境地で「非我」の世界を小説という形式のなかに圧縮して提示しようとした。その力業的な営為は、漢詩の創作による「我」の均衡を図ろうとする試みにもかかわらず、過剰な消耗を漱石に強いることになったようである。またそれは漱石の意に反する状況の進行にあえて自身を晒しつつ作品世界を構築するという自壊的な行為でもあった。

これまでも見てきたように、漱石の身体は日本をめぐる国際関係が緊張の度を高める時に大きな変調をきたしてきた。日露戦争開戦の直前には重い神経衰弱に陥って家人に過酷な振舞いをし、韓国併合が成った二日後には修善寺の大患によって生命の危機に見舞われている。また日本が第一次世界大戦に参戦した直後に、この章の冒頭でも触れたように胃潰瘍を悪化させて一ヵ月間の病臥に就いている。漱石が描こうとした「非我」の世界は、「醜くい女」(「創作家の態度」一九〇八)にもなぞらえられるように決して漱石を愉しませるものではなかったにもかかわらず、彼はそれに向き合い、あたかも自身の身体を犠牲にするかのように、そこに潜む「真」を摘出しつつ、それを人間世界に重ね合わせることに労力を費やしつづけた。その結果である作品群は、漱石という作家がその生命を代価として結晶させた近代の日本の軌跡にほかならないのである。

註

序

（1）引用は『ツァラトゥストラ』（上、ちくま学芸文庫『ニーチェ全集』9、吉沢伝三郎訳、一九九三、原著は一八八五）による。
（2）C・テイラー『自我の源泉――近代的アイデンティティの形成』（下川潔・桜井徹・田中智彦訳、名古屋大学出版会、二〇一〇、原著は一九八九）。

第一部　表現者への足取り

I　不在の〈父〉

（1）『木屑録』の解釈、読み下しについては『漱石全集』第十八巻（岩波書店、一九九五）における一海知義による訳注と高島俊男『漱石の夏やすみ――房総紀行『木屑録』』（朔北社、二〇〇〇）を参照した。中国文学者である高島の論評によると、『木屑録』の漢文は本来の「支那文」としては不自然な箇所が散見されるものの、イメージ性の豊かな表現が多く、文学者の片鱗をうかがわせているということである。子規はこの文章に対して「一千万年に一人」の才だという褒め言葉を与えている。
（2）明治初期の日本における英語学習の様相については主に太田雄三『英語と日本人』（TBSブリタニカ、一九八一）を参照した。

（3）「三十年前」の引用は『内田魯庵全集』第三巻（ゆまに書房、一九八三）による。

（4）『現代日本教会史論』の引用は山路愛山『史論集』（みすず書房、一九五八）による。

（5）三浦雅士は『漱石　母に愛されなかった子』（岩波新書、二〇〇八）で、この一年半の空白期間を、留学時にロンドンの下宿に立て籠もった時期になぞらえ、「少年漱石は、文章で身を立てようと思って閉じこもったものだと思われます」と推察している。

（6）「居移気説」の読み下し文は『漱石全集』第十八巻（前出）における一海知義による訳注に拠る。

（7）引用は『家族研究論文資料集成——明治大正昭和前期篇』第二十四巻（クレス出版、二〇〇一）による。このエッセイにも記されているように、こうした風潮の背後にあるものは、子が親に孝養を尽くすことを重視する儒教的な思想であり、そこから親が子を自分の〈所有物〉のように見なす考え方が派生している。皮肉なことに「利によりて行へば、怨み多し」（『論語』「里仁」）といった表現に見られるように功利主義に冷淡な儒教的な考え方が、逆に功利的な子供の養育の基底をなすことになったのである。

（8）『妄想』の引用は『鷗外全集』第八巻（岩波書店、一九七二）による。

（9）大正三年（一九一四）のエッセイ「素人と黒人」でも漱石は、小宮豊隆とのやり取りで「日本の歌舞伎芝居といふものを容赦なく攻撃」している。小宮が歌舞伎弁護の論を語ろうとすると、漱石はそれに対して「自分は幕府を倒した薩長の田舎侍が、どの位旗本よりも野蛮であつたか考へて見ろと云つた。そんな弁護をする人は恰も上野へ立て籠つて官軍に抵抗した彰義隊の様なものだと云つた」という反応を示している。このやり取りにおいても漱石は自身を「薩長の田舎侍」に見立てており、そこからも〈江戸〉への否定的な意識がうかがわれる。

（10）引用は新釈漢文大系30『春秋左氏伝』（鎌田正訳、明治書院、一九七一）による。

（11）引用は新釈漢文大系66『国語』（上、大野峻訳、明治書院、一九七五）による。

（12）徴兵制とその忌避については、丸谷才一が引用する松下芳男『明治軍制史論 上』（有斐閣、一九五六）、『日本軍制と政治』（くろしお出版、一九六〇）、及び菊池邦作『徴兵忌避の研究』（立風書房、一九七七）、佐々木陽子編

(13)『兵役拒否』(青弓社、二〇〇四)、加藤陽子「徴兵免役心得」(『歴史と地理』二〇〇〇・六)を参照した。

(14)国会図書館の蔵書リストによる。

(15)引用は『福澤諭吉全集』第五巻(岩波書店、一九五九)による。

(16)江藤淳は徴兵忌避の動機との連続性から、松山行きを嫂との不倫という「罪」から逃れるためとし(『漱石とその時代』第一部、前出)、夏目鏡子の『漱石の思ひ出』(前出)では、漱石が眼医者で出会った「細面の美しい女《ひと》」との結婚話が実らなかったことで東京に嫌気がさしたからと語られているが、江藤の仮説はそれを跡付けるものがなく、鏡子の話は兄の和三郎直矩からの又聞きなので、やはり信憑性が高いとはいえない。

(16)山川均『山川均自伝――或る凡人の記録・その他』(岩波書店、一九六一)。

Ⅱ　見出される「東洋」

(1)『イギリス近代史――宗教改革から現代まで』(村岡健次・川北稔編、ミネルヴァ書房、一九八六)、世界歴史大系『イギリス史3』(村岡健次・木畑洋一編、山川出版社、一九九一)などによる。

(2)江藤淳は『漱石とその時代』(第二部、新潮選書、一九七〇)で、クレイグを「どこにも属していない人物」として捉え、そのイギリス人社会における帰属度の希薄さにおいて、クレイグが漱石に近似した位置を占めていたという見方を示している。また出口保夫は『ロンドンの夏目漱石』(河出書房新社、一九八二)でクレイグがその一員をなす「ロンドンにおけるアイルランド人」が、「一種の被圧迫民族であって、文化的には誇り高い民族としての自尊心を持ちながら、政治、経済的には劣等感をいだくという、曲折した感性の持主が多」く、その点で「彼らは社会的弱者なのである」と述べている。

(3)『独逸日記』の引用は『鷗外全集』第三十五巻(岩波書店、一九七五)による。

(4)『倫敦消息』は『ホトトギス』(一九〇一・五〜六)に掲載された初出と、『色鳥』(新潮社、一九一五)に収録された形では、一人称が「我輩」から「僕」になり、後者では全体に小説風に読みやすい書き方が採られるなど、テクストに多少の差違があるが、ここでの引用は『ホトトギス』版によっている。

（5）http://en.wikipedia.org/wiki/Human_height による。

（6）小森陽一は『漱石を読みなおす』（ちくま新書、一九九五）で、漱石の痘瘡について「ロンドンのバスに乗ったら、「あばた」の人が数人いたということを、わざわざ日記に書きつけたりしています。身体的特徴から言えば明らかに金之助は「デジェネレイト」だったわけです」と述べている。

（7）島内景二によれば、たとえば漱石が明治二十九年（一八九六）につくった俳句「涼しさの闇を来るなり須磨の浦」は、『源氏物語』の「須磨」の巻が踏まえられているだけでなく、そこで言及されている在原行平の和歌が取り込まれていることが見出され、漱石の『源氏』理解の深さがうかがわれるという。また学生時代の作文「対月有感」では、「桐壺」の巻の一文がそのまま引用されており、やはり『源氏』への親しみが明らかであるとされる。

（8）廣田鋼蔵『化学者池田菊苗——漱石・旨味・ドイツ』（東京化学同人、一九九四）による。池田菊苗に関しては他に『池田菊苗博士追憶録』（池田菊苗博士追憶会、一九五六）、上山明博『「うま味」を発見した男——小説・池田菊苗』（PHP研究所、二〇一一）を参照した。

（9）「漱石さんのロンドンにおけるエピソード」（『雨の降る日は天気が悪い』大雄閣、一九三四、所収）によれば、下宿を訪れた土井晩翠は漱石の「驚くべき御様子——猛烈の神経衰弱」に仰天してしばらくの間漱石に付き添っている。「夏目精神ニ異常アリ」という電報が文部省に向けて打たれたのはこの頃だが、この電報を打ったのは土井ではなく、当時やはり漱石の身を気づかって下宿を訪れた藤代禎輔の想定によれば、漱石の知人で英語学者の岡倉由三郎だったようである。

（10）漱石が『文学論ノート』考察群にどういう順序で着手していったかということは明確ではない。『漱石全集』第二十一巻の編集部による「後記」によれば、紙片に書き付けられた考察は主題ごとに糊で貼られて上積みされていき、上にある紙片に書かれたものほど新しい考察であることになる。複数の主題の考察を同時に進めていったとも考えられるために、それらを時系列的に並べることは困難だが、『文学論』「序」で語られているように、大学で英文学を学んだものの、少年期に親しんだ漢文学との異質さを痛感するところから、「漢学に所謂文学と英語に所謂文学とは到底同定義の下に一括し得べからざる異種類のものたらざる可からず」という結論に達したことがロンドンでの考察に導かれた動機であるとすれば、それにもっとも合致する内容をもつ部分から着手されたと見なすのが自然であろう。「Taste, Custom etc」の節はそれに相当しており、これが少なくとも初期に手がけられた考察のひとつであることは動かせないと思われる。

（11）E・フッサール『現象学の理念』（立松弘孝訳、みすず書房、一九八二、原著は一九五〇）。なお原講演自体は一九〇九年におこなわれている。

（12）I・カント『判断力批判』（上下、篠田英雄訳、岩波文庫、一九六四、原著は一七九〇）。漱石はカントについては、「文芸の哲学的基礎」で空間形式を認識する機能が「直感」にあることを提起した哲学者として言及し、また『英文学形式論』（岩波書店、一九二四、原講義は一九〇三）では「智力的要求を満足さする形式」の項で、「審美的形式は対象物をわれわれの認識機能に適合させることである」という言葉が引用されているが、「趣味判断」の妥当性への論及は見当たらない。

（13）H・ベルクソン『意識と生命』（池辺義教訳、中公バックス世界の名著64『ベルクソン』一九七九、原講演は一九一一）。

（14）ギュイヨーについては『教育と遺伝――社会学的研究』（西宮藤朝訳、東京堂書店、一九二四）を、モーガンの『比較心理学入門』については『比較心理学』（大鳥居弃三訳、大日本文明協会、一九一四）と原著の *An Introduction to Comparative Psychology*, W. Scott. Limited, 1894 を参照した。モーガンの引用は後者からの拙訳による。

（15）『リチャード二世』の引用は『シェイクスピアⅢ』（木下順二訳、講談社、一九八八）による。

Ⅲ 「猫」からの脱出

（1）漱石はこの年イギリス留学のために七月中旬に熊本の住居を引き払って上京し、七月二十三日と八月二十六日に根岸の子規庵を訪れている。その間の八月十三日に子規は、明治二十八年（一八九五）の五月の清からの帰国時以来の大量吐血をして、衰弱を強めていた。

（2）このスコットランドの地名の発音は、出口保夫『ロンドンの夏目漱石』（前出）によれば、正しくは「ピトロッホリー」ということだが、ここでは『永日小品』における漱石の記載に従っている。

（3）清水一嘉『自転車に乗る漱石――百年前のロンドン』（朝日選書、二〇〇一）による。

（4）小宮豊隆『夏目漱石』（前出）による。同書によれば、犬塚は「偶然漱石と下宿を同じくしてゐたので、漱石の神経衰弱を気の毒に思ひ、自転車の稽古にひつぱり出した」のであったようだ。

（5）I・カント『判断力批判』（前出）。カントはここで「笑いは緊張した期待が突然無に転化するところから生じる情緒である」と規定している。

（6）ハーンに関する記述は主に田部隆次『小泉八雲』（北星堂書店、一九八〇）によった。

（7）漱石の講義「英文学概説」（「形式論」篇）は死後の大正十三年（一九二四）九月に「夏目漱石述」「皆川正禧編」で『英文学形式論』として岩波書店より刊行されている。皆川の「はしがき」には、漱石が帝国大学に着任した当時の事情も記されているが、「大学を逐はれた」ハーンに代わって教壇に立つことになった講師夏目金之助を「好感を以て迎へた学生は決して多数ではな」く、頬杖をついて講義を聞く者や居眠りをする者さえあったという。

（8）金子健二『人間漱石』（前出）に含まれる日記（一九〇三・一〇・六）には「『マクベス』の人気はたいしたものだ。一般講義で一躍して文科大学第一の人気者になられた夏目先生は『英文学概説』に於ても次第に人気を得られるやうになつた」と記されており、『文学論』の内容を講じる講義によっても学生を惹きつけるようになったことがうかがわれる。またその背景には、前年八月に欧州での巡業から帰国していた川上音二郎・貞奴一座のシェイクスピア劇が人気を博していた状況があった。それまでの壮士劇や泉鏡花の作品による新派劇から一転して『オセロ』や『ハムレット』といったシェイクスピア劇を上演し、歌舞伎の女形とは違って貞奴という欧州でも評判を得た〈女優〉が登場するという新鮮さもあって、劇場の明治座や本郷座は連日の大入りとなっていた。

（9）引用は『漱石全集』別巻（岩波書店、一九九六）による。

（10）『吾輩は猫である』が生まれる具体的なきっかけとなったのは、知られるように明治三十七年（一九〇四）の初夏に夏目家に入り込んできた一匹の黒猫であった。夏目鏡子の『漱石の思ひ出』によれば、何度つまみ出しても家に戻ってきてしまうこの猫に鏡子が困っていたところ、漱石は「そんなに入つて来るんならおいてやつたらいいぢやないか」と進言し、夏目家で飼われることになった。この猫を自身に見立てつつ、漱石の最初の小説作品が生み出されることになったのだった。

（11）虚子自身も『ホトトギス』明治三十八年（一九〇五）二月で「文飾無きが如くにして而も句々洗練を経、平々の叙写に似て而も蘊藉する処深淵、這般の諷刺文は我文壇独り著者を俟て之あるものといふべし」と、淡々とした叙述のなかに深い諷刺を込めた作品として賞賛している。また虚子の『漱石氏と私』（前出）では、『吾輩は猫である』を書き始めることで漱石の気分は眼に見えて好転し、「猫を書きはじめて後の漱石氏の書斎は俄《にわ》かに明るい光がさし込んで来たやうな感じがした。漱石氏はいつも愉快な顔をして私を迎へた」と語られている。

（12）子規の「叙事文」は『日本』明治三十三年（一九〇〇）一月二十九日、二月五日、三月十二日に、「写生、写実」は『ホトトギス』明治三十一年（一八九八）十二月に掲載されている。引用はともに明治文学全集53『正岡子規』（筑摩書房、一九七五）による。また虚子の「俳話」は『ホトトギス』明治三十八年（一九〇五）五月に掲載されている。

第二部　せめぎ合う「我」と「非我」

Ⅰ　「非人情」という情念

（1）明治三十八年（一九〇五）十月二十九日付の中村不折宛書簡に「『吾輩は猫である』義発売の日より二十日にして初版売切只今二版印刷中」という記載が見られる。

（2）小宮豊隆も『倫敦塔』以下の短篇の作品群で漱石は「自分の感動を、そのまま、まともに」（傍点原文）描き出したのに対して、『猫』ではその「感動」を「更に別の立場から眺めて、是を批評し、もしくは是を滑稽化して表現」したという形で両者を対比させている（『漱石の芸術』前出）。一方江藤淳は初期短篇の作品群とくに『幻影の盾』に徹底した他界の表象を認め、それが「作家としての仕事の最初に、まず語っておかねばならなかった名辞以前の世界の夢」である点で、「名前のない猫」によって語られた『吾輩は猫である』とむしろ共通性をもつとしている（『漱石とその時代』第三部、新潮社、一九九三）。しかし両者における「名辞」のなさを同一の地平で論じられるかどうかは疑問であろう。

（3）世阿弥の引用は日本古典文学大系65『歌論集　能楽論集』（岩波書店、一九六一）による。

（4）『源氏物語玉の小櫛』の引用は日本古典文学大系94『近世文学論集』（岩波書店、一九六六）による。

（5）岡三郎『夏目漱石研究』（国文社、一九八一）、塚本利明『漱石と英文学――「漾虚集」の比較文学的研究』（彩流社、二〇〇三）。

（6）塚本利明『漱石と英文学――「漾虚集」の比較文学的研究』（前出）。

（7）知られるように江藤淳は『漱石とアーサー王傳説――『薤露行』の比較文学的研究』（東京大学出版会、一九七五）で、ランスロットとギニヴィアの関係を、漱石と嫂登世の関係に見立て、亡くなった登世への恋情を禁忌と見る眼差しによって、『薤露行』が「エレーンの純愛の物語ではなくて、「罪」と「破局」と「死」の物語――なかんずく「死」の物語」になったという論を提示している。大岡昇平はこうした読解に対して「氏の漱石と嫂登世との関係に関する主張が、偏執に近いものに変じている」という感想を記し（『朝日新聞』一九七五・一一・二一夕刊→『小説家夏目漱石』筑摩書房、一九八八）、解釈の恣意性を批判している。また塚本利明は『漱石と英文学』（前出）で、江藤がギニヴィアに比重を置くあまり、強い情念に貫かれたエレーンを「かげろうのような女」と捉えていることを批判しているが、確かに『薤露行』の主題は「エレーンの純愛」にあるといってよく、それが非世俗の色合いを強く帯びることで「非人情」の域に及んでいることが眼目となっているといえるだろう。

（8）明治時代の立身出世、功利主義に関しては主に竹内洋『日本人の出世観』（学文社、一九七八）、『競争の社会学――学歴と昇進』（世界思想社、一九八一）を参照した。

（9）竹林の七賢は、三世紀の中国・魏（三国時代）の時代末期に、世俗を離れて酒を飲み交わしたり清談に耽ったりしたとされる七人の賢人をさす。七人はいずれも実在の人物だが、多くは役人であり、彼らが実際に一堂に会して歓談したわけではない。五世紀に成った『世説新語』には政事、言語、文学などの様々な領域における彼らを含む人びとの機知を示した挿話が多く収載されている。

(10) 平岡敏夫『「坊っちゃん」の世界』(塙書房、一九九二)。平岡は『坊っちゃん』において東京―ロンドン間の距離を東京―四国間の距離に矮小化して造型することによって、「漱石の英国嫌悪、批判」が前景化されていると述べている。

(11) 小谷野敦『夏目漱石を江戸から読む――新しい女と古い男』(中公新書、一九九五)。

(12) 西山松之助の挙げる江戸っ子の条件は、将軍家の「おひざもと」で生まれ育ち、金離れがよく、「乳母日傘」で大事に面倒を見られ、「いき」と「はり」を本領とするということである。このうち気質、性格に関わるものは二番目と四番目の条件だが、まとめれば日々の消費生活での思い切りのよさを指している。漱石は当然こうした江戸っ子のイメージを了解していただろうが、ここでもっぱら対他者的な姿勢として現れている「おれ」の「いき」と「はり」は、むしろ維新以降の日本が西洋に対してもとうとした矜持の比喩であるというべきであろう。

(13) 引用は明治文学全集8『福澤諭吉集』(筑摩書房、一九六六)による。

(14) 引用は日本の名著32『勝海舟』(中央公論社、一九八四)による。

(15) 竹盛天雄は『漱石　文学の端緒』(前出)で、「「親譲り」の「親」とは、坊っちゃんの両親というよりも、もっと本源的な「祖《おや》」としての江戸的なものをさしているといってよいのであろう」と述べている。

(16) 薩摩藩は文久二年(一八六二)に起きた生麦事件の結果を不服として翌文久三年(一八六三)七月にイギリス艦隊を攻撃したが、イギリス側の反撃によって一般市民を含む甚大な被害を蒙った(薩英戦争)。長州藩は文久三年に孝明天皇の意向を汲む形で攘夷の行動に出た。馬関海峡を封鎖してアメリカ・フランス・オランダの艦船に砲撃を加え、その後も海峡の封鎖を続行したことでイギリスも経済的被害を受けた。その報復として四カ国連合軍が翌元治元年(一八六四)八月に下関の砲台を徹底的に破壊する攻撃を加えた(馬関戦争あるいは下関戦争)。この二つの戦争の敗北によって薩長両藩は攘夷が不可能であることを知り、開国派へと転じていくことになった。

(17) すでに述べているように(拙著『漱石のなかの〈帝国〉――「国民作家」と近代日本』翰林書房、二〇〇六)、この場合赤シャツに奪い去られる「マドンナ」は三国干渉の三年後にロシアが進出することになる遼東半島を指すことになる。森鷗外による「箱入娘の歌」（一九〇五）でも遼東半島の旅順がロシアに奪われた美しい「箱入娘」に譬えられているように、この時代の表現では国や土地を人間に見立てることが少なくなかった。

（18）その際、〈薩長〉の文脈をはらむ「おれ」が、会津出身であることを公言している山嵐と共闘するのは矛盾するようにも見えるが、そこに漱石の未来志向の姿勢が現れている。つまり明治維新時の戊辰戦争における薩長対会津といった国内の党派的対立を超克しない限り、西洋諸国からの圧力に拮抗しえないというヴィジョンが、両者の共闘関係に込められているからである。また現実的にも、義和団事変で活躍した柴五郎のように、戊辰戦争に幕府側で参加した会津藩士が、その後軍人として明治政府に尽力した例は珍しくはなかった（『漱石のなかの〈帝国〉――「国民作家」と近代日本』前出）。

（19）『東京の三十年』の引用は『田山花袋全集』第十五巻（文泉堂書店、一九七四）による。

（20）平岡敏夫は『「坊っちゃん」の世界』（前出）で、こうした変容によって「坊っちゃんは死んだのである」と述べている。

Ⅱ　「われ」の揺らぎのなかで

（1）漱石が京都に移るかもしれないということは、内密の次元にとどまらず、世間的にもある程度知られていた。『日本』明治三十九年（一九〇六）四月四日の「文芸界消息」では京都帝大文科大学の学長となった狩野が「是非共夏目文学士（嗽《ママ》石）を同行したいといふので其手筈をしたことが、一高の生徒に漏れて、目下同校の生徒は留任運動をやつて居るとのことである」と記されており、『日本人』明治三十九年（一九〇六）四月二十日の「道聴途説」では「夏目漱石京都大学に赴くの風評あるは信か、渠《か》れの筆鋒に懸れる上方贅六こそ見物なるべし」と記され、京都を舞台にした『坊っちゃん』を期待する向きもあったようである。

（2）当時『東京朝日新聞』に小説を連載していたのは、二葉亭四迷、半井桃水以外には武田仰天子、須藤南翠らがおり、そこに漱石、島崎藤村、高浜虚子らが加わっていく。これらの作家は大まかには二つのタイプに分けることができるが、二葉亭、漱石、藤村らには文学性や芸術性を担わせ、桃水、仰天子、南翠らには大衆的な通俗性を担わせるという形で、読者の広範囲な期待に応えようとしたのであろう。そうした色分けは読者にも意識されていたようで、漱石の入社間もない頃の『東京朝日新聞』明治四十年五月二日の投書欄には「漱石四迷両氏はえらい文学者だらうが、えらい人はえらい読者が読むが好い。おれはえらく無いから『狂瀾』を読む」という声が載り、当時連載されていた須藤南翠の政治小説の名前が挙げられている。

（3）引用は『巴里通信』（全国書房、一九四三）による。

（4）漱石の朝日入社の経緯については、『朝日新聞社史』（朝日新聞百年史編修委員会編、朝日新聞社、一九九五）、牧村健一郎『新聞記者　夏目漱石』（平凡社新書、二〇〇五）、草薙聡志「半井桃水　小説記者の時代」（『朝日総研レポート』二〇〇五・四〜〇七・八）、及び明治四十年（一九〇七）前後の漱石の書簡群などを参照した。

（5）政論を中心とする知識層向けの「大新聞」に対して、「小新聞」は小説や通俗記事を中心として庶民層向けに発刊されていたが、次第に両者の性格は接近していき、明治中期以降はこうした呼び分けはなくなっていった。『読売新聞』も『朝日新聞』も原点は「小新聞」であり、商業色の強い「小新聞」系の方が日本の新聞の主流を占めるようになっていったことが分かる。大阪朝日が『めさまし新聞』を買収したのは明治二十一年（一八八八）六月のことで、これによって翌月『東京朝日新聞』が創刊され朝日は東京進出を果たすことになった。

（6）引用は『逍遙選集』別冊第三巻（第一書房、一九七七）による。

（7）『朝日新聞社史』（明治編、前出）による。

（8）柄谷行人「『虞美人草』「解説」」（『漱石論集成』第三文明社、一九九二、所収）。

（9）伊藤整「解説」（『現代日本小説大系』16、河出書房、一九四九）。

（10）荒正人「漱石の暗い部分」（『近代文学』一九五三・一二）。

（11）明治三十八、九年（一九〇五、〇六）「断片」には他に「何が故に神を信ぜざる」「己を信ずるが故に神を信ぜず」「自を尊しと思はぬものは奴隷なり」といった記載が見られる。総じて漱石は「神」という権威に対しては挑戦的であり、とりわけこの時期にはそれを裏打ちする自我信奉の度合いを強めていたようである。

（12）陰陽五行の思想については、根本幸夫・根井養智『陰陽五行説——その発生と展開』（薬業時報社、一九九一）、井上聡『古代中国陰陽五行の研究』(翰林書房、一九九六)、吉野裕子『陰陽五行と日本の文化――宇宙の法則で秘められた謎を解く』(大和書房、二〇〇三)などを参照した。

(13) 夏目鏡子『漱石の思ひ出』(前出)による。訪れたのは二十歳前後の青年で、漱石は彼に取材しつつしばらく書生のような形で家に滞在させた。なお「断片」の記載によれば、モデルとなった銅山は足尾銅山である。

Ⅲ 「非我」のなかの「真」

(1) William James, *The Principles of Psychology* (Volume 1), Dover, 1950 (1890).

(2) O・F・ボルノウ『気分の本質』(藤縄千艸訳、筑摩書房、一九七三、原著は一九四一)。ボルノウはハイデッガーの「「外から」生ずるのでも「内から」生ずるのでもなく、世界の中にあるものの様態として、常に、この存在そのものから生じてくる」(『存在と時間』)気分の特質を重視し、それを人間の「精神生活の最下層」をなす基底として捉えている。

(3) 森鷗外は明治三十一年(一八九八)五月から翌三十二年(一八九九)九月にかけて『めさまし草』にフォルケルトの『美学上の問題』を『審美新説』として翻訳しているが、感情移入美学の紹介が本格的になされるのは明治三十八年九月にドイツ留学から帰国した島村抱月の活動によってである。「囚はれたる文芸」(『早稲田文学』一九〇六・一)、「自然主義の価値」(『早稲田文学』一九〇八・五)などで、人間と外界を結びつける契機としての「Stimmung」(情趣、情調、気分)のなかで自他の合一が達成されるという論理を展開し、「新自然主義」の先鞭をつけた。本論で述べているように漱石は決して自然主義と疎遠だったのではないのであり、こうした考え方に影響されている可能性は十分にある。なお感情移入美学の紹介については主に権藤愛順「明治期における感情移入美学の受容と展開――「新自然主義」から象徴主義まで」(『日本研究』第43号、二〇一一・三)を参照した。

(4) なかでも漱石にも影響を与えていると推される感情移入美学の紹介者の一人である島村抱月の言説は、漱石のそれとかなり重なる面がある。抱月は自然主義と写実主義を区別し、後者が自然の外形の模写にとどまるのに対して、前者は「単に自然といふ以上に或る条件を加へたものを、単に模写といふ以上の或る方法で写すもの」であるとし、

「主観の情趣」によって自然の本質を捉えることを目指すという論を提示している（「文芸上の自然主義」）。これは主体の気分に浸透された外界の対象を描くという漱石の趣旨とも連携し、また「情趣」も「気分」も同じ「Stimmung」の訳語である。また情趣による自然の把握という姿勢は一種の象徴主義に傾斜することになり、田山花袋も「象徴派」が「自然派」から「産れ出た真珠のやうなもの」に譬えている（「象徴派」『文章世界』一九〇七・一〇）が、本論でも引用したように、漱石も基本的に表現を主体の気分の象徴として捉えている。ただ自然主義の作家たちが、作品が象徴するものが人間の内的な生命であるとするのに対して、漱石はむしろ人間と外界の関係が作品に象徴されると考えており、そこに両者の差異があるといえるだろう。

（5）この引用は春陽堂から明治四十二年（一九〇九）五月に刊行された単行本によっている。『朝日新聞』初出による全集版では「始め気が付いたのは、何でも瑞典《スウェーデン》か何処かの学者ですが。あの彗星の尾が、太陽の方へ引き付けられべき筈であるのに、出るたびに何時でも反対の方角に靡《なび》くのは変だと考へ出したのです。それから、もしや光の圧力で吹き飛ばされるぢやなからうかと思ひ付いたのです」となっている。単行本版で挙げられている「マクスエル」つまり物理学者のJ・C・マクスウェルはイギリス（スコットランド）人であり、「瑞典《スウェーデン》か何処かの学者」というのは曖昧な表現である。単行本を出す際に記述を詳しくしたのは、これが物理学の話題として〈近年〉探究の対象となっているという印象を高めるためと考えられるが、この修正自体が光圧の測定という話題に込められた象徴性の大きさを物語っている。

（6）ニコルス&ハルの実験については池野順一「光放射圧による微粒子操作——三四郎の見た光の圧力とは？」（計測自動制御学会　第15回センシングフォーラム資料、一九九八）を参照した。

（7）『東京帝国大学五十年史』（下巻、東京帝国大学、一九三二）による。

（8）小森陽一「漱石の女たち——妹たちの系譜」（『文学』一九九一・冬）。

（9）「stray sheep」の挿話が新約聖書にちなむことはよく知られているが、この語自体は新約聖書には見られず、ヘンリー・フィールディングの『トム・ジョーンズ』（一七四九）に初めて出てくる言葉である。捨て子として生まれたトム・ジョーンズが恋人との結婚に至るまでの軌跡が描かれるこの作品で、「stray sheep」という言葉は主人公ではなく、彼と肉体関係を持つことになるウォーターズ夫人という女性によって口にされている。彼女は高い教養を持ちながら、それがわざわいして周囲の怨嗟を買ったりする女性であり、その自身についていわれたこの言葉にはやはり単独者的な孤立が含意されている。

(10) 引用はS・フロイト『自我論集』(前出)による。なお『自我とエス』の初出は一九二三年である。

(11) 石原千秋「反＝家族小説としての「それから」」(『東横国文学』19号、一九八七・三)では代助の「「過去」の恋がまさに「現在の関係」から逆算されたものである」とし、現在の自己を肯定しようとする意識が過去を虚構化しているとされている。また中山和子「「それから」――〈自然の昔〉とは何か」(『國文学』一九九一・一)では「彼はそれほど三千代を愛していたか」という疑念が投げかけられ、三千代と彼の兄を介した関係が崩れたことが「平衡を失つた」と記されるのも、「それほどの情熱を持ちえなかったことの粉飾にすぎまい」と述べられている。

第三部　時代とアジアへの姿勢

Ⅰ　露呈される「本性」

(1) 日記の記載による。五月三十一日には「晴。小説「それから」を書き出す」とあり、八月十四日には「「それから」を書き終る」と記されている。

(2) 引用は琴秉洞《クムビョンドン》編『資料　雑誌にみる近代日本の朝鮮認識――韓国併合期前後3　統監政治期　下』(緑蔭書房、一九九九)による。

(3) 海野福寿『韓国併合』(岩波新書、一九九五)による。

(4) 韓国併合への流れとそこで伊藤博文が演じた役割については主に森山茂徳『日韓併合』(吉川弘文館、一九九二)、海野福寿『韓国併合』(前出)、同『伊藤博文と韓国併合』(青木書店、二〇〇四)、高大勝《コデソン》『伊藤博文と朝鮮』(社会評論社、二〇〇一)、呉善花《オソンファ》『韓国併合への道』(前出)、伊藤之雄『伊藤博文をめぐる日韓関係――韓国統治の夢と挫折 1905-1921』(ミネルヴァ書房、二〇一一)、及び当時の新聞、雑誌記事を参照した。

（5）『東京パック』明治四十三年（一九一〇）年四月号。他に併合条約調印直後に出された同誌明治四十三年九月号では、日本人男性と韓国人女性が結婚し、夫が妻の爪を切ってやっている一見仲睦まじい姿が描かれた戯画が掲載されているが、そこにはその夫の配慮が妻つまり朝鮮民衆に「引掻かれない用意」であるという皮肉なコメントが添えられている。

（6）蓮實重彦は小森陽一、石原千秋との鼎談（『漱石研究』第6号、一九九六・五）で、作品のなかに「時間の隔たりを指示している文章がずいぶんある」ところから、「大正も終わりかかった頃に書かれた」のではないかという感想を語り、小森、石原もそれにほぼ同調している。また松澤和宏は『生成論の探究――テクスト・草稿・エクリチュール』（名古屋大学出版会、二〇〇三）で、「私」が先生の遺書を公開することが、著作権の問題と関わってくることから、当時の著作権の保護期間である「三十年」という期間が、先生の自殺と「私」の語り出しの間に想定されるという論を提示している。

（7）伊藤の暗殺直後にはその下手人の名前は正確に伝えられておらず、『東京朝日新聞』の報道においても十月二十八日には「兇徒の元凶はウンチアン（三十一）なり」と記され、十一月一日に「兇漢安応七」という名前が出され、十一月三日の記事にようやく「安重根」の名前が本名として確定されている。したがって十月末に想定されるこの会話において安の名前が出されていないのは自然である。ちなみに「応七」は安の胸部に七つの黒子があったところから付けられたとされる字《あざな》であり、安の名前として誤りであるわけではない。

（8）F・ジェイムソン『政治的無意識――社会的象徴行為としての物語』（大橋洋一・木村茂雄・太田耕人訳、平凡社、一九八九、原著は一九八一）。ここではバルザックやジョセフ・コンラッドの作品が取り上げられてその寓意化のメカニズムが論じられているが、たとえばバルザックの『老嬢』の主人公コルモン嬢は「フランスそのものの象徴」であり、彼女の配偶者に関する「誤った選択」がフランスの進み行きに対する批判的表象となっているとされる。

（9）中野重治「漱石以来」（「アカハタ」一九五八・三・五）。引用は『中野重治全集』第二十三巻（筑摩書房、一九七八）による。

(10) もっとも米田は一方向的に中国・朝鮮に対する漱石の差別的な眼差しを指摘するだけでなく、「漱石の中国人観、朝鮮人観には、人権思想はあった。それと異民族支配に対する罪悪感とまではいかないがそれを倫理的に不快とする抵抗感覚はあった」と述べている。近年ではクーリーたちの描写に、彼らの「貧しくてもたくましく生きる生命力や生活力を親愛感や感嘆の念をこめてユーモラスに描く」漱石の筆致を見る水川隆夫の『夏目漱石と戦争』(平凡社新書、二〇一〇)のような観点も出されている。

(11) 小森陽一『漱石を読みなおす』(前出)。小森は「「個人主義」の倫理を、国家間の倫理にしたとき、そこには明らかに帝国主義批判の論点が屹立するのです」と述べている。

(12) 近年発掘された、『満洲日日新聞』に掲載された「満韓所感」(一九〇九・一一・六、黒川創「暗殺者たち」『新潮』二〇一三・二、で紹介)でも「満州から朝鮮に渡つて、わが同胞が文明事業の各方面に活躍して大いに優越者となつてゐる状態を目撃して、日本人も甚だ頼母しい人種だとの印象を深く頭の中に刻みつけられた」と述べられている。もっとも『満洲日日新聞』は満鉄の子会社であり、その社長の伊藤幸次郎も大学予備門で漱石と同級であった旧知の人物であり、そうした人間関係が前提となって書かれていることを差し引かねばならないだろう。

(13) 講演「物の関係と三様の人間」は『満洲日日新聞』明治四二年(一九〇七)九月十五日から十九日まで各一面に掲載されている。なおこの講演の内容は『論座』二〇〇八年九月号に紹介され、明らかになった。

(14) 韓国併合に関する記事は当然新聞紙面を毎日のように賑わせていた。条約調印直後から『東京朝日新聞』には「併合せらるる朝鮮」「朝鮮雑話」といったコラムが連載され、漱石が大吐血を起こした八月二十四日には「朝鮮人は日本に同化し得る乎」という思想家・教育家の海老名弾正の談話が掲載されている。また「韓国併合詔書」が発せられた翌日の八月三十日の紙面はほとんど併合関係の記事で埋められた。

(15) 江藤淳『漱石とその時代』(第四部、新潮社、一九九六)による。

Ⅱ 「己れ」への欲望

(1) 富山太佳夫は『ダーウィンの世紀末』(青土社、一九九五)で、漱石が「社会進化論」の著作であるベンジャミン・キッドの『西洋文明の原理』やノルダウの『退化論』を読むことで、「それらによって構成される知の風土に身を置いていた」と述べている。また小森陽一は『漱石を読みなおす』(前出)で、富山の著作に言及しつつ、ロンドンにおいて短身で痘痕を持つ漱石自身が「ディジェネレイト」であったと述べている。

(2) Max Simon Nordau, *Degeneration*, Hienemann, 1892. この著書は「堕落論」「頽廃論」とも訳しうるが、ここでは便宜的に「退化論」とした。なおテクストは東北大学漱石文庫の所蔵本を参照した。同書には多くの下線、書き込みがあり、とくに外界との連関を失って自己の内に閉じこもってしまう「退化者」の様相に漱石が強い興味を持っていたことが知られる。漱石作品のなかでそうした像がもっとも適合するのが『行人』の一郎であろう。

(3) 『日本帝国統計年鑑』(大正二年版、内閣統計局、一九一五)による。

(4) 三浦雅士「文学と恋愛技術」(『漱石研究』第15号、二〇〇二・一二)。『出生の秘密』(講談社、二〇〇五)にも同内容の指摘がある。

(5) 引用は琴秉洞編『資料 雑誌にみる近代日本の朝鮮認識——韓国併合期前後 5 併合初期』(緑蔭書房、一九九九)による。

(6) 引用はともに『資料 雑誌にみる近代日本の朝鮮認識——韓国併合期前後 5 併合初期』(前出)による。

(7) このエレベーターについては村瀬憲夫『万葉 和歌の浦』(改訂版、求龍社、一九九三)、米田頼司「和歌の浦における明治四十年代の観光開発と景観保全——電車路線敷設問題をめぐって」(『和歌山大学教育学部紀要 人文科学』第62集、二〇一二)を参照した。後者によれば、エレベーターの設置に際しては、紀州グループの捕縛が報じられる大逆事件のさなかにあってこうした娯楽用の施設を設けることが不敬であるといった批判も強く出された。なお同論文においてはこの地でおこなわれた漱石の講演に言及され、この講演が「大逆事件の影響を意識しつつ」なされたという見方が示されている。

(8) 『沈黙の塔』『食堂』の引用は『鷗外全集』第七巻(岩波書店、一九七二)による。

(9) もちろん漱石の言説のなかに大逆事件の取り込みを見る論者もいる。渡部直己は『不敬文学論序説』(太田出版、一九九九)で、『こゝろ』のKに「幸徳秋水」の影を認めている。絓秀実は『「帝国」の文学——戦争と「大逆」の間』(以文社、二〇〇一)でこの説に否定的に言及しつつ、むしろ「修善寺の大患」の前に、漱石が弟子の俳人である松根東洋城から、彼が御用掛を務めていた北白川宮が修善寺で漱石の話を聞きたいという意向を伝え聞き、声の状態が悪かった漱石が「聞く人も話す人も苦痛故断はる」という態度を示したことに「小さな「大逆」」があったとしている。しかしこれはもちろん大逆事件への反応ではなく、またKを幸徳秋水に見立てる見方も、頭文字の一致以外の照応が両者の間にあまりにも乏しいと思われる。

(10)『ナルシシズム入門』は『フロイト著作集』5(懸田克躬・吉村博次訳、人文書院、一九六九)、『嫉妬、パラノイア、同性愛に関する二、三の神経症的機制について』は同6(井村恒郎訳、人文書院、一九七〇)を参照した。なお、原論文はそれぞれ一九一四年、一九二二年に書かれている。

(11)絓秀実『日本近代文学の〈誕生〉――言文一致運動とナショナリズム』(太田出版、一九九五)。絓は『こゝろ』でKが「ある種の主=権を行使している」存在である点で、作者たる「漱石であることが証明されるべきだろう」という前提から、参禅体験などに言及しつつ、むしろ「漱石がKを介して「僧籍」たりえなかった」ことが、宗教に強い接近を示しながらも「僧籍」たりえなかったKと重なる意味で、両者の同一性が主張されている。しかしこうした晦渋な論理によらずとも、ここで述べたようにKは明らかに漱石の反世俗的、反功利主義的な姿勢を分有しているのである。

(12)その点で水川隆夫が『夏目漱石「こゝろ」を読みなおす』(平凡社新書、二〇〇五)で、「「先生」の心の奥には、Kを経済的な「保護の下」に置くことによって、「何をしてもKに及ばないといふ自己」から脱出し、心理的な優位を回復したいという競争心も潜んでいたにちがいない」と述べているのは的確な解釈であろう。ただ水川は当時の先生を総体として物質主義者としては見ていないようである。

(13)江藤淳『漱石とその時代』(第五部、新潮社、一九九九)。ここで紹介されているように、漱石の蔵書に含まれる『康熙字典』は安永九年(一七八〇)に上梓された四十一冊から成るものであり、本書でも東北大学漱石文庫に含まれる蔵書テクストを参照した。

(14)『荀子』の解釈については、『荀子』(上下、藤井専英注解、明治書院新釈漢文大系5・6、一九六六・六九)によっている。

（15）閔泳渙《ミンヨンファン》は明治三十八年（一九〇五）十一月末に自殺し、その鮮血に染まった下衣から九本の細竹が生えたという伝承が民衆の間に生まれた。閔の死は日本でも新聞などで報道され、当然漱石はその情報を得ていたと思われる。

（16）長谷川天渓「幻滅時代の芸術」（『太陽』一九〇六・一〇）。

（17）森田草平『漱石先生と私』（前出）。

Ⅲ「去私」による表象

（1）引用は『寺田寅彦全集』第十八巻（岩波書店、一九七六）による。

（2）引用は『漱石全集』別巻（前出）による。

（3）松岡譲『ああ漱石山房』（朝日新聞社、一九六七）による。書面の全体は「一金壱百円也／右金額贈与相成正ニ受領致候処確実也　然ル上ハ後日ニ至リ　金銭上ノ依頼ハ勿論　其他一切之関係ヲ断絶シ　終生迄御依頼等ヲ申出間敷候　為後日《ごじつのため》誓約書如件《くだんのごとし》」となっている。

（4）引用は『フロイト全集』17（岩波書店、二〇〇六、原論文は一九一九）による。

（5）清水孝純「方法としての迂言法《ペリフラーズ》――『道草』序説」（『文学論輯』一九八五・八→漱石作品論集第十一巻『道草』桜楓社、一九九一）。

（6）『夢十夜』が書かれたのは塩原昌之助が漱石に接近しつつあった時期に相当する明治四十一年（一九〇八）であり、「第三夜」の〈死んで〉いながら「自分」の背中に取り憑いて離れない盲目の小僧のイメージには、多分に塩原の存在が入り込んでいるだろう。その点については拙稿「生きつづける「過去」――『夢十夜』の表象と時間」（『〈作者〉をめぐる冒険――テクスト論を超えて』新曜社、二〇〇四、所収）で詳述している。

（7）引用は『青鞜小説集』（第一、東雲堂、一九一三）による。なお『手紙の一つ』は『青鞜』の大正元年九月号に、『執着』は同誌の明治四十五年四月号に掲載されている。

（8）『或る女』は明治四十四年（一九一一）一月から大正二年（一九一三）三月まで『白樺』で「或る女のグリンプ

ス」として連載され、その後後半が加筆されて大正八年（一九一九）に叢文閣より『有島武郎全集』のなかの二巻として刊行された。倉地は葉子の持つ内面的な烈しさ、荒々しさを身体的に外在化した人物であり、その点で彼女の分身的存在である。それは彼女を否応なく引きずっていく「暗い力（くらいちから）」に彼の「倉地」という名前が埋め込まれていることにも示唆されている。

(9) 平野謙「則天去私をめぐって――『明暗』と則天去私の関係」（近代文学鑑賞講座1巻『夏目漱石』角川書店、一九五八→漱石作品論集第十一巻『道草』前出）。また飯田祐子は「「明暗」の〈愛〉に関するいくつかの疑問」（『漱石研究』第18号、二〇〇五・一二）で、「お延が、私はこの男を本当に「愛」しているといえるのだろうかという問いを抱かないのは何故なのだろう」という疑問を呈している。

(10) 青島陥落の報に対しては、漱石自身も鈴木三重吉宅から届けられた法事用の食事を子供と一緒に食べながら、「私は青島陥落の翌日、かういふ御馳走を食べるのは愉快だ実に旨いと云つた」（「日記」一九一四・一一・八）りするという反応を示している。

(11) 引用は日本歴史大系16『第一次世界大戦と政党内閣』（山川出版社、一九九七）によった。

(12) 第一次世界大戦と同時代の日本の状況については主に『第一次世界大戦と政党内閣』（前出）、『大正デモクラシー』（小学館日本の歴史27、一九七六）、徳富蘇峰『大戦後の世界と日本』（民友社、一九二〇）、ジェームズ・ジョル『第一次世界大戦の起原』（池田清訳、みすず書房、一九八七、原著は一九八四）、井上寿一『第一次世界大戦と日本』（講談社現代新書、二〇一四）を参照した。

(13) 引用は岩波文庫版『蹇蹇録《けんけんろく》』（一九四一）による。なお『蹇蹇録』は明治二十五年（一八九二）から書き始められ、明治二十九年（一八九六）に外務省で刊行されているが、外交上の機密を含むことから昭和四年（一九二九）まで公開されなかった。

(14) 『日本帝国統計年鑑』（大正五年版、内閣統計局、一九一八）による。

(15) 『詩経』『論語』『孟子』『荀子』の引用はいずれも明治書院新釈漢文大系の『詩経』（上、110、一九九七）、『論語』（1、一九六〇）、『孟子』（4、一九六二）、『荀子』（下、6、一九六九）による。

（16）『老子』の引用は明治書院新釈漢文大系『老子』（7、一九六六）による。江藤淳は「漱石と中国思想」（『漱石論集』新潮社、一九九二、所収）で、漱石の文業に直接現れる『老子』と『荀子』を比較しつつ取り上げ、『こゝろ』が荀子的世界を踏まえつつ構想されているのに対して、『道草』は「天」と「道」が融合した「一切のものを生成させる根源的な母体」としての「玄牝《げんぴん》」の境地が体現されていると述べている。この母なる「自然」に近接する世界に帰ろうとするのが「則天去私」の心境であったとされる。「天」を〈自然〉の比喩として捉える見方は本論と共通するものの、晩年の漱石が作中に描く自然が、「母体」的な自然であったかどうかは疑わしい。『道草』にしても、健三を取り囲むのは彼に金銭的に依存しようとする人びとばかりであり、「みんな金が欲しいのだ。さうして金より外には何にも欲しくないのだ」（五十七）と慨嘆せざるをえない状況のなかに生きていたのである。

（17）漱石の漢詩の引用と書き下し文は『漱石全集』第十八巻（岩波書店、一九九五）による。

（18）漱石の「個人主義」を中心に論じた亀山佳明『夏目漱石と個人主義――〈自律〉の個人主義から〈他律〉の個人主義へ』（新曜社、二〇〇八）では、「自己本位と則天去私」を主題化した後半の章で、晩年の漢詩において「個人は自然の内に溶解していながら、しかし当の自己そのものは完全に喪失されてはいない。つまり自己は自己でありながら、自己を超えてしまった状態にある」と述べられている。そうした境地がうかがわれる作品も個別には見出されるが、漢詩全体の基調となっているとはいいがたい。

漱石作品の引用は、基本的に岩波書店『漱石全集』（全二十八巻、一九九三～一九九九）によるが、一部単行本あるいは初出の新聞によっている（註を参照）。ルビは現代仮名遣いで適宜記した。また作品の同時代評及び同時代の評論については主に以下に挙げる資料を参照、引用している。なお漱石の文中には現在の観点からすると差別的とも受け取られる表現が散見されるが、表現としての自律性を重んじてそのまま表記している。

『夏目漱石研究資料集成』（全十巻、日本図書センター、一九九一）
『雑誌集成　夏目漱石像』（全二十巻、明治大正昭和新聞研究会、一九八一～八三）

『日本文学評論大系』（全十巻（主として3巻（明治期Ⅲ））、角川書店、一九七一〜一九七五）

あとがき

夏目漱石が没して百年近くの時間が経つが、漱石に対する関心は現在も一向に衰える気配がないようである。また漱石に関心を寄せる層は研究者や評論家といったいわゆる文学プロパーにとどまらず、一般読者もそこに充分含まれている。それは漱石の魅力が作品のみから来るのでなく、悩みや憂鬱を抱えながらぎくしゃくと送られたその生のあり方によっている部分が大きいからでもあるだろう。軍医・官僚としてのエリート・コースを迷う暇もなく進み、その仕事の合間に余裕の産物として作品を生み出していったように映る森鷗外とは対照的に、漱石は大学教員と創作家という二足のわらじを履くこともままならず、執筆に集中するために社会的に安定した前者の職を擲たねばならなかった。

もちろん鷗外にしても創作は単なる官僚の余技ではなく、そこには組織の一員として近代日本を構築していくために消尽されがちな自己を取り戻し、確認するという動機が伴っている点では紛れもなく自己表現としての切実さを帯びている。しかしそのために鷗外の眼差しはむしろ内側に向かいがちであり、しかもそこに〈空虚〉が横たわっているという感慨に耐えねばならなかった。逆に「序」でも触れたように、漱石は強い自我への信奉を内にはらみ、それゆえに自身が置かれた場とのズレや齟齬に苦しまねばならなかった。むしろそのズレや齟齬が自我の強度を陰画的に高めていた面があり、それに喚起された創作の営為は内面の昇華行為であると同時に、その内面にかかる負荷を一層大きくする契機ともなっていた。

漱石の生と表現の軌跡を辿っていくと、こうした循環関係が明瞭に認められた。漱石の自我はつねに外部世界との交渉のなかで内に取り込まれていったものによって形成され、そこで培われた自我によって外部世界に相対する姿勢が明確化されていく。それは養子として幼少期を送り、実家に戻ってからも父母の愛情を受けられないという環境によるところが大きいが、少年期から漱石にとっての外界とは、それを受容することによって自分というものを形作る相手であった。漱石の両面的に分裂しているようにも見える像がもたらされてくるのも、こうした自己形成のあり方によっているといえるだろう。これまでに差し出されてきた漱石像を眺めても、彼は時代を見つめつづけた〈近代日本の批判者〉である一方で脱俗の境地に憧れる〈則天去私の人〉であり、〈英文学を吸収し、活用した文学者〉である一方で〈イギリス嫌いで漢文好きの文人〉であった。さらにその漢文学の愛好家である反面、アジア蔑視の眼差しの持ち主と見なされることも少なくなかった。また薩長勢力による明治政府に批判的でありながら、彼らの前身ともいうべき幕末の志士に対しては強い共感を表明しているのである。

こうした矛盾しているようにも映る二面性は、単に漱石の内面が複雑で奥深いという一般論に解消されるだけでなく、彼の自我が様々な次元における外部世界を受容しつつ、それを内面化することによって形づくられていったために、外部的な価値観のなかに生きる自己と、それを相対化する自己を共在させがちであったことによっているように思われた。たとえば明治期の西洋志向のひとつの形として英文学を専攻に選ぶとともに、それを内面化しようとすると今度はそれを妨げる力として、自身が内在化させていた漢文学というもうひとつの価値を呼び出してしまうのである。もちろんその漢文学にしても、少年期から摂取された外部的な存在であったことに変わりはない。あるいは漱石は明治人の一人として、日本が西洋に対する自立を確保することを尊重していたが、その一方でイギリス留学で得ていた「個人主義」的な価値観を発動させることで、その自立が他国の侵害として現れることに批判的にならざるをえなかった。

そしてこうした、外部世界と交わることとそれによって得たものを内在化することで自己形成をおこなうことの循環のなかで、その作品群ももたらされていた。私小説の作家ではない漱石はもっぱら虚構の産物として作品を生み出していったが、その虚構世界はつねに自身が生き、眺めた世界の写し絵としての面をもち、その変換をおこなう媒介として漱石の「われ」ないし「我」が作動していた。

このように考えると、漱石の世界においてその生活と思想と文学は完全に一体のものであり、そのあり方を捉えることによってこの文学者の全体像を浮かび上がらせることができるのではないかと思われた。その結果あらためて浮上してきたのが、漱石の晩年の境地として古くから挙げられてきた「則天去私」であり、この言葉に込められたものは決して禅的な悟達だけではなく、それまでの漱石の作家としての営為と連続する内実をもったものとして受け取られた。この「則天去私」を再評価することも、本書のねらいのひとつとしてある。

漱石研究はかつての作品論中心のものから現在では歴史、思想、比較文学などの各方面からきわめて多角的な探求がなされている。それらに適宜眼を配りながら、全体としては一般読者にとって漱石の世界への導きとなるものを書くことを目指したつもりである。漱石に関する研究、評論はいうまでもなく汗牛充棟だが、その世界の広大さゆえに、生涯と思想と作品を総体的に捉える試みは意外に多くなされていない。本書でも繰り返し言及した小宮豊隆の『夏目漱石』と江藤淳の『漱石とその時代』は貴重な先蹤として参照させていただいたが、全体に紹介的な性格が強く、またともに大部であり、〈一冊〉で漱石の全体像を捉える本があってもよいのではないかと思ったのが、本書を書こうとした動機である。内容的には二〇〇六年に出した『漱石のなかの〈帝国〉――「国民作家」と近代日本』（翰林書房）を踏まえており、アジアへの姿勢を問題化した後半の章ではある程度論旨の重なりがある。論の重複は極力避けようとしたが、それらを切ってしまうと漱石への把握が分かりにくくなってしまうため、簡略化する形で取り込んでいることをお断りしたい。

本書の上梓に当たっては、企画から細かい表現に至るまで世界思想社にたいへんお世話になった。社名にある「世界思想」とは、漱石がまさに吸収し、体現していたものでもある。その点でも同社からこの巨大な存在に迫ろうとするささやかな試みを形にしていただいたことを貴重な機縁として喜びたい。

二〇一五年一月

柴田勝二

初出一覧

第一部　表現者への足取り

Ⅰ　不在の〈父〉——自己形成の歩み……「不在の〈父〉——漱石の自己形成の歩み」『東京外国語大学論集』86号（二〇一三・二）と「漱石と徴兵忌避——国家と表現への意識」『季論21』25号（二〇一四・夏）を融合。

Ⅱ　見出される「東洋」——ロンドンでの苦闘と『文学論ノート』……「空白からの眼差し——ロンドンでの漱石」『東京外国語大学論集』85号（二〇一二・七）と「見出される東洋——夏目漱石『文学論ノート』と神経症の間」『敍説』Ⅲ—9（二〇一三・三）を融合。

Ⅲ　「猫」からの脱出——日露戦争と作家としての出発……『総合文化研究』16号（二〇一三・三）

第二部　せめぎ合う「我」と「非我」

Ⅰ　「非人情」という情念——初期作品における俗と脱俗……『敍説』Ⅲ—10（二〇一三・九）

Ⅱ　「われ」の揺らぎのなかで——東京朝日新聞社入社をめぐって……『東京外国語大学論集』87号（二〇一三・一二、原題「「われ」の揺らぎのなかで——漱石の朝日新聞社入社をめぐって」）

Ⅲ　「非我」のなかの「真」——『三四郎』『それから』の「気分」と「空気」……『総合文化研究』17号（二〇一四・三）

第三部　時代とアジアへの姿勢

Ⅰ　露呈される「本性」——日韓関係の表象と大患の前後……『東京外国語大学論集』88号（二〇一四・七、原題「露呈される「本性」——漱石の朝鮮認識と修善寺の大患」）

漱石略年譜

和暦（西暦）	年齢	漱石をめぐる出来事	日本をめぐる出来事（カッコ内は月数）
慶応三（一八六七）		一月五日（新暦二月九日）江戸牛込区（現新宿区）に父夏目小兵衛直克、母千枝の五男として生まれる。本名金之助。五男三女の末っ子であった。生後間もなく四谷の古道具屋（一説には戸塚源兵衛村の八百屋）某のもとに里子に出されたが、間もなく夏目家に戻った。	明治天皇が即位し、王政復古の流れとなる（一）。パリで万国博覧会が開催される。
慶応四・明治元（一八六八）	1	十一月夏目家の書生をしたことのある四谷大宗寺町（新宿二丁目）の名主塩原昌之助の養子となる。	戊辰戦争が起こり、薩長軍と旧幕府軍が衝突する（一）。
明治三（一八七〇）	3	種痘が原因で疱瘡にかかる。その結果できた痘痕が生涯残った。	
明治七（一八七四）	7	養父昌之助が町内に住む寡婦日根野かつと通じ、そのため妻やすとの間に不和が生じた。金之助は一時やすと数ヵ月間暮らした後、昌之助のもとに引き取られ、かつとその娘れんと居住するようになった。十二月浅草寿町の公立戸田学校下等小学八級に入学する。	
明治九（一八七六）	9	四月養父母が離婚。塩原家在籍のまま夏目家に引き取られる。それにともない市谷柳町の公立市谷小学に転校した。	
明治十一（一八七八）	11	十一月漢文調の論文「正成論」を回覧雑誌に発表。市谷学校上等小学第八級を卒業後、神田猿楽町の錦華小学校に転校。十月同校尋常科第二級後期を卒業し、東京府立第一中学校に入学。	自由民権運動が活発になる。大久保利通が暗殺される（五）。板垣退助が自由党を結党する。
明治十四（一八八一）	14	一月実母千枝死去。春頃第一中学校を中退し、麹町の二松学舎に入学して漢文を学ぶ。	国会開設の勅諭が発布される（十）。
明治十六（一八八三）	16	九月大学予備門受験のため神田駿河台の成立学舎に入学。	
明治十七（一八八四）	17	九月大学予備門予科に入学。同級に柴野（のち中村）是公、芳賀矢一らがいた。	

明治十九（一八八六）	19	四月大学予備門が第一高等中学校と改称された。七月成績が下がった上に腹膜炎を患い、原級にとどまる。	
明治二十（一八八七）	20	三月長兄大助が死去。六月次兄栄之助が死去。	
明治二十一（一八八八）	21	一月塩原家より夏目家に復籍。七月第一高等中学校予科を卒業。英文学を志し、九月本科英文科に入学。	枢密院が設置され、憲法草案の審議をおこなう（四）。
明治二十二（一八八九）	22	一月正岡子規を知る。八月学友と房総を旅行し、紀行を漢文『木屑録』にまとめる。	大日本帝国憲法が発布される（二）。
明治二十三（一八九〇）	23	七月第一高等中学校本科を卒業、九月帝国大学文科大学英文科に入学。	教育勅語が発布される（十）。
明治二十四（一八九一）	24	七月特待生となる。十二月教授J・M・ディクソンの依頼で『方丈記』を英訳する。	ロシア皇太子が襲撃される大津事件が起こる（五）。
明治二十五（一八九二）	25	四月北海道後志国岩内郡に送籍し、北海道平民となる。五月東京専門学校講師となる。七月藤代禎輔らと共に『哲学雑誌』委員となる。六月文科大学東洋哲学科論文として『老子の哲学』を執筆、十月『文壇に於ける平等主義の代表者「ウォルト、ホイットマン」Walt Whitmanの詩について』を『哲学雑誌』に寄稿する。	
明治二十六（一八九三）	26	七月文科大学英文科を卒業、引き続き大学院に在籍。十月東京高等師範学校の英語教師となる。二月から六月にかけて『哲学雑誌』に『英国詩人の天地山川に対する観念』を掲載する。	
明治二十七（一八九四）	27	二月初期の肺結核と診断される。厭世観に悩まされ、十二月から翌年一月にかけて鎌倉に参禅する。	日清戦争が始まる（七）。
明治二十八（一八九五）	28	四月愛媛県尋常中学校（松山中学）教諭に赴任。十二月貴族院書記官中根重一の長女鏡子と見合いをし、婚約する。秋頃から俳句の創作に熱を入れ、俳壇でも知られるようになる。	日清戦争が終わる。日本は下関講和条約によって割譲された遼東半島をロシア・ドイツ・フランスの三国干渉によって返還させられる（四）。
明治二十九（一八九六）	29	四月第五高等学校講師に就任し、熊本に赴く。六月鏡子と挙式、七月	

		五高教授に昇任する。	
明治三十（一八九七）	30	三月『トリストラム、シャンデー』を『江湖文学』に発表する。	
明治三十一（一八九八）	31	春頃から鏡子のヒステリー症が昂じ、井川淵で投身を企てるという自殺未遂事件を起こす。	
明治三十二（一八九九）	32	五月長女筆子誕生。六月大学予科英語主任に任ぜられる。	
明治三十三（一九〇〇）	33	四月教頭心得となる。六月現職のまま英語研究のために二ヵ年の英国留学を命ぜられる。九月八日プロイセン号にて横浜より出帆。パリでの万国博覧会見物などを経て、十月二十八日ロンドン着。ロンドン大学ユニヴァーシティ・カレッジでケア教授の講義を数度聴講したものの、結局大学での受講を回避し、十一月下旬よりシェイクスピア研究者のクレイグの個人教授を受けることにする。	日本を含む八ヵ国連合軍が義和団の乱を制圧し、北京を解放する（八）。
明治三十四（一九〇一）	34	一月次女恒子誕生。五月より二ヵ月間トゥーティングの下宿で化学者の池田菊苗と同居する。池田との交わりから得た刺激を契機として、〈科学的〉な文学研究を企図する。七月クラッパム・コモンの下宿に転居。この頃より下宿に蟄居して文学の基底的研究に集中するようになる。	
明治三十五（一九〇二）	35	『文学論ノート』の執筆に没頭するようになるが、その度合いが昂じて秋頃から神経衰弱に陥り、発狂の噂が日本に伝わる。秋頃下宿の女主人に勧められて自転車の稽古をする。十月の招待でスコットランドのピトロクリに赴き、一ヵ月ほど滞在する。	日英同盟成る（一）。
明治三十六（一九〇三）	36	一月二十三日帰国。三月第五高等学校を辞し、四月第一高等学校講師に就任。同時に東京帝国大学講師を兼任。九月より『文学論』の基となる「英文学概説」（内容論）を開講する。秋以降再び神経衰弱が昂じ、約二ヵ月間妻子と別居する。十月三女栄子誕生。六月『自転車日記』を『ホトトギス』に発表する。	
明治三十七（一九〇四）	37	五月新体詩「従軍行」を『帝国文学』に発表。十二月子規門下の文章会「山会」で初めての小説「吾輩は猫である」を朗読し、好評を得た。	日露戦争が始まる（二）。
明治三十八（一九〇五）	38	一月『吾輩は猫である』を『ホトトギス』に発表。好評のため翌年八	日本海海戦（五）。ポーツ

		月まで連載した。一月『倫敦塔』を『帝国文学』に、四月『幻影の盾』を『ホトトギス』に、十一月『薤露行』を『中央公論』に発表する。十月『吾輩は猫である』上篇を大倉書店より刊行し、二十日で初版を売り尽くした。次第に教員を辞して創作に専念することを希望するようになる。十二月四女愛子誕生。	マスで講和条約が結ばれるが、その内容を不満として日比谷焼打ち事件が起こる（九）。韓国統監府が設置され、伊藤博文が初代統監となる（十二）。
明治三十九（一九〇六）	39	一月『趣味の遺伝』を『帝国文学』に、四月『坊っちゃん』を『ホトトギス』に発表。五月短篇集『漾虚集』を大倉書店より刊行。九月『草枕』を『新小説』に発表。十月『二百十日』を『中央公論』に発表。十月頃弟子たちとの面会日を木曜日と定めた「木曜会」が発足する。十一月『吾輩は猫である』中篇を服部書店、大倉書店より刊行。	南満洲鉄道会社（満鉄）が発足する（十一）。
明治四十（一九〇七）	40	一月『野分』を『ホトトギス』に発表。四月一切の教職を辞し、東京朝日新聞社に入社。五月『文学論』を大倉書店より刊行。六月『吾輩は猫である』下篇を大倉書店より刊行。六月より十月まで『虞美人草』を『東京／大阪朝日新聞』に連載。六月長男純一誕生。	株式市場が暴落し、戦後恐慌が始まる（一）。京城で第三次日韓協約調印、韓国を指導下に置く（七）。
明治四十一（一九〇八）	41	一月より四月まで『東京／大阪朝日新聞』に『坑夫』を連載。一月『虞美人草』を春陽堂より刊行。七月から八月にかけて『夢十夜』を、九月より十二月まで『三四郎』を『東京／大阪朝日新聞』に連載。九月春陽堂より『草枕』を刊行。十二月次男伸六誕生。	韓国で反日義兵闘争が頂点に達する。
明治四十二（一九〇九）	42	一月『永日小品』を『東京／大阪朝日新聞』に連載。三月から十一月にかけて養父であった塩原昌之助から金銭的援助の要請を受けるようになる。三月『文学評論』を、五月『三四郎』をともに春陽堂より刊行。六月から十月まで『東京／大阪朝日新聞』に『それから』を連載。九月から十月にかけて胃痛に悩まされながら満洲、韓国を旅行し、十月から十二月にかけて『満韓ところ〴〵』を『東京／大阪朝日新聞』に連載する。十一月「朝日文芸欄」が漱石の主宰により創設される。	ハルピンで伊藤博文が安重根に暗殺される（十）。
明治四十三（一九一〇）	43	三月から六月にかけて『東京／大阪朝日新聞』に『門』を連載。八月転地療養に出かけた伊豆修善寺で病状が悪化し、二十四日大吐血によ	大逆事件が起こる（六）。幸徳秋水をはじめとして数

		って一時危篤状態に陥る。快方に向かった後、十月十一日に帰京し、直ちに胃腸病院に入院する。『思ひ出す事など』を『東京／大阪朝日新聞』に十月より翌年二月まで連載。三月五女雛子誕生。	百人が検挙され、幸徳ら二十六名が大逆罪に問われる。韓国併合が成る（八）。
明治四十四（一九一一）	44	一月文部省より文学博士号を贈られたが固辞し、その後数度の折衝がつづいたものの、結局物別れに終わる。八月関西に赴き「道楽と職業」「現代日本の開化」「文芸と道徳」などの講演をおこなう。講演の後胃潰瘍が再発し、大阪で入院する。九月に帰京の後は痔を病み、通院生活をつづける。十月「朝日文芸欄」が廃止。同月末主筆の池辺三山が辞職し、漱石もそれにともなって辞表を提出するが、社の幹部に慰留される。十一月五女雛子が急死する。	日米新通商条約が調印される（二）。翌年にかけて各国とも新条約が結ばれ、関税自主権がようやく確立される。中国で辛亥革命が起こる（十）。
明治四十五・大正元（一九一二）	45	一月から四月まで『東京／大阪朝日新聞』に『彼岸過迄』を連載。九月痔の手術を受ける。九月春陽堂より『彼岸過迄』を刊行。十二月から二年十一月まで、病気での中断をはさみつつ『東京／大阪朝日新聞』に『行人』を連載。	天皇機関説が起こる（三）。明治天皇が逝去（七）。大喪の日に乃木希典が妻とともに殉死する（九）。
大正二（一九一三）	46	一月頃より強度の神経衰弱が再発する。三月末に胃潰瘍が再発し、五月末まで自宅で病臥する。その間『行人』の連載は中断される。九月より『行人』が「塵労」として再開され、十一月十五日までつづく。	桂内閣が倒れ、大正政変が起こる（二）。
大正三（一九一四）	47	この年北海道より籍を移して東京府平民となる。一月『行人』を大倉書店より刊行。四月より八月まで『東京／大阪朝日新聞』に『心』（『こゝろ』）を連載。九月胃潰瘍で再び病臥する。十一月学習院で講演「私の個人主義」をおこなう。十月自身の装幀により『こゝろ』を岩波書店より刊行する。	シーメンス事件が起こる（一）。第一次世界大戦に参戦する（八）。
大正四（一九一五）	48	一月『硝子戸の中』を『東京／大阪朝日新聞』に連載。三月京都に遊ぶが、旅行中に胃潰瘍が発症し、鏡子夫人を東京から呼ぶ。四月十六日に帰京する。六月から九月にかけて『道草』を『東京／大阪朝日新聞』に連載。十月岩波書店より『道草』を刊行。	二十一ヵ条条約を受諾させ、これに対して排日運動が起こる（一）。大正天皇が即位する（十一）。
大正五（一九一六）	49	一月『点頭録』を『東京／大阪朝日新聞』に断続的に連載。一月中旬よりリューマチスの治療を受けるが、リューマチスによると思われた	吉野作造が「民本主義」を唱え、大正デモクラシーの

端緒となる（一）。

痛みは糖尿病によるものであることが分かる。五月より『明暗』を『東京／大阪朝日新聞』に連載。『明暗』の執筆と並行して漢詩の創作にいそしむ。十一月二十二日胃潰瘍が発症、真鍋嘉一郎を主治医として治療を受けたが病状は悪化を辿り、数度の大内出血の後十二月九日に永眠した。

わ行

や行

ら行

ま行

は行

な行

た行

さ行

か行

索　　引

＊本文中に示された事項，人名，紙誌名，書名・作品名の主なものを五十音順に配列した。
＊主な人名にはその著作物名も枝項目として示した。見出し「夏目漱石」は空見出しとし，書名・作品名を示した。

あ行

著者紹介

柴田　勝二（しばた・しょうじ）

1956年兵庫県生まれ。大阪大学大学院（芸術学）博士後期課程単位修得退学。大阪大学博士（文学）。現在東京外国語大学大学院総合国際学研究院教授（日本文学）。明治から現代に至る日本近代文学を幅広く論じている。著書に『三島由紀夫　魅せられる精神』（おうふう，2001）『〈作者〉をめぐる冒険――テクスト論を超えて』（新曜社，2004）『漱石のなかの〈帝国〉――「国民作家」と近代日本』（翰林書房，2006）『中上健次と村上春樹――〈脱六〇年代〉的世界のゆくえ』（東京外国語大学出版会，2009）『村上春樹と夏目漱石――二人の国民作家の描いた〈日本〉』（祥伝社新書，2011）『三島由紀夫　作品に隠された自決への道』（祥伝社新書，2012）など。

夏目漱石　「われ」の行方

2015年 3 月20日　第1刷発行　　定価はカバーに
表示しています

著　者　柴《しば》　田《た》　勝《しょう》　二《じ》

発行者　髙　島　照　子

世界思想社

京都市左京区岩倉南桑原町56　〒606-0031
電話075（721）6500
振替01000-6-2908
http://sekaishisosha.jp/

© 2015　S. SHIBATA　Printed in Japan　（共同印刷工業・藤沢製本）
落丁・乱丁本はお取替えいたします

JCOPY ＜（社）出版者著作権管理機構 委託出版物＞

本書の無断複写は著作権法上での例外を除き禁じられています。複写される場合は，そのつど事前に，（社）出版者著作権管理機構（電話 03-3513-6969，FAX 03-3513-6979，e-mail: info@jcopy.or.jp）の許諾を得てください。

ISBN978-4-7907-1654-9